ullstein

Bianca Stegemann ist fast fünfundsiebzig und lebt auf Mallorca. Gemeinsam mit ihrem Mann hatte sie sich für den Lebensabend eine Villa im schönen Küstenort Sollér erarbeitet. Doch das Glück hielt nur wenige Jahre: Ihr Mann ist verstorben, und weder ihr Sohn Steffen noch ihre Tochter Anja haben Zeit für sie. Lediglich ihre Enkeltochter Luisa besucht sie regelmäßig in den Semesterferien. Als Bianca am Hafen von Sollér den charmanten Rentner Wolfgang kennenlernt, werden ihre Lebensgeister geweckt. Warum soll sie allein in einer Villa leben, wenn sie die ganze Welt sehen kann? Bianca beschließt, das Haus zu verkaufen und gemeinsam mit Wolfgang das Geld auf einer Weltreise zu verjubeln. Leben um jeden Preis – den zahlen schließlich die Erben. Doch die sind nicht erfreut, als sie von Mutters Plänen erfahren ...

TESSA HENNIG schreibt seit vielen Jahren große TV-Unterhaltung und Bestseller-Romane mit Herz und Humor, die auch erfolgreich verfilmt wurden. Wenn sie vom Schreiben eine Auszeit benötigt, reist sie auf der Suche nach neuen Stoffen gern in den Süden.

Von Tessa Hennig sind in unserem Hause bereits erschienen:
Mutti steigt aus · Elli gibt den Löffel ab · Emma verduftet · Lisa geht zum Teufel · Mama mag keine Spaghetti · Alles außer Austern · Mit Oma in Roma · Bea macht blau · Nie wieder Amore! · Von wegen Dolce Vita! · Kann Gelato Sünde sein?

Tessa Hennig

Erben wollen sie alle

Roman

etwaige Ähnlichkeit
mit dem Job sind
zufällig &
nicht beabsichtigt

Ullstein

Besuchen Sie uns im Internet:
www.ullstein.de

Originalausgabe im Ullstein Taschenbuch
1. Auflage Juli 2021
2. Auflage 2021

Umschlaggestaltung: bürosüd° GmbH, München
Titelabbildung: © Gerhard Glück
Gesetzt aus der Quadraat Pro powered by pepyrus.com
Druck und Bindearbeiten: CPI books GmbH, Leck
ISBN 978-3-548-06423-9

Kapitel 1

Brauch bald 'ne 👓 mit 2.0. Mit 1,75 wird der Arm hin zur Tastatur ja immer länger. 1,5 Diop – das waren noch Zeiten!
Wenigstens kein Geierhals mehr. Weitsichtigkeit ist gut für die Haltung. Man lehnt sich zurück, um scharf zu sehen, aber das geht in die Schultern.
Wenn's wehtut, merkt man, dass man lebt! Also jammre nicht!
Schon die zweite Nacht von Ernst geträumt. Koffer gepackt. Mutter hat mal gesagt, wenn alte Menschen Koffer packen, dann gesellen sie sich bald zu den Ahnen. Die Kiste mit den Nägeln drauf kann warten!
Will Ernst mich jetzt etwa holen? Bin doch erst 74, na gut, aufgerundet 75 – aber erst ab übermorgen.
Und holen? Ha! Wozu? 😤!
Erst Luisa zusammenstauchen, dass sie ständig diese Emikodingsdas schickt, und jetzt biste selbst süchtig danach.
Jeder braucht ein Laster!
Und was, wenn Mutter in Sachen Koffer recht hat? 😱
Bianca, beruhig dich! Es sind nur Träume. Sind Schäume. Auch das hat sie oft gesagt, und die hat keinen Koffer gepackt, bevor sie der Schlag getroffen hat.
Das kommt nur davon, weil ich diese Woche zweimal auf dem Friedhof war. Else ist jetzt auf ihrer letzten Reise, auch ohne Koffer. Hätte

ja nicht bei Ernst vorbeischauen müssen. Der hat seine Blumen schon letzte Woche gekriegt, unverdienterweise.
Sollte ich nicht denken. Bringt Unglück. Nix Schlechtes über Tote reden.
Ach, Else … Du wirst mir fehlen. Mit dir war sogar der Ballermann schön. Jetzt sind se bald alle weg. Entweder in Alemania oder im Himmel, wobei Else sich nicht sicher gewesen war, ob sie nicht in die Hölle kommen würde 👿. Fünf Männer verschlissen! Dann hatte sie doch den Himmel schon auf Erden gehabt 😜. Vielleicht trifft sie in der Hölle ja auf Ernst 😅. Dann hat sich's ausgeballermannt.

Sonne scheint. Wird wieder heiß heut. Hoch lebe Mallorca! Rheumasaison ist endlich rum.

Tag fängt abgesehen von diesen Koffern gut an.
War ausnahmsweise ohne diese pflanzlichen Dragees auf dem 🚽. Geht also doch. Die richtige Atemtechnik. Allein dafür hat sich Yoga gelohnt. Und reichlich Olivenöl ins Essen. Gibt's ab heute jeden Abend, zu allem, und nicht zu scharf essen. Muss ich Teresa sagen. Estufado so scharf. Nee! Stopft. Vermutlich heißt das Gericht deshalb »estufado«. Klingt doch schon irgendwie nach »stopfado«. Das braucht sie gar nicht mehr machen. Spanische Küche in allen Ehren, aber nix mehr mit scharf! Soll lieber putzen statt kochen. Kann sie bald woanders. Oh Gott! Ich muss es ihr heut sagen!

Bianca klappte ihr Notebook entschlossen zu und trank den letzten Schluck ihrer zweiten Tasse Kaffee. Mit nur einer waren Albträume kaum zu vertreiben. Ein Hirnputzer, dieser spanische Lösliche. Und der Kreislauf kam dabei auch noch in Schwung. Biancas Blick fiel auf die Uhr über ihrem Sekretär. Schon halb neun, und sie saß immer noch im Schlabber-T-Shirt vor der Schlafzimmerkommode. An sich kein Problem, wenn man allein lebte, doch solche Dinge durften gar nicht erst einreißen. Disziplin ist das halbe Leben! Bianca betrachtete sich bei diesem Gedanken im Spiegel und erschrak über ihren Gesichtsausdruck, die schmalen, zusammengekniffenen Lippen, aber auch über ihr Haar, das noch kreuz und quer abstand. Keine gute Idee, diese Kurzhaarfrisur. Gib's zu! Haste dir doch nur so machen lassen, weil Wolfi die Beimer aus der *Lindenstraße* so toll findet. Der bloße Gedanke an *ihn* zauberte die erschreckende Strenge ihres Spiegelbilds sofort weg und belebte es mit einem Lächeln. Das verschwand aber, als sie die Haustür ins Schloss fallen hörte. Teresa!

Bianca stand auf und huschte hinüber zum begehbaren Kleiderschrank, in dem nun, seitdem Ernsts Sachen entsorgt waren, alles viel übersichtlicher auf den Stangen hing. Obwohl Bianca sich eigentlich nur ihre bequemen Leggings herausholen wollte, schnappte sie sich gleich noch ihr blaues Kleid und legte es sich für später auf dem Bett zurecht. Wolfi liebte Blau, das gefiel ihm auch an ihren Augen so, und früher hatte die Farbe sowieso perfekt zu ihren naturblonden Haaren gepasst. Zu Friedhofsblond passte gottlob alles. Einer der Vorzüge des Alters. Hinein in die Hose. Das T-Shirt ließ sie gleich an. Für eine Zugehfrau musste man sich schließlich nicht schick machen.

Hatte Teresa etwa Fledermausohren? Natürlich hörte man normalerweise jeden Schritt auf der ausladenden Wendeltreppe aus Marmor, die hinunter ins Erdgeschoss führte, aber doch nicht, wenn jemand barfuß darauf heruntertapste. Bianca liebte die sanfte Kühle an ihren Fußsohlen, wenn es draußen schon recht warm war – mit ein Grund, weshalb sie sich für Marmorfliesen im ganzen Haus entschieden hatten. Die waren auch leichter zu reinigen, vor allem im Frühjahr, wenn der Wind aus dem bergigen Umland

Kiefernpollen über ganz Port de Sóller verteilte und ihn gelegentlich damit sogar gelb einnebelte.

»Hola Bianca. Que tal?«, hallte es erneut hinaus ins Treppenhaus. Teresas Stimme kam aus der Küche, begleitet von Gerumpel und einem daraufhin einsetzenden Geräusch von fließendem Wasser, das munter in einen Eimer pritschelte. Schon zog Bianca der Duft des in Spanien allseits beliebten Chlorreinigers, den sie hierzulande »Lejia« nannten, in die Nase. Angeblich ja das Allerbeste, um ein Haus keimfrei und blitzeblank zu bekommen, insbesondere die Bäder. Wenn Teresa mit ihrer Putzaktion fertig war, roch es in ihrem Domizil wie in einem Krankenhaus. Man konnte dann vom Boden essen. Das Haus wurde zugleich zur Todeszone für Ameisen und sonstiges Krabbelzeug, mit dem Mutter Natur sie im grünen Teil Mallorcas, im Nordwesten, reichlich segnete.

»Buenas«, begrüßte Bianca sie, als sie die Küche betrat. Das dazugehörige »Dias« ließ sie weg. Das machten hier alle Einheimischen, wie ihr Teresa erklärt und sie selbst oft genug in der Stadt aufgeschnappt hatte. Man war dann eine von hier, wobei Teresa froh war, dass Bianca de facto keine »von hier« war – vermutlich mit ein Grund, warum sie als Zugehfrau seit Jahren fast ausschließlich für sie, Überwinterer aus Berlin, und noch drei Deutsche, die Bianca nicht kannte, arbeitete. Brachte auch mehr ein als ihre früheren Jobs in der Hotellerie und Gastronomie, denen sie ihre Deutschkenntnisse zu verdanken hatte. Deutsche hatten Teresas Erfahrung nach stets ein aufgeräumtes und vor allem logisch organisiertes Haus. Bei Spaniern lag so viel herum, dass sie vor lauter Aufräumen gar nicht zum Putzen kam. Die minimalistische, moderne Einrichtung ihres Hauses musste für Teresa das Paradies auf Erden sein. Durchdacht bis ins letzte Detail, genau wie Bianca es immer für ihre Kunden getan hatte. Wer zwanzig Jahre für andere Wohnungseinrichtungen konzipiert hatte, der wusste, wie man aus einer Finca einen Luxustempel machte. Ein Traum in Weiß und Anthrazit mit wenigen und für jeden Raum abgestimmten Farbakzenten, die Gemälde und Skulpturen beisteuerten.

»Magst du einen Kaffee?«, fragte Bianca, obwohl sie genau wusste, dass Teresa vor der Arbeit keinen trank. Dementsprechend verdutzt sah sie zu ihr her. Doch lieber später mit ihr reden? Etwas vor sich herzuschieben, war an sich nicht Biancas Ding. Das sorgte nur für einen nervösen Magen.

»Es gibt etwas zu besprechen«, gab Bianca ihr zu verstehen, damit sie es so schnell wie möglich hinter sich hatte.

»Aber das Wasser. Es ist jetzt heiß«, protestierte Teresa.

»Dauert nicht lange.« Zumindest hoffte Bianca das.

Teresa stellte den Wasserhahn ab und hievte den nach Chlor stinkenden Eimer aus der Spüle. Schwungvoll und mit so angespanntem Bizeps, dass man meinen könnte, sie sei eine ehemalige russische Gewichtheberin. Bianca erstaunte immer wieder, woher diese Frau die Kraft nahm. Mit fünfundsechzig war man schließlich kein junges Ding mehr. In Teresas Alter hatte sie beim Treppensteigen bereits gekeucht und nach zwei fiesen Schüssen der Hexe nichts mehr angefasst, was die Hexe hätte ärgern können.

»Also doch einen Kaffee? Cortado?« Bianco hoffte, dass Teresa mit ihren Prinzipien brach.

Zunächst nickte sie – schulterzuckend –, nahm dann aber Bianca mit zusammengekniffenen Augen ins Visier, woraufhin aus ihren sonnengegerbten Falten regelrechte Furchen wurden, die ihre Stirn von der nach hinten gebundenen blondierten Mähne bis zu den Augenbrauen zierten.

»Ist alles in Ordnung? Du siehst blass aus«, stellte Teresa fest.

»Ja. – Was soll denn nicht in Ordnung sein?« Warum sie etwas blass war, wusste Bianca. Das musste die Aufregung sein. Wer überbrachte schon gern unangenehme Nachrichten? Da sah man nun mal nicht aus wie das blühende Leben.

»Du warst doch beim Arzt.« Aha, der Brief mit dem Laborbericht vom Centro de Salud von letzter Woche war Teresa also nicht entgangen.

»War reine Routine. Blutwerte einer Chica in den besten Jahren, hat der Arzt gesagt«, versicherte Bianca ihr, wobei sie natürlich wusste, dass er damit charmant übertrieben hatte. Fit war sie, aber schon lange kein Mädchen mehr.

Teresa erleichterte das sichtlich. Ihre Stirnfalten wurden wieder zu bloßen Zeitzeugen. Sie musterte sie aber immer noch misstrauisch.

»Aber du gehst doch normalerweise im Herbst.« Auch das wusste Teresa natürlich, zumal ältere Semester sich naturgemäß gerne über Arztbesuche austauschten. Eine Steilvorlage.

»Ich wollte wissen, ob ich für die Reise fit bin – und dann noch die ganzen Impfungen. Muss man doch klären.« Eigentlich hatte Bianca geplant, ihr das schonender beizubringen, doch bevor das Wasser im Eimer noch kalt wurde, was Teresa ihr vorwerfen würde, legte sie die Karten besser gleich auf den Tisch.

»Reise? Impfung? Gegen was?« Teresa war sichtlich von der Rolle.

»Wolfi und ich ... wir planen eine Weltreise.« Jetzt war es raus.

Teresas Augen weiteten sich. Ihre Stirnfalten sprangen erneut in den Canyon-Modus. Sie suchte Halt am Stiel des Wischmopps.

»Die ganze Welt? Todo el mundo? Madre mía!«, stammelte Teresa.

Bianca ließ sich mit einer Antwort Zeit, denn es war gar nicht so einfach, sich an ihre Reisepläne in der richtigen Reihenfolge zu erinnern.

»Von hier mit einem Segler nach Gran Canaria. Weiter mit dem Flieger nach Marokko. Hoch nach Tunesien, runter nach Nigeria und Südafrika. In Port Elisabeth gibt's 'nen Elefantenpark. Wieder hoch nach Ägypten. Einmal im Leben die Pyramiden sehen und das Tal der Könige. Tut Ench ... Du weißt schon, Anun oder so ähnlich. Weiter nach Dubai, Shopping und rauf auf diesen hohen Turm, dann Indien Tadsch Mahal. Ist ja auch wie ein Weltwunder. Also eines der Neuzeit. Hab ich gelesen. Bangkok. Muss sein. Ach, ich freu mich so auf den Königspalast. Der ist so schön bunt und mit so viel Gold. Glitzert alles. Dann Sydney. In Australien noch zwei Inlandsflüge. Ich möchte endlich mal Kängurus in echt sehen und den berühmten roten Felsen. China, die Mauer und den Kaiserpalast. *Der letzte Kaiser* war so ein toller Film. Natürlich Japan, in Tokio Sushi essen und über Honolulu nach San Francisco, Boston, New York, Paris, und bevor wir wieder heimkommen, nach Basel oder Stuttgart. Dann noch ein Abstecher nach Freiburg.« Bianca ratterte ihr Reiseprogramm herunter wie auswendig gelernt.

Teresa stand mit sperrangelweit geöffnetem Mund da.

Bianca suchte nun auch Halt am Küchentisch. Sie hatte sich selbst von ihren Reiseplänen davontragen lassen und sich schwindlig geredet.

»Freiburg?«, wunderte Teresa sich, nachdem sie wieder Luft bekam.

»Luisa.«

Teresa nickte wissend. Dass Biancas Enkelin in Freiburg studierte, wusste sie. Sie wirkte dennoch immer noch leicht geschockt.

»Aber wie lange seid ihr denn dann unterwegs? Und Luisa? Die kommt doch im Sommer.« Das war der Wermutstropfen, denn ihre Enkelin vermisste Bianca schon beim bloßen Gedanken daran, dass sie sich auf Monate nur noch per Videochat sehen würden.

»Monate ... Vielleicht sogar ein Jahr. Wir haben ja keine Eile.«

»Hast du im Lotto gewonnen?«

Bianca holte tief Luft, denn das Gespräch lief unweigerlich auf den neuralgischen Punkt zu. Dementsprechend dünnte sich Biancas Stimme aus.

»Mein Erspartes reicht höchstens für Rucksacktourismus. Und dafür bin ich schon zu alt. Ich werd das Haus verkaufen.«

Teresa schluckte und zog traurigen Blicks ihre Augenbrauen so weit zusammen, dass Bianca schon fürchtete, dass Teresa die Stirnfurchen nun blieben.

»Aber ... du hast es doch so schön hier«, sagte Teresa.

»Schön? Die meisten meiner Freunde sind entweder tot oder in der alten Heimat. Ich hock hier die ganze Zeit allein herum.«

»Das Haus. Es war doch euer Traum ...« Teresa sah sich fassungslos in der Küche um und ließ ihren Blick zum Fenster wandern. »Allein diese Aussicht«, schwärmte sie.

»Jeden Tag das Gleiche.« Bianca wunderte sich selbst darüber, mit welcher Leichtigkeit sie das eben von sich gegeben hatte.

»Und die vielen schönen Sachen ... Bilder und Möbel. Die ganzen Erinnerungen.«

»Kann man auch in seinem Herzen tragen. Solange es noch schlägt.« Genau das war doch der Punkt.

Teresa seufzte und schüttelte den Kopf. Dann wirkte sie schlagartig tieftraurig. Die Konsequenz des Hausverkaufs hatte sie nun wohl erfasst.

»Wann fahrt ihr?«

»Sobald das Haus verkauft ist. Es gibt bereits Interessenten.«

Teresa nickte still und stumm vor sich hin. Der Stiel des Wischmopps wurde mittlerweile zur Krücke.

»Die neuen Eigentümer brauchen sicher auch jemanden«, versuchte Bianca, sie zu trösten, was aber nicht so recht zu wirken schien.

»Ich dachte, ihr wolltet nur Urlaub machen. Für ein paar Wochen.«

»Wennschon, dennschon. Wolfi wollte das auch schon immer mal machen. Er tut mir gut. Er bringt mich zum Lachen. Ich bin wieder ein Mensch. Verstehst du?«

Teresa nickte, auch wenn sie es sicher nicht vollumfänglich verstand, denn mehr als zweimal hatte sie Wolfi noch nicht zu Gesicht bekommen.

»Aber gleich so weit weg ... Und wenn unterwegs etwas passiert ... oder du krank wirst ...«

»Reisekrankenversicherung mit Rücktransport. Die Uhr tickt. Und die Zeiger laufen immer schneller. Ich will hier nicht verrotten, noch etwas erleben, bevor's auf die letzte Reise geht«, sagte Bianca. Es war eigentlich schon ein Ausruf, der einfach alles auf den Punkt brachte.

»Und deine Familie ... weiß die ...?«

»Das kriegen die doch gar nicht mit. So selten, wie sie sich bei mir melden. Ich kann schon froh sein, wenn Steffen mich übermorgen überhaupt anruft. Na ja, Anja wird sich sicher melden.« Zumindest hoffte Bianca das. Am Ende vergaßen ihre Kinder ihren Geburtstag noch gänzlich.

Teresa kommentierte das mit einem mitleidsvollen Blick.

»Telefonieren kann man von überall auf der Welt ... Und Luisa ... Ich könnte ihr ein Flugticket spendieren. Dorthin, wo wir halt gerade sind.« Auf diesen Gedanken war Bianca gerade eben erst gekommen. Verlockend!

Teresa richtete sich tapfer wieder auf.

»Bevor ich es wegschütte, fang ich jetzt wohl besser an«, sagte sie, womit klar war, dass Bianca sich den Weg zur Kaffeemaschine am anderen Ende der Küche ersparen konnte.

»Wir finden eine Arbeit für dich. Und ich melde mich von unterwegs, schick dir Fotos.« Bianca überlegte, ob das so eine gute Idee war, denn soviel sie wusste, hatte Teresa noch nicht so viel von der Welt gesehen.

Teresa brummelte zustimmend. Ihr Finger steckte schon prüfend im Putzeimer. Anscheinend war das Wasser ihr noch heiß genug, denn flink versenkte sie den Mopp darin.

»Hab was zu essen mitgebracht. Ist im Kühlschrank. Paella«, sagte sie, bevor der Mopp auf den Boden klatschte.

Bianca kannte die Schärfe ihrer Paella, verkniff sich aber im Moment besser eine Bemerkung, denn das würde Teresas Gemüt nur noch mehr beschweren. Am besten, sie verzog sich. Teresa hasste es sowieso, wenn man ihr bei der Arbeit zusah. Außerdem näherte sich der Mopp bedrohlich ihren Füßen, was sehr nach einer Aufforderung aussah, sich aus der Küche zu verziehen. Bianca beschloss, nach oben zu gehen und sich das Wesentliche des eben Gesagten aufzuschreiben, auch Teresas Reaktion. Wie schnell vergaß man so was. Wertvolle Erinnerungen. Viel wertvoller als das Haus, die Möbel und der ganze Kram, für den sie paradoxerweise jahrelang geschuftet hatte. Ab jetzt wird nur noch gelebt und nicht mehr gesammelt. Bianca nahm sich vor, dies wörtlich in ihr Tagebuch zu schreiben.

Das Licht aus den an der Decke angebrachten Neonleuchten ist so grell, dass es nicht nur blendet, sondern regelrecht in die Augen sticht. Der Geruch von Desinfektionsmitteln legt sich beißend auf die Lunge. Anja rennt trotzdem, so schnell sie nur kann, den sterilen Gang entlang. An so vielen Türen vorbei. Aus dem hintersten Zimmer ruft jemand nach ihr. »Schwester.« Die Kinderstimme ist gurgelnd und dumpf. Ein erstickter Laut aus einem der anderen Zimmer. Schneller. Türen über Türen. Keuchen, Stöhnen, Röcheln, Rufe. Die Tür zu dem Zimmer, aus dem das Kind nach ihr ruft, ist noch so weit weg. Der Gang wie ein nicht enden wollender Tunnel. Sie kommt der Tür nicht näher. »Schwester!« Frische Mandel-OP. Der Junge braucht einen Spucknapf. Sie liegen vor ihr auf dem Wagen. Schon desinfiziert? Anja greift nach der obersten Schale auf dem Stapel. Tücher liegen daneben. Unglücklich in der Eile hingegriffen. Scheppernd gehen die Metallschalen zu Boden. Ein Höllenlärm. Er hallt wie Donner im Gang. »Schwester!« Nur noch ein Wimmern. »Ich bin doch gleich da«, ruft sie, doch dann versagt ihr die Stimme.

Anja schreckte auf und befand sich plötzlich mitten in Dunkelheit, die ein feiner Lichtstrahl aus einem schmalen Riss in den Stoffrollos durchschnitt – gerade hell genug, um sich in ihrem Schlafzimmer zu orientieren, zu wissen, dass sie in ihrem Bett lag, halb gelähmt von diesem Traum, der nur einer von vielen in letzter Zeit war. Er sorgte dafür, dass sie sich schweißgetränkt zur Seite wälzte und die Nachttischlampe anknipste, um einen Blick auf den Radiowecker zu werfen. Erst kurz vor elf. Anja ließ sich wie ein schlaffer Sack zurück ins Bett sinken, in der Hoffnung, wieder einzuschlafen, doch sie erschrak, als sie sich im verspiegelten Kleiderschrank gegenüber sah. Der feine Lichtstrahl fiel nun genau auf ihr Gesicht und leuchtete es gruselig von der Seite aus. So sahen Zombies aus. Ihr schwarzes Haar wild und verwirbelt. Leichenblässe und dunkle Ränder unter den Augen. Während sie sich aufsetzte, um das klatschnass geschwitzte Kissen umzudrehen, überlegte sie, ob es sich überhaupt noch lohnte, weiterzuschlafen. Gerade mal vier Stunden hatte sie nach dem Nachtdienst bisher zusammengekratzt. Eindeutig zu wenig. Aber wie konnte man mit diesem Traum im Gedächtnis einschlafen? Anja versuchte, sich mit dem Gedanken zu beruhigen, dass die Albträume dieser Art nicht mehr so häufig waren wie noch vor einem Jahr, als sie völlig übermüdet einem Kind eine falsche Infusion gelegt hatte. Wenn ihre Kollegin Petra es nicht gemerkt hätte, wäre das Kind sicher gestorben. Nie wieder Onkologie. War die Privatstation besser? Ja, sie war besser, auch wenn Anja oft die ganze Nacht allein Dienst schob. Geld für mehr Personal war zwar nicht da, aber wenigstens gab es auf dieser Station nur Kleinkram. Mandeln raus, Knochenbrüche, Blinddarm. Man musste einfach nur da sein und funktionieren, ohne die Psyche dabei bis an die Grenzen und darüber hinaus zu belasten. Anja dachte sogleich an den kleinen Benjamin, der ihr am Vortag einen Hasen gemalt hatte. »Für die liebe Schwester Anja«, stand darauf. So süß, der Kleine. Gedanken dieser Art entspannten. Sie trieben der geschundenen Seele die Geister der Vergangenheit aus. Doch! Es lohnte sich noch, weiterzuschlafen. Sonst war der freie Tag kein Vergnügen. Zwei volle Tage frei. Überstunden abbauen. Jetzt wird wieder geschlafen! Anja drehte sich auf die Seite. Der Duft von Lavendel aus dem kleinen Kissen, das sie sich nach anstrengenden Nachtschichten stets ans Kopfende ihres Betts legte, war noch stark genug, um ihr in die Nase zu kriechen. Beruhigt! An den süßen Hasen denken. So schöne Gedanken. Für solche Momente lohnte es sich zu arbeiten. Schlafen! Der Kopf sank immer tiefer in die Federn. Das entspannte so schön, doch der Effekt hielt nicht lange an, weil sich ihr Handy lautstark meldete. Anja verkrampfte augenblicklich, obwohl es nicht der Klingelton für die Klinik war. Oft genug erlebt, dass sie einspringen musste, weil sich eine ihrer Kolleginnen krankgemeldet hatte. Es war der für Unbekannte. Wahrscheinlich irgendein Telefonfuzzi, der ihr erneut ein Unterhaltungspaket für Bundesliga-TV andrehen wollte. Ignorieren. An den Hasen denken! Hört schon wieder auf. Hörte aber nicht auf.

Wenn das Blut einmal in Wallung gerät und das Herz bis zum Hals schlägt, ist an Schlaf nicht mehr zu denken. Wut treibt dummerweise den Puls nach oben. Und die trieb sie auch aus dem Bett und die fünf Schritte hinüber zu ihrer Anrichte, auf der das Handy lag.

Ihr »Hallo« war Anklage und Verurteilung in einem. Bissiger konnte man sich kaum melden.

Ein eingeschüchtertes »Hola« kam vom anderen Ende der Leitung zurück. Moment, die rauchige Stimme mit spanischem Akzent kennste doch. Teresa? Oh Gott! Ist irgendetwas mit Mama? Ihre neue Handynummer hatte sie ihr doch nur für Notfälle gegeben. Anjas Herz begann zu rasen.

»Wie geht es dir?«, kam dann.

Okay, Mama konnte nichts passiert sein, sonst würde Teresa nicht so dämlich fragen.

»Bin grade aufgestanden«, sagte Anja wahrheitsgemäß und wieder in einem normalen Tonfall.

»Oh, tut mir leid. Lo siento. Hab ich dich geweckt?«

Jemandem, der sich so kleinlaut gab und hörbar Reue zeigte, konnte man nicht böse sein.

»Wäre eh gleich aufgestanden«, log sie.

»Hast du eine Minute?«

»Auch zwei. Was gibt's? Ist irgendwas mit Mama?« Es konnte ja gar nicht anderes sein, überlegte Anja, aber es war bestimmt nix Schlimmes.

Für einen Moment vernahm Anja nur atmosphärisches Knistern in der Leitung und einen Schnaufer. Anja nutzte die Zeit, um die Rollos ein kleines Stück nach oben zu ziehen, sodass die Helligkeit nur langsam ihr Schlafzimmer flutete.

»Hat sie dir davon erzählt? Dass sie ihr Haus verkaufen will?«

»Was?« Anja tappte zurück zum Bett. Sie hatte das dringende Bedürfnis, sich zu setzen.

»Also nicht?«

»Nein. Und wieso so plötzlich?« Teresa musste sich täuschen, denn das Haus war Mamas ganzer Stolz. Zu lange hatte sie dafür geschuftet und es liebevoll eingerichtet.

»Eigentlich dürfte ich das gar nicht sagen.« Auch wenn Teresa ihr natürlich nicht direkt gegenüberstand, spürte Anja förmlich, dass es ihr unter den Nägeln brannte, ihre guten Vorsätze zu brechen.

»Ich bin verschwiegen wie ein Grab«, köderte sie Mamas Putzkraft.

»Ein Mann. Sie hat sich wieder verliebt«, sagte Teresa.

Anja versteifte augenblicklich. Hatte Mama nach der Trennung von Papa nicht immer getönt, dass ihr kein Mann mehr ins Haus komme? Und überhaupt. Warum wollte sie es dann verkaufen?

»Schön für sie«, löste sich ungewollt von ihren Lippen. Blöde Bemerkung. Etwas Besseres war ihr aber nicht eingefallen.

»Sie will mit ihm eine Weltreise machen. Alles verjubeln, hat sie gesagt.«

»Mama? Nie im Leben.«

»Doch ... Ich mache mir Sorgen um sie.«

»Wer ist das? Dieser Mann?«

»Ein Deutscher.«

»Woher kennt sie den?«

»Die haben sich in einem Café am Hafen kennengelernt.«

»In einem Café«, wunderte Anja sich.

»Warum denn nicht? Wo will man in ihrem Alter sonst einen Mann kennenlernen?«

»Mama? Sie wollte jemanden kennenlernen?« Es hatte doch immer geheißen: Nie wieder.

»Vielleicht wollte ja auch er jemanden kennenlernen«, sagte Teresa dann.

»Kennst du ihn? Wie alt ist er?«

»Er ist jünger«, sagte Teresa.

»Jünger?« Anja traute ihren Ohren nicht. Ein Heiratsschwindler, schoss es ihr durch den Kopf. Anja hatte von der Witwenjagd auf Malle erst kürzlich in einer Zeitschrift gelesen.

»Und wer weiß …« Teresa sprach nicht weiter. Stattdessen stieß sie einen Laut des Unmuts aus.

»Wie meinst du das?«

»Deine Mutter war beim Arzt … Vielleicht ist sie krank und will deshalb noch die halbe Welt sehen, bevor …«, krächzte Teresa.

»Mama?«, sagte Anja mehr zu sich.

»Sie hat doch übermorgen Geburtstag. Vielleicht wäre es gut, wenn jemand von der Familie … Ich glaube, sie braucht das jetzt. Sie vermisst euch«, sagte Teresa. Es klang überzeugend.

»Und am meisten Luisa«, fügte sie hinzu.

Letzteres nahm Anja ihr sofort ab. »Also, ich kann nicht. Dienst.«

»Deine Mutter übersteht in ihrem Alter so eine Reise nicht. Australien, Afrika … Impfungen.«

»Afrika? Was will sie denn in Afrika?« Anja hielt es nicht mehr auf ihrem Bett. Sie stand auf, zog das Rollo noch ein Stück nach oben, auch wenn die Sonne sie höllisch blendete.

»Du musst kommen, und nimm Luisa mit. Ich muss auflegen. Der Bus ist da …«, sagte Teresa gehetzt. Dann klickte es in der Leitung.

Anja stand wie gelähmt am Fenster und blickte auf die trostlose Betonwüste des Neubaukomplexes, in dem auch sie ihre Wohnung hatte.

Mama todkrank? Anja konnte das nicht glauben. Aber angenommen, es stimmte. Dann wären ihre Reisepläne plausibel. Nach so einer Diagnose gaben einige Leute Gas. Noch aus dem Leben rausholen, was ging, vor allem reisen. Schon oft gehört. Und ein neuer Mann klebte an ihren Fersen. Ein jüngerer Mann. Erbschleicher. Auch das hatte sie sich von ihren älteren Patienten bereits anhören dürfen. Schöne Augen machen, ein paar Gefälligkeiten, und dann in aller Ruhe warten, bis das Opfer sich von dieser Welt verabschiedete. Alles klar. Steffen anrufen. Vielleicht kann er ja. Oder soll ich meinen Urlaub dafür opfern? Wie denn, wenn kaum noch Personal da ist. Anja zog das Rollo mit einem Ruck nun ganz nach oben. Entscheidungen dieser Art traf man besser bei vollem Bewusstsein.

Bianca hatte schon lange aufgehört zu zählen, wie viele Fotos sie von ihrer Terrasse aus oder auf ihrem Spazierweg hinunter zum Hafen gemacht hatte, um diese traumhafte Aussicht auf die Bucht von Port de Sóller einzufangen. Im Frühjahr, wenn alles blühte, war es hier am schönsten. Je nach Tageszeit, dem damit verbundenen Lichteinfall und der Wolkenstimmung leuchtete das Meer mal türkisfarben, mal azurblau. Um die Mittagszeit, wenn die Sonne fast vertikal auf die Bucht fiel, strahlten die Farben der Häuserzeilen, die vom Hafen bis zur immergrünen hügeligen Landzunge reichten, besonders intensiv. Es waren weiße und überwiegend ockerfarbene Gebäude modernerer Bauart, nach oben zum Hang hin aber vor allem ältere Steinhäuser, aus deren Gärten Zitrusbäume und blühende Sträucher ragten. Das alles zusammen ergab ein schier unbezahlbares Panorama und war einer der Gründe, weshalb sie sich hier so wohlgefühlt und überhaupt erst in diesen Ort verliebt hatte. Obwohl Bianca Panoramen normalerweise erst gegen Nachmittag fotografierte, wenn sich Schatten in die Landschaft gruben, hielt sie heute an einem Oleanderstrauch an. Dessen prächtige rote Blüten musste sie einfach einfangen. Sie bildeten einen reizvollen Kontrast zum Meer und den vielen Segelbooten, die mitten in der Bucht vor Anker lagen. Schönes Bild! Sie machte gleich noch eines aus einem anderen Blickwinkel. Farben und Formen in immer neuen Varianten zu kombinieren, war zeit ihres Lebens eine ihrer liebsten Beschäftigungen gewesen, nicht nur berufsbedingt. Um die Strecke hinunter zum Hafen zu bewältigen, blieb noch genug Zeit. Wolfi schätzte Pünktlichkeit. Bianca beschloss daher, das Foto gleich in ihr digitales Tagebuch hochzuladen. Das vom Vortag war ein Selfie von sich und Wolfi, Arm in Arm an der Uferpromenade. Bianca öffnete den Eintrag und vergrößerte es. Ob er heute wohl wieder diesen tollen Leinenanzug trug? Er passte zu ihm und zu seiner Lässigkeit. Ein Mann wie er gehörte auch nicht in etwas perfekt Gebügeltes und Aalglattes. Aus dem aufgeknöpften Knitterhemd mussten seine gekräuselten Haare auf der Brust sprießen. Die und sein ebenfalls ergrauter Bart, sein von der Sonne gegerbtes Gesicht und sein weißes Haar, das silbern im Gegenlicht schimmerte, machten ihn äußerst attraktiv. Wolfis sonore Stimme ebenfalls – Christian Kohlund würde vor Neid erblassen –, und dann noch sein verwegener Blick. Ein richtiger Mann! Das Gesamtpaket stimmte und verursachte angenehmes Kribbeln im Bauch, wenn sie sich sahen. Dagegen nahmen sich selbst gut gebaute junge Mallorca-Schönlinge, die sie bei Erreichen der Uferpromenade am Strand Volleyball spielen sah, richtig langweilig aus. Und am schlimmsten waren diese geschleckten Neureichen in ihren Lacoste-Hemden und Golfhosen. Wenn bei einem Mann die Schultern schmaler als die Hüften wurden, konnte man doch schon gar nicht mehr von einem Mannsbild reden. Letzteres hatte sie in den letzten Ehejahren auch an Ernst gestört, an den sie nun ungewollt dachte, weil einer dieser Golfies in Begleitung seiner Gattin an ihr vorbeischlenderte und das gleiche Parfüm wie Ernst trug. Sie blieb kurz stehen und sah ihm kopfschüttelnd nach. Da war ihr Wolfis herbes Rasierwasser schon lieber. Nur noch wenige Gehminuten, dann hatte sie es wieder in der Nase. So lange schätzte sie, noch bis zum vereinbarten Treffpunkt in einem gemütlichen Café zu brauchen. Es war eines von vielen an der restaurantgespickten Carrer de la Marina, doch nicht irgendeines, denn dort hatten sie sich kennengelernt. Bianca setzte ihren Weg zwischen den im Trottoir eingelassenen Straßenbahnschienen, die direkt an der zum Strand hin palmengesäumten Promenade verliefen, fort. Wohl eher aus Gewohnheit, weil Touristen diesen schmalen Streifen, aus Angst überfahren zu werden, mieden und man daher schneller vorwärtskam. Wenn sich die »Ferrocarril de Sóller«, eine holzverkleidete Straßenbahn, wie man sie auf dem Festland nur noch in einem Museum fand, näherte, hörte man das schon von Weitem. Nur wussten das die meisten Touris nicht, sodass die Schienen zugleich zur Schnellspur für einheimische Fußgänger wurden.

Wolfis schneeweißes Leinenhemd hob sich von den vielen bunt gekleideten Touristen ab, die sich auf den Stühlen vor dem Café unter Sonnenschirmen tummelten. Heute mit Strohhut? Er stand ihm. Als sie sich näherte, nahm sie die Touris ins Visier, die an den Tischen neben ihm saßen. Wer sah wohl nett genug aus, um ein Foto von ihnen beiden zu machen? Das gab bestimmt eine traumhaft schöne Aufnahme. Sie in ihrem blauen Kleid und er im Leinenhemd mit hochgekrempelten Ärmeln. Wahrscheinlich kam nur das junge Touristenpärchen dafür infrage. Die hatten einen Selfie-Stick dabei. Mussten also Profis der Selbstinszenierung sein. Die Herrschaften im schätzungsweise frischgebackenen Rentenalter, mit Wohlstandsbäuchen, über die sich geschmacklose Billig-T-Shirts spannten, und ein Pärchen, das so dasaß, als hätten beide einen Stock verschluckt, schieden für ihr Vorhaben eher aus.

»Meine Schöne«, begrüßte Wolfgang sie, stand auf und funkelte sie erst einmal aus seinen braunen Augen an, bevor er sie zur Begrüßung küsste. Und gleich noch mal, diesmal aber fest umschlungen. Dass seine Hand an ihrem Rücken entlangfuhr und sich rotzfrech auf ihren Po legte, er dabei verwegen grinste, war genau das, was sie an Wolfi so liebte. Ungezwungen und frei. Die mit dem verschluckten Stock starrten sie ungläubig an. Die mit Wanst ebenso. Nur das junge Pärchen, wohl selbst frisch verliebt, grinste begeistert. Wolfi dachte gar nicht daran, von ihr abzulassen.

»Bleiben wir hier auf einen Drink oder gehen wir gleich zum Hafen? Möchte dir ’nen Segler zeigen. Gehört einem Griechen. Der fährt kommende Woche auf die Kanaren.«

»Einem Griechen? Kennst du ihn?«

»Christos hat mal ’nen Achter-BMW bei mir gekauft. Gran Coupé.«

»Onassis’ Enkel?« Bianca waren die verschiedenen Automodelle mittlerweile ein Begriff. Flotte Schlitten waren Wolfis Leidenschaft, und bis vor zwei Jahren hatte er diese hier auf der Insel verkauft.

»Geldwäscher«, sagte er und lachte, woraufhin Wanst und Stock gleich noch größere Augen machten.

»Magst du eine Sangria?«, fragte er, während er ihr einen der Stühle zurechtrückte.

Bianca nickte, denn sie wusste, dass die Sangria hier nur auf Grundlage der besten Roten zubereitet wurde. Am Ballermann konnte man das beim besten Willen nicht trinken.

»Dos sangrias con mucho hielo y tres rodajas de naranja«, bestellte er beim vorbeihuschenden jungen Ober, bevor er neben ihr

Platz nahm. Auch eines der Dinge, die sie an Wolfi schätzte. Er war so aufmerksam und merkte sich selbst Kleinigkeiten wie, dass sie viel Eis und mindestens drei Scheiben Orangen im Sangriaglas haben wollte.

Nachdem die Bestellung aufgegeben war, lehnte er sich erst mal entspannt zurück und sah sie einfach nur an. Bianca ertrug das bei keinem anderen Menschen. Wie oft hatte sie sich mit Ernst in Cafés wie diesem angeschwiegen. Im Moment fielen auch keine Worte, doch sie schwiegen nicht. Seine Augen und Gesten waren beredt genug. Seine Hand wanderte auf ihre. Sein Daumen fuhr ihr über den Handrücken. Dabei schmunzelte er wie ein junger, verliebter Kerl.

»Kann noch gar nicht glauben, dass es erst zwei Wochen her ist«, sagte er dann.

»Mir geht es genauso«, erwiderte Bianca. Seither hatten sie fast täglich in diesem Café gesessen. Am Platz daneben, wo jetzt das junge Pärchen saß, hatten sie ihr erstes Date gehabt, wie man das heutzutage nannte. Nur einen Blick getauscht, dann ein irritiertes, eher schüchternes Lächeln ihrerseits. Mehr brauchte es doch nicht, um sich zu verlieben.

»Ich heiße Wolfgang – und Sie?«, hatte er keck vom Nebentisch aus gefragt.

Ja, was will man denn darauf anderes sagen, als sich namentlich vorzustellen? »Darf ich mich zu Ihnen setzen? Hab hier schon zu oft allein rumgesessen. Da kann man ja mit niemandem anstoßen.« So eine charmante und doch bodenständige Anmache wies eine kluge Frau nicht ab. Bianca erinnerte sich an den wohl längsten Tagebucheintrag seit Jahren. Wie sonst sollte man Gefühlswallungen, die schon seit Ewigkeiten eingemottet gewesen waren, einigermaßen einordnen und vor allem verarbeiten?

»Neben mir saß doch diese Blondine. Hast du dich bei der

auch so dreist vorgestellt?«, wagte sie heute ganz offen zu fragen. Natürlich augenzwinkernd.

»Interessierte mich nicht«, erwiderte er schmunzelnd, ohne seinen Blick von ihr zu nehmen.

»Zu jung?«

»Kein Charisma. Ich hab Menschenkenntnis. Die brauchst du als Autohändler.«

»Deine Achter-BMW-Kunden waren doch sicher Männer.«

»Klar, aber ausschlaggebend sind immer die Frauen. Ein Mann kauft so einen Wagen, um einer Frau zu imponieren. Die Frau trifft die Kaufentscheidung. Ist doch bei Wohnungen genauso. Bad und Küche müssen top sein.«

Bianca lachte, denn dies entsprach so ziemlich genau ihrer langjährigen Berufserfahrung. Küchen und Bäder zu planen, war sowieso eine Wissenschaft für sich.

»Ich kann es kaum erwarten ... Mit dir unter sternenklarem Himmel an Bord zu liegen.«

Bianca ging es nicht anders, doch bei aller Verliebtheit keimten in solchen Momenten Ängste auf, vor allem die Angst vor der eigenen Courage. Man durfte das wohl kaum jemandem erzählen, sich mit einem Mann, den man noch nicht so lange kannte, auf Weltreise zu begeben. Aber das musste sie ja auch niemandem erzählen. Bianca schmunzelte diese Angst einfach hinweg.

Wolfi war dieser nachdenkliche Moment offenbar trotzdem nicht entgangen, denn er musterte sie nun etwas eindringlicher.

»Schon verrückt. Wir kennen uns erst so kurze Zeit. Ich hätte nicht gedacht ...« Der Mann konnte anscheinend Gedanken lesen.

»Ich bin sicher hier auch nicht entlangspaziert in der Absicht, jemanden zu finden, mit dem ich um die Welt reise«, gab sie zurück.

»Hast du Angst davor?«

Auch das war merkwürdig. Bianca scheute sich nicht davor, ihm gegenüber offen zu sein. Sie nickte. »Manchmal ...«

»Vor was genau? Etwa vor mir?«

Bianca verneinte seine Frage und musterte nun ihn im Gegenzug. Sein Blick war fürsorglich und einfühlsam.

»Dass ich es vielleicht nicht durchhalte. Rein körperlich. Die Hitze, Stürme, Turbulenzen im Flieger, Moskitos ... Oh Gott, ich darf gar nicht darüber nachdenken.«

»Man wächst mit den Herausforderungen. Je weniger man macht, desto weniger traut man sich zu. Und nichts ist schlimmer, als sich zu verkriechen.«

»Selbst mal erlebt?«

»Nach der Scheidung von meiner Frau wollte ich nicht mal mehr aus dem Haus gehen.«

»Du hast mir noch nicht erzählt ...«

»Warum wir uns haben scheiden lassen? Sie hat sich in einen Jüngeren verliebt. Animateur. Sportlich, trainiert. Junger Hengst. Passiert.« Wolfi gab sich zwar cool, aber seine Stimme hatte auf einmal eine melancholische Klangfarbe.

»Und du? Warum hast du dich scheiden lassen?«

Bianca zögerte, denn dies war einer ihrer neuralgischen Punkte.

»Ging nicht mehr. Passiert«, gab sie zurück. Bianca war froh, dass der Kellner ihnen die Sangriagläser auf den Tisch stellte.

Wolfi griff als Erster zum Glas.

»Auf die Dinge, die *passieren*. Sind ja auch schöne Momente dabei«, sagte er und hielt ihr das Glas hin.

»Macht ihr ein Bild von uns?«, fragte sie den jungen Kerl am Nachbartisch.

»Klar.«

Bianca reichte ihm ihr Handy und posierte für das Bild. In Gedanken an das, was ihr mit Ernst »passiert« war, fiel es ihr aber schwer, so ganz unbeschwert zu lächeln.

»Tolles Foto«, kommentierte Wolfi, nachdem der junge Mann ihm die Aufnahme gezeigt hatte.

»Ein Traumpaar.«

»Ein wirklich hübsches«, sagte der junge Kerl.

Bianca atmete auf.

Beim Umrunden seines in die Jahre gekommenen Hotels wartete Steffen förmlich auf einen Satz, den er in den letzten drei Monaten leider des Öfteren zu hören bekommen hatte: »Das wird teuer.« Zuletzt vor zwei Wochen und ausgerechnet an seinem fünfundvierzigsten Geburtstag, weil sich in zwei Zimmern Schimmelbefall gezeigt hatte – und das im Sommer. Ein Hotel mit verschimmelten Räumen, einer stellenweise brüchigen Außenfassade und ohne Wärmedämmung war faktisch unbewohnbar. Noch besah sich der Handwerker die Holzfenster, die Steffen seit Kauf des Hotels vor gut zwei Jahren mangels Finanzen noch nicht hatte austauschen lassen. Ebenfalls eine potenzielle Schimmelquelle, vor allem im Winter, wenn es in Lindau ziemlich frostig wurde und die Heizung auf Hochtouren lief, um die feuchtkalte Luft vom nahen Bodensee zu vertreiben.

»Das wird teuer«, kam dann wie befürchtet vom etwa gleichaltrigen Mittvierziger, einem Allround-Handwerker namens Jochen, der beinahe schon fest angestellt für ihn würde arbeiten können.

»Zwanzigtausend. Mindestens. Aber das kannst du doch von der Steuer absetzen. Energetische Sanierung. Wird gefördert.«

Das war sicher aufmunternd gemeint, doch das in die Jahre gekommene *Hotel Stegemann* lag nun einmal nicht in Bestlage, sondern am Ortsrand und war nur während der Sommerferien rappelvoll. Ohne die »Wellnessoase«, im Wesentlichen eine stinknormale Sauna, ein Kellerraum mit Massagepritsche und dem anhängigen Nagel- und Fußpflegebereich seiner Frau, wären sie vermutlich bereits pleite. Steffens Gesicht wurde immer länger.

»Ist halt so bei alten Gebäuden. Aber dafür haben sie ihren Charme«, sagte Jochen.

»Charme? Die Leute wollen keinen Rosengarten, sondern einen Pool und möglichst nur wenige Gehminuten zum See«, klagte Steffen sich selbst an. Ihn schmerzte die späte Erkenntnis, die ihn davor hätte bewahren können, sich diesen »lukrativen« Kasten aufschwatzen zu lassen. Scheißtouristikstudium. Da fehlte definitiv der Praxisbezug, auf was man zum Beispiel beim Erwerb eines Hotels, für das man sich auch noch verschuldete, achten sollte. Ein schön gestaltetes Innenleben, die Terrasse mit Blick auf einen traumhaften Rosengarten und der Glasfaseranschluss auf jedem Zimmer rissen es wider Erwarten nicht heraus. Gegessen!

»Wann fängst du an?«

»Kommende Woche? Ist ja noch nicht so viel los hier. Wird Lärm machen.«

Steffen nickte nur. Welche Wahl hatte er schon? Wenigstens war Jochen günstiger als andere, und etwas unter der Hand ging bei ihm normalerweise immer. Die hielt er ihm dann auch hin. Give me five. Die bekam er. Auftragserteilung wie üblich per Handschlag. Diesmal allerdings mit Rechnung, um die energetische Förderung vom Staat zu kassieren. Er kann ja mehr draufschreiben, überlegte Steffen.

Jochen war gerade mit seinem Kombi von der Zufahrt in die Hauptstraße gebogen, da vernahm Steffen die Stimme seiner Frau. Yvonnes Ausruf klang dringlich. Hoffentlich nicht noch ein Schaden in ihrem Fußpflegebereich, den sie Jochen noch schnell mit auf den Weg geben wollte. Auch das Souterrain hatte ja bereits letztes Jahr mit Feuchtigkeit zu kämpfen gehabt.

»Du glaubst das nicht«, sagte sie, während sie in ihrem weißen Praxiskleid die Treppe, die zum Wellness führte, emporeilte. Wenn Yvonne unentwegt ihr schulterlanges brünettes Haar aus dem Gesicht streifte, dann nagte etwas an ihr. Sie tat es auch noch, als sie ihn erreicht hatte.

»Anja hat angerufen.« Yvonne schüttelte ungläubig den Kopf. Die nächste widerspenstige Haarsträhne fiel in ihr hübsches Gesicht, das beunruhigend angespannt wirkte.

»Deine Mutter will ihr Haus verkaufen und mit einem Heiratsschwindler durchbrennen.«

»Was?« Steffen konnte das kaum glauben.

»Sie scheint krank zu sein. Schwer krank.«

»Hat sie das Anja gesagt?«

»Nein. Sie weiß es von Teresa. Du weißt schon. Die Alte, die ihr hilft. Anja meint, wir sollten zu ihrem Geburtstag hinfahren. Könnte ihr letzter sein.«

»Mama? Die ist doch nicht krank.« Steffen kannte keine Frau in ihrem Alter, die rüstiger und reger war.

»Im Kopf offenbar schon«, merkte Yvonne an.

Steffen musste das erst mal verdauen.

»Das ist dort unten Volkssport. Eine Witwe angeln, ihr schöne Augen machen und dann ... Weltreise. Der braucht sie bloß irgendwo zurücklassen oder bei einer Kreuzfahrt von Bord ins Meer schubsen ...«

»Seit wann machst du dir so viele Gedanken um meine Mutter?«

Yvonne fuhr sich mit einer Hand übers Haupt. Bei Steffen fiel bereits der Groschen, doch Yvonne sprach es auch noch aus.

»Sie wird ihm alles vermachen. Wir sollten hinfahren«, sprudelte es aus ihr heraus.

»Ich werde dieses Haus nicht betreten. Du weißt das. Sie wollte ja unbedingt dorthin, obwohl wir mit Engelszungen auf sie eingeredet haben, dass das in ihrem Alter keine so gute Idee ist.«

»Dein Vater ist ja jetzt nicht mehr dort.« Yvonne wusste allzu gut, dass dies der Hauptgrund gewesen war, warum er sie bisher noch nicht in Port de Sóller besucht hatte. Dass sie sich nicht schon viel früher von seinem Vater getrennt hatte, der zweite. Keine Zeit, weil ein Hotelbetrieb kein Selbstläufer war, der dritte ...

Aber verdammt, wenn sie wirklich schwer krank war? Letzteres nagte an ihm mehr, als er sich anmerken lassen wollte.

»Wir könnten sie überraschen. Schließlich wird sie fünfundsiebzig«, schlug Yvonne vor. Dass sie überhaupt wusste, wie alt seine Mutter genau war, wunderte Steffen, denn noch vor einem Monat hatte Yvonne geglaubt, achtunddreißig zu werden, statt neununddreißig. Yvonne hatte es nicht so mit Zahlen.

»Und wer kümmert sich in der Zeit ums Hotel?«

»Frieda ist doch da. Um die Zeit ist es eh ruhig.« Ihrem Zimmermädchen für alles traute Steffen das sogar zu. Dennoch musterte er Yvonne argwöhnisch. Erst vor Kurzem hatten sie bei einem Gespräch anlässlich sanierungsbedingt schwindender Rücklagen über eine mögliche Erbschaft gesprochen.

»Und Anja hast du auch schon lange nicht mehr gesehen. Luisa mögen wir beide.«

So wie Yvonne ihn gerade bedrängte, dachte sie mit Sicherheit in erster Linie an die Knete, die wohl flöten ging, wenn sich seine Mutter von einem Kerl ausnehmen ließ.

»Ich war erst einmal auf Mallorca. Der Westen soll sehr schön sein«, ergänzte sie.

»Anja kommt auch?«

»Weiß sie noch nicht. Hängt von ihrem Dienstplan ab. Viel wichtiger ist, dass Luisa kommt. Deine Mutter hört auf sie.«

»Gott im Himmel! Mallorca, und ausgerechnet jetzt«, unkte Steffen.

»Ich schau mal nach Billigflügen.«

»Mach das.« Unterm Strich gestand Steffen sich ein, dass es gar keine andere Möglichkeit gab, auch wenn ihm davor graute, Vaters Haus zu betreten, und er auch keine große Lust darauf hatte, seine Schwester zu treffen. Die Vorstellung, dass seine Mutter ernsthaft erkrankt sein könnte, wühlte ihn nun aber doch ordentlich auf.

Kapitel 2

Bianca liebte es, wenn ein Segelschiff sich sanft im Takt der Wellen wiegte. Hier neben Wolfi an Deck von Christos' Segeljacht zu sitzen, die Füße über die Reling baumeln zu lassen und dabei den herrlichen Blick auf Port de Sóller zu genießen, weckte überraschenderweise Zweifel an ihrer Entscheidung, diesen Ort für längere Zeit zu verlassen. Wolfis Arm, den er um sie gelegt hatte, und die Segelboote, die Kurs auf das offene Meer nahmen, befeuerten hingegen Sehnsüchte, die Bianca nicht mehr länger zu verdrängen gedachte. Die Rahmenbedingungen passten. Der Grieche war Wolfis Wissen nach ein erfahrener Segler und die Jacht groß genug, um in der Straße von Gibraltar nicht abzusaufen. So hingebungsvoll, wie der griechische Mittfünfziger gemeinsam mit einem jüngeren Skipper die Planken polierte, würde er sicher gut auf seine Schwarzgeldperle aufpassen.

»Siehst du die Jolle da drüben? So was bin ich früher gefahren. Am Ammersee«, sagte Wolfi gedankenverloren. Dass er mit seiner geschiedenen Frau dort gewohnt hatte, wusste Bianca bereits.

»Na wenigstens du kannst hier mit anpacken.«

»Das müssen wir nicht, aber es macht Spaß, sich mit dem Wind anzulegen. Und du bist noch nie …?«

»Ernst fuhr gelegentlich zum Fischen raus aufs Meer. Mir war das immer zu langweilig.« Bianca ärgerte sich augenblicklich darüber, dass sich das leidige Thema wohl doch nicht ganz vermeiden ließ, und beschloss, sich ein Beispiel an Wolfi zu nehmen. Er schaffte es, seine Ex außer auf Nachfrage komplett auszublenden. Dankenswerterweise fragte er jetzt auch nicht weiter nach.

»Da plappert man einfach so vor sich hin, und jetzt: zum Greifen nah«, sagte er gedankenverloren, während er seinen Blick hinaus auf die silbrig glitzernde See schweifen ließ und die salzhaltige Luft genussvoll inhalierte.

»Aus Spaß wird Ernst. Sagt man doch immer.«

»Also ich hab nicht damit gerechnet«, gestand er und sah zu ihr.

»Weil ich das mit der Weltreise auch nur so vor mich hin geplappert hab?« Bianca erinnerte sich nur allzu gut an ihren ersten Tag im Café, an dem dieses Thema aufgekommen war.

»Nein, weil es ganz schön verrückt ist.«

»Und wenn schon«, gab Bianca zurück.

»Willst du wirklich dein schönes Haus verkaufen? Dein bisheriges Leben hinter dir lassen und alles verjubeln? Ich hab keine Kinder. Da ist es etwas anderes.«

»Was übrig bleibt, können sie ja haben. Für einen allein ist das Haus viel zu groß. Die Maklerin hat schon Interessenten. Rodriguez hat bereits einen Vorverkaufsvertrag für ein schwedisches Ehepaar aufgesetzt.« Dass es sie unentwegt auch an Ernst erinnerte, verschwieg Bianca. Da nützte auch die schönste Landschaft nix. Die tickende Uhr und der jahrelange Verzicht auf Fernreisen, weil sie Ernst zu anstrengend gewesen waren, kamen noch mit hinzu.

Wolfi musterte sie in einer Mischung aus Verwunderung und Besorgnis.

»Ich weiß ja schon gar nicht mehr, wie Steffen aussieht. Und Anja? Wir telefonieren, aber auch nur an Geburtstagen und wenn

Luisa da ist. Luisa kriegt ihren Teil. Den leg ich zur Seite. Die ist noch jung und braucht die Kohle sowieso dringender.« Dass die Reise, bei der sie nicht aufs Geld zu schauen brauchte, auf Kosten der Erben gehen sollte, war beschlossene Sache.

»Vielleicht sind sie einfach zu beschäftigt, dich zu besuchen. Das Leben ist so fordernd. Deine Tochter arbeitet doch im Krankenhaus. Hat sicher viel Stress.«

»Alles Ausreden.«

»Anja und Steffen haben dich nie hier besucht? Das Haus ist doch riesig.«

»Anja war einmal hier, als Ernst noch lebte. Und beide waren bei seiner Beerdigung. Steffen blieb mit seiner Frau im Hotel.« Bianca suchte bereits nach einer Möglichkeit, das Thema zu wechseln, musste sich aber eingestehen, dass Wolfgangs Fragen nur allzu verständlich waren. Über die Familie zu sprechen, war zwar nicht minder unangenehm, allerdings verstieß das nicht gegen ihr stillschweigendes Übereinkommen, den Ex-Partner in Gesprächen jeder Art weitmöglichst auszuklammern.

»Es fing in der Pubertät an. Steffen war unerträglich. Jeden Tag Streitereien, vor allem mit seinem Vater. Anja war ruhiger. Das Nesthäkchen. Sie ist vier Jahre jünger als mein Sohn. Vermutlich hast du recht. Im Moment hat sie bestimmt ordentlich Stress.« Bianca wusste, dass dies nicht der vollen Wahrheit entsprach, auch wenn sie daran glauben wollte. Vielleicht erzählte sie ihm alles, wenn sie unterwegs um die Welt waren.

»Und du? Wem willst du alles vermachen?« Sie fragte nicht nur, um das Thema zu wechseln.

»Einem Verein, der sich um streunende oder ausgesetzte Hunde kümmert«, erwiderte Wolfi trocken.

Bianca sah zu ihm, um sich zu vergewissern, dass er ihr keinen

Bären aufband. Sein ganzes Erbe für einen Hundeverein? Das glaubte er doch selbst nicht. Sein Lächeln deutete darauf hin.

»Ich bin nicht Bill Gates. Krieg meine Provisionen und zahl die Reise von der hohen Kante. Ist doch eh besser, wenn man nicht so viel hat. Wie heißt es so schön? Eigentum verpflichtet. Man beginnt, an Dingen zu hängen. Für nix, denn mitnehmen kannst du die ja nicht, aber was wir gemeinsam erleben, das nehmen wir mit.«

»Jetzt will ich es erst einmal erleben.«

»Das wirst du. Hab schon zwei Angebote im Auge. Die Safari in Kenia und ein Hotel in Indien. Alles im geplanten Reisezeitraum.« Auf Wolfi war Verlass. Er kümmerte sich um die gesamte Reiseplanung und suchte sich die besten Hotels in Zeiträumen, in denen sie günstiger waren. Danach richtete sich die Reiseroute.

»Und was ist, wenn ich nicht so schnell eine neue Wohnung finde? Wenn das Haus mal weg ist. Meine Sachen müssen ja irgendwohin.«

»Zur Not lagerst du sie halt bei mir ein, außerdem ist Kenia nicht unser erstes Ziel. Ist ja erst in ein paar Wochen.«

»Ob ich das noch erlebe?«

»Da kannst du Gift drauf nehmen.«

Wolfi besiegelte sein Versprechen mit einem Kuss, sodass Bianca nicht einmal mehr ansatzweise daran zweifelte.

Luisa hatte die Tür noch nicht ganz auf, da zog ihr auch schon der Duft von Spinat und Spiegelei in die Nase. Mamas Lieblingsgericht, weil es schnell ging. Gab's schon seit Jahren mindestens einmal pro Woche, weil's ja auch »so gesund ist«. Dabei müsste Mama doch eigentlich wissen, dass man mit zwanzig nicht mehr an den Weihnachtsmann glaubte. Ob sie davon etwas runterbekam, stand auf einem anderen Blatt. Der Geruch von Formaldehyd steckte Luisa noch in der Nase und klebte förmlich in ihren Haaren – trotz Haube, die ihre Locken wohl nicht so ganz gebändigt hatte. Pflichtkurs Obduktion. Machte man nicht gerne, zumal Luisa nicht vorhatte, in die Chirurgie zu gehen. Mama wusste, dass sie es heute für den Schein hatte über sich ergehen lassen müssen. Hoffentlich fragte sie nicht nach Details. Das Essen würde sonst im Müll landen, weil man Spinat nicht aufwärmen sollte. Luisa warf ihren Rucksack durch die offene Tür ihres Zimmers aufs Bett und ging gleich in die Küche. Anja schlug gerade ein Ei in die Pfanne.

»Stell dir das mal vor.« Mama war momentan mindestens so bleich wie die Leiche, an der sie bis vor zwei Stunden hatte herumfummeln müssen.

»Ärger in der Klinik?« Wäre schließlich nicht das erste Mal, dass Mama sich mit der Leitung anlegte, weil es hinten und vorn an Material und Pflegekräften fehlte.

»Oma!«

Luisas Puls schnellte in die Höhe.

»Ist ihr was passiert?« Warum sonst sollte Mama so bleich sein?

»Sie verkauft ihr Haus und geht auf Weltreise. Mit einem Mann.«

Luisa stand erst wie angewurzelt da, entschied sich dann aber doch dazu, sich an den gedeckten Tisch zu setzen.

»Welcher Mann?«, fragte sie immer noch völlig verdattert. Ihrer Erinnerung nach war Oma doch mit Männern durch.

»Der ist jünger als Oma. Hab darüber gelesen. Die Witwenjäger von Mallorca. Die suchen sich alleinstehende Alte, schleimen sich ein und kassieren dann das Erbe. Ein Heiratsschwindler.« Mama war so aufgebracht, dass sie das Ei zu fest am Pfannenrand aufschlug und sich sein Inhalt auf den Herd ergoss.

»Oma ist doch nicht so blöd, dass sie sich von irgendjemandem um den Finger wickeln lässt. Wer erzählt denn so einen Mist?«

»Teresa.«

»Oh!« Mehr brachte Luisa im Moment nicht heraus, denn sie kannte Teresa und wusste, dass sie noch alle Tassen im Schrank hatte.

»Wir müssen verhindern, dass sie sich ins Unglück stürzt. Ich hab schon mit Yvonne telefoniert. Steffen hat gerade angerufen. Sie fliegen übermorgen.«

»Da hat Oma doch Geburtstag.«

»Eben.«

»Und warum will Onkel Steffen auf einmal zu Omas Geburtstag? Du hast sie die letzten Jahre ja auch nur angerufen.« Für diese Bemerkung erntete Luisa einen eher pikierten Blick. Das zweite Ei war endlich in der Pfanne und brutzelte vor sich hin. Mama holte tief Luft und wirkte auch nach der Inhalation von überwiegend Dampf und Fett immer noch völlig aufgelöst.

»Teresa sagt, sie sei krank.«

»Kann nicht sein. Sie war beim Check-up. Werte wie neu.« Luisa erinnerte sich noch genau an die Worte ihrer Großmutter bei einem ihrer letzten Telefonate.

Anja zuckte ratlos mit den Schultern und widmete sich wieder dem Essen. »Hat sie dir was von diesem Typen erzählt?«

»Nein.«

»Wann habt ihr denn das letzte Mal miteinander gesprochen?«

»Gut drei Wochen her. War im Klausurstress.«

»Sie erzählt dir doch sonst auch alles. Dann kennt sie diesen Typen also höchstens drei Wochen, will ihr Haus verkaufen und alles verjubeln.«

»Geile Idee.«

Anja versteifte augenblicklich.

»Sie wird sich halt verliebt haben.«

»Also, ich finde, du machst dir das jetzt ein bisschen zu einfach. Außerdem ist Oma bald fünfundsiebzig«, kam es spitz zurück.

»Was hat denn das mit dem Alter zu tun? Oma ist topfit und schaut Männern immer noch nach. Wenn sie ihr gefallen.« Luisa wunderte es nicht, dafür einen überraschten Blick zu ernten. Sie musste unwillkürlich an die letzten Sommerferien denken, als sie und Oma am Strand auf einer Punkteskala von null bis zehn knackige Ärsche bewertet hatten. Mama wusste davon natürlich nichts. Ging sie auch nix an.

»Mama. Das Ei.« Es roch bereits etwas angebrannt.

»Sie hing doch so an diesem Haus«, kam es dann, als sie endlich den Spinat auf die bereitstehenden Teller schöpfte.

»Das stimmt allerdings«, musste Luisa einräumen. Wer sich Möbel aus Italien kommen ließ, der hing an dem Kram.

»Eben. Da ist irgendetwas faul.«

»Als wir das letzte Mal am Hafen spazieren waren, hat sie einen dieser Kreuzfahrtbrummer gesehen und gesagt, dass sie noch so gut wie gar nichts von der Welt gesehen hat. Also, ganz ehrlich. Ich kann mir schon vorstellen, dass sie die Zeit, die ihr noch bleibt, nutzen möchte, um Schönes zu erleben.«

»Sie hat schon genug Schönes erlebt.« Das Spiegelei landete zur Untermauerung des Gesagten schwungvoll auf dem Teller. »Du musst ihr das ausreden!«

»Ich?«

»Ist dir überhaupt klar, was auf so einer Reise alles passieren kann?«

»Was soll denn passieren, was nicht auch auf Malle passieren könnte?«

»Aber du fliegst doch mit?«

»Wenn du's zahlst. Bin blank.«

»Dann schau nach dem Essen nach Billigflügen. Steffen meint, von Basel aus gibt's noch welche.«

»Weiß ich. Für dich auch?« Luisa konnte sich kaum vorstellen, dass ihre Mutter freibekam, so, wie sie ihr jeden Abend die Ohren volljammerte.

»Wenig los auf der Onkologie. Helga kann bei uns einspringen.« Es klang irgendwie nach einer an den Haaren herbeigezogenen Rechtfertigung. Moment: Oma, Haus verkaufen, Kohle verjubeln. Prompt fiel Luisa das Klagelied ihrer Mutter vom vorletzten Wochenende ein. »Wenn wir mal erben, dann können wir uns auch wieder mehr leisten.« Aha! Daher wehte also der Wind.

»Sie freut sich bestimmt«, schob Mama noch nach. Sehr verdächtig.

So langsam stellte sich trotzdem Appetit ein. Eigentlich hatte sie Oma erst wieder in den nächsten Semesterferien besuchen wollen. Aber warum nicht? Die Klausuren lagen hinter ihr. Die Semesterarbeit konnte noch warten. Außerdem war sie gespannt darauf, wer Oma seit ihrem letzten Telefonat so den Kopf verdreht hatte.

Was für ein schönes Paar. ♡ Der junge Kerl hat recht. Dass ich das auf meine alten Tage noch erleben darf.
Besser als der Oleander mit Bucht. Doofe Software – nur ein Bild pro Tag uploaden im Tagebuch erlaubt.
Wahl fällt leicht.
Abends beim Griechen. Ein Freund von Christos. Fisch überirdisch gut. Leider zu scharf.
Essen die Inder nicht auch scharf? Hat Wolfi gesagt. Besser noch Abführmittel auf die Einkaufsliste setzen.

Morgen einkaufen. Auch robuste Klamotten. Feste Schuhe. An was er alles denkt. Hat zwar noch Zeit, doch was weg ist, ist weg.

Ach, mein Wolfi. Ob's wohl bei den Küssen bleibt? 💋 💋 💋

Lust hätt ich schon. Auf mehr! 😱

Sei nicht albern.

Und er? Will er?

Heut jedenfalls nicht. Bauch voll. Hirn tot.

Morgen kommt Felix.

Werd ihn vermissen. Alejandro auch.

Müd. Schnell ins 🛏

Kapitel 3

Strahlender Sonnenschein. Blauer Himmel. Und hier willst du weg? Ja! Bianca trat mit ihrem Cortado largo, wie man hierzulande mit Milch gestreckten Espresso nannte, hinaus auf ihre Terrasse, um die frische Luft zu inhalieren, die der Wind mal vom Meer, mal von den Wäldern des Umlands herüberwehte. Sie sorgte dafür, wieder klar denken zu können. Sonne und blauen Himmel haste auch auf der Reise. Und das darunter kennste schon. Den Moment genießen. Bianca erinnerte sich schmunzelnd an das, was Wolfi ihr zum Thema »Loslassen« gesagt hatte. Oft genügte es seiner Meinung nach, der Bedeutung von Wörtern auf den Grund zu gehen. Was hieß es letztlich, an etwas zu hängen? Das ging nur, wenn es ein unsichtbares Band gab, das jemanden an etwas befestigte. Wie eine Fessel. Folglich war jeder, der an etwas hing, unfrei. Unbestechliche Logik. Wolfi hätte Philosoph werden sollen. Seitdem er ihr das so erklärt hatte, trug Bianca eine unsichtbare Schere bei sich, vielmehr in ihrem Kopf, die just jenes Band schon beim geringsten Verdacht durchtrennte. Anders ließ sich Wolfis Meinung nach das Hier und Jetzt nicht genießen, jedenfalls nicht mit voller Aufmerksamkeit und Hingabe.

Bianca nahm gleich noch einen befreienden Atemzug, während sie den Blick diesmal ohne einen Hauch von Melancholie über die Bucht schweifen ließ. Traumhaft. Ein Genuss. Er verfing sich beim Steinhaus des Nachbarn etwas weiter unten am Hang. Ein Motorrad stand davor. Felix war schon da? Früher als sonst. Wahrscheinlich ging er Alejandro gerade im Haus zur Hand. Da hatten sich zwei gesucht und gefunden, obwohl sie zwei Generationen voneinander trennten. Kindsköpfe waren sie, aber liebenswerte und irgendwie seelenverwandt. Alejandro hatte bis vor seiner Erkrankung die gleiche unbekümmerte und spritzige Lebensart an den Tag gelegt. Bianca überlegte, ob sie Felix vor ihrer Abreise noch etwas Geld zustecken sollte, damit er während ihrer Abwesenheit öfter bei Alejandro vorbeischaute. Pfleger verdienten ja nicht so viel, auch wenn er hier auf der Rentnerinsel als freiberuflicher Privatpfleger sicherlich mehr einsackte als angestellt in einem deutschen Pflegeheim. Helles Köpfchen. Hat doch recht, der Junge. Warten, bis er rüberkommt? Machte er ja mindestens einmal pro Woche, was sicherlich an ihrem guten Kaffee und einem gut sortierten Keksbestand lag. Vielleicht sah er in ihr auch die Oma, denn wie er ihr bei einem ihrer Kaffeekränzchen angedeutet hatte, war sein Verhältnis zu seiner Familie nicht das beste. Lediglich mit seiner Schwester verstand er sich, soviel Bianca wusste. Das Thema »Familie« kannte sie nur allzu gut. Bianca verspürte spontan Lust, den beiden einen Besuch abzustatten, trank ihren Cortado aus und brachte das Glas in die Küche, um es dort im Geschirrspüler zu versenken. Schnell noch raus aus den Leggings und rein in ein luftiges Sommerkleid. Weder Felix noch Alejandro hatten sie jemals in Schlabberlook gesehen, und das sollte auch so bleiben.

»Na, da geht die Sonne doch gleich noch ein bisschen mehr auf. Morgen, Bianca!« Natürlich wusste Bianca, dass Felix sie bei jeder sich bietenden Gelegenheit aus Jux mit übertriebenen Komplimenten überhäufte. Sie liebte das, und weil seine aus vollem Herzen kamen, ob augenzwinkernd oder nicht, genoss sie jedes seiner Worte. Ein richtiger Schwerenöter und Frauenschwarm, dieser junge Kerl. Was nicht schnell genug auf einer Palme war, landete vermutlich bei ihm im Bett. Das war auch kein Wunder. Schwarzes, wild gelocktes Haar, dazu tiefblaue Augen und rundum Athlet, wie es bei passionierten Surfern wie ihm oft der Fall war.

»Morgen, Felix! Schon fertig für heute?« Bianca wunderte sich darüber, dass er die leeren Einkaufstaschen bereits faltete und dabei war, sie hinten im Gepäckfach seines Motorrads zu verstauen.

»Ernesto hat sein Wohnzimmer abgefackelt. Eine Kerze brennen lassen. Muss beim Aufräumen helfen«, erklärte er. Vermutlich war dieser Ernesto ein weiterer der älteren Herren, die er betreute. Bianca machte sich in dem Moment klar, wie dankbar sie dafür sein konnte, in ihrem Alter noch so fit zu sein. Wie schnell sich das ändern konnte, hatte sie am etwa gleichaltrigen Nachbarn erlebt. Es bestärkte sie darin, aus dem Leben noch rauszupressen, was die Pumpe hergab.

»Wie geht es Alejandro?«

»Zieht sich grad an. Muss diese Woche dringend bei ihm aufräumen. Küche unbegehbar. Ausmisten, überall, sonst kommen noch Mäuse und Ratten.«

»Das wird ihm aber gar nicht gefallen.« Bianca kannte Alejandros Verhau. Ein Sammelsurium aus seinem halben Leben lag kreuz und quer in seinem Haus herum. An sich ja nicht weiter schlimm, wenn jemand allein lebte, allerdings hatten angebrochene Milchtüten nun einmal nichts im Bücherregal und Musikkassetten nichts im Gefrierfach zu suchen.

»Und selbst? Wer so strahlt …«, sagte er schmunzelnd und mit wissendem Blick. Der war nicht unberechtigt, denn bei ihrem letztwöchigem Keksgelage hatte sie ihm von Wolfi erzählt.

»Bestens.«

»Würd ihn gern mal näher kennenlernen. Bin neugierig.«

»Ihr würdet euch gut verstehen.«

Felix sah sie prompt fragend an.

»Vollmachos«, erklärte sie.

»Ich nehm es als Kompliment«, sagte er, lachte und schloss den Deckel der Box auf seinem Motorrad.

»Das mit dem Kennenlernen wird schwierig. Wir machen uns bald aus dem Staub.«

»Echt um die Welt? Krass. Möcht ich auch mal.«

»Du bist ja noch jung. In deinem Alter kannte ich nur das Umland von Münster.«

»Das heißt dann ... Monatelang keine Kekse mehr?« Bianca interpretierte sein Lächeln dahingehend, dass er es wohl überleben würde.

Bianca nickte und merkte in diesem Moment, dass das mit dem Abschneiden von unsichtbaren Fäden gar nicht so einfach war. Einmal losgelöst von allem, an dem man hing, konnte man fallen, ja sogar in einem See aus Melancholie versinken und darin am Ende noch ertrinken. Sie würde Felix definitiv vermissen.

»Du siehst ja nach ihm.« Es war eigentlich eine Frage.

»Logisch. Ist mein Kumpel«, versicherte er ihr.

Als ob Alejandro das gehört hätte, stand er auf einmal in der Tür. Das lange, zottelige Haar hing frisch frottiert kreuz und quer. Der Bart schien schneller zu wachsen als gedüngtes Unkraut, doch heute passten die Sachen wenigstens farblich zueinander. Oft genug hatte sie ihn mit verschiedenfarbigen Socken gesehen.

»Schau, wir haben Besuch. Bianca. Die Nachbarin«, sagte Felix.

Alejandro musterte sie etwas irritiert. Daran hatte sich Bianca bereits gewöhnt. Gleich nach Ernsts Tod hatte sich sein Zustand drastisch verschlechtert, und seit letztem Jahr erkannte er sie überhaupt nicht mehr. Er kam dann doch näher und reichte ihr die Hand.

»Angenehm. Sind Sie neu hergezogen?«, fragte er.

»Schon etwas länger her, aber man sieht sich ja nicht so oft«, gab sie zurück. Felix hatte ihr aufgrund seiner Erfahrung mit Alzheimererkrankten geraten, niemals ihre Vergesslichkeit anzusprechen. Das machte sie entweder traurig oder aggressiv. Bianca blutete trotzdem jedes Mal das Herz, denn sie hatte Alejandro noch ganz anders erlebt.

»Ich lass euch zwei Hübschen dann mal allein. Muss los. Wir sehen uns übermorgen«, sagte Felix nun an Alejandro gewandt.

»Ist er nicht großartig, der Junge. Kümmert sich um mich, als wäre ich sein Vater«, lobte Alejandro ihn.

Felix wuchs gleich um einige Zentimeter.

Erneut fragte sich Bianca, wie Felix es nur anstellte, dass er sich an ihn erinnerte. So lange kannte er ihn doch noch gar nicht. Vermutlich sein Berufsgeheimnis.

Felix setzte den Helm auf, stieg auf sein Motorrad und ließ es an.

»Setzen Sie sich doch. Darf ich Ihnen etwas anbieten?«, fragte Alejandro höflich, nachdem Felix ihnen noch einmal zugewunken hatte und mit dem Getöse seiner Geländemaschine auf dem Feldweg, der zur Straße führte, verschwand.

»Gerne. Vielleicht ein Wasser?« Bianca wollte ihm keine Umstände machen.

Alejandro verschwand für einen Moment in seinem Haus. Bianca nahm Platz und besah sich ihres von der anderen Seite. Hier auf Alejandros Terrasse hatten sie oft zusammengesessen und gegrillt. Schöne Zeiten waren das gewesen. Ihm würden sie nicht fehlen. Er konnte sich ja nicht mehr daran erinnern, wobei das, wie sie sich eben klarmachte, nur die jüngere Vergangenheit betraf. An früher konnten sich Menschen wie er meistens sehr gut erinnern, dabei wäre es manchmal ein Segen, sich an bestimmte Dinge nicht mehr erinnern zu können. Keine Melancholie, kein Verlustschmerz. Das »kleine Vergessen«, wie Felix es genannt hatte, schien Alejandro zu einer gewissen Unbeschwertheit zu befähigen und zu Sorglosigkeit. Während Bianca diese Gedanken hinaus auf das Meer bis zum Horizont trug und sich dabei die Sonne ins Gesicht scheinen ließ, überlegte sie, wie lange er diesen Ausblick noch genießen konnte. Früher oder später würde sein Sohn ihn in ein Pflegeheim stecken, spätestens nach einem Malheur, wie es diesem Ernesto widerfahren war.

»So, ein schönes aufgesprudeltes Wasser mit etwas Zitrone«, sagte Alejandro, als er zu ihr auf die Terrasse trat und eine überraschend saubere Karaffe und Gläser auf dem Tisch abstellte.

»Nichts ist besser bei der Wärme«, erwiderte sie.

»Sie können mich gerne öfter besuchen. Ich hocke hier doch eh den ganzen Tag allein rum.« Er sagte es ohne Bitterkeit, obwohl er allen Grund dazu hatte. Zweimal hatte er nach Fahrten mit der Straßenbahn und dem Bus nicht mehr nach Hause gefunden. Auch wenn er sich daran nicht mehr erinnerte, schien sein Unterbewusstes es dennoch als Gefahr gespeichert zu haben, sich zu weit von seinem Grundstück zu entfernen.

»Haben Sie das gemacht?« Bianca tat so, als ob sie über die Schnitzereien, Fische aus Holz, erstaunt wäre. Sie kannte seine Arbeiten ja.

»Gefallen sie Ihnen?«

»Sie sind wunderschön.« Und wie er da strahlte.

»Haben Sie Familie?«, wollte er wissen.

Bianca nickte. »Und selbst?« Sie war gespannt darauf, ob er sich wenigstens noch an seinen Sohn erinnerte.

»Wollten immer Kinder haben ...«

Er tat es nicht. Anscheinend erinnerte er sich aber noch an seine Frau. Auch sie hatte sich von ihm getrennt. Für einen Moment verspürte Bianca den Drang, ihm davon zu erzählen, dass sie sich bald für länger nicht mehr sehen würden ... Doch was sollte das bringen? Er würde sich sowieso nicht mehr an das Gespräch erinnern. Außerdem folgte sie nur seinem Rat und Lebensmotto. »Immer dem Herzen folgen. Geht nicht anders, wenn man glücklich sein will.« Das hatte er ihr, wenngleich unter widrigen Umständen, einmal nahegelegt.

»Es ist eine Kunst, dankbar zu sein«, kam es dann unvermittelt. Dabei blickte er in die Ferne.

Auch das kannte sie an ihm. Er brachte Sachen daher, ohne Bezug auf das vorher Gesagte.

»Da haben Sie wohl recht«, erwiderte Bianca und überlegte angesichts seiner Erkrankung, dass sie wirklich allen Grund dazu hatte, dankbar zu sein. Vielleicht sollte sie gleich nach dem Einkauf in der kleinen Kapelle im Ort eine Kerze anzünden. Für ihre Gesundheit, aber auch für das große Glück, in ihrem Alter noch einen Mann gefunden zu haben, an dessen Seite sie sich noch Träume erfüllen konnte.

Urplötzlich fing er an zu summen. Täuschte sie sich, oder war das ein Titel von den Beatles? Das war doch *Hey Jude*. Vielleicht war er früher Beatles-Fan gewesen, und irgendeine Synapse in seinem Gehirn sprang gerade wieder an.

»Tja. Ich muss los. Einkaufen«, sagte sie und trank aus. Sich länger mit Alejandro zu unterhalten, barg die Gefahr in sich, dank seines Langzeitgedächtnisses Dinge zu hören, an die sie sich nicht mehr erinnern wollte.

»Felix soll auch für Sie einkaufen«, sagte er. Warum um alles in der Welt konnte er sich an Felix, nicht aber an sie erinnern? Gerade war er doch noch gedanklich bei den Beatles in der Vergangenheit gewesen. Da soll einer daraus schlau werden.

»Und kommen Sie wieder vorbei. Jetzt, wo wir Nachbarn sind«, verlangte er.

Bianca versprach es ihm, bevor sie sich auf den Weg zurück zu ihrem Haus machte, mit schlechtem Gewissen, denn wenn alles glattlief, würde er in ein paar Wochen schwedische Nachbarn haben.

Normalerweise waren es Dinge wie Buchhaltung oder die Steuererklärung, die Steffen geflissentlich vor sich herschob. Zur Ablenkung erschien es ihm in solchen Momenten sogar wichtiger, die Rosen im Hotelgarten zu gießen oder auf Mails von Gästen, die ihre Zimmer stornierten, der Höflichkeit halber mit netten Worten zu antworten. Dass er gerade wie gelähmt vor seinem Telefon saß und freiwillig die laufenden Belege einbuchte, obwohl der Monat noch gar nicht vorbei war, kannte er an sich nicht. Mama anrufen! Dafür musste er sich noch nicht einmal ein To-do auf den Monitor der Rezeption pinnen. Dieses To-do pappte bereits in seinem Hirn. Und es pochte darin schmerzhaft. Bis gegen neun hatte er sich bei Yvonne damit herausgeredet, dass Mama sicher noch schlief. Auf ihre erneute Nachfrage zwei Stunden später war es die glaubhaft vermittelte Gewissheit, dass sie um diese Zeit für Einkäufe unterwegs war und es klüger sei, sie in einem ruhigen Moment zu erwischen. Nun war es bereits halb zwei. Du kannst es nicht ewig vor dir herschieben, ermahnte er sich und setzte sich gerade auf. Dann bekam man besser Luft.

»Und? Hast du sie schon angerufen?« Steffen fuhr regelrecht zusammen, als Yvonne sich vor dem Empfangstresen erneut mit vorwurfsvoll fragendem Blick aufbaute.

»Wollte ich gerade machen.« Immerhin das war nicht gelogen.

»Anja und Luisa nehmen morgen den Siebenuhrflug. Von Basel. Neunundfünfzig neunzig. Ruf an und buch. Es sind nur noch wenige Plätze frei«, instruierte Yvonne ihn.

»Und warum ruft eigentlich Anja nicht auch bei Mama an?«, fragte er.

»Weil wir das so ausgemacht haben. Es würde deiner Mutter komisch vorkommen, wenn beide Kinder anrufen.« Dummerweise hatte Yvonne damit recht. Und an ihm war die A-Karte wieder einmal hängen geblieben.

»Sie will nur nicht.«

»Du willst doch auch nicht.«

»Doch …«

Yvonne kommentierte das mit einem wissenden Lächeln.

»Ich warte hier jetzt so lange, bis du anrufst«, sagte sie, löste sich vom Tresen und kam keine zwei Atemzüge später durch die Seitentür herein. Schon spürte er ihre Hände auf seinen Schultern.

»Damit du dich etwas entspannst.«

»Wie soll ich mich entspannen, wenn du mir auch noch dabei zuhörst.«

»Ich hör einfach weg«, insistierte Yvonne und knetete ihn vom Nacken zu den Schultern hin. Gelernt war gelernt. Normalerweise genoss er es. Im Moment fühlte es sich eher wie Kneifen an.

»Na gut. Aber nur, wenn du deine Finger von mir nimmst.«

Yvonne ließ ihn los und stellte sich demonstrativ mit verschränkten Armen neben ihn. Das Festnetztelefon im Visier. Es fühlte sich geradeso an wie bei einer Geiselnahme, und der Entführer verlangte, dass das Opfer sich telefonisch meldete, um zu sagen, dass es ihm gut ging.

Noch ein letzter Atemzug, dann tippte er beherzt die spanische Vorwahl ein. Den Rest musste er vom Bildschirm ablesen. Steffen hoffte inständig, dass sie nicht ranging. Doch sie tat es.

»Steffen?«, tönte es überrascht vom anderen Ende der Leitung, noch bevor er überhaupt einen Mucks gesagt hatte. Sie musste seine Nummer auf ihrem Handy eingespeichert haben.

»Ja, Mama. Ich bin's. Wie geht's dir?«

»Wie soll es mir denn gehen? Gut.«

So schnell konnte Steffen gar nicht schauen, wie Yvonne ihre Finger am Freisprechknopf hatte – mit gierigem Gesichtsausdruck.

»Du weißt aber schon, dass ich erst morgen Geburtstag habe«, kam dann, weil er sonst nur zu Weihnachten und zum Geburtstag anrief.

»Ja, deswegen rufe ich an.«

»Wie? Aber das bringt doch Unglück, wenn man jemandem schon vorher gratuliert.«

»Das möchte ich gar nicht.«

»Warum rufst du dann an?« Mutter klang irgendwie gehetzt. Ihr Tonfall gar etwas genervt, um nicht zu sagen, gereizt. Das Stimmengewirr aus plärrenden spanischen Kehlen deutete darauf hin, dass sie sich an einem belebten Ort befand.

»Wir haben dich schon so lange nicht mehr gesehen, Anja und ich ... Und da habe ich mir gedacht ... Lass uns doch Mama mal zu ihrem Geburtstag besuchen. Sollte eigentlich eine Überraschung sein, aber wir können ja nicht so einfach aus heiterem Himmel bei dir reinschneien, verstehst du?«

Yvonne zeigte ihm einen erhobenen Daumen und atmete sichtlich auf. Dass sie bei seiner Lüge, er sei auf den Gedanken gekommen, Mama einmal zu besuchen, ein fieses Feixen hatte unterdrücken müssen, war ihm nicht entgangen.

Nun waren nur noch die Spanier zu hören. Ein Wirrwarr aus

Flüchen und grellen weiblichen Stimmen, die einem über den schwächlichen Lautsprecher so richtig auf die Nerven gingen.

»Mama? Bist du noch dran?«

»Kommt Luisa denn auch?«, fragte Bianca mit hörbar angeschlagener Stimme.

»Natürlich, und Anja hat sich freigenommen.«

Täuschte er sich, oder nuschelte sie gerade. So gedämpft klang es doch, wenn jemand mit der Hand das Mikrofon des Handys abdeckte. Auch Yvonne zog ihre gezupften Augenbrauen hoch.

»Ja ... Was soll ich sagen ...? So eine Überraschung!«, kam es dann wieder deutlich vernehmbar.

Steffen wurde flau im Magen, denn das hatte ebenso begeistert geklungen, als ob sie gerade eine Krebsdiagnose bekommen hätte.

»Ja ... und wann?«, fragte sie eher zaghaft nach.

Kein Zweifel. Mutter stand unter Schock. Hoffentlich erlitt sie keine Herzattacke. Yvonne wäre das vermutlich auch noch recht. Die flüsterte ihm aber die Ankunftszeit des Fliegers zu.

»Also, wir kommen so gegen halb zehn an. Nehmen uns dann gleich einen Leihwagen ... Also, ich kann das selbst noch gar nicht glauben.« Steffen hoffte in diesem Moment, dass es tatsächlich noch freie Plätze in dieser Maschine gab.

»Ja, also ... äh ...«

»Ich hoffe, wir bringen dir jetzt nicht deine Pläne durcheinander, aber mit der Familie zu feiern ist doch schön ... Es ist immerhin dein fünfundsiebzigster, Mama.«

»Ja ... äh ...« Ihr Sprachzentrum schien im Moment etwas eingeschränkt zu sein.

»Ja.« Das war ansteckend. Nun fing er auch noch damit an.

»Schöne Grüße«, rief Yvonne zum Telefon. Wenn das mal Mutter nicht dazu brachte, gleich aufzulegen.

»Gut, dass ich in der Stadt bin. Ich muss dann noch ein bisschen was vorbereiten.«

Mutter brachte wieder ganze Sätze heraus.

»Mach dir keine Umstände. Wir gehen gerne in ein Hotel, wenn dir das lieber ist.«

»Spinnst du jetzt? Geld fürs Hotel rausschmeißen? Ich hab Gästezimmer. Wenn du schon einmal da gewesen wärst, wüsstest du das.« Der Vorwurf saß. Zugleich spürte Steffen Erleichterung, denn sie war wieder die Alte. Zänkisch und immer feste druff.

»Also, wir freuen uns, Mutter.« Gott sei Dank kein Skype. Sonst hätte sie die Röte seiner Wangen gesehen.

»Ja.« Sie verfiel erneut in binäre Konversation. Wenigstens kein »Nein«. Das wäre viel schlimmer.

»Dann bis morgen, Mutter!«

»Bis morgen!«

Klick!

Steffen starrte den Hörer an. Kalter Schweiß stand ihm auf der Stirn.

»Na also, geht doch. Und jetzt buch uns da ein. Anja und Luisa sitzen 25 E und F. Kannst ruhig ein paar Reihen weiter vorn oder hinten schauen«, wies sie ihn an, was angesichts ihres nicht gerade herzlichen Verhältnisses zu Anja nicht verwunderlich war.

Steffen musste sich förmlich dazu zwingen, die Buchungsmaske der Airline aufzurufen.

»Bist ein Schatz.« Ein Kuss auf die Wange folgte. »Die Huber kommt gleich. Muss wieder runter.« Damit verzog sie sich.

Steffen lehnte sich zurück und hoffte, dass er heute Nacht Schlaf finden würde, und das nicht nur, weil er generell schlecht schlief, wenn er wusste, dass er um vier Uhr morgens aufzustehen hatte.

Bianca stand wie vom Blitz getroffen mitten in der Carrer de sa Lluna, der autofreien Einkaufsmeile Sóllers, und nahm die vielen Bummler mit ihren Shoppingtüten nur noch wie bunte Schemen wahr. Das Handy hielt sie noch immer in leicht zittriger Hand und starrte es fassungslos an. Aufgewühlter konnte man kaum sein. Freude, Überraschung, Verwirrung und Panik wechselten sich nach Steffens Anruf im Sekundentakt ab.

»Schade! Ich hatte mich so auf unser Essen am Hafen gefreut«, sagte Wolfgang mit tieftrauriger Stimme.

Die Schemen nahmen daraufhin schlagartig Formen an, die Boutique, in der sie sich vorhin eine bequeme Stretchjeans für die Reise gekauft hatte, bekam wieder Konturen.

»Wird wohl nix. Wir müssen daheim feiern.«

Wolfgangs Anflug von Traurigkeit wich Niedergeschlagenheit, wie sie an seinen Augen ablesen konnte.

»Du denkst doch jetzt nicht etwa, dass ich mit dieser Bande, Luisa mal ausgenommen, allein feiere? Oder willst du kneifen?«

Er musste gar nichts sagen. Die Erleichterung war ihm anzusehen, was sie dennoch verwunderte, denn ein bisschen hatte sie schon von Steffen und Anja erzählt. Und nicht das Beste.

»So ganz offiziell?«

»Ja, was denn sonst?«

»Weißt du was? Ich freue mich darauf, deine Familie kennenzulernen.«

»Freu dich da mal nicht zu früh.« Bianca hatte jetzt schon Anjas verstörte Miene vor Augen, wenn sie erfuhr, dass Mama einen neuen Mann an ihrer Seite hatte.

»Ich helf dir ... im Haus. Sie bleiben doch bei dir?« Seine Nachfrage klang vorsichtig, fast schon behutsam.

»Hab ich wirklich so schlecht über meine Kinder geredet?«

Wolfgang zuckte etwas ratlos mit den Schultern, was Bianca glatt ein schlechtes Gewissen machte, doch etwas anderes beschäftigte sie im Moment viel mehr.

»Warum jetzt? Ausgerechnet dieses Jahr?«

»Du wirst immerhin fünfundsiebzig ...«

»Und siebzig ist dann wohl weniger wert?«

»Stimmt ... schon merkwürdig.«

»Luisa hätte mir doch etwas gesagt«, überlegte sie laut.

»Sie wollen dich überraschen.«

Bianca bekam das Gefühl nicht los, dass irgendetwas daran faul war. Allein schon die aufgesetzten »schönen Grüße« von Yvonne. Das stank doch zum Himmel.

»Hast du ihnen gesagt, was wir vorhaben? Oder hast du Luisa davon erzählt, dass du das Haus verkaufen willst?« Wolfgang formulierte, in welche Richtung sich ihre Gedanken eben bewegt hatten.

»Nein. Sie können gar nichts davon wissen«, erwiderte Bianca, auch wenn dies alles erklären würde. Wie sie Steffen einschätzte, wäre das immerhin ein Grund, sogar ein äußerst plausibler.

»Also, wenn Luisa mitkommt, dann wollen sie bestimmt nur mit dir deinen Geburtstag feiern. Vielleicht ist das auch Schicksal.«

»Ich glaube nicht an Schicksal.«

»Dann nenne es eine glückliche Fügung.«

»Du meinst, reinen Tisch zu machen? Weltreise, Hausverkauf, ein neuer Mann in meinem Leben. Steffen wird Anja nahelegen, mich entmündigen zu lassen.« Wolfgang brach daraufhin in schallendes Gelächter aus.

»Ernsthaft.« Weil ihm bereits die Tränen kamen, lachte sie nun auch. Vielleicht sah sie ja nur etwas zu schwarz. Es gab schließlich auch Grautöne im Leben, und in all dem Grau war immerhin Luisa ein orangefarben leuchtender Punkt puren Glücks. Einfach auf sich zukommen lassen, die Lawine. Wird mich schon nicht überrollen.

Kapitel 4

Obwohl die Strecke von Lindau nach Basel schon zu so unchristlicher Zeit sehr belebt war, sie spät dran waren und Steffen gar nichts weiter übrig blieb, als die vor ihm fahrenden Schleicher mit der Lichthupe zu scheuchen, schaffte der damit verbundene Adrenalinausstoß es nicht, seine bleierne Müdigkeit zu vertreiben. Eine nahezu schlaflose Nacht hinterließ Spuren. Seine Augenhöhlen mit dunkel unterlaufenen Rändern dokumentierten zudem seinen Seelenzustand. Yvonne hatte sich ihre weggeschminkt. War ja vom Fach. Sie hatte auch nicht mehr als höchstens drei Stunden Schlaf abbekommen, dennoch quasselte sie wie ein Wasserfall. Verdammtes Online-Zeitalter. Früher hätte sie so kurzfristig gar keine Zeit mehr gehabt, sich einen Mallorca-Reiseführer zu besorgen. Per Mausklick war der nun auf ihrem Tablet. Und Malle wurde im Sekundentakt immer attraktiver. Des Deutschen Lieblingsinsel und bei Weitem nicht nur etwas für Ballermänner. Zumindest stand das in diesem digitalen Pamphlet. Wer's glaubt! Im Winter Rheumainsel, im Sommer viel zu heiß – und wer wohnte wohl in den guten Gegenden? Typen wie dieser König von Mallorca, der Drews, auch wenn es dort, wie er nun dank Yvonnes Zwangsvorträgen wusste, keine Kornfelder, sondern eher riesige Olivenplantagen gab.

»Wusstest du, dass dieses Sóller jahrhundertelang vom Rest

der Insel abgeschieden war und sich eher Frankreich zugehörig fühlte? Angeblich gibt's dort heute noch viele Alte, die Spanisch mit französischem Akzent sprechen.«

»Nein.« Interessierte ihn auch nicht sonderlich.

»Ein Gebirgskamm trennt den Ort vom Rest der Insel. Und die Bürger haben mit privaten Mitteln einen Zug gebaut, damit sie die Zitronen- und Orangenernte nach Palma transportieren können. Und eine Straßenbahn, die bis zum Hafen nach Port de Sóller führt.«

»Aha.«

»Der fährt heut noch, zwar elektrisch betrieben, aber mit den alten Waggons von früher.«

»Damit die Orangen unterwegs nicht faulen?«

»Für Touristen.«

Als ob Steffen das nicht klar gewesen wäre. »Macht Sinn.«

»Also, wenn ich mir die Fotos so anschau ... Deine Mutter hat sich wirklich einen der schönsten Orte auf der Insel ausgesucht. Allein schon die Bucht mit den vielen Segelschiffen. Ein Traum.«

»Gut möglich.«

Steffen atmete auf, weil sie eine Schweigeminute einlegte, vermutlich dank all dieser schönen bunten Fotos, die den Innenraum ihres Audis wie eine Lichtorgel beleuchteten. Das nervte vielleicht, dieses helle Display.

»Oh Mann! Du bist ja wirklich scheiße drauf.«

»Echt jetzt?«

»Ich könnt mir auch was Schöneres vorstellen, als deine Mutter zu besuchen, aber wir müssen ja nicht die ganze Zeit bei ihr abhängen. Gibt wirklich viel zu sehen.«

»Sei diesmal wenigstens nett zu ihr.« Steffen hatte die Spitzen, die Yvonne beim ersten Kennenlernen im Haus ihrer Eltern mit seiner Mutter getauscht hatte, noch gut in Erinnerung. Sie mochten sich nicht sonderlich. Großes Problem!

»Ich bin doch immer nett«, erwiderte Yvonne genau in demselben Tonfall, mit dem sie Mutter seinerzeit beglückt hatte. Steffen musterte sie kurz und kam zu dem Schluss, dass sie schon verstand, was er meinte.

»Außer sie lästert wieder über meinen Push-up.«

»Das war nicht lästern. Das war eher ein Kompliment.«

»Was geht es deine Mutter an, wie groß meine Möpse sind? Ich weiß selbst, dass ich keinen Push-up brauche, sieht aber manchmal einfach besser aus.«

»Sie ist halt sehr direkt. Wenn du sie nach ihrer Körbchengröße gefragt hättest, wäre das witziger gewesen, als beim Essen zu sticheln.«

»Ich hab nicht gestichelt.«

»Ob das Reh sehr gelitten hat. Wir haben nichts mehr vom Rehbraten runtergebracht. Du isst doch sonst auch Wild.«

»Das war ja nur, weil sie angezweifelt hat, dass ich mehr als Rühreier kann.«

»Du hast doch damit getönt, dass wir so gut wie nie kochen.«

»Hätte ich lügen sollen?«

Darauf konnte Steffen nichts erwidern. Wahrscheinlich hatte sich seine Mutter eher ein Heimchen am Herd für ihren Sohn gewünscht und keine, die Ansprüche stellt. Angeblich durfte er sich abschuften, damit sie die große Dame spielen konnte. Mama tat Yvonne unrecht, denn sie hatte auch ihre Qualitäten, und nicht nur dort, wo Mutter sie vermutete, wie sie ihm unverhohlen in der Küche unter vier Augen gesteckt hatte. Und Vater? Hatte sich wie immer aus allem rausgehalten. Lusche!

»Und dann diese Ausfragerei.« Yvonne gab einen abfälligen Laut von sich.

»Welche?«

»Ich hab mich schon gar nicht mehr getraut zu sagen, dass ich nur die Mittlere Reife habe und Friseurin gelernt hab.«

»Das interpretierst du jetzt rein.«

»Da verdient man nicht viel. Das hat sie gesagt.«

»Stimmt doch auch.«

Yvonne zog einen Schmollmund, aber der blieb nicht lange zu.

»Also darüber, dass sie ihr Haus verkaufen will, redest *du* mit ihr. Sonst stehe ich noch als Erbschleicherin da.«

Steffen lag schon auf der Zunge, dass seine Mutter sich das in diesem Fall nicht zu Unrecht denken würde.

»Es ist ihres. Sie kann damit machen, was sie will.«

»Sie hat auch eine Verantwortung gegenüber der Familie. Deswegen fliegen wir doch hin«, protestierte Yvonne.

Erneut hatte Yvonne recht. Er räumte ein, dass dies mit ein Grund war. Vaters Geiz. Und sich dann eine Villa auf Malle hinstellen. Da war eh noch mehr als eine Rechnung offen. Schmerzensgeld für eine beschissene Kindheit.

»Jetzt schau nicht so finster. Ich reiß mich schon zusammen. Okay?«

Steffen nickte erleichtert, denn letztlich war auf Yvonne Verlass, zumindest solange man sie nicht reizte. Dummerweise wusste Mutter, auf welche Knöpfe man bei Yvonne drücken musste. Wenn nur diese Woche auf Malle schon vorbei wäre.

Anja war berufsbedingt frühes Aufstehen gewohnt. Heute Morgen schien jedoch Pattex in ihrem Bett verteilt gewesen zu sein. Und das Zeug klebte auch noch im Shuttlebus vom Freiburger Hauptbahnhof zum Flughafen an ihr. Die Augen auf Halbmast, wirkte der Gedanke, sich jemals wieder zu erheben, wie eine Utopie. Ganz anders bei ihrem Töchterlein, das es normalerweise bereits als Qual empfand, um sieben aufzustehen, um pünktlich zum Vorlesungsbeginn um halb neun an der Uni zu sein. Sieben? Das war Luxus. Das nannte man in Krankenschwesterkreisen »Ausschlafen«. Die Freude, ihre Omi früher als üblich zu besuchen, musste Luisa schon um kurz vor vier aus dem Bett getrieben haben, denn sie hatte Anja noch vor dem Wecker ganz sanft wach gerüttelt. Und das, obwohl Luisa gestern noch bis in die Nacht etwas für ihre Großmutter gebastelt hatte. Nette Idee, so eine hübsche Kordel, an der Fotos von ihren letzten Besuchen angeklammert waren. Richtig dekorativ. Sie kam nicht mit leeren Händen. Anja überlegte daher seit Einsetzen der Wachphase kurz vor Ankunft des Shuttlebusses am Baseler Flughafen, was sie ihrer Mutter am besten schenkte, und hoffte inständig, dass der Duty-free-Shop sie zu irgendetwas Vernünftigem inspirierte, doch dazu mussten sie erst einmal durch den Check-in und sich wegen eines Kilos zu viel im Koffer mit der überschminkten Uniformierten am Schalter, die sie an Yvonne erinnerte, herumschlagen. Grund genug, nun erst recht pampig zu sein.

»Dann kommen Tablet, E-Book-Reader nebst Ladekabel und USB-Charger halt ins Handgepäck. Haben doch bestimmt ein Kilo.« Dass hinter ihr und Luisa eine Schlange stand, war Anja schnuppe.

Koffer runter vom Band, aufmachen, das Elektrozeugs raus, irgendwie in die bereits zum Bersten vollgestopfte Umhängetasche aus Stoff quetschen. Koffer zu und wieder rauf aufs Band. Ein guter Plan, doch die Sachen im Koffer waren in der Hektik der Aktion so durcheinandergeraten, dass er nicht mehr zuging.

»Machst du das?«, wies sie Luisa an, die sich kurzerhand daraufsetze, um ihn zuzukriegen. Luisa hievte ihn dann auf das Band mit Waage.

»Na? Oh! Zwanzig Gramm zu wenig. Krieg ich jetzt Geld raus?«

»Ich mache nur meine Arbeit«, kam es zurück.

Das tat die Dame am Schalter auch, denn sie händigte Anja nun die Tickets aus und wünschte einen guten Flug.

»Du bist ja drauf wie Bombe.«

»Weiß ich.«

»Wir fliegen in den Urlaub. Auf eine der schönsten Inseln.« Luisas Euphorie trug momentan nicht zur Entschärfung der Bombe bei.

»Sag mir lieber, was Oma so mag. Wir haben höchstens noch eine halbe Stunde zum Shoppen.«

»Deko? Aber ob die hier Sachen haben, die ihr gefallen?« Luisas Vorschlag war brauchbar.

»Früher mochte sie Tücher. Gegen Zugluft. Es gab kaum einen Ort, an dem sie sich nicht über Zugluft beschwert hat. Ein frischer Windstoß und schon Kopfweh«, erinnerte Anja sich.

»Echt? Früher auch schon? Stimmt! Sie hat immer eines dabei. Für alle Fälle. Tolle Idee, Mama. Die gibt's hier bestimmt irgendwo.«

Das Irgendwo war aber nicht so leicht zu lokalisieren. Ein kunterbunter Laden neben dem anderen. Diese Konsumtempel mit so vielen Sachen konnten einen regelrecht stressen. Anja wusste gar nicht, wohin sie zuerst schauen sollte. Doch lieber Parfüm? Irgendein Duftwässerchen? An dem Shop liefen sie gerade vorbei. Von dem aufdringlich nach allem gleichzeitig duftenden Zeug wurde Anja auf nüchternen Magen schlecht.

»Da drüben. In dem Travelershop. Die haben auch Klamotten«, merkte Luisa an. Wer im Kindesalter mit Reizüberflutung per Smartphone aufgewachsen war, hatte wahrnehmungstechnisch anscheinend die besseren Karten, wenn es darum ging, das

Wesentliche herauszufiltern. Volltreffer. Anja überlegte sich im Vorbeigehen, ob sie sich nicht noch gleich ein Nackenkissen für den Flug mitnehmen sollte, verwarf den Gedanken aber sogleich wieder, denn sie war immer noch so kaputt, dass sie damit zu kämpfen hatte, nicht im Gehen einzuschlafen. Das schaffte sie im Flieger bestimmt auch ohne Hilfsmittel, zumal der Nacken sowieso schon steif war. In Momenten größter Not sprang einem das Schicksal doch zur Seite. Tücher! Ein riesiger Ständer voll mit Tüchern, die an wäschespinnenähnlichen Halterungen baumelten, tauchte vor ihnen auf. Luisa war zuerst dort und blätterte bereits durch den bunten Baumwoll- und Seidenwald.

»Oma liebt Blau und Türkis«, stellte Luisa fest. Anja wusste das, beäugte die Tücher und zupfte dann zielsicher an einem aus Seide. Im Gegensatz zu den anderen, durch die sie ihre Hand hatte gleiten lassen, leistete dieses Tuch aber unerwarteten Widerstand.

»Hey! Das kaufen *wir!*«, gellte es von der anderen Seite des Stands. Anja verfiel augenblicklich in eine Schockstarre, denn die Stimme kannte sie. Das dazu passende Gesicht tauchte in der Lücke zwischen den Tüchern auf. Nun waren es gleich zwei bekannte Gesichter, denn Steffen gesellte sich zu Yvonne. Zwei große Augenpaare, bunt umrahmt, starrten sie an.

»Anja!« Steffen hatte sich wohl als Erster gefangen. An sich hatten sie sich erst am Gate treffen wollen.

»Also, wir dachten, dass Bianca das steht«, rechtfertigte Yvonne sich, die das Tuch immer noch fest in der Hand hielt.

»Tut es«, gab Anja zurück. Auch sie ließ den Zipfel des Tuchs nicht mehr los.

»Mama lacht sich kaputt, wenn wir ihr beide Tücher schenken.« So selten, wie Steffen sich bei Mama meldete, verwunderte es Anja, dass er sie richtig einschätzte.

»Dann wird der Geburtstag bestimmt lustig«, erwiderte sie.

Steffen und Yvonne warfen sich daraufhin bezeichnende Blicke zu.

»Das dunkelblaue ist doch auch schön.« Luisa versuchte offenbar zu vermitteln, denn dieses Biest gab das Tuch einfach nicht frei, was wohl auch Steffen aufgefallen war.

»Der Klügere gibt nach.« Luisas Appell wirkte, denn plötzlich schlug der Stoff wieder Falten. Die Lücke verschwand. Anja war sich nicht sicher, ob sie oder Yvonne das Tuch zuerst losgelassen hatte.

Luisa feixte.

»Also, was ist jetzt? Kauft ihr das blaue? Nicht, dass ihr euch noch im Flieger darum prügelt«, tönte Steffen hörbar amüsiert.

»Türkis.«

»Blau.« Anja war klar, dass Yvonne auf dem türkisfarbenen bestand. Klug zu sein, war ihr sowieso egal. Hauptsache, sie hatten endlich ein Geschenk.

»Na, wie geht's dir, Luisa? Lange nicht mehr gesehen.« Steffen kam als Erster um den Stand herum.

»Müde.« Das Kind konnte lügen, ohne rot zu werden. Dass sie keinen Bock hatte, mit Onkel Steffen zu quatschen, leuchtete Anja unmittelbar ein. Der meldete sich ja so gut wie nie.

»Die haben unseren Flug schon aufgerufen. Wir sollten …«, sagte Yvonne, die sich zu ihrem Mann gesellt hatte.

»Sitzen wir zusammen?«, wollte Anja wissen.

»Hat leider nicht geklappt. Die Plätze waren schon weg«, sagte Steffen.

Obwohl Anja ihnen ihre Buchung und die Sitzreihen durchgegeben hatte, war sie in Anbetracht ihres Kampfes in der Tucharena froh darüber, dass sie wenigstens im Flieger ihre Ruhe hatte.

Es gab wohl kaum etwas Schlimmeres, als offiziell wieder ein Jahr älter geworden zu sein. Ticketitick. Die Lebensuhr zeigt einem den Stinkefinger. Der Sensenmann wetzt sein Werkzeug. Vermaledeite Geburtstage! Familienfeiern, insbesondere mit ihrer Familie, waren aber noch schlimmer. Erst hatte sich Bianca ja gedacht, dass es reichen würde, etwas Leckeres einzukaufen und das Haus mit Teresas Hilfe einer Grundreinigung zu unterziehen. Schließlich hatten sie sich selbst eingeladen und dann auch noch kurzfristig. Da konnte man doch gar nicht erwarten, dass alles top war. »Keine Umstände«, hatte es geheißen. Teresa sah das allerdings anders. Wollte sie Stunden schinden, oder was? Wieso mussten unbedingt frische Blumen in jedes Gästezimmer? So ein Stress. Kaum geschlafen, früh raus und alles nur, weil sich ihre Kinder auf einmal einbildeten, mit ihr den Geburtstag feiern zu müssen. Wahrscheinlich klappte das sowieso nicht, weil sie bis dahin tot war. Rollstuhlreif fühlte sie sich jetzt schon vom vielen Bücken. Teresa, die sie gleich für sieben Uhr morgens herzitiert hatte, schaffte in der kurzen Zeit auch nicht alles. Und diese Staubwedel hatten es in sich. Normalerweise machte das Teresa, doch die war noch damit beschäftigt, die Gästezimmer auf Vordermann zu bringen. Betten frisch beziehen, Handtücher bereitlegen. Ihr Haus war dabei, zum Fünfsternehotel zu werden. Man könnte glauben, Teresa würde ihren eigenen Geburtstag feiern. Die Regale hatte Bianca bereits staubfrei bekommen. Das war der Vorteil einer spärlichen Einrichtung. Dummerweise packte einen dann doch der Ehrgeiz. Bianca überlegte, ob sie die Bronzestatuen auch noch entstauben sollte. An sich wäre ja in der Küche noch genug zu tun. Sie verrenkte sich jedoch bereits, um jedes noch so kleine Staubkörnchen aus der Nachbildung einer Rodin-Statue herauszukitzeln. Ernst hatte sie bei eBay ersteigert. Die war locker um die zweitausend wert, doch der Fuchs hatte sie für etwas über einen Hunni erworben. Mit Schweißausbrüchen vor dem Computer gesessen und im Sekundentakt geboten, nur damit er sie auch wirklich bekam. *Das eherne Zeitalter* hieß das Werk. Komischer Name für einen Nackedei. Angeblich hatte dem Bildhauer ein junger belgischer Soldat Modell gestanden. Ein hübscher noch dazu und ziemlich eingebildet. Muckis zeigen. Ein Arm wie zum Protest erhoben, der andere, damit er sich mit der Hand durchs Haar fahren konnte. Bianca gefiel die etwa metergroße Nachbildung auch. Sah echt aus. Ernst hatte ihr erzählt, dass sich Rodin den Vorwurf eingehandelt hatte, einen Naturabguss gefertigt zu haben. Kein Wunder, die anderen Werke von ihm waren eher so gröbere Klötze. Der Schniedel des Belgiers war jedenfalls der reinste Staubfänger. Schniedel polieren! So weit war es schon gekommen. Jetzt ist aber Schluss. Ist hier unten doch ohnehin schon alles sauber wie geleckt. Die Hauptarbeit lag noch vor ihnen.

»Fertig!«, frohlockte Teresa und eilte mit Putzeimer, Wischmopp und geschulterten Mikrofasertüchern die Treppen herunter. Der beißende Geruch des Krankenhausreinigers zog bis nach unten. »Wie viel Zeit haben wir noch?«, wollte sie wissen.

»Genug. Nur das Lamm müsste langsam in den Ofen.« Es war Wolfis Idee gewesen, ihre Familie mit mallorquinischen Spezialitäten zu verwöhnen. An sich hatte Bianca nur an eine weniger aufwendige Verköstigung mit ein paar Tapas gedacht, doch nachdem auch Luisa und Wolfi mitaßen und sie selbst einen Lammbraten schätzte, hatte sie sich dazu überreden lassen, ausnahmsweise groß aufzutischen.

»Sie werden sich wohlfühlen. Die Rosenbettwäsche für Luisa. Wie immer. Die mit Zitronenmuster für Anja und die lindgrüne mit den weißen Hibiskusblüten für Steffen und seine Frau«, trug Teresa vor. Überraschenderweise stellte sie den Putzeimer neben der Treppe ab. Der gehörte doch in die Küche. Der Grund dafür erschloss sich erst, nachdem Teresa ihr Handy aus der Schürze gezogen hatte und damit zu ihr ging. Mit leuchtenden Augen. »Ist das nicht wunderschön?«, fragte sie.

Bianca durfte sich Teresas Deko auf dem Handy ansehen. Zugegebenermaßen eine tolle Idee, passend zur Bettwäsche eine Zitrone, eine weiße Hibiskusblüte und eine Rose in kleine Schalen auf den Nachtkästchen zu drapieren.

»Sie werden gar nicht mehr von hier wegwollen«, schwärmte sie.

»Mal den Teufel nicht an die Wand.«

»Teufel an der Wand?« Teresas Deutsch war zwar recht flüssig, aber Redensarten dieser Art gehörten naturgemäß nicht zum Hotelvokabular.

»Das sagt man, wenn man sich freut«, erklärte Bianca. Eine kleine Notlüge, um Teresa ihre gut gemeinten Bemühungen nicht madigzumachen.

»Und wenn sie erst einmal den Lammbraten gegessen haben und das schöne Leben hier kennenlernen, dann kommen sie bestimmt öfter.«

Bianca schluckte. Der Teufel war schon an der Wand.

»Es gibt doch nichts Schöneres, als die Familie um sich zu haben. Meine Tochter ist in Schweden. Ich sehe sie so selten ... Ach, Bianca, ich freu mich so für dich.«

Wenigstens eine, die sich freute. Um sich ein zuversichtliches Lächeln abzuringen, dachte sie an ihre Enkelin.

Teresa griff sich den Putzeimer und ging damit in die Küche, wo bereits sämtliche Zutaten für die Sopa Mallorquina, also Paprika, Tomaten, Lauch, Zuckererbsen, Knoblauch, Zwiebeln und Kohl, auf dem Küchentisch bereitlagen. Dazu noch Kartoffeln zum Lamm. Teresa entleerte den Eimer in der Spüle, wusch sich die Hände und schnappte sich gleich ein Messer. Sie begann die

Kartoffeln zu schälen. Bianca schnitt das Weißbrot vom Tag zuvor in Würfel. Die waren dazu da, die kräftige Fischbrühe, Grundlage für den mallorquinischen Kohleintopf, aufzusaugen. Den Nachtisch hatte Teresa spendiert. Mandeltorte. Zusammen mit dem Lammbraten und der Sopa als Vorspeise müsste das doch reichen, um die Mägen zu füllen. Wolfis Lieblingsgericht. Ein Grund mehr, nun mit Hingabe beim Zubereiten dieses leckeren ersten Gangs bei der Sache zu sein. Er hatte zunächst angeboten, ihnen beim Hausputz zu helfen und ihr beim Empfang ihrer Familie beizustehen, doch dann vernünftigerweise einen Rückzieher gemacht und vorgeschlagen, erst später dazuzustoßen. Sah ja auch komisch aus, wenn Bianca plötzlich mit so einem rassigen Mann vor dem Haus stand, von dem die Familie noch nie etwas gehört, geschweige denn gesehen hatte. Blöde Bemerkungen konnte sie sich auch später noch anhören. Vor allem von Anja. Man sollte im Leben auch nie »nie« sagen. »Nie wieder einen Mann«, hatte sie nach der Trennung von Ernst schließlich laut genug verlauten lassen. Und dieser vorwurfsvolle Blick von Anja bei Ernsts Beerdigung. »In dem Alter trennt man sich doch nicht mehr von seinem Mann. Du warst doch glücklich mit Papa«, hatte sie sich anhören dürfen, begleitet von Tränenbächen.

»Du schneidest die Würfel in zu kleine Stücke«, rügte Teresa sie.

Wenn man in Gedanken war, sollte man besser nicht mit einem Messer hantieren. Disziplin. Konzentrier dich. Es ist dein Geburtstag. Sie werden sich zusammenreißen. Kein Wort über die Vergangenheit. Denk an früher, als die beiden noch klein und knuddelig waren. Denk an Luisa, deinen Augenstern, und an Wolfi. »Ich wünsche dir ein wunderschönes neues Lebensjahr. Nein, ich wünsche es uns«, hatte er heute Morgen am Telefon gesagt. Das »uns« war dabei das Schönste an seinen Geburtstagswünschen gewesen. Na also, geht doch. Nahezu perfekte quadratische Würfel.

Eigentlich war es gar nicht so schlecht, dass Onkel Steffen und Yvonne mit dabei waren. Auf diese Weise kamen sie in den Genuss eines Cabrios, das sich Mama nie im Leben hätte leisten können. Das hatte sie den beiden im Büro des Autoverleihs gleich unmissverständlich zu verstehen gegeben. Mama hatte schon recht: Die Koffer hätten sie auch in einen normal großen Viertürer bekommen. Yvonnes Hinweis war aber auch nicht zu verachten: Denn wenn man schon mal hier war, die Sonne von einem azurblauen Himmel schien und es warm genug war, um ohne Verdeck zu fahren, dann sollte man nicht jeden Cent umdrehen und schon gar nicht, wenn Onkel Steffen die Kreditkarte zückte – überraschend widerwillig, was Luisas Eindruck bestätigte, den Oma von Yvonne hatte. Sie hielt sie für die Frau des Fischers aus dem grimmschen Märchen, die unentwegt mit noch größeren Wünschen daherkam. Omas Meinung nach würde Onkel Steffen schon längst irgendwo im Ausland ein großes Hotel als Manager führen, wenn Yvonne nicht wäre, aber nein, es musste ja ein eigenes sein, für das man sich verschuldete. Und das alles nur, damit Yvonne zu ihrem Wellnessstudio kam. Mama hatte ähnliche Töne verlauten lassen. Dafür, dass Mama und Yvonne sich aus besagten Gründen nicht sonderlich grün waren, rissen sie sich ziemlich am Riemen. Vom Gepäckband bis zur Leihwagenbuchung hatte das prima geklappt. Netter Small Talk über die Vorzüge eines robusten Rollkoffers, darüber, wie sauber und modern doch der Flughafen in Palma war und wie angenehm der Flug gewesen sei. Letzteres war kein Wunder! Sie hatten ja nicht nebeneinandergesessen. Der Zauber der Insel, die mit ihren vielen Palmen und Blumen, dem immergrünen Hinterland mit Oliven- und Mandelbäumen bereits auf der Autobahn ihren Charme versprühte, tat ein Übriges. Bei lautem Fahrtwind konnte man nicht reden, also weder sticheln noch mit Spitzen um sich werfen. Luisa genoss die Fahrt daher aus vollen Zügen und ließ vergnügt ihr Haar im Wind flattern. Mama hingegen kämpfte gegen die Schwerkraft. Immer wieder kippte ihr Kopf mit halb geöffnetem Mund auf die Lehne der Rückbank. Weil Onkel Steffen nun die Autobahn verließ und Luisa von vorherigen Aufenthalten wusste, dass die Fahrt durch das Tramuntana-Gebirge im Nordwesten der Insel fulminante Ausblicke bot, war es an der Zeit, Mama wach zu rütteln. Bald kamen sowieso Serpentinen. Besser sie war im Wachkoma, als sich den Hals in der Kurve noch mehr zu verrenken.

»Sind wir schon da?«, grummelte sie und rieb sich erst einmal die Augen. Weil die Fahrgeräusche nun deutlich geringer waren, hatte Onkel Steffen wohl mitbekommen, dass Mama wieder unter den Lebenden weilte.

»Dauert noch.«

»Ist ja wirklich traumhaft hier«, stellte Yvonne fest.

»Im Nordwesten. Den Rest kannste vergessen. Endlose Olivenhaine in der Dürre oder ein bunter Kessel Besoffener am Ballermann.«

»Da täuschst du dich gewaltig«, klärte Anja ihren Bruder auf.

»So oft warst du doch noch gar nicht hier«, stichelte Steffen.

»Öfter als du.«

»Mir hat schon ein Blick in den Flieger gereicht. Und in die Ankunftshalle. Ist und bleibt 'ne Prollinsel.«

»Also ich finde auch, es müssen nicht immer die Malediven sein. Aber schön war's da schon auch«, brachte Yvonne sich mit ein. Dass sie ihrem Mann damit in den Rücken fiel, wunderte Luisa.

»Ihr wart auf den Malediven?« Mama wirkte schlagartig wach.

»Ein Traum, allein schon die Strände. Und die Hütte mit Steg und eigenem Zugang zum Meer. Weißt du noch, Steffen?«, schwelgte Yvonne in Erinnerungen.

Luisa brauchte ihre Mutter nur anzusehen, um zu wissen, was sie gerade dachte, denn so einen Traumurlaub konnte sie sich vermutlich in hundert Jahren nicht leisten. Mamas Budget reichte für Antalya, vier Sterne all inclusive an der türkischen Riviera mit Bauchtanzdarbietung und Hunderten von Abschleppern, die einen in Lederwarengeschäfte zerrten. Der Horror pur!

»Ich finde, heutzutage sollte man generell auf Fernreisen verzichten. Ans Klima denken. Hier gibt's auch schöne Strände.«

Mama! Nein, bitte nicht!

»Verzichten? Wegen des ganzen Öko-Scheiß?«

Wusste Yvonne nicht, dass Mama durch und durch »öko« war? Jedenfalls grundsätzlich, denn hundertpro »öko« konnten sie sich nicht leisten.

»Das wird der einfachen Bevölkerung doch nur so verkauft, damit sie sparsam bleibt und nicht auf den Gedanken kommen, auszuwandern. So wie eure Mutter.« Oh, Yvonne entpuppte sich als Verschwörungstheoretikerin.

»Ist doch so. Man macht den Leuten alles madig, was Spaß macht. Außerdem verbrauchen die neuen Flieger doch gar nicht mehr so viel Kerosin.« Onkel Steffen gehörte also auch zur Ich-will-Spaß-Generation. Passte zu seinem Jahrgang. Jugend in den Achtzigern, genau wie in der Doku, die Luisa vor Kurzem im Fernsehen gesehen hatte.

»Es gibt auch Menschen, die sich das gar nicht leisten können und vielleicht auch gar nicht wollen«, kam es dann von Mama, woraufhin Yvonne sich vom Beifahrersitz zu ihr umdrehte.

»Gib's zu. Wenn du so eine Reise gewinnen würdest, wärst du mit dabei.«

»Fraglich.«

Mama konnte vielleicht lügen. Natürlich würde sie dorthin fliegen.

»Ha!«, stieß Yvonne aus.

»Bescheidenheit ist einer der Schlüssel zum Glück.« Mama litt zweifelsohne unter den Folgen von Schlafentzug. Den Messias gab sie daheim nie. Da jammerte sie immer, dass sie nicht genug Knete hatten.

»Deswegen biste ja auch mitgefahren«, sagte Yvonne süffisant.

Luisa schnallte sofort, was ihr Yvonne unterstellte. Oma krank, Oma bald tot, Erbe, das nicht einem Fremden in die Hände fallen sollte. Mama hatte gestern Nacht darüber sinniert.

»Du redest jetzt aber schon von dir.« Mamas Mund tat Wahrheit kund.

Lieber Gott, mach, dass das ein Ende hat! Streit im Verzug. Luisa überlegte, ob sie in ihrer Reisetasche schon mal nach ihren Kopfhörern kramen sollte, die Schall von außen schluckten.

»Ich bin wenigstens ehrlich. Deswegen sind wir doch alle hier, oder etwa nicht?« So ganz unrecht hatte Yvonne mit ihrer These nicht.

»Yvonne ... also wirklich.« Onkel Steffen spielte den Unschuldigen.

»Also, ich nicht!« Luisa setzte ein klares Statement, und zwar mit scharfer Stimme.

»Von dir redet ja auch keiner«, sagte Yvonne.

»Du hast gesagt: alle«, stellte Luisa klar.

»Also gut. Wir drei.«

»Ihr zwei«, pampte Mama nach vorn.

»Du wirst mir doch nicht sagen, dass du nur hier bist, weil du dich um den Gesundheitszustand unserer Mutter sorgst.« Steffen nahm kein Blatt vor den Mund.

»Nur aus dem Grund habe ich überhaupt freibekommen«, entgegnete Anja.

Onkel Steffens Blick im Rückspiegel sagte alles. Er glaubte Mama kein Wort, und doch war er es, der die daraufhin eintretende Stille kurz darauf brach.

»Donnerwetter. Schaut euch mal diese Farbenpracht an.« Damit meinte er die vielen Orangenbäume auf der Plantage vor ihnen.

»Und wie das duftet«, schwärmte er.

Luisa musste unwillkürlich schmunzeln. Sie stellte sich gerade vor, was er erst für Augen machen würde, wenn sie durch das Gebirge kurvten. Ein Ausblick schöner als der andere. Dazu die klare Luft, der Duft von Nadelbäumen, romantische Schluchten, in denen Schäfer ihre Herde grasen ließen. Mallorca war ein Traum. Wer brauchte da schon die stinklangweiligen Malediven?

Kapitel 5

Haus sauber, Lamm im Rohr, Sopa fertig, Sekt kalt gestellt. Und Teresa ausgeflogen, weil es einen Wasserschaden bei den Berlinern gab. Teresa sollte mithelfen, deren Keller trockenzulegen. Ausgerechnet heute. Bianca hatte darauf gehofft, dass sie ihr später zur Hand gehen würde. Beim Servieren und beim Abwasch. Sollte wohl nicht sein. Und wie eilig sie es auf einmal gehabt hatte. Sonst blieb sie doch auch länger, um Luisa zu begrüßen. Bianca stand daher allein auf der Terrasse, blickte abwechselnd auf ihre Armbanduhr und auf den nicht von Bäumen gesäumten Teil der Straße, auf der man nahenden Verkehr sah. Halb zehn. Hatte der Flieger Verspätung? Biancas wachsende Unruhe spülte Erinnerungen in hohen Wellen heran, an die Zeit, in der die Kinder noch kleine Stöpsel gewesen waren, ihre Welt noch in Ordnung und ihr naiver Glaube, ihrem Mann vertrauen zu können, intakt. Ein schlechtes Gewissen steigerte die wachsende Nervosität. Anja war so ein goldiges Mädchen gewesen. So bezaubernd. Zu Fasching als kleiner Junikäfer verkleidet, Kissen ins schwarze T-Shirt gestopft, die dünnen Beinchen in ebenfalls schwarze Wollstrumpfhosen gepackt. Die Kappe mit den Fühlern auf dem Kopf. Zum Fressen süß. Bianca schossen weitere Momentaufnahmen durch den Kopf. Komischerweise nur, bis Anja in der Pubertät war. Plötzlich Papakind. Protest an allen Fronten, und seit Ernsts

Beerdigung nur noch Pflichtanrufe. Und Steffen? Unentwegt Streit mit seiner Schwester. Und mit Ernst. Im Nachhinein betrachtet nicht verwunderlich, aber selbst wenn man sich Ernsts Verhalten wegrechnete, war er schon immer ein Rebell gewesen. Bereits mit dreizehn war er nicht mehr in den Familienurlaub mitgefahren. Und nun spielte er den großen Zampano. Hatte er Yvonne eigentlich nur geheiratet, damit man ihn für diesen Verona-Feldbusch-Klon bewunderte? An manche Dinge erinnerte man sich besser nicht, sagte sie sich und blickte hinüber zu Alejandro, der vor seinem Haus saß und Holzmännchen schnitzte. Das große Vergessen hatte seine Vorzüge, aber man verlor zugleich sein Leben. Als ob sich die Seele erst abflachen und dann allmählich ganz auflösen würde, hatte Alejandro ihr noch vor einem Jahr in einem seiner damals noch vielen lichten Momente auf Nachfrage erklärt, wie sich seine Erkrankung anfühlte. Nur das Früher verblieb. Das wäre momentan für sie ein Segen, denn die meisten Erinnerungen an das Früher, als die Kinder noch klein und die Welt rosarot gewesen war, erfüllten sie mit Glücksgefühlen. Leider sah die jüngere Vergangenheit familientechnisch desolat aus. Reiß dich zusammen! Dir geht's gut. Am Ende kommen die Kinder tatsächlich nur, um mit dir zu feiern. Menschen änderten sich. Zumindest hoffte Bianca das.

Sie zuckte dennoch zusammen, als ein mit vier Personen besetztes Cabrio zwischen den Baumreihen aufblitzte. Das mussten sie sein. Ihr Herz begann augenblicklich schneller zu schlagen. Bianca hatte das Gefühl, dass ihr gleich das Adrenalin durch die Ohren rauskam. Erfahrungsgemäß dauerte es bis zu zwei Minuten, bis ein Fahrzeug auf den Serpentinen die Zufahrt zu ihrem Haus erreichte. Die mussten rasen, denn das weiße Cabrio hatte sich gefühlt hergebeamt. Steffen saß am Steuer. Er fuhr immer noch wie der Henker. Hoffentlich war Luisa auf der Fahrt nicht schlecht geworden. Biancas Magen war jedenfalls bereits flau.

»Oma!« Luisa winkte frenetisch und sprang aus dem Wagen, nachdem er vor ihrem Haus mit quietschenden Reifen zum Stehen gekommen war – typisch Steffen. Auch Anja winkte ihr zu. Jedoch etwas zaghafter. Die Reaktion der anderen bekam Bianca gar nicht mehr mit, weil Luisa sie erreicht hatte und ihr in die Arme fiel.

»Luisa. Nicht so doll«, rief Anja ihr noch zu, woraufhin Luisas Tentakel etwas weniger Druck während der innigen Umarmung ausübten. Was sollte das? Dachten sie jetzt etwa, Fünfundsiebzigjährige wurden zu Porzellan?

»Alles Liebe zum Geburtstag, Omi!« Es kam von Herzen und wärmte Biancas wie immer, wenn Luisa sie durchknuddelte. Ach, tat das gut! Erst als Luisa von ihr abließ, nahm sie die anderen wieder wahr. Und wie die strahlten. Aufgesetzt? Wirkte nicht so.

Anja erreichte sie zuerst, mit Blumenstrauß in der Hand. Die Machart kannte sie. Die gab's beim Floristen am Eck der Straße, die zu ihrem Haus führte. Hatte wohl schnell gehen müssen. Sie waren nicht billig. Auch das wusste Bianca.

»Alles Gute, Mama!« Anja drückte sie auch, aber nicht so fest wie Luisa. Fühlte sich trotzdem fast an wie früher, nur der warme Strom, den sie bei Luisa während der Umarmung empfunden hatte, blieb aus. Dann ließ Anja von ihr ab und musterte sie.

»Mensch. Fünfundsiebzig. Hast dich so gut gehalten.« Dieses spürbar aufrichtig gemeinte Kompliment entlockte Bianca ein warmes Lächeln.

»Das muss die Insel sein. Die frische Luft«, gab sie etwas unbeholfen zum Besten.

Anja musterte sie immer noch. Bianca kam sich vor wie beim Arzt. Warum schluckte ihre Tochter und presste die Lippen so tapfer zusammen? Richtig rührselig. Fing sie jetzt gleich an zu weinen? Bitte nicht.

»Bleib noch lange gesund. Versprich mir das, Mama.«

»Darauf kannst du wetten«, sagte Bianca, woraufhin sich Anjas merkwürdige Anwandlungen legten. Sie konnte wieder unbeschwert lächeln und machte den Weg für Steffen und seine Holde frei. Auch er hatte einen Blumenstrauß in der Hand. Prächtige weiße Rosen. Er wusste also noch, dass ihr die gefielen.

»Mutter. Alles Gute!« Für einen Moment zögerte Steffen, sie zu umarmen, als ob sie 'ne Grippe hätte und er sich nicht bei ihr anstecken wollte. Bianca spürte seine Verunsicherung ganz deutlich. Die konnte sie ihm nicht verdenken. Zuletzt hatten sie sich bei Ernsts Beerdigung umarmt. Als er es dann doch tat, konnte sie seine Hände, die sich auf ihren Rücken legten, kaum spüren. Traute er sich etwa nicht mehr, seine eigene Mutter anständig zu umarmen?

»Luisa hat recht. Ist besser als anrufen.« Dann drückte er ihr den zweiten Blumenstrauß in die Hand. Das hatte den Nachteil, dass sie nun keine Hand mehr für Yvonne frei hatte. Luisa war gedankenschnell zur Stelle, um ihr die Sträuße abzunehmen.

»Happy birthday, Schwiegermama!« Yvonnes Händedruck war feucht. Ihre Mundwinkel zuckten nervös. Es fühlte sich dennoch wie ein Friedensangebot an. Oder war es ein Waffenstillstand? So ganz sicher war sich Bianca da noch nicht. Größe bewahren. Nicht an die Hochzeit denken. Alles ausblenden. Gib ihr eine Chance.

»Danke, Yvonne!« Na also, ging doch. Keine Verstimmung spürbar.

Anja kam mit drei schön verpackten Geschenken mit Riesenschleifen an, die sie aus dem Kofferraum des Wagens geholt hatte.

»Ihr habt doch bestimmt Durst. Ich hab Sekt kalt gestellt,

Wasser und Saft. Setzt euch doch.« Eigentlich wollte sie ihrem Besuch ja sagen: »Schön euch zu sehen«, doch dies hatte sie unterlassen, aus Angst, dass Anja und Steffen es ironisch auffassen könnten.

»Ich helf dir, Omi.« Luisa kam Anja zuvor, die ebenfalls dazu angesetzt hatte, zur kleinen Anrichte neben der Terrassentür zu gehen, um die Gläser zu holen und sie auf dem Tisch zu verteilen. Auf den drapierte Anja stattdessen die Geschenke. Luisa schnappte sich eines, das weniger professionell eingepackt war, dafür eine große rote Schleife hatte. Das musste von ihr sein.

»Ist der Tisch neu?«, fragte Anja. Neu war relativ. Den hatte sie kurz nach Ernsts Beerdigung gekauft. Das war nun schon zwei Jahre her. Eine diesbezügliche Bemerkung erschien Bianca im Moment ebenfalls als unangebracht.

»Gab's im Baumarkt. Und man kann ihn ausziehen. Für mich allein brauch ich so ein Riesending ja nicht«, erklärte Bianca.

Steffen setzte sich als Erster an den mittlerweile mit Gläsern, Knabberzeug und dank Teresa auch mit Blumen gedeckten Tisch. Er zückte gleich sein Handy und suchte offenbar den besten Winkel für ein Foto der Tischdeko.

»Sieht einfach toll aus«, kommentierte er.

»So eine Mühe hast du dir gemacht«, sagte Anja. Hatte sie etwa erwartet, dass sie ihre Familie verdursten und verhungern ließ?

»Wer will Wasser?« Anja griff nach der mit Eis gefüllten Karaffe, in der Zitronenscheiben schwammen. Schon hielten ihr Steffen und Yvonne die Gläser hin.

»Dann lass uns mal den Sekt holen«, wies Bianca Luisa an.

»Und dann stoßen wir an. Auf dich, Mutter«, sagte Steffen, der sich nun am Knabberzeug gütlich tat. Yvonne besah sich die Sektgläser. Teure Teile aus Murano – handgeschliffen. Sie hatte ein Auge für so was, für Luxus und Schönes, für das man ordentlich Knete über die Ladentheke wandern lassen musste. Zumindest in dieser Hinsicht konnte man nicht davon sprechen, dass Menschen sich änderten.

Also, kränklich wirkte Oma nun wirklich nicht. Gut, etwas zittrig, als sie ihr Geschenk in der Küche auspackte, nachdem sie den Sekt aus dem Kühlschrank geholt, den Herd mit dem Lammbraten ausgeschaltet und die darüber liegende Herdplatte zum Aufwärmen der Speisen eingeschaltet hatte. Die Schleife war wohl etwas zu fest gebunden. Mit der hatte sie zu kämpfen.

»Ich hoffe, du hast dich meinetwegen nicht in Unkosten gestürzt«, sagte Bianca.

»Könnte ich nicht mal. Also keine Sorge. Ich hoffe, es gefällt dir.«

»Wenn ich's nur schon aufhätte, dann könnte ich dir das sagen.«

»Warte. Lass mich das machen!«

Luisa schnappte sich das Päckchen und bearbeitete den verfluchten Knoten mit ihren Fingernägeln so lange, bis er auf war.

»Den Rest schaffst du?«

Bianca sah sie nur irritiert an. Weil sich auch der Tesafilm als äußerst hartnäckig erwies, riss sie die Verpackung kurzerhand auf. Dahinter lagen die kleinen Täfelchen mit Fotos von ihrer gemeinsam verbrachten Zeit auf der Insel. Eine Kordel hielt sie zusammen. Bianca zog daran. Im Nu lag ein etwa eineinhalb Meter langes Fotopanorama vor ihr auf dem Küchentisch ausgebreitet.

»Kann man an die Wand hängen«, erklärte Luisa.

»Ist das schön! Mein Gott. Wir mit den Eisbomben im Café am Hafen. Das ist bestimmt schon drei Jahre her. Und da haben wir die Orangen gemopst. Die waren so lecker. Wie die Zeit vergeht ... Ich wünschte, du könntest öfter kommen. Die Uhr tickt ja so schnell ...«

Luisa fand es beunruhigend, dass die anfängliche Freude ihrer Großmutter urplötzlich in pure Melancholie zu kippen schien. Sie musste todkrank sein.

»Ist doch so«, bekräftigte Bianca.

»In den Sommerferien komme ich wieder. Ist dir doch recht, oder? Ich meine, weil ich jetzt schon hier bin.« Luisa hoffte, nun endlich zu erfahren, ob es stimmte, dass Oma krank war und deshalb von hier wegwollte. Wieso erzählte sie ihr nicht, was Sache war? Mama und Onkel Steffen waren schließlich nicht anwesend.

Omas Miene verfinsterte sich zusehends. Ein trauriger Schatten huschte über ihre Augen. Luisas Sorgenbarometer schlug aus. Teresa hatte Mama also die Wahrheit erzählt. Wahrscheinlich würde Oma den Sommer nicht mehr erleben. Wie furchtbar!

»Geht's dir wirklich gut, Oma?«, fragte Luisa mit angeschlagener Stimme, woraufhin ihre Großmutter sie äußerst verwundert musterte.

»Ich bin nur etwas zittrig heut. Die Aufregung, und ich bin schon früh raus«, rechtfertigte sie sich.

»Und sonst? Echt alles in Ordnung?«

»Also sag mal. Was soll denn nicht mit mir in Ordnung sein? Schon deine Mutter hat mich so komisch angeschaut. Der gleiche diagnostische Blick wie die Gonzales bei der Vorsorge.«

So entschieden, wie Großmutter geantwortet hatte, hätte Luisa ihr das unter normalen Umständen abgenommen, doch warum hatte sie vorhin so finster dreingesehen? Oma hatte doch irgendetwas.

»Wie kommst du überhaupt darauf, dass etwas nicht in Ordnung sein soll?«, wollte sie dann wissen.

»Teresa hat Mama angerufen und behauptet, du seist schwer krank.«

Oma schnaubte. Ein Pferd konnte es nicht lauter. Also, an der Lunge hatte sie schon mal nichts.

»Stimmt also gar nicht?«

»Das glaube ich jetzt nicht«, entrüstete ihre Großmutter sich.

»Dann stimmt das mit der Reise auch nicht? Dass du dein Haus verkaufen möchtest, um alles zu verjubeln? Mit einem Mann?«

Bianca schlug mit der flachen Hand auf den Tisch und schüttelte fassungslos den Kopf.

»Teresa. Die knöpf ich mir vor.«

»Dann stimmt das auch nicht?«

»Doch. Ich möchte das Haus verkaufen, mir die Welt anschauen und mir dann eine kleinere Wohnung nehmen. Und der Mann heißt Wolfgang.«

»Aber davon hast du mir gar nichts erzählt?«

»Wie denn? Ich kenne ihn doch erst seit unserem letzten Telefonat.«

»Und dann willst du gleich eine Weltreise mit ihm machen?«

»Auf was soll ich denn warten?«

»Also mir hast du immer geraten: Lass dich nicht zu schnell auf jemanden ein.«

»Du bist ja auch noch jung. Bis ich Wolfi besser kennenlerne, lebe ich vielleicht schon gar nicht mehr. Außerdem lernen wir uns jeden Tag aufs Neue kennen.«

»Wolfi? Wie alt ist er denn?«

»Jünger.«

Luisa nickte. Mama hatte am Ende recht. Was wollte ein jüngerer Mann von Oma? Andererseits konnte die Liebe hinfallen, wohin sie wollte.

»Ich lass dich einfliegen. Im Sommer. Egal wo wir sind.«

Das alles erklärte, weshalb Oma vorhin, als es um die nächsten Ferien gegangen war, so komisch reagiert hatte. Luisa stieß einen befreiten Seufzer aus.

»Ich hatte mir echt solche Sorgen gemacht.«

Oma nickte erst stumm und gab dann einen wissenden Laut von sich.

»Deshalb sind sie hier! Weil sie denken, dass ich bald abkratze. Erbe sichern. Damit ich es nicht verjuble.«

»Also Mama hat sich auch Sorgen gemacht.«

»Auch im Sinne von wie du oder auch eher allgemein?«

»Eher allgemein.« Oma war der letzte Mensch, den Luisa belügen würde.

Sie begann sich für ihre Mutter zu schämen, denn über das heikle Thema Erbschaft hatte sie bereits mit ihr gesprochen.

»Und jetzt haben sie Schiss, dass ich mich von Wolfi ausnehmen lasse und ihm mein Vermögen vermache. Na ja, da wäre ich nicht die Erste hier auf der Insel.«

Luisa nickte zaghaft.

»Gut zu wissen!«, stellte Bianca fest.

Warum sich nun ein süffisantes Grinsen auf Omas Lippen stahl, erschloss sich Luisa gerade nicht.

»Wir lassen sie in dem Glauben.«

»Wie?«

»Na, dass ich bald abnipple. Wer erben will, muss sich das erst einmal verdienen. Verstehste?«

Luisa begann Gefallen an diesem Gedanken zu finden. So wurde aus der vorgezogenen Totenfeier vielleicht sogar noch ein ziemlich lustiger Geburtstag.

»Und Wolfi?«

»Glaub mir. Der spielt sicher mit. Ich glaube, jetzt haben wir doch gleich mehrere Gründe, mit den anderen anzustoßen, findest du nicht?«

Luisa hatte ihre Großmutter noch nie diabolisch grinsen sehen. Das stand ihr und war in diesem Fall mehr als nur gerechtfertigt.

Wenn man darüber im Bilde war, was andere irrigerweise und dank der von Teresa gestreuten Gerüchte glaubten, es aber selbst besser wusste und dabei noch eine Verbündete hatte, war so eine Feier ein Heidenspaß. Bianca musste nicht einmal die Kranke mimen. Es reichte, gelegentlich wie üblich zu stöhnen oder abwesend in die Ferne zu schauen. Das meiste noch nicht einmal bewusst, denn natürlich entfaltete der Sekt seine Wirkung. Da wurden die Augen von ganz allein etwas glasig. Hoffentlich flogen sie nicht auf. Luisa war nämlich nicht die Einzige am Tisch, die unentwegt grinste, wenn ihre Mutter mit Steffen besorgte Blicke tauschte, und dies nur, weil Bianca so Dinge beim zweiten Anstoßen gesagt hatte wie beispielsweise, dass sie sicher so jung nie wieder zusammenkommen würden. Selbst dieser doofe Trinkspruch hatte Anja bereits Sorgenfalten ins Gesicht getrieben. Ihrem Sohn nicht. Der bedeutungsvolle Blick seiner Frau war Bianca aber nicht entgangen. Spielten sie die Betroffenheit nur, oder war sie aufrichtig? Und keiner von ihnen hatte den Mut, sie darauf anzusprechen, geschweige denn nachzufragen, ob sie das Haus tatsächlich verkaufen wollte. Feiges Pack! Ein geiziges noch dazu. Die Halstücher waren jedoch schön. Gute Qualität. Die waren zweifelsohne aus der Flughafenboutique. Schnell, schnell, damit man nicht mit leeren Händen dastand. Aber gut. Die Dinger konnte sie auf Reisen brauchen. Teresas Anruf war ja auch etwas kurzfristig gekommen, wie sie von Luisa wusste. Mal sehen, wie sie es mit der Wahrheit hielten. Bevor Bianca dazu kam, diesbezüglich geschickt nachzuhaken, hob Luisa das Glas. Was sollte man auch sonst machen, wenn Steffen es unentwegt nachfüllte.

»Auf die Oma! Und dass wir deinen Hundertsten hier noch feiern können.« Luisa brachte das brottrocken daher. Dieses Gen hatte sie von ihr, stellte Bianca mit Wonne fest. Was waren das für herrlich betretene Gesichter. Steffens Miene wirkte leidend. Anja warf Luisa einen rüffelnden Blick zu, und selbst Yvonne zögerte, mit einer bald Sterbenden frohen Mutes anzustoßen.

»*Mindestens* einhundert«, schob Luisa noch nach.

Anjas Augen funkelten sie schon böse an. Wenn das mal kein Grund war, die Gläser erneut klingen zu lassen.

Bianca nahm einen kleinen Schluck, und schon kam ihr die nächste Idee. Die Tücher lagen ja griffbereit vor ihr.

»Ich finde das toll, dass ihr euch daran erinnert habt.«

»An was, Mama?« Steffens Stimme hatte einen ungewohnt sanften Tonfall. So gefiel er ihr, der Sohnemann.

»Weil's mich doch immer am Kopf friert.«

»Keine Zugluft. Alles nur keine Zugluft«, äffte Anja sie nach. Das sollte wohl die gerade etwas gedrückte Stimmung aufheitern.

»Und Steffen hat auch daran gedacht. So schöne Tücher. Und so eine tolle Qualität. Ich hab welche aus dem gleichen Material. Die kannste waschen, sooft du willst. Die gehen nicht kaputt. Wahrscheinlich überleben die mich noch«, sagte Bianca. Sie hoffte inständig, dass Luisa nicht feixte. Sie verschluckte sich stattdessen am Sekt. Das fiel nicht so auf. Anja und Steffen litten sichtlich. Wer erben will, muss leiden! Bianca fragte sich allerdings, worunter Steffen im Moment mehr litt. Dass seine Mutter nicht mehr lange zu leben hatte, oder weil sie in einer fetten Zwickmühle saßen. Sie konnten ihre Mutter nun schlecht direkt auf ihren Gesundheitszustand ansprechen oder gar auf ihre Zukunftspläne. Dann flögen sie ja auf. Sie würden ihre wahren Motive entblößen. Im Kampf zwischen Neugier und Habgier. Das war es doch.

Luisa hielt diese Momente dankenswerterweise mit ihrem Smartphone fest. Futter für Biancas Tagebuch, sobald sie ihr die Fotos geschickt hatte.

»Habt ihr denn noch keinen Hunger?«, fragte Bianca in die Runde.

»Ich hab so einen Kohldampf, Oma«, sagte Luisa.

»Es gibt Lamm und als Vorspeise eine mallorquinische Spezialität. Ich fürchte, ich bräuchte noch einmal etwas Hilfe in der Küche.«

Kaum ausgesprochen standen Anja, Steffen und Yvonne nahezu synchron auf.

»Also, so viele Töpfe sind das jetzt auch wieder nicht.«

»Aber Teller und Gläser und das ganze Besteck«, sagte Luisa, die ebenfalls aufstand. Sie tat es sicher auch, um ihrer Oma zu helfen, doch Bianca vermutete, dass sie sich in erster Linie die Hilfsaktionen der Erbschleicher nicht entgehen lassen wollte. Allein schon der Gänsemarsch durch die Terrassentür in die Küche war ein Bild für Götter. Gänse traf es aber nicht. Eher Geier. Die kreisten doch auch immer über Aas, selbst wenn es noch gar nicht tot war.

»Tolle Küche, Mama«, kommentierte Steffen, als Bianca am Ende der Kolonne eingetreten war. Er ließ seinen Blick durch den Raum schweifen und nickte dabei sichtlich beeindruckt.

»Also Besteck ist in der zweiten Schublade. Tabletts sind im Schrankfach darüber«, wies sie Anja an.

»Die Teller sind in der Anrichte. Wir brauchen Suppenteller und die flachen.« Auch Steffen sollte sich nützlich machen.

Bianca ging zum Herd, auf dem ihr größter Suppentopf stand. Das war Suppe für eine ganze Fußballmannschaft.

Bianca hatte sich dem Herd noch nicht genähert, da war Steffen auch schon zur Stelle.

»Der ist doch viel zu schwer für dich, Mama.« Steffen musste wie der Wolf im Märchen Kreide gefressen haben. So weich klang seine Stimme sonst nie. Schon hatte er den Topf in der Hand. Fürsorge dieser Art war ein Novum und sicher einen Satz in ihrem Tagebuch wert.

»Die Wärmeplatte ist im oberen Schrank rechts. Kannst den Eintopf schon einmal raustragen. Dann kümmere ich mich um das Lamm.« Steffen spurte wie beim Bund, doch aus ihrem Vorhaben wurde nichts, weil sich Yvonne an den Herd drängte.

»Es ist doch dein Geburtstag. Wir wissen ja jetzt, wo alles ist, und bedienen dich.« Yvonne hatte sich nicht auf die Zunge gebissen. So viel Hilfsbereitschaft. Hoffentlich platzte die Naht ihres Kostüms nicht auf, wenn sie sich hinunter zum Ofenrohr bückte. So, wie das jetzt schon spannte.

Anja drapierte scheppernd die Teller auf die Tabletts. Luisa schnappte sich die Stoffservietten. Ihr brauchte man nicht zu sagen, wo die Sachen sich befanden. Ganz im Gegensatz zu Yvonne. Die starrte etwas hilflos in die Röhre, denn mit bloßen Händen bekam man so ein geschmortes Lamm nicht aus der Gluthölle. Sie musste gar nicht fragen. Luisa hielt ihr kommentarlos zwei übergroße Handschuhe hin, damit sie sich die Pfötchen nicht verbrannte. So, wie sie diese Handschuhe ansah, erwartete Bianca jeden Moment, dass sie nach einer Bedienungsanleitung fürs Hineinschlüpfen fragte. Immerhin bekam sie den Ofen damit auf. Ihr Kostüm hielt dem Druck eines nach oben gereckten Pürzels ebenfalls stand. Na also, ging doch. Jetzt musste sie die Bratenform nur noch abstellen. Die Handschuhe hielten die Hitze gut und gerne zwanzig Sekunden ab. Da stand sie nun. Mit panischem Blick suchte sie die Ablageflächen nach einer Möglichkeit ab, das heiße Bratgut abzustellen. Bianca zog lässig eine der hitzebeständigen Matten aus einer Schublade und rettete Yvonne vor dem Hitzetod.

»Danke!«

»Kommst du wirklich zurecht?« Bianca reichte ihr den Block mit den Messern.

»Sicher«, gab sie ziemlich keck für jemanden zurück, der zum Aufschneiden eines Bratens das Brotmesser in der Hand hielt. Macht nix, dann wird das Fleisch halt etwas fasrig.

»Die Kartoffeln sind im Topf«, sagte Bianca, während sie in Luisas Begleitung durch die Küchentür schritt.

»Wetten, dass Steffen daheim nur Mikrowelle kriegt?«, flüsterte Luisa ihr zu.

»Geh schon mal vor. Yvonne braucht eh noch 'ne Weile, bis sie fertig ist. Wenn die anderen fragen, wo ich bin, sag ihnen, ich bin auf'm Klo.«

»Wo gehst du denn hin?«

»Ich muss noch schnell mit Wolfi telefonieren. Du weißt schon. Einweihen.«

»Alles klar, Oma.«

Ihre Luisa. Auf so eine Enkelin musste man einfach stolz sein.

Steffen befand, dass Mutter noch genauso gut kochen konnte wie früher. Diese mallorquinische Sopa und das Lamm hatten hervorragend geschmeckt. An Gerüchen und Geschmäckern hafteten allerdings auch Erinnerungen, die mit Urgewalt über einen hereinbrachen, wenn man ihnen schutzlos ausgeliefert war, sprich halb im Delirium vom Schlafdefizit und dem süffigen Roten zum Lamm. Das brachte die standfesteste Psyche zum Einsturz. Völlig unerwartet in einem Meer aus unterschiedlichsten Empfindungen aus der Kindheit zu baden, konnte einen schaffen, vor allem weil es unerwartet schöne Momente waren. Mutter in der Küche, Naschen beim Plätzchenbacken, Mutter mit ihm und Anja auf dem Spielplatz gleich neben dem Stand mit Waldmeisterbrause. Es wollte gar nicht mehr aufhören. Das warf zwangsläufig die Frage auf, warum er sie in den letzten Jahren weggesperrt hatte. Vielleicht lag es auch nur am üppigen Essen, dass er wie gelähmt war, gefühlsduselig und nicht mehr Herr seiner eigenen Gedanken. Wie ein schlaffer Sack saß er auf dem Terrassenstuhl. Oder lag es etwa daran, dass das Glitzern des Meeres am Horizont eine hypnotische Wirkung entfaltete? Anja war vermutlich aus den gleichen Gründen bereits im Reich der Träume. Auch sie hatte zu Tisch kleine Episoden aus glücklichen Kindheitstagen erzählt, befeuert von Luisas Nachfragen und sehr zu Mutters Vergnügen. Nun lag Anja auf einer Strandmatte unter einem von Mamas Zitronenbäumen. Yvonne döste im wohlweislich mitgebrachten Bikini auf einer der weißen Liegen auf Mutters Terrasse. Luisa hingegen wirkte wie aufgedreht, hatte aber auch weniger gegessen und huschte wieselflink mit einem mit Geschirr beladenen Tablett von drinnen nach draußen. »Bleib du mal schön sitzen und genieß die Aussicht«, hatte seine Mutter Steffen im Befehlston wie früher vorgeschrieben. Da erstarb jeglicher Protest, sich aus reiner Höflichkeit beim Abräumen des Tisches beteiligen zu wollen. Hier sitzen zu bleiben, ging aber auch nicht. Sein Kopf drohte bereits mehrfach nach hinten wegzukippen. Um zu schlafen, waren sie aber nicht hier. Das konnte man auch noch nachts. Steffen quälte sich in eine aufrechte Position, griff nach der Sauciere, dem Salz- und Pfefferspender und begab sich damit nun doch ins Haus – auch weil er es letztlich nicht fertigbrachte, mit anzusehen, wie seine todkranke Mutter sich abschuftete, während er tatenlos herumlungerte.

»Na, wieder unter den Lebenden?«, fragte Luisa, die mit einem feuchten Lappen und einem Sprühreiniger an ihm vorbeitänzelte.

Steffen schaffte es nicht bis zur Küche. Zwar hatte er vorhin bereits auf dem Weg zur Toilette den Eingangsbereich und den kleinen Flur gesehen, aber noch keinen Blick ins Wohnzimmer geworfen. Die Tür stand halb offen, also wagte er sich hinein. Sapperlot. Das konnte sich sehen lassen. Minimalistisch. Weiße Eleganz, die die Gemälde an den Wänden und einige wertvoll wirkende Skulpturen besonders gut zur Geltung brachte. Das fühlte sich irgendwie an wie in einem Museum für Modern Art. Mutters Traum. Sie hatte oft genug davon erzählt, dass sie eines Tages ein solches Haus haben wollte. Den Traum hatte sie sich verwirklicht. Ironischerweise war es aber Vaters Idee gewesen, sich Immobilien auf Mallorca anzusehen. Angeblich hatte er sich unsterblich in die Insel verliebt, vor allem in diese Gegend. Nachvollziehbar. Der Ausblick durch die bis zum Boden reichenden Fenster des Wohnbereichs war traumhaft. Limonenbäume umrahmten das Panorama und spendeten Schatten.

»Gefällt es dir?« Bianca kam herein und gesellte sich zu ihm.

»Deine Handschrift. Wie aus dem Katalog«, gab Steffen unverhohlen zu.

»Warte, ich nehm dir das ab. Hier drin ist es schön kühl. Kannst dich ausruhen.«

Steffen reichte seiner Mutter die Sauciere, den Salz- und Pfefferspender, die sie erst einmal auf einem Wandregal deponierte. Anscheinend war ihr nach einer Unterredung.

»Ich hätte nicht gedacht, dass die Insel so schön ist.« Diese Feststellung sprudelte einem inneren Bedürfnis folgend nur so aus ihm heraus.

»Hättest ja schon früher mal kommen können.«

»Du weißt doch ... Das Hotel.« Das war nur die halbe Wahrheit, und er konnte seiner Mutter ansehen, dass sie ihn durchschaute. Sie war schließlich nicht blöd.

»Läuft es? Lindau hat ja sehr viele Touristen. Ich war mal mit deinem Vater dort. Schöner Ort.«

»So ein Hotel macht jede Menge Arbeit.« Dass sie in Schwierigkeiten waren, verschwieg er besser. Der Gedanke an das Hotel erinnerte ihn daran, weshalb sie hier waren, und zwar mit solchem Nachdruck, dass die Müdigkeit sich im Nu verflüchtigte. Wie, um Himmels willen, sollte er das Thema nur anschneiden, ohne sich eine Blöße zu geben? Er konnte doch schlecht sagen, dass sie ohne Teresas Anruf nicht hier wären.

»Ist dir das nicht zu einsam hier oben?« Steffen hoffte, dass dies der richtige Weg zum Ziel war.

»Ach wo. Du triffst hier immer jemanden. In der Nachbarschaft wohnt Alejandro. Ein paar Häuser weiter Engländer. Wir passen aufeinander auf. Hier haste schnell Anschluss.« Warum nur hatte er das Gefühl, dass seine Mutter ihm irgendetwas verschwieg? Ihr Blick ruhte jedenfalls nicht mehr auf ihm, sondern schweifte durch die Landschaft.

»Ich hatte mal Gäste, die auf Mallorca gelebt haben. Sie meinten, dass die meisten im Alter wieder zurückkommen. Wegen der ärztlichen Versorgung.«

»Die ist hier sogar besser als in manchem deutschen Krankenhaus. Hier fängste dir nicht so schnell 'ne Sepsis ein. Alles picobello sauber. Hohe Hygienestandards. Die gehen doch nur zurück, weil sie zu faul sind, Spanisch zu lernen. Ist blöd, wenn man mit Händen und Füßen erklären muss, wo's drückt. Nicht alle Ärzte sprechen Deutsch.«

»Du willst also echt hierbleiben? Ganz allein in dem großen Haus?« Steffen hoffte, dass sie endlich anfing, vom bevorstehenden Hausverkauf zu sprechen. Am Ende hatte Teresa sich das nur ausgedacht, um sie herzulotsen. Steckte sie vielleicht sogar mit Mutter unter einer Decke?

»Na ja … das mit dem ›ganz allein‹ stimmt nicht so ganz.«

Steffen riss es förmlich.

»Ihr werdet nachher Wolfgang kennenlernen. Er kommt zum Kaffee.«

»Wolfgang?«, stammelte Steffen. Es stimmte also.

»Die meisten nennen ihn Wolfi. Wir verstehen uns, verbringen die Freizeit miteinander.«

Steffen nickte bemüht verständnisvoll.

»Wohnt er denn auch in der Nähe?«

»In Sóller. Ist nicht so weit.«

»Fahrt ihr dann auch in den Urlaub und so?« Steffen empfand seine Frage als plump, doch irgendwie musste er seine Mutter zum Reden bringen. Täuschte er sich, oder schien sie das Gespräch auch noch zu amüsieren?

»Wieso sollte ich denn nicht mit ihm in den Urlaub fahren? Von hier gehen so viele Flüge und Fähren. Offen gestanden dachten wir über eine längere Reise nach.«

Steffen bemühte sich, gelassen zu bleiben. Auch das stimmte also.

»Wo wollt ihr denn hin?«

»Die Welt ist groß. Ich hab doch noch kaum was gesehen.«

»Also für länger?«

»Mal sehen.«

»Und wer passt dann auf das Haus auf?«

»Kann mir ja was Kleineres zulegen … Du machst dir vielleicht Gedanken. Auf einmal …«

Steffen bemerkte, dass der vorwurfsvolle Ton fehlte. Sie wirkte plötzlich so in sich gekehrt. War Mutter beschwipst? Sie hatte doch nur wenig getrunken. Oder lag es daran, dass sie über ihr baldiges Ableben nachdachte?

»Ja ... das machen viele ... sich im Alter immobilientechnisch verkleinern«, erwiderte er gedankenverloren. Es stimmte also. Weltreise, Kohle verjubeln und von dem, was bleibt, was Kleines kaufen. Fragte sich nur, wie viel noch bleiben würde, denn die Gleichung hatte noch eine Unbekannte, einen potenziellen Kostenfaktor namens Wolfi. All das schien im Moment aber zur Bedeutungslosigkeit zu verblassen. Eine todkranke Frau stand vor ihm. Seine Mutter!

Das kurze Nickerchen hatte Anja gutgetan. Obwohl man dem Duft von Zitronen belebende Wirkung nachsagte, musste sie gut und gern über eine Stunde geschlafen haben. Auf Mamas Anweisung und nur, nachdem Luisa ihr zugesichert hatte, dass sie dabei helfen würde, den Tisch abzuräumen, und allein klarkam. Nach der Siesta stand die nächste Feierrunde auf dem Programm, mit leckerer Mandeltorte, die Luisa gerade hinüber zum Tisch brachte und dort in der Mitte drapierte. Ihre Großmutter trug ein Tablett mit Tassen, Untertellern und Besteck zum Terrassentisch. Luisa schnappte sich flink die Kuchenteller und verteilte sie an den Sitzplätzen. Ihre Oma wich ihr nicht von der Seite und legte das Besteck dazu. Die zwei wirkten wie ein eingespieltes Team. Und wie gut sich die beiden verstanden, wusste Anja. Ein Herz und eine Seele. Darum beneidete Anja ihre Mutter. Es live mitzuerleben und sich dabei an die Streitereien mit Luisa zu Hause zu erinnern, machte ihr das besonders deutlich. Anja setzte sich auf und beobachtete stumm das Schauspiel. Eine Urlaubssituation war sicherlich etwas anderes, als zu zweit in einer viel zu kleinen Wohnung zu hausen. Das Geld reichte halt nicht für eine größere. Dafür kamen sie unterm Strich doch ganz gut klar, sagte Anja sich.

Ein zweiter Aspekt entpuppte sich jedoch als noch schmerzhafter. Letztlich beneidete sie auch Luisa. Anja horchte noch ein Stück tiefer in sich hinein und musste zugeben, dass sie sich wünschte, mit ihrer Mama auch wieder so herzlich umgehen zu können, so unbeschwert wie früher. Wenn man sich nicht mehr blicken ließ, entstanden unsichtbare, aber spürbare Mauern, und eine hatte Anja ja selbst gezogen, wie sie sich eben in aller Deutlichkeit klarmachte.

»Kann ich noch was helfen?« Yvonne war offensichtlich aus ihrem Schönheitsschlaf erwacht. Knallrot im Gesicht. Wollte ja unbedingt etwas Farbe haben.

»Du kannst den Kaffee holen.« Luisa übernahm das Kommando, woraufhin Yvonne sich ins Haus trollte. Aus dem kam Steffen gerade heraus. Hatte er etwa auch geschlafen? So, wie er die Augen zusammenkniff, und weil er herzhaft gähnte, schloss Anja das dann doch aus. Er wirkte orientierungslos und völlig neben der Kappe.

»Kaffee!«, frohlockte Mama, so frisch und strahlend wie das blühende Leben. Sie winkte ihre Gäste frenetisch zum Tisch.

»Mama!« Auch Luisa blies zum Appell, doch erst als Yvonne mit der Kanne nach draußen dackelte, erhob Anja sich.

Auf einmal schien Leben in Steffen gefahren zu sein. Er ging ein paar Schritte in ihre Richtung, streckte sich und fing sie dann ab, nachdem sie sich erhoben und ebenfalls in Richtung Terrasse in Bewegung gesetzt hatte.

»Sie hat's mir gesagt. Hat 'nen Neuen und will verreisen, aber über ihren Gesundheitszustand hat sie nichts verlauten lassen«, flüsterte er ihr zu.

Anja hatte das Gefühl, dass sie den Kaffee nun gar nicht mehr brauchte. Hellwach!

»Und? Dieser Mann? Weißt du mehr?«

»Wolfi ... Ist wohl ernst. Er heißt Wolfgang. Er kommt gleich zum Kaffee.«

Das schlug Anja aufs Gemüt. Ausgerechnet ihre Mutter, die sich von ihrem Vater getrennt hatte, weil sie es leid gewesen war, sich um einen Mann zu kümmern, ihn zu bemuttern, Socken vom Boden aufzuklauben, die ihre Ehe mit Papa einfach nicht mehr ertragen hatte. Und dann dieser Wolfi? Auf einmal doch wieder Interesse an Männern? Das war schier unglaublich. Und dem Knirschen von Reifen im Kies nach zu urteilen, war besagter Wolfi gerade im Anmarsch, um Mama mit Haut und Haaren zu verschlingen. Anja wurde augenblicklich übel.

Eine Autotür ging auf und zu. Yvonne musste ihn von der Terrasse aus bereits sehen. Sie stand wie versteinert da und starrte in Richtung Zufahrt. Von Wolfi sah Anja bis jetzt nur die Hosenbeine, weil ein Hibiskusstrauch ihr die Sicht versperrte. Leinenanzug. Helle Sportschuhe. Ein Witwenjäger. So liefen sie doch rum.

»Wolfi«, zwitscherte Bianca.

»Auf den bin ich jetzt aber gespannt«, knurrte Steffen.

»Kommt! Ich muss euch Wolfgang vorstellen«, rief Bianca ihnen zu. Luisa stand auch schon Spalier.

Anja kamen die wenigen Schritte zurück zur Terrasse vor wie ein Gewaltmarsch. Eigentlich wollte sie ihn gar nicht kennenlernen, den neuen Mann in Mamas Leben. Dann sah sie ihn. Braun gebrannt, rassig, männlich, Dreitagebart, gepflegt, sympathisch, kein Bauch. Haare auf der Brust und auch noch ein einnehmendes Lächeln, das strahlend weiße Zähne offenbarte.

»Guter Fang, wenn du mich fragst«, nuschelte Steffen ihr zu. Sehr hilfreich, dieser Kommentar, weil er auch noch recht hatte. Der Typ war doch bestimmt zehn Jahre jünger als Mama.

»Hallo, Luisa! Deine Großmutter hat mir schon viel von dir erzählt.« Klar, dass Luisa ihm zuerst die Hand reichte. In der anderen hielt er einen riesigen Rosenstrauß. Und den überreichte er Mama, die erst mit geschlossenen Augen genießerisch die Nase darin versenkte und sich dann vor versammelter Mannschaft durchknuddeln und auch noch küssen ließ. Das gehörte sich nicht für eine Witwe. Papa war doch erst zwei Jahre unter der Erde. Reiß dich zusammen, Anja. Mama hat sich schon vor seinem Tod von ihm getrennt, sagte sie sich. Trotzdem tat es weh, sie so glücklich mit diesem Typen zu sehen.

»Die sind wunderschön«, hauchte Mama verzückt. Kein Zweifel, Mama war diesem Mann verfallen. Hörig. Er wird sie bis aufs letzte Hemd ausnehmen.

»Anja und Steffen«, stellte Bianca sie vor.

Steffen reichte ihm die Hand. »Angenehm.«

Heuchler!

Dann nahm Wolfgang sie ins Visier.

»Sie haben die gleichen schönen Augen wie Ihre Frau Mama.«

Gott! Der schaffte es fast, dass man ihm dieses Kompliment auch noch abkaufte.

»Na ja, wir haben wohl die gleiche genetische Basis.«

Luisa prustete daraufhin los. War wirklich eine selten blöde Bemerkung gewesen. Was sollte man denn sonst sagen, um so einem Vollblutcharmeur den Wind aus den Segeln zu nehmen? Auf alle Fälle das volle Kontrastmodell zu Papa. Erstaunlich, wie man seinen Männergeschmack doch im Lauf der Jahre ändern konnte. Der sah irgendwie nicht bindungstauglich aus. Eher verwegen und etwas für eine Nacht. Anja wurde bei dem Gedanken, dass ihre Mutter sich mit ihm vergnügte, augenblicklich schlecht.

Yvonne schloss den Begrüßungsreigen. Wolfis Blick huschte von ihrer Oberweite bis zu ihren Barbiebeinen. Der ließ nix anbrennen.

»Ich freue mich sehr.« Das wirkte echt.

Bianca schnüffelte noch immer am Rosenstrauß, ließ ihren Blick dann über ihre Gäste wandern und räusperte sich. Wurde das jetzt 'ne Ansprache?

»Ja, meine Lieben. Wolfi und ich ...« Er ließ sie gar nicht ausreden, sondern schlang gleich einen Arm um ihre Hüfte. Das wirkte auf Anja so, als würde er das Revier markieren.

»Ihr seid ein hübsches Paar.«

Luisa! Halt du jetzt bloß deine Klappe!

Bianca brachte vor Rührung keinen Ton mehr heraus.

»Eure Mutter ... Großmutter. Sie ist eine großartige Frau. Sie macht mich jeden Tag aufs Neue glücklich.« Seine sonor rauchige Stimme verlieh dem eine unglaubliche Ernsthaftigkeit.

Mama bekam nun auch noch feuchte Augen. Sie hatte bestimmt keine Kotzschalen wie in der Klinik. Anja glaubte, eine zu brauchen.

»Nun, wir sind beide nicht mehr die Jüngsten, und man weiß nie, wann die Uhr des Lebens ihren letzten Schlag tut«, sagte er und ließ dabei seinen Blick über die Anwesenden schweifen, bevor er ihn auf seine Angebetete, ihre Mutter, legte. Fehlte nur noch ein Amen. Bianca nickte, von seinen Worten offenbar tief berührt. Es stimmte also. Sie war schwer krank, und dieser Gigolo nutzte das anscheinend schamlos aus. Wieso sagte sie ihnen nichts? Um ihnen Leid zu ersparen? Spielte sie deshalb die Tapfere? Gebrechlich wirkte sie ja nicht gerade, doch Anja wusste aus Berufserfahrung, dass es viele tückische und unheilbare Krankheiten gab, die man den Betroffenen erst anmerkte, wenn es dem Ende zuging.

Bianca wischte sich die Augen trocken. Anja berührte dieser Moment wider Willen so sehr, dass sie Mühe hatte, ihre trocken zu halten.

»Die schönen Rosen.« Sie kriegte sich gar nicht mehr ein.

Luisa nahm sie ihr ab. »Ich hol 'ne Vase, Omi.«

Einmal vom betörenden Duft der Rosen befreit, zeigte Mutter die übliche Haltung.

»Ich hoffe, in eurem Magen ist wieder Platz. Will jemand Sahne zum Mandelkuchen?«

Nur Yvonne verneinte. Steffen starrte genau wie sie auf Wolfi, der sie ihres Erbes berauben würde, dessen war Anja sich nun sicher.

Kapitel 6

Erst einmal die Füße vertreten! Das war auch dringend notwendig. Bianca aß normalerweise nie so viel. Schon gar nicht tagsüber. Insofern hatte sie Steffens Vorschlag, nach dem Kaffeekränzchen ein bisschen an der Strandpromenade spazieren zu gehen, dankend angenommen. Mit zwei Wagen waren sie ja auch schnell dort. Die Frage, wer bei wem mitfuhr, stellte sich nicht. Alles andere, als dass sie bei Wolfi im Wagen saß, hätte Bianca auch gewundert. Das hatte auch rein technische Gründe, denn um eine Fahrt auf der wenig geräumigen Rückbank in einem zweitürigen Seat Mii riss sich nicht einmal Luisa. Wenigstens hatten sie dann ein bisschen Zeit für sich. Der Arme hatte beim Kaffeetrinken die heilige Inquisition über sich ergehen lassen müssen, was aber auch den Vorteil hatte, dass sie Dinge erfuhr, über die sie bisher noch gar nicht gesprochen hatten. Wolfi schien die Ausfragerei gar nicht gestört zu haben. Bisher hatte er sich während der Fahrt jedenfalls nicht in diese Richtung geäußert. Ganz im Gegenteil. Steffen befand er für nett und Anja als liebenswerte Natur. »Nett« war ja relativ und somit eine Nachfrage wert.

»Ein Glück, dass Steffen sich für Autos interessiert. Vor allem für sündhaft teure«, bemerkte Bianca. Wolfi war glücklicherweise sofort auf Steffens Nachfragen bezüglich seiner beruflichen Tätigkeit als Autohändler eingegangen, sodass insbesondere Anjas

Löcherei in Richtung seines Vorlebens in Deutschland und seiner ersten Frau schnell ein Ende gefunden hatte.

»Der Junge kennt sich aus, aber wahrscheinlich fahr ich ihm nicht schnell genug. So wie der uns an der Stoßstange klebt.«

»So war Steffen schon immer. Vollgas.«

»Lass uns erst zum Leuchtturm hochfahren. Dann können sie die Aussicht auf den Hafen genießen. Man muss den Gästen doch etwas bieten«, schlug Bianca vor, weil eine Weggabelung vor ihr lag. Rechts hinunter ging es zum Strand. Links hinauf zum Far del Cap Gros. Touristenprogramm. Von da oben hatte man einen herrlichen Fernblick auf die ganze Bucht von Port de Sóller.

»Du meinst, wir sollten sie gut beschäftigen.« Wolfi schätzte die Lage richtig ein.

»Die ganze Fragerei, das nervt.«

»Sie glauben, dass ich dich ausnehmen werde wie eine Weihnachtsgans.«

»Sollen sie. Sehen ihre Felle davonschwimmen. Vor allem Steffen. Hat mich gefragt, ob ich hierbleiben will. So durch die Blume. Der denkt wohl, ich merke das nicht. Aber weißt du, letztlich kann ich Teresa dankbar sein. Ist doch ein Riesenspaß. Ohne ihren Anruf wären sie nicht hier. Und wie sich alle um mich kümmern. Steffen hat mir noch nie einen Stuhl zurechtgerückt.«

»Anja macht sich aber, glaub ich, echt Sorgen um deine Gesundheit. Die werfen sich ja schon Blicke zu, wenn du dich nur räusperst.«

»Kann nicht schaden, oder? Jahrelang hört und sieht man nix, und wenn sie Schiss haben, dass man den Löffel abgibt, dann erinnern sie sich daran, wer sie großgezogen hat.«

»Jetzt genießt du es, sie auflaufen zu lassen ... Aber Hand aufs Herz, willst du ihnen wirklich gar nichts hinterlassen? Es ist doch deine Familie. Nicht, dass du es dir im Nachhinein irgendwann vorwirfst. Wir müssen ja nicht in die teuersten Hotels gehen.«

»Jetzt erst recht. Es ist mein Leben. Jeder stirbt für sich allein, und bis dahin möchte ich leben. Ist doch so. Und warum sind sie hier? Da können sie noch so viele Stühle rücken. Doch nur wegen der Kohle. Und die müssen sie sich jetzt erst einmal verdienen.«

»Ein Test auf Erbtauglichkeit?«

»Wieso soll ich jemandem das Haus vermachen, der sich jahrelang weder für mich noch für das Haus interessiert hat? Ist auch eine Sache der Wertschätzung. Echter Wertschätzung. Ich geb doch meine Pläne nicht auf, nur weil Steffen die Insel plötzlich schön findet und mir Honig ums Maul schmiert.« Kaum ausgesprochen, musste Bianca sich eingestehen, dass Wolfi nicht so ganz unrecht hatte. Es war ihre Familie. Und was sie noch viel mehr beschäftigte, war der Umstand, dass sie es trotz ihres offenkundigen Interesses an ihrem Haus genoss, ihre Familie mal komplett um sich zu haben.

»Du sagst ja nichts mehr«, wunderte sich Wolfi.

»Vielleicht sollte ich zumindest klarstellen, dass es mir gut geht.«

»Gute Idee. Dann sehen wir schon, wie sie sich verhalten. Bisher haben sie dich ja wirklich behandelt wie ein rohes Ei.«

»Meinst du, sie reisen dann ab?« Bianca würde Steffen das zutrauen.

»Nee, die Woche Urlaub lassen die nicht sausen, aber wenn sie wissen, dass du nicht sterbenskrank bist, bleibt ihnen nur noch ein Problem.«

Bianca konnte ihm nicht folgen.

»Der Heiratsschwindler.«

»Dann ist der Spaß doch noch nicht vorbei.«

»Apropos. Hast du darüber nachgedacht? Wenigstens einmal?

Ich nämlich schon, auch wenn wir uns erst so kurze Zeit kennen«, sagte Wolfgang.

»Über was?«

»Heiraten.«

»Wenn uns weder Gelbfieber noch Malaria dahinraffen und wir es überhaupt so lange miteinander aushalten. Kam mir aber noch nicht konkret in den Sinn. Vermutlich sind wir dafür auch schon zu alt«, sinnierte Bianca.

»Ich könnt's mir schon vorstellen, auch wenn ich mir geschworen habe: nie wieder.«

In Filmen bekamen die Frauen immer Heiratsanträge in romantischem Ambiente. Der Mann musste auf Knien um die Hand einer Frau anhalten. Ging ja schlecht am Steuer, noch dazu auf dem Weg zu einem Leuchtturm, der über Serpentinen führte. Seine Spitze ragte bereits hinter den Baumwipfeln hervor. Ein denkwürdiger Ort, denn dort hatten Ernst und sie in einer romantischen sternenklaren Nacht beschlossen, sich dieses Haus zu kaufen und es herzurichten. Eigentlich hatte er es beschlossen und ihr nur noch verklickert. Im Nachhinein war man immer schlauer. Sie wusste mittlerweile, warum es ausgerechnet dieses Haus hatte sein müssen. An der Traumlage lag es nicht. Man durfte sich von Männern nicht übertölpeln lassen. Letztlich trug Ernst Schuld an der gesamten familiären Misere.

»Du sagst ja schon wieder nix«, beschwerte sich Wolfgang.

»Wenn es dich mal überkommt, also das mit dem Heiraten. Dann nur mit Ring, Kerzen, dunklem Anzug und auf Knien.« Ernst hatte sie auf einer Messe gefragt. In der Kantine. Na, da muss man sich doch über gar nichts mehr wundern.

Wolfgang lachte lauthals los.

»Ich kann mir das schon mal vormerken. Also, nur für alle Fälle«, sagte er dann.

Bianca beäugte ihn misstrauisch. Er schmunzelte noch immer, doch sie konnte ihm ansehen, dass er den Gedanken, sich noch ein weiteres Mal zu binden, als gar nicht so abwegig empfand.

Luisa knabberte im Schein der flackernden Tischkerzen an den leckeren hiesigen Oliven, Teil eines riesigen Tapas-Büfetts, das Oma zum Abendessen kredenzt hatte, und lehnte sich entspannt zurück, um den kühlen Abendwind zu genießen. Er kühlte nicht nur die tagsüber heißen Steine auf Omas Terrasse, sondern auch ihren heiß gelaufenen Kopf, der unentwegt damit beschäftigt gewesen war, Omas Spiel mit kleinen Einwürfen zum Thema Abnippeln zu ergänzen oder zu befeuern. Erstaunlich, welche Wirkung dies bei Mama und Onkel Steffen erzielt hatte. Wie schnell sich gewisse Dinge doch ändern konnten. Er war vom Mallorca-Hasser zum Fan dieser Insel geworden. Dabei hatte er bisher nur die Aussicht vom Leuchtturm aus und die Strandpromenade am Hafen gesehen. Omas mit Hackfleisch gefüllte Champignons seien eine Offenbarung, die Gazpacho göttlich und die Pflaumen im Speckmantel etwas, wonach man süchtig werden könnte. Onkel Steffen war nicht wiederzuerkennen. Yvonne hatte sich mit ihm sogar um das letzte Stück gestritten. Luisa musterte ihren Onkel erneut und kam zu dem Schluss, dass seine Begeisterung und gute Laune nicht gespielt waren, wenngleich er sich bei anderen Gelegenheiten, um es Oma recht zu machen, zu Omas und ihrem Vergnügen regelrecht hatte verbiegen müssen. »Ja, Mutter« oder »Sofort, Mutter«. Göttlich, zu beobachten, wie sich alle um sie bemühten. Man konnte fast glauben, in einer Inszenierung der perfekten Familie gelandet zu sein.

»Reichst du mir das Salz?« Oma hatte den Satz noch gar nicht ganz ausgesprochen, da hatte Onkel Steffen den Streuer auch schon in der Hand. Und wo blieb Mamas Protest? Daheim schimpfte sie doch immer, wenn Luisa Salz auf die Pommes streute. Gut, hier waren es Ofenkartoffeln, die bestimmt gesünder waren, aber der Vortrag, wie schlecht Salz für den Körper war, den hatte Mama sich verbissen. Genau wie am Hafen, als sich Oma ein Karamelleis gegönnt hatte, »Polvito Uruguayo« nannte sich ihr Lieblingseis, mit ganzen Karamellstücken drin und natürlich pappsüß. Pro Kugel sicher um die zweitausend Kalorien.

»Oma sollte das nicht essen«, hatte Mama ihr gesteckt, aber sogleich hinzugefügt, dass es nun wohl egal sei und sie es einfach nur genießen sollte.

»Hat sie dir gesagt, was sie hat?« Mamas Frage hatte die einzig wirklich brenzliche Situation an diesem wunderbaren Nachmittag heraufbeschworen. Nachdem Oma nichts hatte, woran man stirbt – sah man vom fortgeschrittenen Alter ab –, war es jedoch nicht schlimm, nur den Kopf zu schütteln. Wahrscheinlich dachte Mama sich nun, dass es etwas furchtbar Schlimmes sein musste, weil sie nicht einmal mit ihrer Enkelin darüber gesprochen hatte. Der Vortrag über die Schädlichkeit von Zucker, den sie Oma im Normalfall gehalten hätte, wie sie es jedem unter die Nase rieb, war ausgeblieben. Genau diese Dinge waren es, weshalb Luisa kein schlechtes Gewissen hatte, Oma in ihrem Spiel weiterhin zu unterstützen. Es tat ihr nämlich sichtlich gut, von ihren beiden Kindern verhätschelt zu werden. Allein schon, dass sie nicht stritten, rechtfertigte, sie noch ein bisschen länger im Ungewissen zu lassen.

»Wolfi? Magst du noch eines?« Bianca deutete auf die leckeren Omeletts mit grünem Spargel. Alles schnell gemacht. Tapas waren wohl das gesündeste Fast Food, das man sich denken konnte.

»Ich krieg zwar schon keine Luft mehr, aber wie ihr seht, kann ich ihr keinen Wunsch abschlagen.« Wolfgang schien einen gesunden Appetit zu haben.

Luisa hatte erneut große Mühe, nicht loszufeixen, denn sie wusste, dass Wolfgang und Oma sich einen Spaß daraus machten, das frisch verliebte Paar zu geben, um Mama und Onkel Steffen zu irgendeiner Reaktion zu provozieren, die das Thema Erbe auf den Tisch brachte. Letztlich waren sie auch zwei Turteltäubchen. Im Normalfall ließ man das allerdings nicht so raushängen. Es wirkte. Wenn Mama so lange an einer Kartoffel herumkaute und sie mit Wasser runterspülen musste, hatte sie im wahrsten Sinne des Wortes an etwas zu knabbern. Onkel Steffen hingegen lächelte immer noch etwas betreten, wie so oft, seitdem sie sich zum Abendessen zusammengesetzt hatten.

»Ihr habt uns noch gar nichts von euren Reiseplänen erzählt.« Yvonne war die Einzige, die es gelegentlich wagte, solche heiklen Dinge, die Omas restliche Lebensplanung betrafen, zu erfragen.

»Erst mal runter zu den Kanaren. Marokko ...«, fing Wolfgang an.

»Ihr könnt euch nicht vorstellen, wie ich mich auf Marrakesch freue«, fiel Bianca ihm ins Wort.

»Ist es da nicht schon etwas zu heiß, wenn ihr dort seid?«, fragte Anja.

»Alles, was einen nicht umbringt ... Ihr kennt doch den Spruch.« Betretenes Schweigen, und erneut zwang sich Luisa, an die letzte Anatomieklausur zu denken. Da erstarb jegliches Lachen im Keim.

Ein immer lauter werdendes Geräusch, das zweifelsohne von einem Motorrad stammte, kam näher. Der dazugehörige Lichtkegel, der die Nacht durchschnitt und die Bäume bei der Zufahrt zu Mamas Haus gespenstisch beleuchtete, ebenfalls.

»Das muss Felix sein«, teilte Bianca ihnen mit. Noch ein Verehrer?

Die fragenden Blicke aller Anwesenden waren logischerweise nun auf Oma gerichtet, die so viel Aufmerksamkeit sichtlich genoss.

»Er sieht nach Alejandro«, erklärte sie.

Lediglich Yvonne konnte wohl mit dem Namen nichts anfangen, was Luisa nicht erstaunte. Ein Wunder, dass Onkel Steffen sich an Opas Segelkumpan erinnerte, andernfalls hätte er wohl kaum wissend genickt.

»Wie geht es ihm denn?«

Mama hatte ihn auf Opas Beerdigung kennengelernt und wusste, dass er an Alzheimer erkrankt war.

»Ist schlimmer geworden. Er erkennt mich nicht mehr.«

»Wenigstens hat Papa das nicht mehr erleben müssen«, sagte Anja.

»Manchmal ist es ein Segen, früher zu gehen«, erwiderte Oma bedeutungsschwanger, allerdings diesmal nicht mit der schon den ganzen Tag über dargelegten Leichtigkeit, die vermutlich nur Luisa richtig interpretierte. Auf alle Fälle gut zu wissen, dass sich wieder jemand um Alejandro kümmerte. Ein Altenpfleger auf einem so schnittigen Motorrad? Und wieso fuhr er hierher? Diese Fragen stellten sich offenbar auch die anderen. Sie blickten gespannt auf den jungen Typen. Cooler Junge. Jeans am Knie offen. Rote Sneakers. Braun gebrannt. Schien auch recht sportlich zu sein. Nun nimm schon deinen Helm ab. Er tat es. Mein Gott, sah der gut aus. Keiner von hier, aber hallo. Ein Schnitzel vom Feinsten und anscheinend eines, das sich seines attraktiven Äußeren bewusst war. Luisa kannte den Scannerblick dieser Typen. Erst Titten, dann Augen. Yvonne scannte er als Nächstes.

»Hallo!« Ein bisschen schüchtern schien der Knabe dennoch zu sein. Sprach für ihn.

»Ich hab dich schon vorgestellt. Wolfi kennste ja schon. Steffen, mein Sohn, seine Frau Yvonne, Anja, meine Tochter, und natürlich Luisa, meine Enkelin.«

»Freut mich.« Damit beschallte er die Runde. Sein Blick blieb trotzdem an der Enkelin hängen. Luisa tat so, als würde sie sich mehr für die restlichen beiden Oliven auf ihrem Teller interessieren.

»Ich möchte nicht stören. Ich wollte nur Ihr Geschenk vorbeibringen«, sagte er und zog ein kleines Päckchen heraus, das er Bianca reichte.

»Dass du daran gedacht hast. An meinen Geburtstag.«

»Logisch.«

Bianca hatte diesmal keine Probleme mit den Schleifen und befreite eine kleine Geschenkbox von der Verpackung.

»Oh! Ist der vielleicht schön.«

»Ist mir am Hafen ins Auge gesprungen«, erklärte Felix.

Bianca hielt daraufhin einen Kompass aus Holz mit kupferfarbenen Beschlägen in die Runde.

»Damit Sie mir auf der Reise nicht verloren gehen. Wenn mal das Handy ausfällt.«

Mama und Onkel Steffen tauschten Blicke. Sogar Fremde wussten von dem Vorhaben. Das dachten sie sich doch gerade. Auf alle Fälle ein total süßes Geschenk.

Bianca sprang auf, ging um den Tisch herum und umarmte den jungen Mann. Sogar ein Küsschen gab's auf die Wange. Luisa hätte nicht gedacht, dass sie ihre Großmutter eines Tages um ihre Männerbekanntschaften beneiden würde. Und dann hatte der Typ anscheinend auch noch 'ne soziale Ader. Toll. Die meisten Pfleger, die sie aus dem Praktikum im Krankenhaus kannte, waren stockschwul. Der hier war es definitiv nicht.

»Möchtest du uns nicht Gesellschaft leisten? Steffen, hol doch noch einen Stuhl von drinnen.«

Onkel Steffens Sprungfeder funktionierte immer noch.

»Ich muss noch mal in die Stadt«, sagte Felix.

»Wir haben noch so viele leckere Tapas.« Oma ließ nicht locker.

»Eines kann ich ja mitnehmen, für unterwegs.«

Luisa war klar, dass er sich eines der mit Serrano-Schinken belegten Brötchen nehmen würde. Die lagen nämlich unmittelbar vor ihr, und wenn er sich hinunterbeugte, konnte er bequem und ohne Verdacht zu erregen, in ihren Ausschnitt sehen. Luisa lehnte sich gleich etwas mehr zurück. Ein überraschend intensiver Blickkontakt blieb trotzdem nicht aus. Gott, hatte der schöne Augen! Nun setzte sie genau wie Mama ein unverbindliches Lächeln auf. Anders ließ sich das gerade aufsteigende Kribbeln nicht wieder abwürgen.

»Wäre eine schöne medizinische Runde. Anja ist Krankenschwester, und Luisa studiert Medizin«, sagte Bianca.

»Wirst mal ein Weißkittel?«, fragte Felix unverschämt grinsend.

Wie bitte? So ein Proll! Weißkittel? Auch noch so abfällig, dass Mama lachte. Den Begriff hatte sie auch schon im Mund gehabt, in Anspielung auf die Götter in Weiß, die ihr jeden Tag den letzten Nerv raubten und meinten, alle vom Pflegepersonal seien leibeigene Sklaven.

»Ja, Spritzen in den Arsch, aufschnippeln und wieder zunähen. Ist doch geil.« Diese Sprache verstand er bestimmt.

»Auch noch ein Hardcore-Weißkittel.« Er sagte es so charmant und von einem derart verschmitzten Lächeln begleitet, dass es

Luisa unmöglich war, ihm böse zu sein. Warum irritierte sie der Typ nur so?

Lachte sich Mama gerade tot? Oma anscheinend auch. Nun lachten alle. Der punktete mit so einem Gelaber auch noch. Als Comedian fürs Privatfernsehen würde er sicher mehr verdienen. Das Publikum stand doch auf so billige Witze. Gutes Aussehen kam noch mit dazu. Privatsenderniveau? Das konnte Luisa auch. Dann spielen wir eben *Paradise Island* oder wie der Scheiß hieß. Sie hielt seinem Blick tapfer stand und stopfte sich bewusst lasziv die vorletzte Olive in den Mund, wo sie sie mit der Zunge hin und her rollte. Er zog nur eine Augenbraue in die Höhe.

»Ich bin morgen früh drüben«, sagte er an Bianca gerichtet.

Sie nickte dankbar und blickte dann erneut verzückt auf den Kompass.

»Tja ... Ich muss ... einer meiner Pappenheimer ist wieder mal auf Wanderschaft. Das wird 'ne lange Nacht.«

»Pappenheimer?« Luisa verstand kein Wort.

»Sie büxen aus und finden nicht mehr heim«, klärte Oma sie auf. »Was würden diese Menschen nur ohne dich tun. In meinen Augen ist Felix ein Held«, sagte sie dann in die Runde. Luisa erstaunte, wie sehr Oma diesen Kerl bewunderte. Für Mama schien das auch zuzutreffen, denn sie sah ihm hinterher, bis er sich mit seiner Knatterkiste verzogen hatte.

Es erschien Anja weit untertrieben, den heutigen Tag als anstrengend zu bezeichnen. Sie konnte sich nicht daran erinnern, Mama jemals so oft nach dem Mund geredet zu haben. Das machte man nicht mit einem Menschen, der gesund war. Steffen schien auch dringend eine Familienauszeit zu benötigen. Warum sonst hatte er sie nach dem Tischabräumen gefragt, ob sie Lust auf einen kleinen Spaziergang hätte. »Ein bisschen die Füße vertreten.« Man konnte es auch einen Verdauungsspaziergang nennen. Beides kaufte ihnen der Rest der Truppe, ohne mit der Wimper zu zucken, ab, wobei es ihm sicherlich genau wie ihr nicht in erster Linie um die Verdauung der ganztägigen Fressorgie ging, sondern darum, die Flut der Eindrücke, Informationen und insbesondere das Verhalten ihrer Mutter zu verarbeiten.

Schon nach wenigen Metern den Hang hinunter in Richtung Straße spürte Anja eine Last von sich abfallen. Sie standen nicht mehr unter Beobachtung. Zumindest war es Anja den ganzen Tag über so vorgekommen.

»Bin völlig platt. Wie Jetlag, nur noch schlimmer«, sagte Steffen, als sie außer Hörweite waren.

»Frag mich mal. Ich kann kaum noch gehen und fühl mich wie im fünften Monat.«

»War trotzdem schön. Mal wieder alle zusammen, aber Mutter, die will mir gar nicht gefallen«, sagte Steffen.

»Wie aufgedreht, oder?« Anja erstaunte, dass ihrem Bruder das auch aufgefallen war. Er scherte sich sonst auch nicht darum, wie es Mama ging.

»Hab mir vorhin gedacht, ob das nicht normal ist. Überleg dir mal. Du weißt, dass du nicht mehr lang zu leben hast. Dann gibst du Gas. Mama hat früher auch nicht so viel geredet.«

»Gab schließlich Nachholbedarf«, stellte Anja nüchtern fest.

»Das mein ich nicht. Jedes zweite Wort ›Wolfi‹ und ›Wolfi‹ und noch mal ›Wolfi‹. Und dann schleppt sie uns noch in das Café, wo sie sich kennengelernt haben.«

»Sie ist halt verliebt.«

»Mach dich nicht lächerlich. In dem Alter?«

»Also, so unsympathisch ist er nun auch wieder nicht. Kümmert sich rührend um sie und himmelt Mama an. Mir hat ein Mann jedenfalls noch nie so viele Rosen geschenkt.«

»Warum auch? Du hast doch nix, was du vererben kannst.« Das hatte Steffen einen Tick zu abfällig gesagt. Er meinte sicher im Vergleich zu ihrer Mutter, dennoch traf er damit ihren wunden Punkt.

»Wenigstens habe ich jemanden, dem ich etwas vererben kann«, gab Anja spitz zurück. Eigentlich hatte sie sich vorgenommen, nicht in alte Streitmuster zu verfallen, doch das Thema Kohle und dass sie sich für einen Appel und ein Ei totschuftete und manchmal nicht wusste, wie sie Luisa durchs Studium bringen sollte, war ein neuralgischer Punkt.

»Kann ja bei mir auch noch kommen.«

»Yvonne will doch noch Kinder? Und das Risiko eingehen, sich die gute Figur zu ramponieren?«

»Wir hätten nicht einmal die Zeit für Nachwuchs.«

»Liegt's also nicht an ihr?«

»Nein.«

»Du willst also auch keine?«

»Meine eigene Kindheit hat mir nicht gerade Laune gemacht, aber lassen wir das ...«

Damit hatte er recht. Sie waren letztendlich nicht hier, um miteinander zu streiten.

»Sorry ... Ist mir halt so rausgerutscht. Wir sollten jetzt auch nicht an uns denken, sondern an Mama. Kann ja sein, dass unsere Familie nicht optimal war ...«, lenkte Anja ein.

»Kann sein? Ganz sicher sogar, und das weißt du.«

»Ja. Herrgott noch mal, aber Papa lebt nicht mehr. Und denk nur an die schönen Zeiten. Mama war letztlich doch immer auf deiner Seite.«

»Im Rahmen ihrer Möglichkeiten. Wenigstens hat sie's im Alter begriffen.«

»Papa ist an der Trennung zerbrochen.« Auch ein neuralgischer Punkt. Vermutlich hatte Steffen die Sektkorken knallen lassen, als er seinerzeit davon erfahren hatte.

»Soll ich dir was vorheucheln? Ist dir das lieber?«, fragte er.

»Nein.«

»Wir sind trotz alledem eine Familie, und Mama hat sich viel Mühe gegeben. Und sich gefreut, dass wir hier sind«, stellte Anja fest.

»Diesen Wolfi schau ich mir trotzdem näher an.«

»Glaubst du wirklich, dass er sie ausnimmt?«, fragte Anja.

»Du denkst das doch auch, oder?«

»Komischerweise bin ich mir da gar nicht mehr so sicher. Und dir geht's nur ums Geld?«

»Klingt vielleicht blöd, aber man könnte es auch als Schmerzensgeld bezeichnen, jedenfalls Papas Teil.«

»Übertreibst du jetzt nicht ein bisschen?«

»Wir wollten nicht mehr darüber sprechen. Okay? Family first. Erzähl mir lieber, wie's bei dir so läuft. In der Klinik.«

Bisher hatte er ihr immer die Ohren vollgejammert. Früher wegen Papa, dann im Studium und zuletzt, wie hart das Leben als Hotelier war. Schön, dass er nun ein offenes Ohr für ihre Misere hatte. Allein dafür hatte sich der Flug nach Mallorca schon gelohnt.

»Hoffentlich haben wir nicht übertrieben«, sagte Wolfi, nachdem sich Yvonne auch nach oben auf ihr Zimmer verzogen hatte. Nur noch Luisa leistete ihnen auf der Terrasse Gesellschaft.

»Das hab ich mir verdient«, erwiderte Bianca.

Wolfgang sah sie daraufhin fragend an.

»Jahrelang kein Mucks. Die Mama war abgeschrieben. Das müssen sie halt jetzt nachholen. Nachsitzen, wie in der Schule.«

»Oma hat recht.«

Wenn Luisa das genauso sah, dann hatten sie wohl kaum etwas falsch gemacht.

»Auf alle Fälle hat es ihnen gefallen, vor allem am Leuchtturm. Alle waren so schön entspannt«, sagte Wolfgang.

»Bei Steffen bin ich mir da nicht so sicher. Du kennst ihn nicht. Der war wie auf Lauerstellung. Da schauste den Salzstreuer nur an, und schon haste ihn in der Hand.«

»Du meinst, das war alles nicht ehrlich?«, fragte Wolfgang.

Bianca wusste es nicht und zuckte mit den Schultern.

»Also Mama macht sich wirklich Sorgen.« Luisas Einwand machte Bianca nun doch zu schaffen.

»Hat sie sich nach den Ferien, also nachdem du hier warst, nach mir erkundigt?« Bianca interessierte das brennend.

»Sie wollte wissen, was wir so gemacht haben. Und sie hat sich die Urlaubsbilder angesehen.«

»Das war nicht meine Frage.«

Luisa verfiel daraufhin in nachdenkliches Schweigen.

»Und?«

»Also, wenn ich ganz ehrlich bin: nein.«

»Normal ist das aber nicht.« Wolfgang brachte es auf den Punkt.

»Sie hat halt echt viel um die Ohren.« Dieses Argument ließ Bianca gelten, auch wenn sie es besser wusste. Seit der Trennung von Ernst hatten sie sich entfremdet.

»Mag sein«, lenkte Bianca ein. Was sollte sie auch Luisa und Wolfgang mit Vergangenem belasten. »Wenn ich nur wüsste, ob die beiden es ehrlich meinen«, fuhr sie nachdenklich fort.

»Kann man rausfinden«, sagte Wolfgang.

»Und wie soll das gehen? Weiter so tun, als ob ich bald Radieschen von unten zähle?«

»Schinden. Dann zeigen sie ihr wahres Gesicht«, schlug Wolfi wie aus der Pistole geschossen vor.

»›Schinden‹? Das klingt ja wie ›Foltern‹«, warf Luisa amüsiert ein.

»War beim Militär. Körperliche Anstrengung. Extremsituationen. An die Grenzen führen. Körperlich wie mental.«

»Du meinst Bungeespringen oder so was? Da macht Mama sicher nicht mit.«

»Och. Ich denke da an etwas viel Harmloseres. Der Nordwesten ist wild, gebirgig.«

Bianca wusste bis eben gar nicht, dass Wolfi so eine sadistische Ader hatte.

»Eine Wanderung? Wie cool ist das denn?« Luisa kriegte sich kaum mehr ein.

Bianca konnte ihre Begeisterung allerdings nicht teilen. »Aber da müssen wir ja auch wandern. Ich weiß gar nicht, ob meine Knie das mitmachen«, wandte sie ein.

»Du musst nix schleppen. Ich weiß auch schon, wer die schweren Wasserflaschen trägt. Am besten gleich morgen früh«, erwiderte Wolfi.

»Morgen früh schon?« Was hatte ihre Enkelin nur? Erst begeistert, und jetzt machte sie einen Rückzieher? Es genügte, sie fragend anzusehen.

»Hätte gerne mal zu Alejandro geschaut. So für mein Studium.«

»Der läuft dir doch nicht davon«, sagte Bianca.

»Also ich kann mir schon vorstellen, dass es für eine angehende Medizinerin interessant ist, sich von Pflegekräften aus erster Hand Informationen zu verschaffen«, meinte Wolfi augenzwinkernd.

Endlich trapste die Nachtigall laut genug, dass bei Bianca der Groschen fiel.

»Ich sag dir eins. Ich kenne Felix. Wahrscheinlich hat er schon die halbe Insel flachgelegt.«

»Felix?« Wolfgang schien dies gar nicht glauben zu können.

»Du bist ein Mann. Du checkst das nicht.« Bianca wollte ihm schon erklären, dass Frauen immer so taten, als würden sie sich einen Frauenversteher wünschen, der ganze Emanzenkram halt, und worauf standen sie wirklich? Auf Typen wie Felix und ihn. Bianca war froh, dass er sich mit ihrer Antwort zufriedengab, denn letztlich würde sie mit einer Erklärung über die Doppelmoral des weiblichen Geschlechts ein Eigentor schießen.

»Wirst sehen. Der wird baggern, was das Zeug hält.« Bianca wunderte sich darüber, dass sie es nicht wie eine Warnung hatte klingen lassen.

»Das soll er mal probieren.« Luisas Worte klangen ebenso wenig nach einer Drohung.

»Du willst also hierbleiben«, stellte Bianca fest.

»Dann müssen die anderen mehr schleppen«, sagte Wolfgang.

»Ja, genau!«, pflichtete Luisa ihm bei.

»Dann werd ich mich mal verziehen. Muss ja morgen fit sein«, sagte Wolfi, dessen Abschiedskuss in Luisas Beisein etwas dezenter ausfiel als sonst. Es war ein Gutenachtbussi, und das war den Umständen entsprechend auch angemessen.

Voll
Bauch und Hirn
Geburtstag anders als gedacht
Kinder liebenswerter als gedacht
Felix' Kompass total süß
bräuchte einen Kompass fürs Leben

ach, meine Luisa ♡
mein Wolfi ♡
wenn ich die nicht hätte
todmüde
morgen Action
🛏 !

Kapitel 7

Mallorquinische Morgenstund hatte kein Gold im Mund. Zu viel Knoblauch am Vortag und gerädert von Albträumen, was bestimmt auch daran lag, dass Yvonne ebenfalls todmüde ins Bett gefallen war. Normalerweise redeten sie nämlich über den Tag. Meist nach dem Sex. Beides entspannte und machte den Kopf frei. Doch auch dafür waren andere Hirnregionen im Moment zu aktiv, vor allem das Langzeitgedächtnis, das Steffen in seinen Träumen zurück in die Kindheit katapultiert hatte. Einer dieser Träume hallte besonders intensiv nach. Vater hatte ihm das Taschengeld entzogen, weil beim Fußballspielen die Scheibe des Nachbarn zu Bruch gegangen war. Es war nur ein Scheunenfenster gewesen. Deswegen machte man doch kein solches Drama. Diese Angelegenheit war typisch für das Verhalten seines Vaters gewesen. Steffen der Böse, Anja die Brave. Steffen verließ das Badezimmer erst, als er sich wieder wie er selbst fühlte und nicht mehr wie ein zwölfjähriger Junge, der in der Haut eines Versagers steckte. Die Sonne schien durch den Flur, und anhand des Stimmengewirrs von draußen, das bis in den ersten Stock zu hören war, konnte er sich sicher sein, dass alle anderen bereits am gedeckten Frühstückstisch auf der Terrasse saßen. Er täuschte sich nicht, als er ins Freie trat. Anja machte auch nicht gerade den Eindruck, in Bestform zu sein. So musste sie nach einem Nachtdienst in der Klinik aussehen. Yvonne hingegen schminkte sich wie üblich alles weg, was ihr Gesicht auch nur ansatzweise mit Makeln behaftete.

»Na, gut geschlafen?«, wollte Mutter wissen. Frisch wie Morgentau.

»Viel geträumt«, gab er zurück.

»Frag mich mal.« Aha! Anja war es also nicht anders ergangen.

»Hoffentlich süße Träume«, sagte Bianca.

»Hätten süßer nicht sein können.« Es kamen wie erhofft keine weiteren Nachfragen.

»Also, ich hab geschlafen wie eine Prinzessin.« Luisa brachte das glaubhaft rüber. Nanu? Hatte ihr Yvonne etwas von ihren Schminksachen gegeben? Gestern hatte seine Nichte weder Lidschatten noch Lippenstift aufgetragen.

»Mein Kaffee bringt dich wieder auf die Beine.« Mutters Worte in Gottes Ohr. Er nahm neben Anja auf dem freien Stuhl Platz und ließ sich von seiner Mutter eine Tasse einschenken.

»Ich finde, wir sollten heut etwas unternehmen«, schlug sie bestens gelaunt vor.

»Einen Ausflug?«, fragte Steffen nach dem ersten Schluck der spanischen Brühe, die tatsächlich so stark war, dass sie Tote weckte.

»Ein bisschen Bewegung. Wandern. Die Bergwelt ist hier so schön«, schwärmte Bianca.

Steffen brauchte gleich noch einen Schluck. Wandern? Er hasste es zu wandern. Schon seit seiner Kindheit.

»Also ich hab keine passenden Schuhe dabei«, warf Yvonne dankenswerterweise ein.

»Die Wege sind gut befestigt. Ich hab auch nur Turnschuhe«, sagte Bianca.

»Ist wirklich toll hier im Gebirge«, bekräftigte Luisa, die wahrscheinlich dort schon mit ihrer Großmutter unterwegs gewesen war.

»Ist der Weg lang?«, wollte Anja wissen.

»Sind nur zehn bis fünfzehn Kilometer«, erklärte Bianca.

Anja verschluckte sich beinahe am Kaffee.

»Und das bergauf?«, wollte Steffen sich vergewissern.

»Das haben Gebirge nun mal so an sich.« Bianca biss genüsslich in ein Schokobrötchen und sah erwartungsfroh in die Runde.

Steffen verstand die Welt nicht mehr. Gestern wie eine ausrangierte Dampflok bei jeder Bewegung stöhnen, sich gelegentlich an die Brust fassen und von der wenigen Zeit, die ihr noch blieb, reden, und jetzt machte sie auf Reinhold Messner.

»Packst du das?«, fragte Steffen eigentlich sich selbst.

»Warum soll ich das denn nicht packen? Aber auf mein Knie muss ich schon ein bisschen achten. Bergab vor allem. Du kannst mir doch beim Tragen helfen. Das entlastet meine Gelenke. Wasser für unterwegs wiegt ja ordentlich.«

Steffen warf seiner Schwester einen fragenden Blick zu. Er konnte Anja ansehen, dass es in ihr rumorte. Das passte doch alles nicht mehr zusammen.

»Du bist dem echt gewachsen, Mutter? Ich meine ... Gestern ... Ich hatte schon den Eindruck, dass du nicht mehr so ganz fit bist. Und offen gestanden machen wir uns auch Sorgen wegen deiner Reisepläne. Du weißt doch selbst, dass du nicht mehr die Jüngste bist und ...« Beinahe wäre ihm noch herausgerutscht, dass sie wohl nicht mehr lange zu leben hatte.

Anja blickte betroffen auf ihren angeknabberten Toast.

Die Reaktion seiner Mutter empfand Steffen als höchst irritierend. Sie lehnte sich entspannt zurück, tauschte erst einen Blick mit Luisa und sah dann in die Runde. Wieso sagte sie denn nichts? Ihr süffisantes Lächeln war beängstigend. Mittlerweile hatte auch

Yvonne ihre Kaffeetasse abgestellt. Man hörte nur noch die Zikaden zirpen und ein leichtes Rauschen der Laubbäume, durch die der Morgenwind strich.

»Ich bin nicht todkrank. Das glaubt ihr doch, oder?«, kam es dann völlig unvermittelt.

Anja blickte Hilfe suchend zu ihm. Sollten sie die Karten auf den Tisch legen? Besser nicht.

Und wie Mutter diese Situation auskostete.

»Geht es dir wirklich gut, Mama? Ich meine, du bist ja wie aufgedreht, und dann willst du ganz plötzlich eine Weltreise machen. Die ganzen Bemerkungen gestern, als ob dir nicht mehr viel Zeit bleibt. Ich kenne das doch von meinen Patienten. Wie schlimm steht es um dich, Mama?« Aus Anja sprach der Mut der Verzweiflung.

»Ich bin nicht krank, schon gar nicht todkrank, aber ich werde nicht mehr lange leben, wie jeder in meinem Alter. Und die paar Zipperlein, die stecke ich locker weg. Teresa hat euch den Mist erzählt, weil sie hier nicht mehr putzen kann, wenn wir weg sind. So war es doch. Nur deshalb seid ihr doch hier.«

Sogar der Wind schien nun den Atem anzuhalten. Jetzt nur kein falsches Wort. Anjas erneuter Seitenblick sprach Bände. »Willst du es ihr sagen, oder soll ich?« Steffen nahm all seinen Mut zusammen.

»Wir haben uns Sorgen gemacht.« Das stimmte teilweise. Insofern klang Steffens Einwurf glaubwürdig.

Anscheinend glaubte seine Mutter ihm das aber doch nicht, denn sie gab nur einen spitzen Laut von sich. Luisa musterte ihn und seine Schwester nicht minder argwöhnisch.

»Was sollen wir uns denn da denken? Hätten wir etwa zu Hause Däumchen drehen sollen?«, hielt er ihr vor.

»Anrufen. Erkundigen. Macht ihr doch sonst auch, wenn was ansteht.«

Gegen diesen Vorwurf war absolut nichts einzuwenden. Still und stumm ließ Steffen ihn über sich ergehen. Anja blickte ebenfalls reumütig auf die Tischkante.

»Ob ihr es glaubt oder nicht. Ich habe mich trotzdem darüber gefreut, dass ihr gekommen seid.« Dass seine Mutter ihren Blick auch hinüber zu Yvonne wandern ließ, wertete Steffen als gutes Zeichen.

»Hätte mich auch schon früher darüber gefreut«, schob Bianca noch nach.

»Ging halt nicht. Die Klinik und ...«, gab Anja kleinlaut von sich. Dass es tiefer liegende Gründe hatte, wie Steffen wusste, behielt sie für sich. Polen war eh schon offen, da riskierte man keinen Zweifrontenkrieg. Und schon gar nicht beim Frühstück auf noch nüchternen Magen.

»Das ist mir schon klar, Anja, und ich weiß auch, dass Steffen sehr viel mit dem Hotel um die Ohren hat. Es tat trotzdem weh.«

Anja war inzwischen komplett in sich eingesunken. Steffen traf die Bemerkung seiner Mutter zunächst auch, doch zugleich regte sich in ihm Widerstand. Und was *ihm* alles wehgetan hatte, darüber sprach kein Mensch. Das jetzt auf den Tisch zu legen, hielt Steffen in diesem Moment aber ebenfalls für äußerst unpassend.

»Also, wir haben uns auch darauf gefreut.« Yvonne brachte sich mit ein. Das nahm erstaunlicherweise etwas von der Anspannung. Die Luft, bis eben noch zum Schneiden, schien wieder etwas leichter in die Lunge zu strömen.

»Klar will ich noch leben. Grad jetzt, mit Wolfi. Gönnt es mir doch einfach, aber dazu gehört auch die Zeit mit euch. Ihr seid hier. Ist das nicht viel wichtiger als alles andere?« Mutters Worte hallten nach, zumal sie sich selten so emotional zeigte und Steffen ihr anmerkte, dass dieser Wunsch aus tiefstem Herzen kam. Was ihren Wolfi betraf, war er jedoch noch nicht mit sich im Reinen. So ganz koscher schien ihm der Typ nicht zu sein, aber konnten sie ihrer Mutter einen Vorwurf machen? Sie liebte ihn zweifelsohne. Hoffentlich nicht den Falschen, doch auch das sprach er jetzt besser nicht an.

»Wenn ihr mich fragt. Oma hat recht. Ich find's echt super, dass wir alle zusammen sind. Lasst uns die Zeit doch genießen.« Luisas herzerfrischende Art und ihre jugendliche Leichtigkeit nahmen im Nu die Schwere, die sich auf Steffens Schultern gelegt hatte.

»Also gut. Dann machen wir den Ausflug. Anja?«, fragte Steffen.

Seine Schwester nickte und rang sich ein zuversichtliches Lächeln ab.

»Luisa? Na, dich brauch ich ja eh nicht zu fragen.« Oh! Seine Nichte wirkte etwas verlegen, um nicht zu sagen unangenehm berührt. Wollte sie etwa kneifen?

»Luisa will sich mit Felix treffen. Wegen Alejandro«, erklärte seine Mutter. Daher also die Schminke. Alles klar. Dieser Felix hatte ihr den Kopf verdreht.

»Soso«, kommentierte Anja, die mittlerweile wieder aufrecht dasaß und sogar natürlich lächeln konnte.

»Ich kenn die Gegend doch schon«, versuchte Luisa, sich zu rechtfertigen.

»Verstehe. Gibt ja auch sonst viel Neues zu erkunden.« Diese Bemerkung konnte Steffen sich nicht verkneifen. Luisa nahm das mit Humor, und auch Mutter schien ihn wieder gefunden zu haben. »Das Wandern ist des Müllers Lust«, summte sie vergnügt vor sich hin. Mal sehen, wie viel Lust sie der Gewalttour abgewinnen würden.

Das Familienrudel war weg. Im Frühtau zu Berge. Weiter oben in den Wäldern war das sogar wörtlich zu nehmen. Wie sich Luisa erinnerte, dauerte es auf den Wanderwegen immer ein bisschen, bis die Sonne dem Boden die Feuchtigkeit entriss. Das war ja auch das Schöne an dieser Gegend. Sonst wäre sie nicht so grün, doch für die Flora Mallorcas interessierte sich Luisa im Moment weniger als für diesen Pfleger, und das nicht primär, weil er es am Vorabend geschafft hatte, ihre Hormone in Wallung zu bringen. Er stürzte sie in einen inneren Zwiespalt. Prollig auf der einen Seite, oder vielleicht nur gespielt? Total süß auf der anderen Seite. Dazu kam noch, dass ausgerechnet so ein Aufreißertyp sich um Alzheimerpatienten auf der Insel kümmerte. Das passte doch hinten und vorn nicht zusammen. Die Neugier nagte beharrlich an ihr. Er hatte doch gesagt, dass er vormittags vorbeischauen würde, um sich um Alejandro zu kümmern. Jetzt war es schon halb zehn, und immer noch war kein Knattern seiner Maschine aus der Ferne vernehmbar. Luisa hatte Alejandros Haus im Blick. Der Alte war ein paarmal herausgekommen und anschließend wieder im Haus verschwunden. Einfach so rübergehen? Dann fiel es nicht so auf. Ja, das war überhaupt die Idee. Erstens war sie die Enkelin der Nachbarin. Bei Nachbarn schaute man schließlich gelegentlich vorbei, um Hallo zu sagen. Zweitens war sie allein im Haus und könnte sich gelangweilt haben. Da war es nicht ungewöhnlich, Gesellschaft zu suchen. Drittens war seine Erkrankung Teil ihres Studiums. Luisa hatte somit drei legitime Gründe zur Hand, wenn Felix sie bei ihm antraf. Sie fackelte nicht mehr lange und ging beherzt den Trampelpfad hinunter zu seinem Haus. Ob sich Alejandro noch an sie erinnerte? Vermutlich nicht. Oma hatte ihr erzählt, dass er stark abgebaut habe und sie nicht mehr einzuordnen wusste. Wie man sich in solchen Situationen verhielt, hatte Oma ihr auch ans Herz gelegt. Kein Wort über das Vergessen, am wenigsten Vorwürfe oder die beleidigte Leberwurst spielen, wie sein Sohn das angeblich immer tat, wenn er seinen Vater besuchte. Luisa täuschte sich nicht, denn kurz bevor sie Alejandros Haus erreichte, trat er mit einer Tasse Tee nach draußen und musterte sie für einen Moment überrascht. Er hatte sicher keine Ahnung, wer ihm einen Besuch abstattete. Ihren Morgengruß erwiderte er trotzdem freundlich.

»Ich bin Luisa. Ich bin zu Gast bei meiner Oma.« Luisa deutete auf ihr Haus.

»Die neue Nachbarin«, sagte er zu Luisas großer Überraschung. Daran konnte er sich erinnern? Oma sagte doch, dass sie sich ihm in letzter Zeit als die neue Nachbarin hatte vorstellen müssen. Anscheinend konnte er zwar behalten, dass da oben jemand Neues wohnte, nicht aber, dass es ihre Oma war. Das Gehirn eines an Alzheimer Erkrankten ging anscheinend merkwürdige Wege.

»Möchtest du einen Tee?« Den hatte er ihr letzten Sommer auch angeboten. Ein schönes Ritual.

»Gerne.«

»Setz dich doch. Luisa. Ein schöner Name. Ich hol dir eine Tasse«, sagte er und ging zurück ins Haus.

Luisa nahm auf der Bank Platz, auf der er normalerweise im Schatten eines riesigen alten Olivenbaums seine Holzfiguren schnitzte. Wie herrlich entspannend das war. Einfach nur hier zu sitzen und auf den Ort und das Meer in der Ferne zu sehen. Mit der Entspannung war es aber schlagartig vorbei. Das herannahende Knattern eines Motorrads trieb ihren Puls augenblicklich in die Höhe. Felix! Es dauerte auch nicht mehr lange, bis er vorfuhr. Er schien gar nicht mitzubekommen, dass Alejandro einen Gast auf seiner Bank sitzen hatte. Das tat er erst, als er den Helm abnahm. Er riss ihn förmlich runter, doch von der Überraschung erholte er sich schnell. Sein Perlweißlächeln sprach Bände.

»Du?«

»Ja. Ich. Wollte mal nach Alejandro schauen.«

»Er freut sich über jeden Besuch. Hat er sich an dich erinnert?«

Luisa schüttelte den Kopf.

Felix öffnete den hinten am Motorrad befestigten Stauraum und zog einen mobilen Bluetooth-Player heraus. Er stellte ihn so auf das Motorrad, dass die Lautsprecher zum Haus zeigten. Was hatte er denn damit vor? Kommentarlos zog er sein Handy aus der Lederjacke und drückte darauf herum.

»Partytime?«

Felix lachte nur und drückte erneut auf dem Display seines Handys herum. Aus dem Bluetooth-Lautsprecher kam ein Song, den sie schon nach den ersten Akkorden erkannte. Es waren die Beatles mit *Hey Jude*.

»Steht Alejandro etwa auf die Beatles?«

»Ganz sicher. Und du?«, fragte er und schälte sich aus seiner Lederjacke. Sofort sprangen Luisa seine muskulösen Oberarme ins Auge.

»Den Song hier mag ich. Ist zwar nicht das, was ich sonst so höre, aber passt zu der ruhigen Atmo hier.«

Felix setzte sich ohne große Umschweife neben sie auf die Bank.

»Was hörst du denn so?«

»Pink.«

»Passt zu dir.«

»Darf ich das jetzt als Kompliment nehmen?«

»Selbstverständlich. Und sonst?«

»R & B. Halt Tanzbares und Chilliges.«

»Du tanzt gerne?«

Luisa wusste genau, was jetzt gleich kommen würde. Sie hoffte es, wie sie sich eingestehen musste.

»Kenne ein paar coole Clubs. Wenn's dir mit der Family zu langweilig wird ...«

»Langeweile kenne ich nicht.«

»Da geht's dir so wie mir.«

»Wieso läuft die Musik eigentlich?« Dafür interessierte Luisa sich im Moment noch mehr als für die attraktive Erscheinung neben ihr, die so unglaublich charmant lächeln konnte.

»Damit er sich an mich erinnert.«

»Hä? Was hast du denn mit den Beatles zu tun?«

»Nix. Leute wie er können sich anscheinend an Dinge erinnern, wenn man sie an Musik knüpft. Ich hab 'ne alte Beatles-Sammlung bei ihm in der Wohnung entdeckt. Das ist sein Lieblingssong. Lief zweimal, als ich da war. Beim nächsten Besuch lag die Schallplatte noch auf seinem Plattenspieler. Er hat mich wie immer nicht erkannt. Ich hab den Song gespielt, einfach so, um ihm etwas Gutes zu tun. Dabei ist es mir aufgefallen, und seitdem ich den spiele, weiß er, wer ich bin.«

»Krass.«

»Was hat er denn noch für Platten rumliegen?«

»Jede Menge von Iglesias. Da krieg ich Ohrenkrebs.«

»Bei Enrique? Der ist doch cool.«

»Du findest ihn sexy, hab ich recht?«

»Auch ...« So eine Machosocke. Er war ja tendenziell der gleiche Typ. So konnte man auch rauskriegen, ob eine Frau auf einen stand. Geschickt, der Junge.

»Nein. Julio. Enriques Vater«, klärte Felix sie dann auf.

»Alejandro scheint eine romantische Ader zu haben«, überlegte Luisa laut.

Felix zuckte mit den Schultern.

»Ob er sich wohl an andere Dinge von früher erinnert, wenn wir ihm Iglesias vorspielen? War der nicht in den Siebzigern und Achtzigern sehr erfolgreich?«

»Kann sein. Hat das jetzt dein medizinisches Interesse geweckt?«

»Wir Weißkittel sind von Natur aus neugierig.«

»Ich dachte, ihr seid eher Sklaven der Pharma und Sklaventreiber beim Pflegepersonal.«

»Sagt meine Mutter auch.«

»Hast du in einem deutschen Pflegeheim gearbeitet?« Luisas Neugier war auch diesbezüglich geweckt. Kennenlernphase nannte man das.

»Nur kurz. Scheißarbeitsbedingungen und keine Kohle.«

»Und hier? Besser?«

»Privat und cash auf die Hand. Kann mir die Zeit frei einteilen, Trinkgeld, Sonne, Meer und Strand. Was will man mehr?«

Luisas Annahme, einen Luftikus und Abschlepper vor dem Herrn vor sich zu haben, fügte sich zu einem Gesamtbild. Warum störte sie das nicht?

»Felix. Bist heute spät dran.« Alejandro kam mit einer Teekanne in der einen und einer Tasse in der anderen Hand heraus.

Tatsache. Er erkannte ihn. Megakrass.

»Willst du auch einen?«, fragte er an Felix gerichtet.

»Bin doch nicht krank.«

Alejandro lachte herzlich, stellte die Teekanne auf den Tisch vor der Bank und reichte Luisa die Tasse.

»Ich bin schon so zittrig. Schenk dir ruhig selbst ein. Gezogen hat er schon.«

Felix hatte die Kanne sofort in der Hand, um Luisa einzuschenken. Ein liebenswerter Zug.

»Hab heut ein bisschen mehr Zeit. Kann ich in deine alten Platten reinhören? Luisa steht auf Iglesias.«

»Wer? Luisa? Neue Freundin?«

Felix blickte bedeutungsvoll zu ihr. So schnell ging das also. Nun hatte sie einen Freund, und der grinste so unverschämt charmant, dass sie ihm das gerade selbst abnahm.

Na, das war doch eine wunderbare Idee. Wandern mit der Familie. Und die Strecke, die Bianca sich gemeinsam mit Wolfi überlegt hatte, war eine der schönsten. Erst mal Flachland mit Oliven- und Orangenhainen. Da machten sie bestimmt nicht schlapp. Die Strecke war fast schon rollstuhltauglich. Dementsprechend gut war die Stimmung. Der Duft der Zitrusfrüchte war ihr ständiger Wegbegleiter. Allein das machte diesen Wegabschnitt so attraktiv. Und wie mit Wolfi besprochen, der am Ortsrand von Sóller zu ihnen gestoßen war, durfte Steffen ordentlich schleppen. Im Wesentlichen waren das Wasserflaschen, ohne die man hier besser nicht auf Wanderschaft ging. Zwar hatte Bianca geplant, in einem der Dörfer eine Rast einzulegen, doch die Wanderung ging danach noch weiter, und dann gab es keine Restaurants oder Cafés mehr, an denen sie halten und ihre Wasservorräte auffüllen konnten. Eigentlich hatte Bianca die Wanderung als reine Schikane im Sinn gehabt, denn Wolfis Idee war nicht von der Hand zu weisen, aber seitdem sie von zu Hause aufgebrochen waren, wurde sie das Gefühl nicht los, dass der Ausflug allen gefiel. Am besten ihr selbst. Familie spielen auf Mallorca. In dieser Form noch nie erlebt. Anja tänzelte regelrecht durch die Orangenplantage, steckte ihre Nase in die Blüten und mopste sich gleich eine Frucht. Anja erinnerte Bianca dabei an die Zeit, in der sie noch an ihrem Rockzipfel gehangen hatte. Gut gelaunt, ein Lächeln im Gesicht und Freude an den kleinen Dingen des Lebens. Sagte man Zitrusduft nicht nach, dass er stimmungsaufheiternde Wirkung hatte? Wolfi brauchte dafür sowieso keinen Naturdope durch die Nase. Er war faktisch immer gut drauf. Seine Ortskenntnis und was er über den hiesigen Anbau der Zitrusfrüchte zu berichten hatte, wusste Anja besonders zu schätzen. Nun spazierten sie schon gut zehn Minuten nebeneinanderher. Bianca beschloss daher, sich etwas zurückfallen zu lassen, um auch ein paar Worte mit Steffen und Yvonne zu wechseln. So richtig begeistern für den Ausflug hatte ihre Schwiegertochter sich ja nicht gerade können.

»Das hätten wir schon längst mal machen sollen. Außerdem ist es hier nicht so schwül wie auf den Malediven. Und die Landschaft ist auch nicht so eintönig.« Hatte Bianca da richtig gehört? Steffen schwärmte von der verhassten Urlaubsinsel und würde sie sogar gegen ein tropisches Urlaubsparadies eintauschen? Bianca verlangsamte ihre Schritte weiter, damit sie mehr aufschnappte als nur Yvonnes etwas spitzen Laut.

»Wir liegen doch sonst eh nur faul am Strand rum«, fuhr Steffen fort.

»Also ich mach das gern. Das nennt sich Entspannen und Abschalten. Wir haben doch genug Stress daheim.«

»Mir tut die Bewegung jedenfalls gut, und dann dieser Duft. Hätte nicht gedacht, dass Orangenbäume so intensiv riechen.« Steffen klang fast schon wie high. Yvonne hingegen sagte darauf gar nichts mehr.

»Hört sich vielleicht blöd an, aber irgendwie tut es mir gut, die Natur so hautnah zu spüren, und gestern am Leuchtturm ... Du schaust hinaus auf Meer, wie die Wellen sich am Kap brechen. Diese archaische Kraft. Sie ist so wahrhaftig. Verstehst du, was ich meine?«

Bianca grinste und war froh, dass die beiden das nicht sehen konnten, weil sie immer noch ein paar Meter vor ihnen ging. Wahrscheinlich waren das die Grenzerfahrungen, von denen Wolfi gesprochen hatte, dabei waren sie doch erst am Anfang der Strecke.

»Was ist an Wellen denn wahrhaftig?«, fragte Yvonne trotzig nach. Die beiden hatten sie mittlerweile fast erreicht. Sie würden sich also nicht darüber wundern, dass sie sich nun in das Gespräch einbrachte.

»Steffen hat recht. Das Meer ist wahrhaftig. Ich empfinde das Gleiche. Es klärt die Gedanken. Die Gewissheit, dass es schon immer da war, lässt einen an die Schöpfung denken. Das Leben. Es kommt doch auch aus dem Meer. Pures Leben. Das Wasser. Der Atem des Meeres. Ebbe und Flut. Man kann sich darauf verlassen. Da gibt's keine Zweifel. Es gibt einem Halt.«

»Na ja. Also, das hat man auf den Malediven auch. Die Welle kommt und geht.« Yvonnes Interpretation der Wahrhaftigkeit konnte man glatt durchgehen lassen.

»Man spürt hier alles irgendwie intensiver«, fuhr Steffen fort. Bianca hoffte, dass er damit nicht das Gewicht auf seinen Schultern meinte. Der Rucksack mit den fünf Flaschen Wasser war bestimmt kein Spaß. Für einen Moment keimte in ihr das über die Jahre in Vergessenheit geratene Gefühl der Nähe zu Steffen auf. Er schien sie zu verstehen. Sie verstand ihn.

»Papa hat das auch sehr geliebt«, rutschte Bianca angesichts dieses außergewöhnlichen Gleichklangs heraus, obwohl sie unter normalen Umständen einen Teufel getan hätte, den Namen seines Vaters auszusprechen.

»Da hatte die Insel ja großes Glück. Er war schließlich sehr wählerisch mit dem, was oder wen er liebt«, sagte Steffen und zerstörte damit Biancas Illusion, dass die Vergangenheit irgendwann keine Rolle mehr spielen würde. Wie schön war dieser kurze Moment der Nähe gewesen. Bianca sagte nichts darauf, sondern nickte nur. Warum ihr Mann sich ihrem Sohn gegenüber so verhalten hatte, wusste sie, doch Steffen war der Letzte, der das erfahren durfte.

Bianca lebte vor, was Anja ihren älteren Patienten immer predigte. Bewegung war das A und O, um sich im Alter fit zu halten. Und wenn es nur kleine Spaziergänge waren, die ihre Mutter Anjas Wissen nach täglich hier auf der Insel unternahm. Mit fünfundsiebzig noch so flott auf den Beinen zu sein, war ein Segen. Oder lag es vielleicht doch an ihrem Inselleben? Weniger Smog, mehr Ruhe, seelenerfrischende Idylle und wenig Aufregung – jedenfalls weniger als daheim. Das gesunde Essen kam noch dazu.

Die kurze Pause in einem malerischen Bergdorf mit dem unaussprechlichen Namen Fornalutx trat insbesondere für Letzteres den Beweis an. Bis dahin waren sie gerade mal eine Stunde unterwegs gewesen, lausige dreieinhalb Kilometer. Sicherlich eines der schönsten Dörfer Spaniens, aus Naturstein erbaut, mit einem wunderschönen Dorfplatz, den eine alte Kirche zierte. Es hatte sogar eine Bar und ein Restaurant zu bieten, wo sie Mittagessen wollten. Die Gastfreundschaft hierzulande war sprichwörtlich. Einer der Ober hatte Yvonne sofort mit einem Pflaster für ihre Blasen versorgt, was fortan ihr Gejammer dankenswerterweise abstellte. Ein Stand neben dem Restaurant verkaufte frische Produkte aus dem Umland. Orangen hatten sie sich schon unterwegs frisch vom Baum gepflückt. Nach der doch recht scharfen Suppe war Anja nach etwas Süßem. Gebrannte Mandeln, wie sie hier angeboten wurden, kamen da gerade recht. Steffen und Wolfgang stand der Sinn eher nach einem Kaffee, Yvonne danach, die Füße hochzulegen und sich zu sonnen. Sie verpassten was.

»Die sind auch von hier. Ich finde, die schmecken ein bisschen süßer als die vom Weihnachtsmarkt daheim«, sagte Bianca.

Anja reichte dem jungen Kerl am Stand zwei Euromünzen, um die kleinen Tüten mit gebrannten Mandeln zu bezahlen. Dafür bekam man daheim noch nicht mal eine halbe Tüte.

»Gleich zwei?«

Anja drückte ihrer Mutter eine der beiden Tüten in die Hand.

»Danke!« Das sagte Mama so erstaunt, als ob sie es sich nie im Traum hätte vorstellen können, dass sie von ihrer Tochter etwas geschenkt bekäme. Ein beschämendes Gefühl, das sich jedoch legte, als Mama die Tüte öffnete und von den Mandeln kostete.

»Göttlich.«

Anja griff beherzter zu. Ein Traum! Intensiver Mandelgeschmack und nicht überzuckert.

»Du hast es echt gut hier«, stellte Anja fest.

»Könntest du auch haben.«

Anja wertete Mutters Bemerkung diesmal nicht als Vorwurf.

»Sind nur etwas mehr als zwei Flugstunden. Du bist doch früher auch mal spontan hergekommen.«

Das wusste Anja nur allzu gut, aber früher war auch früher. Sie sagte nichts darauf.

»Weiß schon. Keine Zeit.« Es klang wie ein Mantra, das Mama sich aufsagte, um nicht zu resignieren.

»Ist wirklich so. Alleinerziehend ist nicht lustig. Das kommt noch dazu.«

»Ist mir klar, aber das ist doch schon länger so gewesen. Du bist, seitdem ich mich von Papa getrennt habe, nicht mehr gekommen. Ist es das?«

Die Mandeln verloren augenblicklich ihren süßlichen Geschmack. Anja bekam sie kaum noch hinunter.

»Hast du mich in Freiburg besucht, als es mir schlecht ging? Später ein paarmal, um Luisa zu sehen. Und dann habt ihr euch auch noch nach Mallorca abgesetzt.« Anja hasste sich augenblicklich für dieses Ablenkungsmanöver, denn was konnte ihre Mutter schon dafür, dass sich Luisas Vater nebenher mit anderen Frauen vergnügt hatte? Gelegenheit dazu hatte ihr verdammter Job ihm zur Genüge gegeben. Die Quittung dafür durfte sie aber ihrer Mutter nicht vorlegen.

»Mensch, Anja. Wir hatten damals noch unseren Laden. Münster ist schließlich nicht der nächste Weg. Hab dir doch angeboten, zu uns zu kommen, bis du drüber weg bist.«

Anja nickte. Stimmte alles, aber zu Mama und Papa zu fahren, war nicht drin gewesen. Personalmangel auf der Station, und Luisa musste schließlich in die Schule.

»Und was Mallorca betrifft, Papa wollte ja unbedingt hierher. Das weißte doch.«

Dummerweise hatte Mama damit auch recht. Anjas Strategie, dem eigentlichen Kern des Problems auszuweichen, indem sie das Gespräch auf Nebenschauplätze lenkte, schien nicht zu funktionieren. Und wenn Mama versuchte, Papa madig zu machen, regte sich in Anja automatisch Widerstand, auch wenn das in Anbetracht der Sachlage völlig irrational war.

»Das Haus habt ihr aber schon beide gekauft.«

»Ja, logisch. Da waren wir auch noch zusammen.«

Anja bemühte sich, Ruhe zu bewahren, sonst fing ihre Mutter wieder an, davon zu erzählen, dass sie sich auseinandergelebt hatten und dass dies in den besten Familien vorkam. Auseinandergelebt? Jahrelang kaum Streit, und dann das. Steffen hatte doch recht. Hätte ihr auch früher einfallen können, dann wäre Papa vielleicht noch am Leben. Anja zog sofort die Gedankenbremse, denn auch für den Badeunfall konnte sie ihre Mutter nicht verantwortlich machen. Anscheinend suchte man immer einen Schuldigen, warf Anja sich in dem Moment vor. Papa hatte nicht einmal mehr die Gelegenheit gehabt, mit ihr über die Gründe der Trennung zu sprechen, seine Sicht der Dinge zu schildern. Die Annahme, dass sie ihm so zugesetzt hatte, dass er unachtsam beim Schwimmen gewesen war oder ein gebrochenes Herz seinen Dienst verweigert hatte, war reine Spekulation.

»Jetzt spuck's schon aus. Warum bist du seit Papas Beerdigung nicht mehr gekommen?«, fragte Bianca.

Anja schob sich weitere Mandeln in den Mund. Wenn er voll war, sprach man nicht. Das hatte ihre Mutter ihnen so beigebracht.

»Das muss doch damit zusammenhängen«, sinnierte ihre Mutter weiter.

Noch mehr Mandeln. Anja hatte schon Hamsterbacken.

»Du hast dich doch auch von deinem Mann getrennt.«

Anja würgte eilig den Mandelbrei hinunter.

»Weil er mich betrogen hat. Das ist wohl was anderes. Und dass er ein Mistkerl war, hab ich ein bisschen schneller gemerkt als du bei Papa.«

»Hab ich mich damals eingemischt, als du dich von ihm getrennt hast? Ich war auch geschockt, weil ich mir dachte, dass Luisa dann ohne Vater aufwächst. Ein Kind braucht doch auch seinen Vater.«

»Frag mal Steffen, was er darüber denkt. Ich glaub, ihm wäre es lieber gewesen, ohne Vater aufzuwachsen.« Nun machte sie ihren Vater auch noch selbst madig, aber es stimmte, dass er ihm gegenüber oft ungerecht gewesen war.

»Ich weiß, dass Ernst immer auf ihm rumgehackt hat. Meinst du, ich hätte mir nicht auch schon damals überlegt, ihn zu verlassen? Ich habe es nicht getan, weil ich wollte, dass wir eine Familie sind, dass es euch an nichts fehlt. Du hast doch so an ihm gehangen. Wäre es wirklich besser gewesen, wenn wir uns früher getrennt hätten? Und Steffen? Er war manchmal sehr anstrengend. Ernst hat mit seiner Strenge übertrieben. Aber im Nachhinein ...«

»Was meinst du damit?«

Mama erweckte den Eindruck, dass ihr gerade tausend Gedanken durch den Kopf schossen und dass es keine angenehmen waren.

»Ich dachte damals, dass ein Junge wie er eine starke Hand braucht. Ernst war an sich kein schlechter Mensch.«

»An sich?«

Bianca litt sichtlich.

»Er hat sein Bestes gegeben.«

»Aber warum hast du dich dann erst so spät von ihm getrennt?«

»Es ging nicht mehr.« Immer die gleiche Begründung, die für Anja keine vernünftige war. Immerhin war jetzt auf dem Tisch, warum sie ihre Mutter so lange nicht besucht hatte.

Anja musste nun nicht nur die Mandeln verdauen. Noch nie zuvor hatte sie in aller Offenheit mit ihrer Mutter darüber gesprochen. Und das ausgerechnet an einem Stand, an dem gebrannte Mandeln verkauft wurden. Anja hatte vorhin den Weihnachtsmarkt vor ihrem geistigen Auge gehabt. Papa hatte Steffen und ihr je ein Päckchen Mandeln gekauft, aber ihr eines extra zugesteckt. Heimlich, damit weder Mama noch Steffen es mitbekamen.

»Wäre es denn wirklich leichter für dich gewesen, wenn wir uns früher getrennt hätten?«, fragte Mama fast schon flehend, denn diese Frage stand noch unbeantwortet im Raum.

»Nein.« Anja gestand sich das in diesem Moment zum ersten Mal selbst ein.

Bianca atmete auf.

»Du hast wirklich schon früher darüber nachgedacht? Wegen Steffen?«, wollte sich Anja rückversichern. Sie konnte das immer noch kaum glauben.

Ihre Mutter nickte.

»Ich hab ihn geliebt, jedenfalls so lange, bis …« Biancas Miene fror ein.

»Was ist denn passiert?«, hakte Anja nach, denn das hatte eben etwas anders geklungen als »auseinandergelebt«.

»Bis mir klar wurde, dass es nicht mehr weitergeht«, sagte Bianca mit gebrochener Stimme. Mama wich ihr schon wieder aus, und sie verschwieg ihr etwas, dessen war Anja sich sicher. Der Schmerz, den sie in ihren wässrig gewordenen Augen gelesen hatte, verbot es aber, erneut nachzubohren. Es musste irgendetwas passiert sein, worüber Mama nicht sprechen wollte oder konnte. Hatte Mama sie nach den Details ihrer damaligen Ehemisere gefragt? Sie nach dem Seitensprung ihres Ex gelöchert? Nein. Dann gebot es die Fairness, sie nun ebenfalls in Ruhe zu lassen. Mehr Zeit blieb sowieso nicht, weil die anderen sich bereits von ihren Stühlen erhoben hatten.

»Komm, Mama! Wolfgang hat schon bezahlt. Sie warten auf uns«, sagte Anja versöhnlich.

Bianca nickte, immer noch tief in Gedanken.

»Mir lässt du aber auch ein paar übrig«, rief ihr Wolfgang zu.

Mamas Miene hellte sich augenblicklich auf. Wolfi tat ihr sichtlich gut. Daran gab es wohl keinen Zweifel.

Steffen hatte sich trotz der unsäglichen Bemerkung über seinen Vater, der diese Insel so geliebt hatte, vorgenommen, die Landschaft zu genießen, denn die war wirklich nicht zu verachten, und sie zu hassen, nur weil Vater sie geliebt hatte, war ein Ding der Unmöglichkeit. Der Wanderweg führte mittlerweile durch ein Waldstück. Es war angenehm kühl, und immer, wenn sich der Wald lichtete, zeigte sich ein wunderbarer Ausblick, manchmal sogar bis hinunter zum Meer. Anstrengend war es allemal, denn es ging stetig bergauf. Der Weg war teilweise steinig, und Steffen war in die Rolle eines Lastenesels geschlüpft, genau wie Wolfi. Das machte die Wasserflaschen und die kiloschwere Ladung Orangen in seinem Rucksack aber nicht gerade leichter. Geteiltes Leid war halbes, redete er sich ein, auch wenn Wolfi höchstens zwei Isodrinks eingepackt hatte und weniger Orangen schleppen musste. Sie waren zu Packeseln geworden, nur weil Mutter die von der Plantage, an der sie vorbeigekommen waren, angeblich besonders schätzte. Yvonnes Genöle war auch nicht gerade aufbauend. Sie hatte schon beim ersten Teilstück entlang des Olivenhains über Blasen an den Füßen geklagt und sich frische Taschentücher in ihre neuen trendigen Sneakers gestopft, um die »Höllenqualen« zu ertragen. »Ruckedigu, Blut ist im Schuh.« Mutters Humor war unter diesen Umständen nicht gut angekommen. Yvonnes Wehklagen setzte trotz eines gepolsterten Pflasters erneut ein, als sie den Gebirgszug der Sierra de Alfabia vor Augen hatten. Dahinter lag der größte Berg Mallorcas. Steffen hoffte, dass Mutter nicht vorhatte, den Puig Major zu erklimmen. Bei ihrem Schritttempo war ihr das durchaus zuzutrauen. Anja schien voll auf dem Familientrip zu sein. Sie wich ihrer Mutter keinen Millimeter von der Seite. Wie ein Hund, der an einer unsichtbaren Leine neben ihr herdackelte. Hatte wohl Nachholbedarf. Abgesehen von der Schlepperei bisher also ein recht abwechslungsreicher Ausflugstag. Die landschaftliche Schönheit machte alle Mühen wett. Steffen war dennoch nicht in Urlaubsstimmung. Die Worte seiner Mutter beim Frühstück hallten unerwartet schmerzhaft nach. Wenn man nur noch seinen Füßen nachtrottete, dem hypnotischen Rhythmus knirschenden Gesteins folgte, dann ging man in sich. Das war gar nicht gut, denn Steffen musste sich eingestehen, dass Mutter eigentlich nur eine einzige Schuld traf. Sie hatte sich nicht früh genug von seinem Vater getrennt. Ihr war nicht vorzuwerfen, dass er seinen Sohn verachtete und viel lieber Zeit mit Anja verbrachte – seinem Liebling. Das gab es auch in anderen Familien. Ein Geschwisterteil war häufig ein Mamakind, das andere ein Papakind. Mutter hatte auch immer versucht zu vermitteln, sich oft genug auf seine Seite gestellt, wenn seine Klausuren nicht so gut ausgefallen waren wie die von Anja. Und das war nur eines von vielen Beispielen. Weil sie sich aber nicht früher von ihm getrennt hatte, konnte man dennoch guten Gewissens vom Straftatbestand des Billigend-in-Kauf-Nehmens sprechen. Überspitzt formuliert jedenfalls. Schon regte sich erneut Widerspruch tief aus seinen innersten Gefühlswelten. Spinnst du? Sie hat ihn geliebt, aus welchen Gründen auch immer. Wie konntest du von deiner Mutter erwarten, eine Ehe hinzuschmeißen, nur weil ihr Mann mit dem Sohn nicht klarkam? Lag vielleicht auch ein wenig an dir? Der Körper kämpfte gegen die Ermüdung der Muskulatur. Das Hirn mit einer ganzen Flut von Erinnerungen an seine Kindheit. Insofern war Steffen froh, dass Wolfgang mal bei den anderen, mal auf seiner Höhe lief, mit ihm dann ein paar Worte wechselte und ihn auf diese Weise aus dem Inferno in seinem Kopf befreite. Steffen hätte nicht gedacht, dass Gespräche über Pferdestärken und moderne Navigationssysteme so entspannend und kraftspendend sein konnten. Ob er sich bei Mutter wohl auch so euphorisch über alle möglichen Automodelle ausließ?

»Ich hätte geschworen, dass Sie mindestens eines der alten Modelle fahren.« Sie waren zuletzt beim Thema Jaguar gelandet, und Wolfgang hatte ihm bestätigt, dass die alten Modelle mehr

Charakter hatten. Heutzutage konnte man die meisten Automarken optisch kaum noch voneinander unterscheiden.

»Geht hier nicht für den Alltagsgebrauch. Man findet keinen Parkplatz, und so wie die Einheimischen hier fahren, ist das Ding bald zerdellt und verkratzt.« Steffen leuchtete das unmittelbar ein. Diese Haltung erklärte vielleicht auch, warum er mit Tretern herumlief, die so aussahen, als hätte er sie schon seit einem halben Jahrhundert getragen. Waren das Erbstücke seines Großvaters? Ein nostalgisches Paar Schuhe einer Gebirgsjägerdivision. Steffen wollte es genau wissen.

»Dass Sie in den Dingern überhaupt laufen können? Haben die denn schon ein Fußbett?«

Wolfgang lachte.

»Ziemlich bequem. Sind eingelaufen. Wozu sich neue Latschen kaufen? Für gute Wanderschuhe legt man locker zweihundert, wenn nicht mehr hin. Ist mir zu teuer.«

In Steffen fing es augenblicklich an zu rattern. Er wollte mit seiner Mutter auf Weltreise gehen und konnte sich nicht einmal neue Wanderschuhe leisten? Was waren gemessen an den Kosten einer solchen Tour schon zweihundert Euro? Fuhr er etwa deshalb diesen alten Kleinwagen? Wohl doch keine Kohle. Mutter hatte welche, sicherlich Ersparnisse, und wenn sie ihr Haus verkaufte, ein kleines Vermögen.

»Aber für die Weltreise brauchen Sie schon andere Treter«, köderte Steffen ihn, in der Hoffnung, dass er unbedacht noch mehr Denkwürdiges von sich gab.

»Ach wo. Ganz im Gegenteil. Die latsche ich noch runter. In Marokko kauf ich mir neue oder schon auf den Kanaren. Da sind Schuhe viel billiger.«

Steffen transpirierte gleich noch viel mehr. Der Mann war blank. Leute mit richtig Kohle waren keine Centfuchser. Wolfgang schien mit seinen Tretern allerdings die bessere Wahl an den Füßen zu haben, denn Steffens Hightech-Wanderschuhe, die er sich letztes Jahr im Sporthandel für Ausflüge in die Lindauer Bergwelt gekauft hatte, drückten mittlerweile ordentlich. Hier oben gab es nicht einmal mehr Steinmauern am Wegesrand, auf die man sich kurz zum Ausruhen setzen konnte, um die Füße zu massieren.

»Steffen. Hast du noch Wasser für mich?«, tönte es von vorn.

Halleluja! Mutter hatte Durst. Hoffentlich trank sie einen halben Liter. Das wären dann fünfhundert Gramm weniger zu schleppen.

Luisa war es ein Rätsel, wie Alejandro sich in seinem Verhau zurechtfinden konnte. Die Räume waren anhand der Dinge, die in ihnen herumstanden, kaum noch zu unterscheiden. Zwar war ein Raum als Schlafzimmer erkennbar, weil darin ein Bett stand, die Bettwäsche lag aber im Wohnzimmer auf der Couch. Das Gleiche galt für die Küche. Selbst Nudelpackungen standen nicht dort, wo sie normalerweise hingehörten, sondern im Regal neben uralten Lautsprecherboxen. Wo seine Fotokisten waren, daran konnte er sich erstaunlicherweise erinnern. Er bewahrte sie in einem Spind in der Küche auf. Felix wusste sogar, warum, denn morgens kramte Alejandro gerne in seinem »Leben«, wie er ihr auf Nachfrage, ob er ihr Aufnahmen von der guten alten Zeit zeigen würde, selbst erklärt hatte. Eine wahre Fundgrube. Die meisten Fotos waren in Schwarz-Weiß, und seinem Krankheitsbild entsprechend konnte er sich an das meiste aus der Nachkriegszeit bis in die Sechzigerjahre erinnern. Dazu gehörten Erinnerungen an seine Eltern und die damaligen Freunde aus der Militärzeit und an seinen Sohn Juan, als er noch ein kleiner Junge gewesen war. Oma hatte ja erzählt, dass er ihn nicht mehr erkannte und sich gelegentlich sogar nicht einmal mehr daran erinnerte, überhaupt einen Sohn zu haben.

»Der Vater von Juans bestem Freund war Stierkämpfer. Er hat uns mit in die große Arena nach Madrid genommen. Da war vielleicht was los.« Schon hatte er das nächste Foto herausgefischt. Sie waren in der Kiste nicht chronologisch sortiert. Ein ziemliches Durcheinander. Dennoch kannte er sich darin aus. Der Mann in der schnittigen Stierkampfuniform auf dem nächsten Foto sah anders aus als der auf dem ersten. Das Kostüm spannte an seinem Bauch, als ob es eine Nummer zu klein wäre.

»Und wer ist das?«, wollte Luisa wissen.

Alejandro lachte.

»Das bin ich. Ich sollte unbedingt dieses Kostüm anziehen, für das Foto«, erinnerte er sich.

»Gefällt dir der Stierkampf?«, fragte Felix, der neben Luisa auf der Couch saß.

»Gott behüte! Nein! Ich konnte es nicht mit ansehen, wie die Tiere abgeschlachtet wurden. Und dann rühmen sie sich noch und werden gefeiert für diese Quälerei. Die Tiere haben letztlich keine Chance, außer sie spießen einen von ihnen auf.«

»Und Juans Freund? Wollte er?« Felix' Frage war berechtigt, denn es war auch ein Foto dabei, das den Jungen in dem Kostüm eines Toreros zeigte.

»Sein Vater hat es von ihm erwartet. Er hat es dann nicht getan. Sie haben sich überworfen, und er ging nach Amerika. Er hat Koch gelernt und es tatsächlich geschafft, in San Francisco ein Restaurant zu eröffnen. Ich wünschte, ich hätte ihn einmal besucht, aber die Arbeit hier erlaubte es nicht.«

»Was hast du eigentlich beruflich früher gemacht?«

»Ich habe Tischler gelernt. Nach dem Krieg war das sehr lukrativ.« Das erklärte sein Talent für die Schnitzereien. »Und dann bin ich zur Eisenbahn. War besser bezahlt. Vom Tischler zum Lokführer«, sagte er kopfschüttelnd.

Luisa bemerkte, dass Alejandro all die Fotos, deren Farben noch nicht verblasst oder einem Rotstich zum Opfer gefallen waren, weiter unten aufbewahrte. Sie mussten jüngeren Datums sein. Nur einige von ihnen hatten sich nach oben gearbeitet. Luisa erkannte das Motiv. Das war der Blick vom Leuchtturm auf die Bucht. Wie es wohl früher hier ausgesehen hatte? Die Aufnahme strahlte in kräftigen Farben. In den letzten Jahren hatte er angeblich nur noch wenige Aufnahmen gemacht. Ein Teil sei in seinem Computer. Fing das mit den Digitalkameras denn nicht Anfang der Zweitausender so richtig an? Das Foto musste demnach davor entstanden sein.

»Darf ich?«

»Natürlich.«

Luisa täuschte sich nicht. Es war tatsächlich eine Panoramaaufnahme der Bucht. Seinerzeit standen dort noch nicht so viele Hotels, aber die gleichen weißen Segelboote tupften das Meer. Das Foto dahinter zeigte zwei Männer. Einer davon war zweifelsohne Alejandro, und, Moment mal, den anderen glaubte sie auch zu erkennen. Das war doch ihr Großvater Ernst. Die beiden posierten für ein Foto dort, wo heute die Absperrung des Aussichtspunkts war.

Alejandro nahm ihr das Foto aus der Hand. Erst schmunzelte er, dann verlor sich der Anflug der Heiterkeit. Er wirkte tieftraurig. Luisa fragte nicht weiter nach, denn sie erinnerte sich an die Erzählungen ihrer Großmutter. Die beiden waren Kumpel gewesen.

»Hat sich einfach nicht mehr blicken lassen«, sagte Alejandro unvermittelt, drückte Luisa das Foto wieder in die Hand, stand auf und schleppte sich mit hängenden Schultern nach draußen.

»Strengt ihn vermutlich zu sehr an«, spekulierte Felix.

Luisa starrte noch immer auf die Aufnahme.

»Er kann sich nicht mehr daran erinnern, dass mein Opa tot ist«, flüsterte sie Felix zu.

»Dann ist das wohl noch nicht so lang her«, erwiderte Felix.

»Muss vor zwei Jahren gewesen sein«, glaubte sich Luisa zu erinnern. »Ist schon eine merkwürdige Erkrankung. An den kleinen Juan kann er sich erinnern, an den großen nicht«, sagte sie dann.

»Sein Sohn leidet sehr darunter. Vielleicht liegt es auch daran, dass er ihn nicht so oft besuchen kann. Er wohnt in Madrid, soviel ich weiß, und scheint jede Menge um die Ohren zu haben.«

»Kennst du ihn?«

»Klar. Hab ihn hier kennengelernt. Er war zu Besuch. Das muss vor ein paar Monaten gewesen sein.«

»Mensch. Wenn wir die Musik nur mit all diesen Fotos in Verbindung bringen könnten. Musik aus der Zeit, in der diese Aufnahmen entstanden. Vor allem mit den neueren Aufnahmen.« Luisa begeisterte sich immer mehr für diese Idee.

»Du meinst eine Playlist?«

Luisa kramte ein paar der Farbaufnahmen heraus. Denn die waren aus jüngerer Zeit. An die Schwarz-Weiß-Aufnahmen konnte er sich sowieso erinnern, und die waren nicht so wichtig, weil die Leute darauf bestimmt nicht mehr unter ihnen weilten. Wie sie es von Mamas Fotos aus dieser Zeit in Erinnerung hatte: Auf der Rückseite war das Labordatum aufgedruckt.

»Wir müssten nur googeln, welche Songs in der Zeit angesagt waren.«

»Schweinearbeit«, stellte Felix fest.

»Wäre doch interessant.«

»Für den forschungshungrigen Weißkittel.« Er grinste breit.

»Aber du magst Alejandro doch auch.«

Natürlich nickte Felix da.

»Er hat auch noch welche auf seinem Computer. Die haben sogar Exif-Infos mit Geo-Tagging.«

»Exif?«

»Zeit und Ort der Aufnahme«, erklärte Felix. Dann biss er sich nachdenklich auf die Unterlippe. »Und wie kriegen wir ihn dazu, dass er sich mit uns Musik zu den Fotos anhört? Man darf ihn ja nicht darauf ansprechen, dass er Sachen vergisst. Er blockt dann alles ab.«

»Wir machen Videos und überraschen ihn damit. Und die Farbfotos mit seinem Sohn und Opa, die scannen wir ein. Wir sagen ihm einfach, dass die Aufnahmen digital länger halten und nicht so schnell verblassen.«

»Erzählst du deinen Patienten in der Klinik auch solche Märchen?«

»Märchen sind therapeutisch gesehen nicht das Schlechteste. Und wir belügen ihn nicht, denn die Dinger verblassen wirklich mit der Zeit. Außerdem ist es nur zu seinem Besten«, versuchte Luisa, sich zu rechtfertigen.

»Hab 'nen Rechner und Scanner daheim.«

»Hast du Zeit? Heut Nachmittag?«

»Okay.«

»Wann fahren wir?«, wollte Luisa wissen.

»Wenn er uns die Fotos gibt, gleich. Hab 'nen USB-Stick dabei.«

Das überraschte Luisa. Sie trug so ein Ding nicht ständig mit sich herum.

»Ist ein Schlüsselanhänger für Fälle wie diesen«, erklärte er.

»Na, auf was wartest du dann? Frag ihn.«

»Bist ziemlich pushy.«

»Sonst wäre ich doch kein Weißkittel.«

Felix lachte, schnappte sich ein paar der Farbaufnahmen und ging zu Alejandro nach draußen.

Luisas Bild von Felix veränderte sich erneut: Ist doch ein ganz netter Typ, ob Abschlepper oder nicht.

Kapitel 8

Felix machte seinem vermuteten Ruf alle Ehre. Natürlich war es keine besonders gute Idee, sich in der Bullenhitze in eine Dachterrassenwohnung zu setzen, um nach Playlists aus Zeitabschnitten zu suchen, die zu Alejandros Familie passten. Dann noch den Computer einzuschalten, um die Fotos einzulesen, teilweise einzuscannen und in einem Videoeditor zu einem Film zu verarbeiten, ebenso wenig. »Der heizt mein Zimmer locker hoch auf vierzig Grad«, hatte er behauptet. Möglich wäre es. Da musste sie nur an ihren Rechner zu Hause denken, der schon bei frühsommerlichen Temperaturen den Ventilator anschmiss. Mit dem Teil konnte man sich die Haare föhnen. Bei den hohen Temperaturen war Widerstand also zwecklos. Dennoch ärgerte sich Luisa darüber, dass sie sich einfach so hatte überrumpeln lassen – an einer Straßengabelung, die nach links ins Zentrum von Sóller und nach rechts ins Irgendwo führte. Dort sollte es angeblich einen wunderschönen Strand geben, an dem sie die Füße ins Wasser halten konnten, um sich etwas abzukühlen. Schließlich brauchten sie später einen kühlen Kopf. Der Typ konnte einen wirklich um den Finger wickeln, und das mit der Abkühlung des Kopfs stimmte auch, denn der zweite Motorradhelm, den er »für alle Fälle« immer dabeihatte, schien die Hitze förmlich anzuziehen. Ihr Hirn fühlte sich so an, als würde es gleich anfangen zu kochen. Die

Hitze kam aber auch von innen. Um in den Serpentinen nicht gegen eine Steinmauer oder ins Gebüsch zu knallen, musste sie sich gut festhalten. Bei dem Typen konnte man das Sixpack fast durch die Lederjacke ertasten. Daraufhin spontan einsetzende und hormonell bedingte erotische Gedanken blies nicht nur der teilweise scharfe Wind auf der Küstenstraße gen Norden weg. Es war auch die Frage, wie vielen Frauen er diesen Helm wohl schon aufgesetzt hatte. Warum wohl hatte er immer einen zweiten dabei? Doch sicher nicht, um die Alten auf der Insel herumzukutschieren. Prompt fing die Kopfhaut an zu jucken. Angeblich sei es nur eine kurze Fahrt zu seinem Lieblingsstrand, fernab der Touristenmeile. Höchstens wenn die Insel rappelvoll war, trieb sich dort jemand rum, meist Camper. Jetzt, außerhalb der Schulferien, war mit wenig Besuchern zu rechnen. Eigentlich ein Grund zur Beunruhigung, denn so gut kannte sie Felix nun auch wieder nicht, doch zugleich genoss sie die rasante Fahrt, auf der ihnen so gut wie kein anderes Fahrzeug entgegengekommen war. Nun wusste Luisa auch, warum er eine Geländemaschine fuhr, denn einmal von der Landstraße abgebogen, war der Weg nicht mehr als befestigt zu bezeichnen. Da schauten ziemlich viele Steine heraus, und rutschig war es auch. Nur gut festhalten, um nicht im dornigen Gebüsch zu landen. Es dünnte sich allmählich aus. Der Weg war kaum noch befahrbar, also wich er seitlich auf die Hügel aus. Umgehen konnte er sie mit seiner geländetauglichen Maschine. Luisa war trotzdem froh, als sie langsam ausrollten und eine winzige Bucht vor ihnen lag – besser gesagt eine schätzungsweise gerade mal rund zehn Meter breite, türkis-azurblau gefärbte Schneise durch von Wind und Wetter porös gewordenes Gestein, die in einem etwas breiteren felsgespickten Strandabschnitt endete. An die Felsen schmiegten sich grüne Sträucher, Ginster und weiter oben Kiefern, die man so nah am Wasser gar nicht erwartete. Die perfekte Idylle. Luisa stieg ab und klappte das Visier des Abschlepphelms hoch, um frische Seeluft zu tanken. Zum Strand führte ein kleiner Trampelpfad mitten durchs Gebüsch.

»Wenn man mal seine Ruhe haben will. Nicht weit weg. Keine gefährliche Strömung. Ideal zum Baden«, schwärmte Felix, nachdem auch er abgestiegen war und sich seines Helms entledigt hatte.

»Baden? Ich weiß ja nicht. Ist ziemlich felsig.«

»Das Wasser ist kristallklar. Rechts herum wird es schnell tiefer«, erklärte er, schlüpfte aus der Jacke und zog sein T-Shirt vom Körper.

Alter Schwede!

»Willst du jetzt etwa schwimmen?«

»Was macht man denn sonst am Strand?«

»Also, ich hab keinen Bikini dabei.«

»Ist doch niemand hier«, stellte Felix fest und schlüpfte auch schon aus den Schuhen. Die Socken hatte er kurz darauf in der Hand und legte sie auf das Gestein.

»Du hast ja auch keine Badehose dabei«, stellte Luisa fest, nachdem er sich auch aus der Jeans geschält hatte.

Er zuckte nur mit den Schultern. Lediglich die Unterhose verhüllte noch ein wenig von ihm.

Luisa deutete mit den Fingern in diese Richtung. »Willst du so etwa …?«

»Meinst du, die lass ich an?« Schon tapste er durch die Steine hinunter zum Strand. Kurz vor dem Wasser fiel das letzte Kleidungsstück. Knackiger Hintern. Hoffentlich drehte er sich jetzt nicht um. Obwohl … Er dachte nicht daran und watete ins Wasser. Nach nur wenigen Metern stand er darin bis zur Hüfte. Japsend, denn warm wie in der Karibik war das Mittelmeer im Frühjahr noch nicht. Er gab sich der kaum merklichen Brandung hin, schwamm juchzend ein paar Züge und drehte sich dann zu ihr um.

»Komm doch rein. Trau dich. Ich schau auch weg.«

Das Versprechen eines Aufreißers war vermutlich nicht viel wert. Als verklemmtes Feigelinchen wollte sie jedoch auch nicht dastehen. FKK war ihr nix gänzlich Neues, aber in seiner Gegenwart etwas pikant.

Schon war er um einen der aus dem Wasser ragenden Felsen geschwommen.

»Ich seh jetzt nix mehr«, rief er ihr zu.

Ach, scheiß drauf. Ihr war sowieso heiß. Raus aus den Klamotten. Während sie sich entkleidete, blickte sie sicherheitshalber immer wieder zu dem Felsen und überlegte, ob er sie beim Reingehen nicht gänzlich entblößt sehen würde. Wahrscheinlich nicht.

Der felsige Boden war noch so heiß, dass Luisa so schnell wie möglich darüberhuschte. Wie gut tat es, in das kühle Wasser zu waten. Am besten schnell, denn noch war sie erst knietief in den Fluten.

»Schon drin?«, rief er.

»Nein.«

Luisa kam sich gerade vor wie in dieser dämlichen Datingshow *Adam sucht Eva*, wo ständig alle nackt herumliefen, doch das Wasser war so herrlich, dass ihr das in diesem Moment gleichgültig war.

Bergab ging's leichter und vor allem schneller. Endlich zurück in Port de Sóller. Am Strand, die angeschwollenen Füße im Wasser kühlen. Eine Erlösung! Anja hatte bereits befürchtet, nicht mehr aus ihren Schuhen zu kommen. Wie schön, wenn Welle für Welle bis über die Knöchel schwappte. Steffen erging es nicht anders. Er stöhnte genauso wohlig, während er neben ihr mit hochgekrempelter Jeans durch das Wasser watete. Yvonne hingegen lag wie tot im Sand. Mit Pflaster wollte sie sowieso nicht ins Wasser gehen. Bianca hingegen ging Hand in Hand mit Wolfgang am Strand ein ganzes Stück vor ihnen spazieren.

»Ich fürchte, ich kann meine Knie morgen wegschmeißen«, jammerte Anja, die solche Gewaltmärsche nicht gewohnt war. Bergauf merkte man das kaum, aber abwärts, vor allem wenn's steiler wurde, bekamen die armen Knie ordentlich Arbeit und begannen zu ächzen.

»Ich merk's auch. Und schau dir Yvonne an.«

»Mama hat kein einziges Mal gejammert.«

»Die läuft ja auch täglich den Hang rauf und wieder runter«, merkte Steffen an.

»Er ist aber auch ziemlich fit«, sagte Anja und blickte zu den beiden Turteltäubchen, die genau wie Touristen und Einheimische allen Alters ihren abendlichen Strandspaziergang unternahmen. Es gab an sich nichts Besseres, als barfuß am Strand zu laufen. Ihre Schuhe, Taschen und Rucksäcke lagen bei Yvonne. Sie sollte auf ihre Sachen aufpassen, eine heikle Aufgabe für eine Frau im Tiefschlaf. Wird schon niemand was klauen.

»Fit schon, aber er ist blank«, kam es unvermittelt von Steffen.

»Wie kommst du denn darauf?«

»Hat sich verquasselt. Ich hab ihn auf seine ausgelatschten Treter angesprochen. Er kann sich anscheinend keine neuen leisten. Und überleg mal. Das Auto, das er fährt. Verkauft zeit seines Lebens Luxuslimos und hat jetzt 'nen alten Kleinwagen.«

»Also ich würd bei den engen Straßen auch nix anderes fahren«, entgegnete Anja.

»Schon, nur, würdest du dir nicht vor einer Reise anständige

Schuhe kaufen, anstatt zu warten, bis du günstige in einem Basar in Marrakesch bekommst?«

»Das hat er dir gesagt?«

Steffen nickte nachdenklich.

»Dort kriegt man gutes Leder. Also, ich würde jetzt nicht darauf schließen, dass er blank und nur deshalb mit Mama zusammen ist.«

»Weiß man's?«

»Du siehst doch, wie er sie anhimmelt. Das ist doch nicht gespielt. Ich hab den Eindruck, dass die beiden glücklich sind.«

Seinem skeptischen Gesichtsausdruck nach zu urteilen, schien Steffen das nicht so recht zu überzeugen.

»Wenn wir Pech haben, dann gehen wir mal leer aus. Dieser Scheißerbvertrag.«

»Machen viele. Nennt sich, glaub ich, Berliner Modell.«

»Sehr kinderfreundlich«, bemerkte er sarkastisch.

»Warum? Die erben halt erst nach dem Ableben beider Elternteile.« Kaum ausgesprochen, machte Anja sich klar, dass es dann vielleicht tatsächlich nichts mehr zu vererben gab.

»Wir hätten das Testament gleich anfechten und unseren Pflichtteil verlangen können«, sagte Steffen.

»Tja, haben wir aber nicht.«

»Gib's zu. Das stinkt dir doch jetzt auch«, sagte Steffen.

»Geld ist nicht das Wichtigste. Ich möchte, dass es Mama gut geht, dass sie glücklich ist.«

Steffen musterte sie argwöhnisch. »Bis vor Kurzem hast du aber anders geklungen. Du hast ihr sogar die Schuld an Vaters Tod gegeben, weil sie sich von ihm getrennt hat.«

Anja nickte schweren Herzens.

»Hätte sie es nur früher getan.«

Die alte Leier. Auch so eine Endlosschleife, wie 'ne Schallplatte mit Kratzer. Es wurde höchste Zeit, dass der Tonabnehmer über diese Rille hüpfte, wo die Platte hing. Anja wagte es.

»Das konnte sie nicht, Steffen.«

Steffen horchte auf.

»Sie hat unseretwegen so lange an der Ehe festgehalten.«

»Unseretwegen?«, fragte Steffen fassungslos.

»Sie wollte mir nicht das Herz brechen.«

»Dir? Und was ist mit mir? Hat sie das etwa so gesagt? Deinetwegen, weil du an ihm geklebt hast wie eine Klette?«

»Nicht nur meinetwegen. Wer hat dich denn immer in Schutz genommen? Sie glaubte, dass Kinder Vater und Mutter brauchen.«

Steffen benötigte ein paar tiefe Atemzüge Seeluft, um das zu verdauen.

»Sie machte aber nicht den Eindruck, als ob sie mit Papa sonderlich unglücklich gewesen wäre …«

»Jetzt vergleich Mama mal mit der Frau, die sie früher war. Schau dir die beiden an. Hast du Mama und Papa jemals so fröhlich turteln sehen? Sie waren halt füreinander da, auch geschäftlich. Offen gestanden habe ich mir das bis eben noch nie so klargemacht. Ich kann mich an keinen einzigen leidenschaftlichen Moment zwischen den beiden erinnern«, sagte Anja.

»Nur weil ein Mann einer Frau in den Arsch kneift, sprichst du von der großen Liebe?«

»Du hast das vorhin auch gesehen?«

Steffen nickte.

»Vater war ein ganz anderer Typ«, sagte er dann.

»Nimmst ausgerechnet du ihn jetzt auch noch in Schutz?«, hielt Anja ihm vor.

»Es stimmt schon irgendwie, was du sagst. Er war sehr sachlich. Eigentlich konnte er kaum Gefühle zeigen. Dir gegenüber ja.«

»Ich war halt das kleine Mädchen, dem man alles durchgehen lässt, und in dir hat er vielleicht einen Mann gesehen und dich deshalb anders behandelt.«

»Gehört eine sadistische Ader etwa auch dazu?«

»Jetzt übertreibst du aber.«

»Erinnerst du dich etwa nicht mehr an die Ausfragerei? Diese dämlichen Wissensspiele und wie er uns gegeneinander ausgespielt hat? Wehe, ich hab beim *Trivial Pursuit* irgendetwas nicht gewusst, was ich hätte wissen müssen. Und du konntest die Fragen natürlich beantworten.«

Anja erinnerte sich nur allzu gut daran und nickte einsichtig.

»Na ja, dass du in der Schule fleißiger warst und mehr gelernt hast, dafür konnte er nichts«, räumte Steffen ein.

»Mir war das selbst unangenehm, dass er mich so oft lobte, in deinem Beisein. Offen gestanden beschäftigt mich das jetzt sogar mehr als früher.«

»Ich frage mich nur, warum? Was hab ich denn falsch gemacht? Was ist so schlimm daran, nicht Tag und Nacht zu büffeln? Ich hatte noch andere Interessen, und das Abi hab ich trotzdem geschafft.«

»Mit deinen Interessen konnte er anscheinend nix anfangen«, überlegte Anja laut.

»Er hat sie nicht einmal toleriert. Fußball. Was für Prolls. Was für Idioten, die alle einem Ball nachlaufen wie die Hunde. Wörtlich hat er das gesagt.«

»Er war allergisch gegen deine Machosprüche.«

»Machosprüche?«

»Weiß ich noch genau. Du warst mit Freunden im Haus. Da warst du dreizehn oder vierzehn. Mama und er waren in der Oper. Ihr habt gegrillt, Bier getrunken und rumgegrölt, wen ihr schon alles flachgelegt habt. Ihm war das zuwider.«

»Herrgott noch mal! Das ist doch völlig normal in dem Alter. Das machen Jungs halt, Sprüche kloppen. Jeder andere Vater hätte das verstanden. Das nennt sich Pubertät.«

»Wie ich schon sagte. Papa war irgendwie anders.«

Steffen wirkte nachdenklich und wischte mit seinen Füßen über die ankommenden Wellen, als ob er sie vertreiben wollte. Vermutlich das Meer aus Erinnerungen, das ihn seit Jahren plagte.

»Und Mutter hat das wirklich zu dir gesagt, dass sie unseretwegen so lange bei ihm geblieben ist?«

Dass er das noch einmal nachfragte, verwunderte Anja. Es freute sie zugleich, denn vielleicht half dieser Umstand nicht nur ihr, sondern auch ihm, Mama mit anderen Augen zu sehen.

Es war immer noch ziemlich warm in Felix' Bude, eine kleine Zweizimmerwohnung mit Wohnküche im Dachgeschoss eines alten Hauses. Es lag mitten in der Altstadt von Sóller. Eine Zockerbude vor dem Herrn. Und nur Hightech. Ein Riesenfernseher und der sündhaft teure neue Mac auf einer Art Techno-Altar machten klar, dass er unter Geldmangel nicht zu leiden hatte. Einen ausgeprägten Ordnungssinn hatte Felix aber nicht gerade. Im Gegensatz zu seinen Klamotten, die teilweise frisch aus der Waschmaschine noch in Ikea-Tüten oder auf seinem Sofa darauf warteten, aufgeräumt zu werden, herrschte bei den unzähligen Kabeln von zwei Spielekonsolen zum Computer und sämtlichen Peripheriegeräten akribische Ordnung. Kabelbinder und Schienen sorgten dafür, dass nichts lose herumbaumelte. In ihrem Zimmer sah es irgendwie genau umgekehrt aus. Im PC-Bereich herrschte Chaos, und der Rest war organisiert. Die Sonne stand mittlerweile so tief, dass die Giebel des gegenüberliegenden Hauses sie verdeckten und somit die himmlische Heizung nicht mehr an war. Gutes Timing für die Videosession. Die Schokokekse auf seinem Schreibtisch hatte sie dennoch bereits zu Pudding gemacht. Sie nahm trotzdem einen heraus. Keks am Stiel, wobei ihr Finger der Stiel war. Gleich nachdem sie von ihrem Badeausflug mit Zwischenstopp in einem Tapas-Restaurant zurückgekehrt waren, hatte Felix alle Fenster aufgerissen. Inzwischen kühlte es immerhin von Sauna auf Tropen ab. So gesehen war der Vorschlag, erst einmal baden zu gehen, doch keine Masche eines Schwerenöters gewesen, um sie zu einem Nacktbad zu verleiten. Hundertpro hatte er einen Blick auf Zonen erhaschen können, die normalerweise ihr Bikini verhüllte. Was solls? Sie ja auch bei ihm. Dass Luisa ausgerechnet jetzt daran dachte, als sie die letzten Schokoladenreste von ihrem Finger leckte, rang ihr ein Lächeln ab. Sie hatte ihn vorhin gar nicht mehr verstohlen dabei beobachtet, als er sich in ihrer Gegenwart bis auf die Boxershorts aus seiner Kleidung geschält hatte, um sich schnell zu duschen. Ein Seitenblick hätte genügt, um noch mehr appetitanregende Blicke auf seinen Traumkörper zu erhaschen. Nun saß sie vor seinem Mac und bemühte Herrn Google in Sachen Alzheimer. Das war im Moment wichtiger. Luisa brannte darauf, Informationen über den Zusammenhang zwischen der Gedächtnisleistung von Alzheimererkrankten und dem therapeutischen Einsatz von Musik zu finden.

»Und, hast du was entdeckt?«, rief er ihr vom Badezimmer aus zu.

»Unglaublich. Auf den Gedanken sind auch schon andere gekommen. Es gibt sogar ein Projekt einer spanischen Versicherung, die das fördert.« Das war nur einer der Links, auf die sie nach Eingabe der Suchbegriffe gestoßen war.

»Speicher dir die Links«, wies er sie an, als er mit um die Hüfte gewickeltem Badetuch aus dem Badezimmer kam und sich aus seinem Kleiderschrank eine frische Boxershorts angelte. Mit der ging er zurück ins Bad. Luisa riskierte noch einen Blick, was er sicher nicht mitbekam, weil er mit dem Rücken zu ihr im Bad stand und sich die Achseln mit Deo besprühte. Luisa speicherte die Links, um sie sich nachher auf ihr Handy zu senden. Das alles konnte sie auch in Ruhe zu Hause durchlesen. Bis er im Bad fertig war, gab sie noch eine englische Suche ein. Die Suchmaschine spuckte dann, wie sie aus ihrem Studium wusste, gerade im medizinischen Bereich in der Regel noch viel mehr aus. Ob es im Pflegebereich auch schon entsprechende Publikationen gab? Wenn ja, dann würde diese Therapieform dort aller Wahrscheinlichkeit nach bereits zum Einsatz kommen. Kaum hatte sie das Wort »nurse« eingegeben, schlug der Browser gleich einige Internetadressen vor, die Felix wohl bereits angesurft haben musste. »Nurses with big boobs treat you right«. Oh! Schwestern mit großen Möpsen. Aha! Er stand wohl auf Kliniksex. Und gleich drei Links. Erotische Videospiele und Pornos, um sich aufzuheizen. Zocker, Abschlepper, Cyberwichser. Was noch alles? Und dann trotzdem so ein liebenswerter Kerl, oder machte er es nur für die Kohle? War er scharf auf sie, weil sie vorhatte, ein Weißkittel zu werden? Als angehende Ärztin war sie aber keine Krankenschwester, und von »big boobs« konnte auch keine Rede sein. Luisas Finger wippte schon nervös über der linken Maustaste. Nur ein Klick, und sie wusste definitiv über seine sexuellen Vorlieben Bescheid, doch die Duftwolke zog bereits näher, begleitet vom Tapsen seiner Fußsohlen auf dem Fliesenboden. Luisa machte den Browser sicherheitshalber zu, nicht, dass er noch mitbekam, dass sie seine häufig besuchten Seiten im Browserverlauf entdeckt hatte.

»Schon fertig?«

»Kannst mir nachher die Links schicken. Was ich gelesen habe, ist vielversprechend. Scheint bei vielen zu funktionieren.«

»Dann brauchen wir jetzt nur noch die entsprechende Musik. Oder willst du erst 'ne Runde zocken?«, fragte er.

Luisa sah ihn verblüfft an.

Er lachte. »War ein Witz.«

Felix schnappte sich einen seiner Klappstühle vom Esstisch bei der Küchenzeile und setzte sich zu ihr.

»Willst du lieber hier sitzen?« Mit »hier« meinte sie einen fett gepolsterten Gamer-Computerstuhl, der zugegebenermaßen megabequem war. Er sah irgendwie futuristisch aus und würde perfekt in die Kommandozentrale eines Raumschiffs passen.

Felix verneinte und übernahm auch auf dem Plastikklappstuhl das Kommando über seinen Rechner. Mit nur wenigen Mausklicks waren die Fotos vom USB-Stick geöffnet. Dorthin hatten sie mit Alejandros Erlaubnis seinen Digitalfotobestand geladen. Schnell klickte er sich mit Vorschaubildern durch die Ordner.

»Ja, wunderbar«, sagte er zu Recht, denn darin schlummerten zahlreiche Aufnahmen von Alejandros Sohn Juan, wahrlich ein rassiger dunkelhaariger Spanier, der auf den Fotos jüngerer Zeit einen Bart trug.

»Und wie kriegen wir ihn dazu, dass er sich an ihn erinnert?«

Felix scrollte durch den Ordner mit den Fotos von Juan, in dem auch Aufnahmen von Alejandros Schwiegertochter sowie anscheinend von weiteren Verwandten waren, zu denen sich Alejandro in Luisas Beisein bisher nicht geäußert hatte. Enkelkinder hatte er jedenfalls nicht. So viel stand fest. Seine Frau war schon Ende der Neunzigerjahre verstorben, also war es wohl am gescheitesten, sie machten ein Video, auf dem in erster Linie sein Sohn zu sehen war. Juan war Felix' Ansicht nach sowieso der Einzige, mit dem er überhaupt noch Kontakt hatte.

»Juan hat sich in den letzten Jahren kaum verändert. Früher war er aber etwas fülliger, und der Bart macht einiges aus. Wie will er ihn dann erkennen, und welche Musik legen wir drauf?«, überlegte Felix laut.

Nun war Luisa es, die für einen Moment ins Grübeln geriet, doch dann fiel ihr eine Möglichkeit ein.

»Also, wenn ich das richtig sehe, dann erinnert er sich an viel von früher. Wir suchen aus seiner Fotokiste Bilder von seinem Sohn, als er noch jünger war. Was wir halt haben. Die ordnen wir chronologisch bis zu den letzten Aufnahmen und legen Musik aus der damaligen Zeit drauf. Quasi ein Medley passend zu den Aufnahmen.«

Felix nickte beeindruckt.

Luisa öffnete Alejandros Fotokiste und stöberte darin herum.

»Aus den Achtzigern haben wir viele brauchbare Fotos. Da war sein Sohn so zwischen zwanzig und dreißig. An die Zeit erinnert er sich doch noch, oder? Aber welche Musik?«

»Iglesias. Ist doch logisch«, schlug Felix vor.

»Und was? Ich kenn von dem nichts.«

Plötzlich fing Felix an zu summen. Die Melodie hatte Luisa noch nie gehört.

»Sagt dir nichts?«

»To all the girls I loved before.« Die gesummte Melodie hatte nun einen Text. Felix imitierte eine spanische Fistelstimme. Es klang so was von pathetisch. Winseln mit Musik.

»Iglesias«, sagte er dann. Dass er diesen Song kannte, wunderte Luisa nicht. Passte wie die Faust aufs Auge und müsste eigentlich »To all the nurses I loved before« heißen, aber das klang gewinselt bestimmt noch beschissener. Weil er grinste wie ein spanischer Vollmacho – es fehlte nur noch eine aufblinkende goldene Zahnkrone –, erlaubte sich Luisa eine nicht gerade dezente Nachfrage.

»Kannst du die überhaupt noch zählen?«

»Ich war in Mathe noch nie so gut.« Diplomatische Antwort.

Sein Grinsen passte allerdings nicht so recht zum Gentleman, der genießt und schweigt.

»Interessiert dich das?«, fragte er rotzfrech nach.

»Nö.« Glatt gelogen, aber Luisa war zufrieden mit sich, denn das hatte eben absolut überzeugend geklungen.

Felix ging nicht weiter darauf ein, stand auf und klappte seinen Scanner auf.

»Rein damit, und dann knallen wir Julio Iglesias drauf. Kannst ja bei YouTube schauen, ob's da so ein Medley seiner größten Hits gibt. Hauptsache wir kriegen die Gesichter wieder in sein RAM.« Damit meinte er Alejandros biologischen Arbeitsspeicher im Gehirn, der halt nicht mehr so gut wie der eines gesunden Menschen funktionierte.

Luisa wurde fündig, reichte ihm das erste Foto und dann weitere. Es dauerte ewig, bis alle eingescannt waren.

»Wieso knipst du sie denn nicht ab?«, fragte Luisa.

»Scannen gibt 'ne bessere Qualität.«

Pro Bild eine gefühlte halbe Ewigkeit, begleitet vom sonoren Brummen und Rattern des Scanners.

»Was sagen eigentlich deine Eltern dazu, dass du hier bist?« Zeit für eine Fragestunde. Das wollte sie ihn schon die ganze Zeit fragen.

»Die halten mich für verrückt.«

»Warum das denn?«

»Die glauben an den Weihnachtsmann. Meine Eltern arbeiten in der Stadtverwaltung. Erklärt doch alles. Sichere Rente in Deutschland und krisensicherer Job in 'ner Klinik. Das verlierste alles, wenn du weggehst, hat's geheißen. Mag sein, aber die Kohle reicht hinten und vorne nicht. Meine Ex-Kollegen wohnen in Karlsruhe in 'ner WG, weil sonst nix mehr für Urlaub übrig bliebe. Dann der ganze Schichtdienstscheiß, oder du bist im mobilen

Dienst. Dann hast du pro Besuch ’ne halbe Stunde. Die Menschen brauchen ’nen persönlichen Bezug. Die Zeit hab ich hier, und ich kann sie mir frei einteilen.«

»Hast du noch Geschwister?« Luisa fragte, weil Einzelkinder, wie sie selbst, in der Regel eine gänzlich andere Kindheit erlebten. Wer Geschwister hatte, entwickelte wohl eher eine soziale Ader.

»Ich hab eine jüngere Schwester. Josephine studiert Design.«

»Da werden deine Eltern aber auch nicht gerade begeistert sein.«

Felix lachte. »In der Stadtverwaltung landet von uns bestimmt niemand«, sagte er.

Luisa reichte ihm das nächste Foto und musterte ihn. Irgendwie wurde sie aus dem Kerl nicht schlau, doch dass er sich so für hilfsbedürftige Menschen einsetzte, imponierte ihr immer mehr.

Steffen hatte nach dem Strandspaziergang mit Anja, bei dem sie tief in Kindheitserinnerungen eingetaucht waren, das Gefühl, sich leicht wie eine Feder zu fühlen. Das lag sicherlich nicht nur daran, dass es auf der Anhöhe, die zurück zu Mutters Haus führte, kaum noch etwas zu schleppen gab. Leere Wasserflaschen wogen kaum was. Es hatte einfach gutgetan, sich an unzählige schöne Momente vor allem aus frühester Jugend zu erinnern. Dabei war Steffen aufgefallen, dass Anja sich eher das Schöne gemerkt hatte, er hingegen zuerst immer an die weniger ersprießlichen Dinge dachte. Als ob er sich darauf konditioniert hätte, seine Kindheit im Nachhinein als durchweg negativ anzusehen. Sie hatten bisher auch noch nie in aller Offenheit über Vaters Bevorzugung seiner Schwester gesprochen. Wie unangenehm ihr das selbst gewesen war, hatte er zum ersten Mal von ihr zu hören bekommen. Das allein war mehr als Seelentrost. Sich verstanden zu fühlen, die Gewissheit zu haben, dass man es sich nicht nur eingebildet hatte, war sehr viel wert. Die Gründe, warum Vater sein Mädchen bevorzugt hatte, reichten über Spekulationen jedoch nicht hinaus. Gerne hätte er diese Thematik noch weiter vertieft und versucht, Vaters Verhalten zu ergründen, doch in Mutters Beisein und in Gesellschaft von Wolfgang und Yvonne beim Abendessen in einem netten Strandrestaurant, war das nicht mehr möglich gewesen. Aber auch dort hatte das Gespräch mit Anja Wirkung gezeigt, denn auf einmal war es möglich, völlig unbefangen mit Mutter zu plaudern, ohne Hintergedanken und ohne darauf achten zu müssen, möglichst nichts aus der Vergangenheit anzuschneiden, wovor er bisher regelrecht Angst gehabt hatte. Steffen machte sich klar, dass er seine Mutter nun mit anderen Augen sah. Sie trug keine Schuld daran, dass sein Vater sich ihm gegenüber so mies verhalten hatte. Sich einzugestehen, dass es im Nachhinein betrachtet wahrscheinlich sogar richtig gewesen war, sich nicht schon früher von ihm zu trennen, erleichterte ihn ebenfalls. Sie hatte es für ihre Kinder getan, für Anja und für ihn. So befreiend all diese Einsichten waren, so schmerzlich wurden sie. Das hatte schon während des Essens angefangen. Mutter wusste, wie gerne er an knusprigen Hähnchenflügeln knabberte. Schon hatte sie ihm eines ihrer Chickenwings auf den Teller gelegt. Auch diese kleinen Gesten – und seine Kindheit war voll davon – arbeiteten sich nach und nach wieder in sein Bewusstsein. Darin steckte so viel Fürsorge, letztlich Liebe. Doch die bekam nun Wolfi ab. Ihm hatte sie etwas vom Karottensalat übrig gelassen. So viele Jahre hatte Steffen verstreichen lassen. Mutter ignoriert, aus den falschen Gründen, und die Zeit, die ihr noch blieb, die ihnen noch blieb, um wenigstens ein bisschen etwas nachzuholen, die hatte sich Wolfgang reserviert. Das nannte man wohl die Rechnung, die einem das Leben präsentierte, wenn man jemandem unrecht tat.

»Steffen. Alles klar bei dir?« Biancas Frage überraschte ihn nicht, denn seit Aufbruch vom Strandrestaurant war er tief in all diese Gedanken versunken. Sie schenkte ihm bestimmt nur deshalb so viel Aufmerksamkeit, weil Wolfgang sich bereits am Hafen von ihnen verabschiedet hatte, um sich nach der anstrengenden Tour auszuruhen. Die beiden waren ja schon fast so zusammengewachsen wie diese Papageienart, die sich die »Unzertrennlichen« nannte.

Er schenkte ihr ein offenherzig warmes Lächeln und hoffte – auch das war eine völlig neue Gefühlsregung –, dass sie sich um ihn keine Sorgen machte.

»War sicher anstrengend für dich. So oft läufst du bestimmt nicht durch die Wildnis. Aber ihr habt doch auch Berge in Lindau.«

»Die sind für unsere Gäste. Für Bergtouren haben wir gar keine Zeit. Außerdem, wenn man die Ecke kennt, wird's irgendwann langweilig. Und dann noch das wechselhafte Wetter. Kann man nicht mit hier vergleichen.«

»Yvonne scheint es hier auch zu gefallen. Die wird heut Abend wie ein Stein ins Bett fallen«, sagte Bianca.

»Im Moment sieht's eher nach Endspurt aus.« Yvonne konnte es anscheinend gar nicht mehr erwarten, sich endlich zu duschen. Sie gab bergauf ordentlich Gas – Anja im Schlepptau. Wahrscheinlich quatschten sie immer noch über Naturkosmetik und den ganzen Frauenkram. Dass Yvonne ihren Kunden bevorzugt keine Chemie ins Gesicht schmierte, sondern auf natürliche Produkte großen Wert legte, hatte Öko-Anja regelrecht aufgetaut.

»Ich habe offen gesagt nicht damit gerechnet, dass sich die beiden so rege unterhalten können«, gestand Bianca ihm.

»Sie hatten letztlich auch keine Gelegenheit, sich näher kennenzulernen. Das gilt übrigens auch für dich, wenn ich mir die Bemerkung erlauben darf.«

Mutter sagte zunächst nichts darauf, sondern sah den beiden ebenfalls hinterher.

»Wahrscheinlich haben Mütter eine ganz eigene Vorstellung von einer Schwiegertochter. Auf alle Fälle hat sie tapfer durchgehalten.« Das klang aus ihrem Mund wie ein dickes Lob. Am Ende änderte sie demnächst sogar ihre Reisepläne und kam sie in Lindau besuchen, überlegte Steffen, doch zugleich fiel ihm ein, dass es dazu bedauerlicherweise zu spät war.

»Oje, er irrt wieder herum.« Bianca riss Steffen aus den Gedanken. Er folgte ihrem Blick und bemerkte einen alten Mann mit langen, zotteligen Haaren. Er lief abseits des Weges, der nach unten ins Tal führte, mitten durch das hohe Gras und wirkte etwas desorientiert. Immer wieder sah er sich um, hielt inne, um seinen Spaziergang dann doch auf dem schmalen Trampelpfad, der bergab führte, fortzusetzen.

»Wer ist das?«

»Erinnerst du dich nicht mehr an ihn? Alejandro.«

Steffen sah genauer hin, dann erkannte er ihn.

»Hab ihn ja nur einmal auf Vaters Beerdigung gesehen.«

»Alejandro!«, rief sie so laut, dass es durchs halbe Tal hallen musste. Prompt blieb er stehen. Bianca beschleunigte ihre Schritte. Steffen hatte Mühe, ihr zu folgen.

Der Mann stand wie angewurzelt da und musterte sie aus zusammengekniffenen Augen.

»Wie geht es dir?«, fragte Bianca ihn, nachdem sie ihn begrüßt hatte.

Alejandro reagierte gar nicht. Warum nur war sein Blick stattdessen auf Steffen gerichtet? Nun setzte der alte Mann sich in Bewegung und ging in aller Gemütsruhe an Mutter vorbei, als ob sie Luft für ihn wäre. Was wollte er von ihrem Sohn? Mutter warf ihm bereits einen fragenden Blick zu.

Steffen blieb stehen und war gespannt darauf, wie Alejandro sich verhalten würde. Vielleicht bildete er sich auch nur ein, dass der Alte ihn im Visier hatte. Steffen stand in Blickrichtung zu seinem Haus. Wahrscheinlich wollte er nur wieder zurückgehen.

»Alejandro?« Mutter versuchte erneut, auf sich aufmerksam zu machen, jedoch ohne Erfolg.

Steffen wurde augenblicklich heiß, denn da lief ein zotteliger alter Mann mit glasigem Blick und bebenden Lippen auf ihn zu. Er hatte Alzheimer. Daran erinnerte Steffen sich. Auf Vaters Beerdigung hatte er ihm kondoliert, mit feuchten Augen, wie einige andere auch, aber ihn nicht so merkwürdig angestarrt. Am liebsten wäre Steffen ein paar Schritte zurückgewichen. Mach dich nicht lächerlich. Das ist ein verwirrter alter Mann.

Nun blieb Alejandro vor ihm stehen und sah ihm direkt in die Augen.

Steffen hatte das Gefühl, in seinen so unendlich viel Leid zu lesen. Schmerz und Verzweiflung. Schon wurden Alejandros Augen feucht.

Steffen fragte sich, wie er darauf reagieren sollte. Sollte er ihn ansprechen? Fragen, ob es ihm gut ging? Sich vorstellen? Doch selbst seine Zunge wollte Steffen nicht mehr gehorchen.

Ohne Vorwarnung fuhr Alejandros Hand an seine Wange. Steffen wusste gar nicht, wie ihm geschah.

Reiß dich zusammen! Es ist ja nur eine nette Geste. Er hat schließlich kein Messer in der Hand. Und dennoch fühlte sich die Situation bedrohlich an, auch nachdem Alejandro von ihm abließ und ihn einfach nur anblickte.

»Wo warst du so lange?«, krächzte der Alte.

Steffen warf seiner Mutter einen Hilfe suchenden Blick zu. Die stand auch wie in Stein gegossen da.

»Sie müssen mich verwechseln«, stammelte er, doch dann fiel

es ihm wie Schuppen von den Augen. Erinnerten sich Menschen mit dieser Erkrankung nicht immer an frühere Tage? Steffen wusste, dass er seinem Vater ähnlich sah, zumindest als er noch keinen Ranzen und keine grauen Haare gehabt hatte.

»Sie täuschen sich«, sagte Steffen. Allein schon, dass ihn jemand für seinen Vater hielt, verursachte ihm einen nervösen Magen.

»Alejandro.« Bianca rief erneut nach ihm. Diesmal reagierte er und blickte zu ihr.

Alejandro wischte sich den Schweiß von der Stirn.

Steffen nutzte die Gelegenheit, um zu ihr zu gehen. Es fühlte sich beinahe so an, als würde er sich davonstehlen und Schutz an ihrem Rockzipfel suchen, doch das war Steffen im Moment egal.

»Er hält mich für Vater«, konstatierte Steffen, als er seine Mutter erreichte.

Nun hatte sie auf einmal auch diesen merkwürdigen Blick drauf. Wehmütige Augen, genau wie Alejandro.

»Ich weiß«, sagte sie nur, löste sich von ihm und ging schnurstracks zu dem Alten.

»Komm! Ich bringe dich nach Hause.«

Alejandro schien wieder im Hier und Jetzt angekommen zu sein. Steffen hatte das Gefühl, dass er ihn gar nicht mehr wahrnahm.

»Sie sind doch die Nachbarin«, sagte der Alte.

»Ja.« Mehr bekam Bianca nicht mehr heraus. Sie nahm seine Hand. »Wir gehen nach Hause«, sagte sie nur wie eine Mutter, die mit ihrem kleinen Kind sprach.

Alejandro nickte und ließ sich willig von ihr den Weg hinauf und zurück zu seinem Haus bringen.

Steffen atmete auf. Na ja, wenn du geistig verwirrt wärst und dein jahrelanger Kumpel plötzlich wie ein Geist vor dir stünde, würdest du vielleicht genauso reagieren, sagte er sich. Auf alle Fälle war ihm nun auch nach einer Dusche. So ein verrückter Tag. Am besten bei einem Glas Wein alles erst einmal hinunterspülen, um drohenden Albträumen aus seiner Kindheit und dieser Begegnung, die ihn tief aufgewühlt hatte, jede Grundlage zu entziehen.

Luisa hatte auf dem letzten Teilstück von Sóller bis zum Hafen wie ein schlaffer Sack an Felix gehangen, dem ihre bleierne Müdigkeit wohl schon beim Besteigen des Motorrads nicht entgangen war. Es war aber auch eine Riesenarbeit gewesen, die vielen Fotos einzuscannen, Musik rauszusuchen und dann ein Video zu schneiden, das gut zu den Iglesias-Songs aus den entsprechenden Jahren passte – und das bis spät in die Nacht. Kein Wunder, dass sie sich nicht mehr wie eine Stahlklammer an ihn pressen konnte und am liebsten auf seiner Ledermontur eingeschlafen wäre. Das ging natürlich nicht als Beifahrer auf einem Motorrad. Er fuhr vermutlich deshalb schon etwas langsamer. Der Fahrtwind und die frische Luft entfalteten ihre belebende Wirkung. Ein paar Adrenalinschübe, weil sie dreimal beinahe vom Motorrad gerutscht wäre, kamen noch hinzu. Dazu gesellte sich die Vorfreude, allen von ihren tollen Erlebnissen zu berichten, vor allem Oma, von der sie wusste, dass Alejandro ihr nicht gleichgültig war. Luisa war schon so gespannt darauf, wie Alejandro reagieren würde, wenn er sich die Videos am nächsten Tag ansah. Hoffentlich ging sein alter Player noch. Felix hatte noch ein älteres Tablet, das er zur Sicherheit mitgenommen hatte, falls sein DVD-Player nicht funktionierte. Sie selbst würde sich ihre heutige Arbeit, die sie bereits auf ihr Handy geladen hatte, jedenfalls nicht mehr ansehen. Das Problem war ja nicht der Videoteil, sondern der Ton. Luisa fürchtete, diese Fistelstimme nicht mehr aus ihrem Kopf zu kriegen. Allein nur daran zu denken, reichte, damit der kleine DJ in ihrem Ohr wieder *To all the girls I loved before* auflegte. Und das, obwohl Felix' Maschine bergauf ordentlich röhrte. Erst als sie die Zufahrt zum Haus ihrer Großmutter erreicht hatten und er den Motor gänzlich abstellte, hörte Julio auf zu singen. Luisa sah, dass die Truppe bei Kerzenlicht auf der Terrasse zusammensaß. Anja und Bianca wurden bereits auf sie aufmerksam und winkten ihr zu, nachdem sie abgestiegen war und sich den Helm vom Kopf gezogen hatte.

»Kommst du noch mit hoch?«, fragte Luisa.

»Muss noch ein paar Dinge für morgen vorbereiten. Arbeit«, erklärte Felix mit inzwischen nach oben geklapptem Visier.

»Und du hältst dein Versprechen?« Luisa meinte damit, noch weitere Videos zu erstellen, damit auch die anderen an Alzheimer oder Demenz Erkrankten, die er betreute, davon profitierten.

Felix musterte sie schmunzelnd.

»Du bist mir vielleicht eine kleine Weltverbesserin. Eigentlich schon eine Aktivistin«, fuhr er fort.

Luisa lachte. »Stört dich das?«, fragte sie dann.

»Bist echt etwas Besonderes.«

Luisa wuchs gleich ein paar Zentimeter.

»Inwiefern?«, fragte sie nach, auch wenn sie die Antwort bereits ahnte.

»Also, bis jetzt hat's noch niemand geschafft, dass ich meinen freien Tag opfere. Wollte eigentlich zum Surfen an den Strand.« Mit »niemand« meinte er selbstredend all die Frauen, die bereits seinen zweiten Motorradhelm getragen hatten. Den reichte sie ihm nun bedeutungsvoll.

»Bin ja auch nicht niemand«, sagte sie augenzwinkernd.

Nun war er es, der lachte.

»Ich muss aber erst fragen. Wir können schlecht einfach mir nichts, dir nichts bei den Leuten nach Bildern suchen.« Luisa verspürte den Drang, ihm um den Hals zu fallen. Was bei Alejandro so positiv wirkte, das klappte bestimmt auch bei anderen. Sie hatten noch jede Menge Arbeit vor sich. Luisa rang ihren Wunsch nieder, weil sie keine Lust hatte, von allen auf der Terrasse dabei beobachtet zu werden.

»Dann sehen wir uns morgen Abend?«, fragte sie.

»Nachtschicht kostet aber extra.«

»Ich lass mir schon was einfallen. Wenn wir fertig sind.«

»Weißkittel.« Auch das kam mit Schalk im Nacken, dann zog er die DVD und das alte Tablet aus seiner Jacke.

»Die Frau Doktor darf nicht vergessen, ihm das morgen zu geben.«

»Was wären wir ohne euch Pfleger?«, sagte sie und nahm die beiden Sachen entgegen. Das stimmte sogar, denn schon während ihres Praktikums im Klinikum hatte sie erlebt, dass Ärzte gerne im Stress auch mal banale Dinge vergaßen.

»Gute Nacht!«

Luisa nickte.

Felix klappte das Visier des Helms herunter und winkte den anderen auf der Terrasse zu. Dann stieg er auf sein Gefährt und ließ den Motor an. Erstaunlicherweise sah er noch einmal zu ihr hin. »Freu mich auf morgen«, sagte er.

Luisa spürte ihr Herz schneller klopfen. Oh nein! Ausgerechnet bei dem. Das hinderte sie aber nicht daran, ihm zuzurufen: »Ich mich auch«, bevor er davonratterte.

Anja war felsenfest davon überzeugt, dass Luisa ihren Urlaubsflirt gefunden hatte. Während sich die beiden an der Zufahrt gegenüberstanden, hatte jeder am Tisch darüber spekuliert, ob sie sich am Ende gar küssen würden. Die Kulisse hätte jedenfalls perfekt dazu gepasst. Ein junges Paar, das im Mondschein in einer Idylle ganz nah beieinandersteht, gelegentlich lacht und sich für jedermann ersichtlich gut versteht, machte gute Laune – wie im Kino. Der Kuss war jedoch ausgeblieben. So richtig überraschend erschien das Anja jedoch nicht, denn Luisa war an sich gar nicht die Art junge Frau, die auf Typen wie Felix stand. Am Ende waren sie sich lediglich über die berufliche Schiene, die sie verband, nähergekommen. Spätestens als Luisa mit funkelnden Augen bei ihnen auf die Terrasse kam, zweifelte Anja ihre Theorie an. Das Kind war wie aufgedreht.

»Na, was habt ihr beiden Hübschen denn den ganzen Tag so gemacht?«, wollte Luisas Oma sofort wissen.

»Stellt euch vor: Alejandro reagiert auf Musik. Ich hab das recherchiert. Menschen wie er können sich anhand von ihnen bekannten Melodien Dinge merken. Der Teil im Gehirn funktioniert und kann dann Informationen speichern, Gesichter, Gegebenheiten an die Musik ketten. Wir haben einen Film für ihn gemacht. Mit Fotos von seinem Sohn, damit er sich wieder an ihn erinnern kann.«

»Macht Felix das schon länger?«, hakte Bianca nach.

»Ja. Warum?«

»Er erkennt ihn. Mich nicht …«

»Ich finde das großartig. Eine wirklich tolle Idee.« Anjas Brust schwoll vor Stolz. Sie kannte das soziale Engagement ihrer Tochter auch aus ihrem Studium. Also doch kein Urlaubsflirt, sondern eine Idee, für die sie Feuer gefangen hatte.

»Felix ist rein zufällig darauf gestoßen. Echt beeindruckend«, bekundete Luisa.

»Du magst ihn, den Felix?«, hakte Anja sicherheitshalber nach.

Luisa sah sie fragend an.

»Na, wenn du schon mal einen Typen beeindruckend findest …«

Luisa lachte auf.

»Was spielt er Alejandro denn vor?«, wollte Bianca wissen.

»Beatles und Iglesias. Der stand total auf diese Winselsocke. Ich kannte den gar nicht«, sagte Luisa, nahm auf einem der freien Stühle Platz und schnappte sich die Mineralwasserflasche, aus der sie sich in ein Glas einschenkte.

»Iglesias ... Ja. Ich erinnere mich. Die waren mal auf einem Konzert«, brabbelte Bianca gedankenverloren vor sich hin.

»Wer?«

»Dein Vater und er. Ernst mochte ihn auch. Ist ja auch ein guter Sänger. Ein Weltstar.«

Damit hatte Mama recht. Auch Anja wusste das.

»Vater mochte Iglesias?«, wunderte sich nun Steffen.

»Also, ich hör den auch gern«, warf ausgerechnet Yvonne ein, womit sie sich einen verwunderten Blick von Steffen einhandelte.

»Ein Frauenschwarm. Der Julio sah früher richtig gut aus«, ergänzte Yvonne. Auch das stimmte.

»Habt ihr ihm das heute vorgespielt?«, wollte Steffen wissen.

»Nö. Aber ich hab 'ne DVD mit Musik von seinen großen Erfolgen. Ich geb sie ihm morgen. Ich bin gespannt, ob er sich dann wieder an Juan erinnert. Gott sei Dank hatte er viele Fotos von seinem Sohn. Eine ganze Kiste voll mit Erinnerungen, sofern man sich daran erinnern kann.«

»Ihr habt euch heute alte Fotos mit ihm angesehen?«, fragte Bianca.

»War ich da auch drauf?«, wollte Steffen wissen.

»Wie soll das denn gehen?«, fragte Luisa verwirrt nach.

»Ich glaub, er hat mich heut für deinen Großvater gehalten«, erklärte Steffen.

Anja wunderte sich, warum ihre Mutter auf einmal so nachdenklich wirkte. Von der Begegnung der beiden hatte sie ihnen vorhin doch schon erzählt.

»Gibt es sonst noch irgendetwas, was Alejandro helfen könnte, sich zu erinnern? Ich hab gelesen, dass ein Besuch von Orten, an denen sie früher oft waren, den gleichen Effekt wie die Musik haben kann. Oder alte Gewohnheiten«, sagte Luisa voller Elan an ihre Großmutter gerichtet, doch die legte ihre Stirn nur in Falten.

»Alejandro hat mir erzählt, dass er früher Lokführer war«, sagte Luisa.

»Das stimmt. Auf dem Orangenexpress«, bestätigte Bianca.

»Orangenexpress?«, wunderte ihr Bruder sich.

»Das ist der Zug, den ihr in der Stadt habt vorbeifahren sehen. Der geht von Sóller bis nach Palma«, erklärte Bianca der Runde.

»Das ist doch die Idee. Wir machen mit Alejandro einen Ausflug mit der Bahn. Ich hätte total Lust darauf. Haben wir ja bisher noch nicht gemacht.«

»Ich finde das auch interessant. Im Reiseführer steht, dass der schon uralt ist. Damit haben die Bauern früher die Orangenernte nach Palma gebracht«, sagte Yvonne.

»Ich wäre dabei«, bestätigte Anja, allein schon, weil die Möglichkeit bestand, dass es Alejandro guttat.

»Das gefällt mir besser als noch ein Gewaltmarsch. Ich kann morgen keine langen Strecken gehen«, merkte Yvonne an.

Bianca blickte nachdenklich in die Runde. Vermutlich hatte sie sich einen Tag Ruhe erhofft. Eine Zugfahrt in der Hitze war bestimmt nicht minder anstrengend.

»Oma?« Luisa war Mamas gedankliches Wegdriften wohl auch aufgefallen.

»Dann werd ich morgen versuchen, ihm das beizubringen. Ein

Ausflug mit der neuen Nachbarin. Ich werde es versuchen. Ein Versuch kostet ja nix«, sagte Bianca dann.

Anja wurde das Gefühl nicht los, dass sie Luisas Euphorie gerade nicht so recht teilte.

»Ich kann ja mitgehen und mich als Ernst ausgeben«, warf Steffen amüsiert ein, woraufhin Bianca regelrecht bleich wurde.

»Das krieg ich schon hin. Auch ohne Iglesias«, versprach Bianca.

Luisa strahlte, und Anja freute sich mit ihr auf den Ausflug mit dem Zug.

»Dann geh ich mal ins Bett. Muss ja morgen früh raus«, sagte Mutter und stand auf. Mit Leidensmiene. Vermutlich war sie die Strecke schon so oft gefahren und hatte keine Lust, sich mit all den Touristen in den Zug zu quetschen. Doch für Luisa tat sie alles. Das war eben Mama. Enkelkinder first!

Iglesias. Ausgerechnet. Hätten doch auch die Beatles auf diese DVD packen können.
Mochte ihn nie.
Luisa hat doch recht
Winselsocke 😅
da kriegste Depressionen oder Schlimmeres
😫
weiß schon, warum ich damals nicht mit bin zum Konzert
kriegt man ja Ohrenkrebs von
Ernst nicht
logisch!

Luisa will ihm ja nur helfen
bin so stolz auf sie 😍 *, Anja, glaub ich, auch* 😍
noch so viel mehr heut passiert

zu müde
musste dir halt merken
bist ja nicht Alejandro
aber wer weiß das schon, was in ein paar Jahren ist
Ob er mitfährt? 🚂
Hoffentlich wirkt's nicht ganz so doll …

Kapitel 9

Eigentlich hatte Luisa damit gerechnet, dass Oma sich darum kümmern würde, Alejandro zum Ausflug mit dem alten Zug nach Palma einzuladen, doch ihr Argument, dass sie bessere Chancen hatten, wenn beide bei ihm auftauchten, leuchtete Luisa ein. Erinnerte er sich nicht an die eine, dann vielleicht an die andere. Mit einer »wildfremden« Person, der neuen Nachbarin, mitzufahren, traute sie ihm nicht zu, denn komischerweise schien er zu wissen, dass es besser für ihn war, sich nicht allzu weit von seinem Haus wegzubewegen. Zumindest glaubte Oma das, weil er in letzter Zeit zuweilen allein in Port de Sóller herumgeirrt war. Das Unterbewusste schien mittlerweile damit Gefahr zu verbinden, auch wenn er sich nicht daran erinnern konnte, dass ihn die Polizei zweimal nach Hause gebracht hatte. Luisa war das recht, denn sie wollte ihm ohnehin die DVD und das Tablet von Felix vorbeibringen. Mama, Onkel Steffen und Yvonne lagen noch in den Federn. Insofern war die Zeit auch gut genutzt. Die Frage, ob Alejandro schon auf den Beinen war, stellte sich nicht, denn Oma wusste, dass er mit den ersten Sonnenstrahlen aufstand. Für Luisa, abgesehen vom Praktikum in der Klinik, eher eine Ausnahmesituation, doch die Neugierde auf Alejandros Reaktion hatte sie auch frühmorgens aus dem Bett getrieben.

Oma täuschte sich nicht. Alejandro trug den Müll nach draußen und ging damit zu einer der beiden Mülltonnen, die am Wegrand standen.

»Also, wenn er an den Müll denkt, dann hat er einen lichten Moment«, merkte Oma an. Luisa sah das genauso, denn in seinem Wohnzimmer waren sie am Vortag auf einen immerhin zugeschnürten Müllbeutel gestoßen, den Felix nicht nach draußen gebracht hatte.

Luisa rief nach ihm, nachdem er den Müll in der schwarzen Tonne versenkt hatte.

Statt der zusammengekniffenen Augen strahlten sie nun freudige an.

»Du musst ja einen tief greifenden Eindruck bei ihm hinterlassen haben«, kommentierte Oma. Luisa hatte fast das Gefühl, dass sie etwas beleidigt war.

»Wir waren immerhin den halben Nachmittag bei ihm.«

»Was ist denn da alles drauf?«, wollte Bianca wissen.

»Sein Sohn, frühe Verwandte und ein paar Fotos von Opa.«

»Von Ernst?«, hakte Bianca nach.

»Na, die beiden kannten sich doch gut. Und auf einigen Bildern war Opa halt auch mit drauf«, erklärte Luisa.

Sein Lächeln hielt an, bis er zur Begrüßung vor ihnen stand.

»Morgen, Alejandro! Ich hab das Video für dich dabei. Mit deiner Lieblingsmusik.« Als solches hatten Felix und sie ihm ihr Vorhaben verkauft.

Was genau seine Lieblingsmusik war, daran schien er sich seinem angestrengten Gesichtsausdruck nach zu urteilen allerdings momentan nicht genau zu erinnern.

»Julio.«

»Julio«, kam es mit Schmackes und fast schon mit der gleichen Stimme wie bei Iglesias. Dann fing er an zu summen. Luisa hoffte inständig, dass sie den Song nicht erkannte, denn die brannten sich unglaublich schnell ins Hirn ein. Zu spät. Schon hatte sich der Titel in ihre Gehörgänge gebohrt.

»*No llores mi amor*«, sagte sie.

Alejandro nickte und fing an zu singen.

»Du kennst den Song? ›Weine nicht, meine Liebste‹?«, fragte Oma verwundert.

»Riesenhit in den Siebzigern, na ja, für jemanden, der darauf stand.«

Luisa zückte die DVD und das Tablet. Alejandro erweckte den Eindruck, als wüsste er nicht so recht, was er damit anfangen sollte. Luisa behielt die Regeln im Kopf. Keine Vorwürfe, dass er sich nicht mehr erinnerte.

»Felix und ich haben ein Video mit deinen Erinnerungsfotos gemacht.«

»So eine Mühe habt ihr euch gegeben. Kommt er heute?«

»Erst morgen, aber meine Oma und ich haben uns gedacht, weil Felix heute nicht kommt, könnten wir doch einen Ausflug machen.«

»Und wohin?«

»Nach Palma. Mit dem Zug.«

»Ach, den bin ich doch schon so oft gefahren.« Alejandros Blick schweifte in die Ferne. Sollte Luisa ihn auf sein Vorleben ansprechen? Anscheinend erinnerte er sich gerade daran. Oma schwieg, also tat Luisa das auch.

»War eine schöne Zeit, damals«, kam es dann von ganz allein.

»Du könntest uns doch ein bisschen was von früher erzählen«, schlug Luisa wagemutig vor.

»Über die Eisenbahn? Was junge Leute heutzutage alles wissen wollen«, wunderte er sich.

»Wollen wir die DVD ausprobieren?«

»Also, ich glaube, die Zeit haben wir nicht mehr. Wir wollen schon in einer Stunde los«, grätschte Oma dazwischen. Da übertrieb sie aber jetzt, denn bis alle geduscht waren und gefrühstückt hatten, vergingen bestimmt noch zwei Stunden.

»Wenn wir zurückkommen«, schlug Luisa daraufhin vor.

»Dann werde ich mich mal umziehen. So kann ich ja nicht unter Leute gehen.« Auch das verwunderte Luisa. Er musste wirklich gut drauf sein, wenn er auf sein Äußeres achtete.

»Wir holen dich ab. Ist dir das recht?«, fragte Bianca.

Alejandro nickte und ging ins Haus.

»Ob er dich auch erkannt hat?«, fragte Luisa.

»Ich denke schon. Ausnahmsweise, aber nur weil du dabei warst.«

Vielleicht stimmte das sogar. Je mehr Luisa sich mit dieser Erkrankung beschäftigte, desto größer wurde ihr Interesse, das natürlich von ihren ersten Erfahrungen befeuert wurde. Dass es Möglichkeiten gab, diesen Menschen auch ohne Verabreichung von Medikamenten zu helfen, war wie elektrisierend. Zugleich überlegte sie auf ihrem Weg zurück zum Haus, ob sie Alejandro nicht als Studienobjekt missbrauchte, kam aber zu dem Schluss, dass diese Befürchtung letztlich unbegründet war, weil sie ihm damit ja etwas Gutes tat. Mal sehen, was aus ihm heraussprudelte, wenn er an seinem alten Arbeitsplatz war.

»Man muss wissen, dass die Straßenbahn erst Jahre später entstand, 1912, um genau zu sein. Und wisst ihr, warum?« Bianca stand genau wie Wolfi, Luisa, Steffen, Yvonne und Anja im Halbkreis um ihren Reiseführer versammelt. Der hieß Alejandro, und anscheinend hielten ihn auch andere Passagiere, die am Bahngleis des alten Bahnhofs auf den Zug aus Palma warteten, dafür. Der Halbkreis wurde immer größer.

»Die werden sich halt gedacht haben, dass es gescheiter ist, die Strecke bis nach Port de Sóller zu verlängern, allein schon wegen der Touristen«, mutmaßte Yvonne.

»Falsch«, erwiderte Alejandro und blickte erwartungsfroh in die Runde.

»Eine Eisenbahn, die an der Strandpromenade entlangfährt, wäre ja ziemlich bescheuert. Die Straßenbahn ist offen und erschlägt den Ort nicht.« Luisas Antwort klang plausibel. Bianca musste leider passen, weil sie sich noch nie Gedanken darüber gemacht hatte.

»Ich sehe schon. Zu schwer. Die Eisenbahnstrecke war damals zu kurz, um eine Versicherung zu bekommen. Die gab es erst ab einer Strecke von dreißig Kilometern. Also hat man das Schienennetz einfach verlängert.«

»Die Spanier waren schon immer gerissen. Sieht man nicht zuletzt daran, dass sie jede Menge aus der EU herauspressen«, warf Steffen ein.

Alejandro lachte.

Bianca brachte keinen Ton mehr heraus. Sie starrte auf den von den Toten wiederauferstandenen Mann. Seine Augen leuchteten. Er war es auch gewesen, der als Erster den Hahn entdeckt hatte, der mitten auf den Schienen spazieren ging. Sonst war sein Blick doch meist stumpf und abwesend.

Der Pfiff des einfahrenden Zuges war so laut, dass Bianca regelrecht zusammenfuhr. Der Hahn beschwerte sich lautstark und flatterte zu einer der Platanen, die die Schienenstrecke säumten.

»Und die Lok bist du mal gefahren?«, fragte Luisa staunend.

»Ist noch die von 1929. Siemens Schuckert. Unverwüstlich. Qualität aus Deutschland«, schwärmte er und blickte verzückt auf den elektrischen Triebwagen, der die alten Holzwaggons in den Bahnhof zog.

»Schon seit 1929 elektrifiziert? Das will man gar nicht glauben«, merkte Steffen an.

»Und davor zog eine englische Dampflok die Wagen«, brachte Wolfi sich mit ein.

»War eine schöne Zeit«, sinnierte Alejandro.

»Wird einem da nicht langweilig? Jeden Tag die gleiche Strecke?«, wollte Anja wissen.

»Was kann es Schöneres geben? Wenn man einen Ort liebt, kann man ihn sich doch nicht oft genug ansehen.«

Damit gab sich Anja anscheinend zufrieden.

»Lasst uns hinten einsteigen. Dort sind noch die Originalwagen von damals«, schlug Alejandro vor.

Das ließ sich die Truppe nicht zweimal sagen. Nur Bianca bewegte sich nicht, weil Alejandro sie so merkwürdig ansah. Eine Mischung aus Freude und Melancholie lag in seinem Blick. Nun war Bianca es, die sich erinnerte. Zweifelsohne stand im Moment der Mann vor ihr, wie sie ihn aus Tagen kannte, als er noch keinerlei Anzeichen von Vergesslichkeit gezeigt hatte.

»Deine Gäste. Wirklich nette Leute«, sagte er.

Gäste? Hatte er bereits wieder vergessen, dass es sich dabei um ihre Familie handelte?

»Schade, dass Ernst nicht dabei ist. Ich ... ich weiß schon. Die Geschäfte«, fuhr er fort.

Bianca trat augenblicklich noch mehr Schweiß auf die Stirn. Sie fragte sich, in welchem Jahr sein Gehirn im Moment spazieren ging. Ernst war vor vier Jahren ein paarmal zurück nach Deutschland geflogen, um den Verkauf ihres Hauses abzuwickeln. Daran konnte er sich erinnern?

»Komm, Bianca! Wir müssen uns beeilen. Sonst fährt der Zug noch ohne uns.«

Bianca! Er hatte sie beim Namen genannt? Der Puls schnellte

nach oben. Das Herz fing an zu flattern. Hatte er sich am Ende die DVD vor der Abreise doch noch angesehen? Bianca nickte und trottete ihm hinterher. Dabei sprach sie ein stilles Gebet, dass er sich um Himmels willen nicht an Dinge erinnern möge, an die er sich in Gesellschaft ihrer »Gäste« nicht erinnern sollte. Es war schon schlimm genug, dass sie selbst nun jene Zeit wieder präsent hatte. Wenn diese Fahrt nur schon vorbei wäre, dachte sie sich mit dem Pfiff des Schaffners, nachdem auch sie endlich zugestiegen war.

Der Zug fuhr am Anfang der Fahrt so dicht an alten Steinhäusern mit ihren Zitronen- und Orangenbäumen vorbei, dass Anja glaubte, die Äste würden die Waggons streifen. Sie fragte sich, warum sie nicht schon viel früher mit dem Orangenexpress gefahren war. Der machte seinem Namen auch heute noch alle Ehre, auch wenn er Touristen durch die Gegend fuhr. Was für ein Duft, der durch die geöffneten Fenster nach innen zog. Yvonne und Steffen saßen ihr mit Schnuppernäschen gegenüber. Luisa neben ihr auf der Bank. Auch sie inhalierte den belebenden Duft, doch nur kurz, denn sie war viel zu beschäftigt. Anscheinend hatte sie es sich zur Aufgabe gemacht, die Fahrt zu dokumentieren. Sie knipste nicht nur das Außen, sondern auch das Innere, wobei ihre Kamera unentwegt auf Alejandro gerichtet war. Vermutlich versprach sie sich davon, dass er sich dann an die Fahrt erinnerte. Auf ihrem Handy lief Iglesias über Lautsprecher, aber nicht der Papa, sondern sein Sohn Enrique. Alejandro kannte ihn offenbar nicht, befand jedoch seine Stimme für ähnlich gefühlvoll, wie er ihnen vorhin zu verstehen gegeben hatte. Anja tippte darauf, dass Luisa ein Video des heutigen Tages im Sinn hatte, auf das sie die Musik von Enrique zu legen gedachte, und nicht, damit er sich an diese sagenhafte Landschaft erinnerte. Die kannte er sicherlich in- und auswendig. Das Panorama am Punyol d'en Banya, dem höchsten Punkt nach Sóller, wo der Zug sogar nur Alejandro zuliebe kurz angehalten hatte, weil einer seiner früheren Kollegen ihn erkannt und dem Lokführer Bescheid gegeben hatte, war ein Postkartenmotiv. Sóller lag von mächtigen begrünten Bergen umschlossen in einem Orangental vor ihnen. Klar, dass alle Mitreisenden am Fenster geklebt hatten, um diesen Ausblick zu genießen. Selbst Yvonne hatte ihr Handy gezückt. Während der anschließenden Fahrt durch den ersten drei Kilometer langen Tunnel gab es allerdings nichts mehr zu knipsen. Das Licht der elektrischen Beleuchtung aus runden, kupferverzierten Deckenlampen reichte nicht aus, um irgendetwas wackelfrei festzuhalten. Eine gefühlte Ewigkeit, die Mitfahrende dazu veranlasste, zu klatschen, als der Albtraum für Klaustrophobiker endlich vorbei war. Man fühlte sich an Kafkas Parabel vom Tunnel erinnert. Der Gedanke, tonnenschweres Gestein um sich herum zu haben, war faszinierend und Respekt einflößend zugleich.

»Früher müssen die Leute doch hier drin erstickt sein. Stellt euch nur vor: die Dampflok.« Steffens Überlegung hatte auch Anja angestellt.

»Das war einer der Gründe für eine schnelle Elektrifizierung«, erklärte Alejandro, der zu ihrer Linken bei Bianca und Wolfi saß.

»Es sind dreizehn Tunnel, aber der hier ist der längste«, fügte Wolfi hinzu, für den die Strecke nicht neu war. Hielt er Mutters Hand aus Gewohnheit, oder weil sie so bleich war? Sie kannte die Strecke doch auch. Kein Sterbenswörtchen hatte sie seit der Abfahrt von sich gegeben.

»Gleich kommt der Viadukt«, kündigte Alejandro begeistert an. Damit meinte er eine Brücke mit fünf Rundbogen. Es dauerte auch nicht mehr lange, bis der Zug darüberratterte.

Obwohl Alejandro sich offenkundig an die alten Tage und vor

allem an die Strecke erinnerte, klebte er nahezu am Fenster. Mutter sah immer wieder zu ihm auf. Was wohl gerade in ihrem Kopf vorging? Sonst war sie doch auch gesprächiger, vor allem, wenn Wolfgang in ihrer Nähe war. Kurz nach Bunola, einem kleinen malerischen Dorf, in dem der Zug hielt, überlegte Anja bereits, ihre Mutter darauf anzusprechen und nachzufragen, ob es ihr gut ging. Ging es Alejandro genauso? Fiel ihm nun auch auf, dass ihre Mutter wie eine Wachsfigur von Madame Tussaud dasaß und stoisch aus dem Fenster starrte? Es hatte den Anschein, denn Alejandro fixierte sie nun regelrecht. Sie musste seinen Blick gespürt haben, denn sie sah kurz zu ihm auf und rang sich ein unverbindliches Lächeln ab. Selbst Wolfi musterte die beiden etwas irritiert.

»Anscheinend erinnert er sich grad an was«, diagnostizierte die angehende junge Ärztin im Flüsterton neben ihr.

»Weißt du noch? Sind doch mit dem Zug zum Notar gefahren, weil der Bus nicht ging«, sagte Alejandro unvermittelt.

Was hatte ihre Mutter nur? Augen schreckensgeweitet und sichtlich nervös.

»Zum Notar?«, fragte Wolfgang interessiert nach.

»Hauskauf«, stammelte Bianca mit angeschlagener Stimme.

»Wann hat Oma denn das Haus gekauft?«, flüsterte Luisa ihrer Mutter ins Ohr.

»Muss vor acht oder neun Jahren gewesen sein«, sagte Anja.

»Ich hätte nicht gedacht, dass er sich an Dinge aus dieser Zeit erinnern kann. Das muss die Zugfahrt sein«, kam es zurück.

Bianca sah das offenbar genauso, denn die Überraschung stand ihr noch immer ins Gesicht geschrieben.

Alejandro starrte unentwegt auf Bianca und Wolfgang. Er wirkte traurig und tief in seiner Gedankenwelt versunken.

»Ernst hat sich so darauf gefreut«, sagte er unvermittelt.

Bianca nickte zögerlich. Sie wirkte Anjas Empfinden nach fast verängstigt.

»War bestimmt ein sehr glücklicher Tag. So ein Hauskauf ist schon etwas Besonderes«, kommentierte Wolfgang.

»Papperlapapp. Da ist doch nichts Besonderes dran. Man geht hin und unterschreibt«, sagte Bianca überraschend vehement, vor allem in der schnoddrigen Tonlage, die sie überwiegend an den Tag legte.

Anja hatte das Gefühl, dass Alejandro sie nun auch etwas verstört ansah.

»Wie habt ihr das Haus eigentlich gefunden? In der Lage. Zufällig oder über einen Makler?« Wolfgang schien die in der Luft liegende merkwürdige Anspannung, die von Alejandro ausging, nicht wahrzunehmen.

Hatte Mama jetzt auch Alzheimer? Warum sagte sie nichts?

»Weißt du es nicht mehr?«, fragte Alejandro.

»Natürlich weiß ich es.«

»Schön, euch in meiner Nachbarschaft zu haben. Nicht immer nur im Urlaub«, sagte Alejandro.

Das verwunderte Anja etwas, denn das hatte eben so geklungen, als wären ihre Eltern unentwegt nach Mallorca gefahren. Papa war es doch gewesen, der seit einem Seminar für Baugutachter auf der Insel für sie Feuer gefangen und sich ab und an für eine Woche dorthin abgeseilt hatte. Anscheinend wollte ihre Mutter das nicht klarstellen, weil sie froh war, dass Alejandro sich überhaupt an etwas aus der damaligen Zeit erinnerte. Dass Papa tot war, schien ihm momentan nicht bewusst zu sein. War ja auch noch nicht so lange her wie der Hauskauf.

»Du hast uns noch nicht erzählt, wie du überhaupt darauf gekommen bist, Lokführer zu werden«, sagte Bianca aus heiterem

Himmel. Nun tauschte auch Steffen mit Anja einen verwunderten Blick.

»Kindheitstraum?« Wolfgangs Frage brachte wieder Leben in Alejandros Augen.

»Wollen doch alle Jungs. Lokführer werden. Aber hier war das schwer. Die haben nicht jeden genommen. Sie brauchten gerade jemanden, der handwerklich begabt war. Als Tischler war ich dann doch willkommen.«

Anja konnte ihrer Mutter ansehen, dass sie aufatmete.

»Ich glaub, Oma hat Opas Tod auch noch nicht so ganz weggesteckt«, mutmaßte Luisa, aber so leise, dass nur Anja es hören konnte.

Anja nickte. Wer erinnerte sich schon gerne an einen schmerzlichen Verlust? Auch wenn sie sich getrennt hatten. Er war der Vater ihrer beiden Kinder gewesen. Vielleicht schmerzte die Erinnerung an glückliche Tage einfach zu sehr. Wer wollte Mama das verdenken?

Luisa liebte Palma de Mallorca, die Inselhauptstadt, für ihr quirliges Leben. Oft genug hatte sie die Stadt auf eigene Faust erkundet, allerdings mit dem Bus, der heutzutage schneller war als der Zug und nahezu die gleiche Aussicht bot, nur komfortabler, nämlich mit Klimaanlage und mit weniger Lärm. Die Zugfahrt strengte in der Hitze an, insofern fand Mamas Vorschlag, sich ein schönes Café an der Plaza de Espana zu suchen, die nur einen Katzensprung vom historischen Zugbahnhof entfernt lag, und es sich unter Sonnenschirmen bequem zu machen, breite Zustimmung. Für einen ausgiebigen Stadtbummel interessierten sich nur Yvonne und Steffen, alle anderen kannten die Kathedrale, das Castell de Bellver und den Königspalast schon, genau wie die Shopping-Meile und die romantischen Häuser der Altstadt. Die beiden konnten sich ja auch einen Leihwagen nehmen und noch einmal herfahren. Jetzt war Familienzeit. Yvonne hatte trotzdem darauf bestanden, sich nach der kurzen Kaffeepause in die Fußgängerzone zu begeben, um sich bequeme Schuhe zu kaufen. Angesichts ihrer von der Wanderung geschundenen Fersen eine gute Idee. Oma und Wolfgang gedachten, sich mit Kaffee zu dopen, Steffen mit einem Cerveza, Yvonne natürlich nur mit Mineralwasser, und Mama gönnte sich einen Eiskaffee, den Luisa auch für sich bestellt hatte. Alejandro hingegen starrte immer noch unentschlossen auf die Getränkekarte. Dann wieder auf den Platz, aber nicht so wie ein normaler Besucher es tun würde. Man sah sich die Leute ja normalerweise an, die vorbeischlenderten oder kreuz und quer über ihn hetzten. Erstere waren Touris, letztere Einheimische, die zum Bahnhof oder zum darunterliegenden Parkhaus wollten. Ein kunterbunter Cocktail, durch den Alejandro förmlich hindurchzusehen schien.

»Und Sie?«, fragte ihn der schnittige junge Ober im blütenweißen Hemd, den Eingabestift für sein Tablet griffbereit, mit dem er die Bestellungen notierte.

»Ich nehme auch einen Eiskaffee.« Halleluja!

»Na, was sagst du?«, fragte Bianca an Steffen gerichtet.

»Viel los! Mehr los als auf den Malediven.« Sein Seitenblick galt Yvonne.

»Schöne Mischung. Strand, Natur und ...«

»Shoppen«, warf Mama augenzwinkernd ein. Noch vor Tagen hätte Yvonne einen Flunsch gezogen, doch sie lachte und nickte.

»Hier drin gibt es doch bestimmt Toiletten«, sagte Alejandro unvermittelt und blickte zum Eingang des Cafés.

»So ein großes Café hat sicher welche«, sagte Wolfgang, woraufhin Alejandro sich erhob.

»Ihr entschuldigt mich.«

Luisa bemerkte, dass Oma Wolfgang mit Blicken zu verstehen gab, dass er ihn besser begleitete. Nachvollziehbar. Nicht, dass er sich in der Kabine einsperrte oder das Café in einem unbeobachteten Moment in der falschen Richtung verließ. Bei dem Gewimmel verlor man schon als gesunder Mensch die Orientierung.

Wolfgang stand prompt auf, um Alejandro zu folgen.

»Ich hab noch nie einen Menschen mit Alzheimer kennengelernt, aber wenn ihr mich fragt: Alejandro macht auf mich heute einen völlig normalen Eindruck«, stellte Yvonne fest, die ihm ebenso wie Luisa nachblickte.

»Das liegt sicher auch an dir, Luisa«, sagte Anja.

»Wohl eher an der Fahrt«, mutmaßte Luisa.

»Ob er sich die DVD schon angeschaut hat?«, fragte Anja.

»Möglich.«

»Jetzt fangt nicht schon wieder davon an. Es geht ihm gut. Er genießt den Ausflug. Mehr geht nicht«, gab Oma ihnen zu verstehen.

»Dir ist doch selbst aufgefallen, dass er sich sogar an Dinge erinnert hat, die noch nicht so lange zurückliegen. Er hat dich sogar erkannt«, erwiderte Anja.

Oma wirkte irgendwie hin- und hergerissen.

»Ich freu mich für ihn«, kam es dann.

»Also, wenn das wirkt ... Felix und ich wollen noch mehr Videos machen, für die Leute, die er betreut. Stellt euch mal vor, wenn die alle ihr Leben zurückbekommen, jedenfalls teilweise.«

»Meine Luisa«, sagte Anja voller Stolz.

»Ja, tolle Sache«, pflichtete Steffen ihr bei.

»Hast du nicht gesagt, dass Alejandros Sohn sein Haus verkaufen will? Wenn wir es schaffen, dass er ihn wiedererkennt und sich an mehr Dinge erinnert, dann muss er das doch gar nicht.«

»Ich fürchte, das lässt sich auch mit euren Videos nicht stoppen. Wenn die Erkrankung fortschreitet, dann brauchen Menschen wie er eine Betreuung. Erlebe ich gelegentlich auch in der Klinik«, sagte Anja.

»Und dieser Felix kann sich nicht um alle gleichzeitig kümmern«, sagte Steffen.

»Ja, die sind auf der ganzen Insel verstreut, aber Moment mal. Warum muss er eigentlich zu ihnen fahren?«, überlegte Luisa laut.

»Das wird schwierig, mit Leuten, die sich gerne verirren«, sagte Steffen.

»Das Grundstück von Alejandro ist riesig. Wenn's der Sohn eh nicht braucht. Er könnte es doch auch an eine Stiftung verkaufen. Die bauen ein Zentrum für Leute mit Demenz und Alzheimer und könnten die Menschen dann an einem zentralen Ort betreuen und fördern. Versteht ihr?« Je mehr Luisa darüber nachdachte, desto besser gefiel ihr der Gedanke.

»Und wer soll das stemmen? So was braucht Pläne. Architekten. Baugenehmigungen. Behördliche Genehmigungen. Also, ich denke nicht, dass das hier in Spanien so einfach ist. Kann man, glaub ich, vergessen«, wandte Steffen ein.

»Vielleicht hat sein Sohn ja Kontakte hier?«

»Mama. Du kennst dich doch aus mit den hiesigen Behörden. Hältst du Luisas Vorschlag für möglich?« Anja schien schon Feuer und Flamme zu sein.

Nicht nur Luisas Augen richteten sich nun auf Oma. Die zuckte zunächst etwas ratlos mit den Schultern.

»Warum nicht? Die Spanier sind sehr sozial eingestellt, aber es mangelt halt immer am Geld«, sagte sie in die Runde.

»Immer nur das liebe Geld«, erwiderte Yvonne und warf Steffen einen bezeichnenden Blick zu. Der seufzte und nahm erst einmal einen kräftigen Schluck Bier.

Bianca hatte den kurzen Abstecher nach Palma und Yvonnes Wunsch folgend auch den Bummel durch die Einkaufsmeile nicht so recht genießen können. Vor allem auf der Heimfahrt mit dem Bus hatte sie Angst davor, dass Alejandro Dinge ausplaudern könnte, die nicht für die Ohren ihrer Familie bestimmt waren. Zugleich freute sie sich darüber, dass er regelrecht aufgeblüht war. Luisa hatte ihn wohl aus dem Tal des Vergessens geholt und zu einem sehr gesprächigen Reisebegleiter gemacht, vor allem während ihres Bummels durch die Läden. Eine äußerst unterhaltsame Tour und ungewollt auf seine Kosten. Dass es mittlerweile Saugroboter gab, diese kleinen runden Dinger, die sich von allein in der Wohnung mit Sensoren bewegten, wusste er nicht. Selfie-Sticks, wie sie Touristen als Pflichtaccessoire mit sich herumschleppten, waren für ihn der letzte Schrei. Er konnte sich schlichtweg nicht daran erinnern, dass es solche Dinge schon gab. »Noch nie gesehen«, hatte es geheißen. Bianca hatte sich bei diesen Gelegenheiten gefragt, in welcher Zeit er wohl lebte. In der vor zehn Jahren? Vor zwanzig? Das ließ sich schlecht sagen, weil er sich bruchstückhaft auch an Ereignisse der letzten Jahre erinnern konnte. Es schien von seiner aktuellen Verfassung abhängig zu sein und davon, wie viele Reize auf ihn einströmten – Luisas Theorie, die auch Anja aufgrund ihrer Klinikerfahrung gestützt hatte. Dafür sprach auch, dass er schon während der Rückfahrt im Bus wieder etwas lethargischer und gedanklich viel träger geworden war – der Müdigkeit geschuldet. Das kannte Bianca von sich auch. Unterm Strich ließ sich jedoch sagen, dass er Geistesgegenwart bewiesen hatte, ungeachtet eines getrübten oder sprunghaften Erinnerungsvermögens. Und wer sie war, auch daran konnte er sich erinnern, bis sie ihn in Wolfis Begleitung zurück zu seinem Haus geleitet hatte. Wolfgangs Name war ihm wieder entfallen, aber das konnte selbst einem nicht erkrankten Menschen passieren. Bianca ging jede Wette ein, dass er erschöpft ins Bett fallen würde. Und nach ihrem sehnte sie sich ebenso, denn es war schon spät, bereits halb elf, wie Wolfi überrascht bemerkte, als sie vor Alejandros Haustür standen.

»War ein schöner Tag. Danke!« Das war aus dem Munde eines Gesunden schon ein Kompliment, doch wenn ein an Alzheimer Erkrankter dies sagte, grenzte es an ein Wunder. Hoffentlich konnte er die vielen Eindrücke noch mit in seine Träume retten, überlegte Bianca, die seinen dankbaren Blick und den Moment tiefer freundschaftlicher Verbundenheit, als er seine Hand zum Abschied auf ihre legte, wiederum mit in ihre Träume nehmen wollte.

»Hätte nicht gedacht, dass er das durchhält. Wir haben ihm einiges zugemutet«, merkte Wolfi an, der sie noch bis zu ihrem Haus begleitete.

»Das ist vermutlich das Beste, was man tun kann. Fordern. Reden. Überallhin mitnehmen«, erwiderte Bianca.

»Du hast recht. Ich fürchte nur, dass das für die meisten nicht so einfach ist. Wer kümmert sich heutzutage schon um die Alten, geschweige denn um kranke Alte?«

»Jemand wie Felix und Luisa.«

»Luisa ist in den Ferien, und Felix sieht ein paarmal in der Woche nach ihm. Für ein paar Stunden. Die restliche Zeit wird er allein sein, schätze ich mal«, sagte Wolfi.

»Was hältst du von Luisas Idee?«

»Großartig. Dann könnten sich Menschen wie Alejandro gegenseitig Gesellschaft leisten. Ist doch auch nichts anderes als in einem Altenheim, nur mit tollem Ambiente und spezieller Betreuung und Förderung, die auf Demenz und Alzheimer zugeschnitten ist.«

»Sehe ich genauso. Du hast ja mitbekommen, wie gut es ihm

getan hat. Wenn Luisa und Felix es schaffen, das zu stemmen, ich würde mich daran beteiligen, finanziell. Ist doch eine gute Sache.«

»Nicht mehr alles verjubeln?«, fragte Wolfi erstaunt nach.

»Wenn das Haus mal verkauft ist, bleibt ja noch was übrig. Reicht doch, wenn wir um die halbe Welt reisen, und es muss nicht immer das beste Hotel sein.«

»Oha, das sind ja ganz neue Töne.« Wolfi klang nicht vorwurfsvoll, doch naturgemäß verwundert. »Dir bedeutet Alejandro sehr viel, hab ich recht?«

»Was heißt schon ›sehr viel‹? Er und Ernst waren Freunde.«

»Also ein Freund der Familie.«

»Kann man so sagen.«

»Tust du es für Ernst?«

»So ein Quatsch. Der muss froh sein, wenn ich gelegentlich seine Blumen gieße.«

»So schlimm?«

Schlimmer, lag Bianca schon auf der Zunge. Doch ihre stille Übereinkunft, über vergangene Beziehungen nicht zu sprechen, gedachte sie nicht, ad acta zu legen. Wolfgang hakte nicht nach.

»Ich hab mir heute klargemacht, wie viel mir das gibt, wenn ich jemandem helfen kann«, sagte Bianca.

»Gehört auch zum Lebensglück. Man kriegt viel zurück.« Die Selbstverständlichkeit, mit der er das sagte, untermauerte ihre Absicht, Luisa und Felix bei ihrem Vorhaben zu unterstützen.

»Aber ein bisschen was von der Welt möchte ich schon noch sehen. Mit dir«, sagte sie dann doch. Dies stand schließlich in keinem Widerspruch.

»Ich bin gespannt, was deine Kinder dazu sagen.«

Der Gedanke war Bianca allerdings auch schon gekommen.

»Anja wird's sicher verstehen. Sie findet Luisas Einsatz auch gut … Und Steffen? Er wird nicht begeistert sein.«

»Wann willst du es ihnen sagen?«

»Warum nicht gleich?«, sagte Bianca, als sie ihre Terrasse erreichten. Anja, Steffen und Yvonne saßen noch draußen und nippten an Weingläsern. Vermutlich, um den Tag in Ruhe ausklingen zu lassen. Besser erst morgen? Nee. Was weg ist, ist weg.

»Findet ihr es nicht auch merkwürdig, dass er nie hier übernachtet?«, fragte Steffen in die Runde. Es war den anderen sicher auch nicht entgangen, dass seine Mutter und Wolfgang sich unterhalb der Terrasse mit einem Kuss voneinander verabschiedet hatten.

»Vielleicht macht er das normalerweise, aber im Moment nicht, weil wir hier sind«, mutmaßte Anja.

»Hat man in dem Alter überhaupt noch was miteinander?«, fragte Yvonne.

»Er scheint mir noch ganz rüstig zu sein.« Steffen musterte daraufhin seine Mutter, die die Treppen zur Terrasse hochging, und sagte sich, dass sie auch noch ganz rüstig war. Beide zusammen in einem Bett schien dennoch unvorstellbar zu sein.

»Na, wo habt ihr denn Luisa gelassen?«, wollte Bianca als Erstes wissen.

»Geduscht und dann ab ins Bett«, erklärte Anja, die Steffen vorhin noch mit ihr in der Küche gesehen hatte.

»Schon? Seit wann gehen junge Leute so zeitig zu Bett?«, fragte Bianca.

»Felix hat sich bei ihr gemeldet. Sie wollen sich morgen früh treffen. Wegen der Videos. Jeder der Leute, die Felix versorgt, soll eines kriegen. Ich vermute allerdings, dass sie noch miteinander chatten.«

»Mit dem würde ich auch chatten«, merkte Yvonne augenzwinkernd an, drückte Steffen aber sogleich einen versöhnlichen Kuss auf die Wange.

»Sie macht also ernst.« Steffen hätte seiner Nichte nicht so viel Engagement zugetraut, vor allem nicht im Urlaub.

»Ich denke, ich werde sie dabei unterstützen«, sagte Bianca.

»Bei den Videos?« Steffen verstand nicht so ganz, was seine Mutter meinte.

»Na, wenn sie sich für so ein Zentrum einsetzen will.«

»Klappt doch eh nicht. Sein Sohn muss das Haus verkaufen. Und wo soll Alejandro dann bitte schön hin?«

»Er kann ja bis dahin in seinem Haus bleiben.« Es klang fast so, als hätte Mutter das alles schon genau durchdacht.

»Angenommen, es klappt, und Alejandros Sohn spielt mit. Da braucht man Pläne, Genehmigungen. Kostet Geld. Luisa und Felix haben nicht so viel«, gab Anja zu bedenken.

»Ja. Ein Finanzierungsproblem«, sagte Steffen.

»Ich geb ihnen was. Zum Anschub. Von meinem Ersparten.«

Auch wenn Steffen sich augenblicklich schäbig fühlte, sah er dennoch seine Erbanteile im Meer versinken.

»Von Papas oder von deinem Teil?«, rutschte Steffen heraus, denn sie hatte beides einbehalten. Ohne diesen Erbvertrag würde sie jetzt nicht so großzügig in andere Menschen investieren können.

Bianca musterte ihn irritiert.

»Ist doch wahr. Anscheinend sind dir Nachbarn wichtiger als die eigenen Kinder, auch wenn's für 'ne gute Sache ist.« Steffen musste sich diesbezüglich einfach mal Luft verschaffen.

»Papa wollte diesen Erbvertrag, damit du abgesichert bist und die Kinder erst einmal hintenanstehen. Ich glaube, das ist es, was Steffen dir gerade sagen wollte«, versuchte Anja zu erklären.

Bianca sagte erst gar nichts darauf. Daran hatte sie sichtlich zu knabbern.

»Soll ich mich vielleicht gleich aufhängen, damit ihr euch alles unter den Nagel reißen könnt?«, platzte es dann aus ihr heraus.

»Also, Mama«, protestierte Anja.

»Jetzt tu doch nicht so. Du hast dir doch auch Gedanken darüber gemacht. Vor der Abreise«, sagte Steffen freiheraus.

Bianca nahm Anja sofort ins Visier.

»Ja, was sollten wir denn denken?«

»Zum Beispiel mal an mich und nicht nur an das Geld.«

»Haben wir ja«, wandte Anja ein.

»Ha!«, kam es von Mutter entrüstet zurück.

»Du hast schließlich auch nicht an uns gedacht. Verjubeln, Haus verkaufen und den Rest kriegt die Alzheimerstiftung. Bravo!«, redete sich Steffen in Fahrt.

»Du brauchst dich überhaupt nicht zu beschweren. Du hast schon einen Teil von Papas Hälfte bekommen«, stellte Bianca klar.

Anja fror förmlich ein. Steffen wusste, warum, denn sie hatte nichts bekommen.

»Was?«, fragte Anja mit bleicher Miene.

»Weshalb, glaubst du, hat dein Bruder von der Bank ein Hypothekendarlehen für den Kauf des Hotels bekommen? Ohne Eigenkapital?«

»Wie viel?«, fragte Anja.

»Vierzig.«

»Vierzigtausend?« Anja kriegte sich gar nicht mehr ein.

»Reg dich nicht auf. Die hab ich dir schon zur Seite gelegt«, versicherte Bianca ihrer Tochter.

»Und warum hab ich nichts davon erfahren?«, wollte Anja wissen.

»Weil Papa es so wollte.«

Steffen traute seinen Ohren nicht. Das war ihm wiederum neu.

»Vater? ... Er wollte ...?«

Steffen konnte seiner Mutter ansehen, dass sie innerlich bebte.

»Ausgerechnet Vater?« Steffen bekam das einfach nicht in seinen Kopf.

»Aber ... wieso ...? Ich versteh das nicht ...«, stammelte Anja.

Was für eine Breitseite musste das für das Papamädchen sein.

»Du brauchtest das Geld. Er hat's dir gegeben. Punkt«, sagte Bianca zu Steffen. »Und was ich mit meinem mache, ist meine Sache. Du hast deine Anschubfinanzierung gekriegt. Anja kriegt das Gleiche, wenn ich mal nicht mehr bin, und Luisa kriegt auch was zum Start. Was dagegen?«

»Ich dachte, es sei nur ein Darlehen.« Steffen begriff die Welt nicht mehr.

»Du glaubst doch selbst nicht, dass ich dich jemals darum gebeten hätte, mir das Geld zurückzubezahlen. Oder haben wir etwa einen Darlehensvertrag geschlossen?«

Eine unheilvolle Stille breitete sich aus. Selbst Yvonne, die normalerweise sofort einen Streit über dieses Thema vom Zaun gebrochen hätte, saß still und stumm in ihrem Korbstuhl.

»Ist bestimmt gut angelegt«, lenkte Anja ein.

Kein Wunder. Mutter hatte ihr soeben fette vierzigtausend versprochen, und das Beste war, sie standen ihr auch noch zu. Anja gähnte und erhob sich.

»Eine gute Nacht.« Mehr hatte sie angesichts der Pläne ihrer Mutter nun nicht mehr zu sagen.

»Also, ich leg mich jetzt auch hin. Ich hoffe, dass ich schlafen kann nach der Aufregung«, sagte Bianca und trottete Anja nach.

Durch Steffens Kopf rasten tausend Gedanken. Warum um alles in der Welt hatte sein Vater ihm Geld geben wollen? Ausgerechnet dem Versagersohn?

Yvonne saß immer noch mit betretener Miene da.

»Wird wohl nix mehr mit der Erbschaft«, resümierte sie, als sie sich sicher sein konnte, dass Anja und Mutter außer Hörweite waren.

Die vierzigtausend ließen Steffen nicht mehr los. Das Darlehen, doch keines? Das schlechte Gewissen schlug nun in Scham um. Hatte er seinen Vater falsch eingeschätzt? War er nichts weiter als ein übler Erbschleicher?

»Wenigstens für einen guten Zweck.« Ein gewisser lakonischer Unterton war bei Yvonne dennoch nicht zu überhören.

»Ist es auch.« Steffen wusste im Moment nicht, ob er das auch wirklich so meinte oder nur sagte, um vor sich selbst besser dazustehen.

»Es ist ihr Leben«, sagte ausgerechnet Yvonne.

Auch das wusste Steffen.

»Ja, und warum siehst du mich jetzt so entgeistert an?«, beschwerte Yvonne sich.

»Vor der Abreise hast du aber noch anders geklungen.« Yvonne zuckte etwas ratlos mit den Schultern.

Steffen vermutete, dass es ihr nicht anders erging als ihm. »Ich wusste das alles nicht ... Ich möchte doch auch, dass es ihr gut geht. Die Zeit hier. Es war schön und wichtig.«

»Hab ich schon auf dem Ausflug bemerkt. Ihr versteht euch jetzt wieder besser«, sagte Yvonne.

»Wir haben ausnahmsweise normal miteinander geredet. Und ich hab ihr in vielerlei Hinsicht unrecht getan.«

»Weil du jetzt weißt, dass sie es wegen ihrer Kinder so lange bei meinem Vater ausgehalten hat?« Auch das hatte Steffen ihr erzählt.

»Ich glaub ihr das.«

»Ich finde es trotzdem nicht fair. Sicher, ohne die vierzigtausend hätten wir nie im Leben ein Darlehen gekriegt, aber das Ding hier ... ist doch mindestens 'ne Million wert. Sie hat alles bekommen, und sein Anteil ... der steht uns doch trotzdem zu. Anja und mir.« Steffen hasste sich für das, was er sagte, aber auch dieser Teil in ihm war lebendig, trotz seines schlechten Gewissens und der Scham. Das waren doch Fakten. Und die legitimierten doch, was er gesagt hatte.

»Als Schmerzensgeld?« Yvonne erinnerte sich auch an das.

Das schöne Argument. Nun war es dahin. Einen Teil hatte sein Vater ihm bereits gegeben.

»Und was, wenn Wolfgang doch nicht ganz sauber ist?« Steffen klammerte sich förmlich an diesen Gedanken, sagte sich aber zugleich, dass es schäbig war, ihn ausgesprochen zu haben. Nur damit seine Mutter ihnen noch genug vermachte. Mieser Sohn, charakterloser Erbschleicher. Schäm dich! Aber Wolfgang ist doch nur auf ihr Geld scharf. Sind wir weniger wert? Steffens Gedanken fuhren im Kopf Karussell.

»Dann macht sie eben einen Fehler, aber es ist doch dann ihr Fehler.« Yvonne schien einen klaren Kopf zu bewahren. Auch wenn es Steffen nicht passte. Sie hatte verdammt noch mal recht.

»Na toll«, entfuhr es Steffen, der sich in dem Moment als trotziges Kind entlarvte, das sich mit den neuen Gegebenheiten noch nicht so recht abfinden konnte.

»Vielleicht finden wir ja wenigstens heraus, wer dieser Wolfgang wirklich ist.«

»Und wie willste das machen?«, fragte Steffen verblüfft nach.

»Ich weiß, wo er wohnt.«

»Und woher?«

»Er hat’s mir gesagt. Während des Ausflugs«, sagte Yvonne, als ob es das Selbstverständlichste der Welt wäre.

Steffen erinnerte sich in diesem Moment daran, dass Yvonne eigentlich alles herausfand. Beim Friseur und der Fußpflege wurde viel geredet, und sie beherrschte es meisterlich, den Leuten alles aus der Nase zu ziehen, was sie wissen wollte. Eine Adresse war da wohl die leichteste Übung.

»Und was sollen wir damit anfangen?«

»Mal anschauen. Wer weiß, vielleicht passt sein Wagen zu seiner Wohnung.«

Steffen verstand, worauf sie hinauswollte. Abchecken. An sich war es ja ziemlich übel, jemandem nachzuspionieren, doch letztlich, und das beruhigte Steffen ungemein, war das nur zu Mutters Bestem. Musste man Menschen nicht manchmal vor sich selbst beschützen? In Mutters Fall könnte das durchaus zutreffen.

Klappe halten.

Ging nicht.

War doch eh klar, dass sie nur wegen der Kohle hier sind.

So kann man sich täuschen.

Von Hoffnung getragen …

Blödsinn!

Er war anders als sonst.

Kannst ihm das doch nicht verdenken. Der Anteil seines Vaters steht ihm moralisch gesehen zu.

Darlehen. Hab ich doch nur gesagt, damit Steffen sich nicht wundert.

Wiedergutmachung!?

Das glaubste doch selbst nicht, Ernst. Und ich? Hab ich keine Wiedergutmachung verdient?

Kann man doch mit Geld sowieso nicht.

Jahrelange Lügen

Hätte ruhig mehr lockermachen können. Anja hätte er bestimmt mehr gegeben, aber die brauchte ja nix außer den paar Möbeln
War doch heute so schön mit Steffen und Anja
alles nur eingebildet?
war es nicht
Und haben sie nicht recht?
Aber Luisa hat doch auch recht.
Was Gutes tun.
Und sich selbst was Gutes tun?
Hab ich da nicht auch recht?
Und jetzt steh ich als die Böse da, weil er ihm das Geld gegeben hat und ich meinen Mund gehalten habe.
Scheißgeld
Money makes the world go round
von wegen
kaputt geht man daran
am besten man hat gar keins
dann weiß man wenigstens, dass man um seiner selbst willen geliebt wird

Kapitel 10

Seit heute Morgen um sieben auf den Beinen und nicht die Spur müde. Felix war sogar pünktlich um acht da gewesen, wie am Vortag verabredet, was aber auf Nachfrage nicht daran lag, dass er darauf brannte, Fotos von seinen Klienten – er vermied das Wort Patienten – einzusammeln. So einfach sei das nämlich nicht. Wer gab schon gerne private Fotos her, noch dazu einer Deutschen, die bei den bevorstehenden Besuchen auf seiner Tour gänzlich unbekannt war. Luisa glaubte, dass seine Freude, sie zu sehen, etwas mit ihr zu unternehmen, der Hauptgrund war, sie mit einem Leuchten in den Augen zu begrüßen. Noch vor Abfahrt hatte sie ihm in Omas Beisein eröffnet, dass sie vorhatte, ein Projekt zu stemmen, eine Begegnungsstätte für Menschen, um die er sich vor Ort kümmern könnte. Wenn Oma nicht ihre Unterstützung zugesagt hätte, würde das aus dem Mund einer Studentin ziemlich verrückt klingen. Ihre Mission schien ihn nun mehr zu interessieren als die perfekte Welle am Strand – Omas Einschätzung beim Morgenkaffee in der Küche deckte sich mit ihrer.

Die Tour hatte bei Señora Perez begonnen. Neunundachtzig und im Gegensatz zu Alejandro nicht alleinlebend. Ihre Tochter wohnte bei ihr, doch sie war nicht in der Lage, ihre Mutter rundum zu versorgen, weil sie seit einem Autounfall im Rollstuhl saß. Felix kümmerte sich um beide. Julietta, die Tochter von Señora Perez hatte Luisa schnell von ihrer Videoaktion überzeugen können, und zwar ohne Umschweife wie bei Alejandro, der vom therapeutischen Zweck der Maßnahme nichts mitbekommen hatte. Perez' Mutter war ein gänzlich anderer Alzheimertypus als Alejandro. An sie war nur noch schwer heranzukommen. Sie wirkte apathisch und schien nur gelegentlich im Hier und Jetzt zu sein. Umso erstaunlicher war es, mit welcher Hingabe Julietta ihre Mutter pflegte – mit Engelsgeduld. Was sie allein nicht schaffte, darum kümmerte sich Felix, was genug Zeit ergab, um gemeinsam mit Julietta die Fotobestände ihrer Mutter nach Passendem zu durchforsten und sie nach eventuellen Lieblingsliedern aus der Zeit, an die sie sich erinnern sollte, zu befragen. Bei ihr war es eine spanische Sängerin namens Mercedes Peón aus Galicien, von der Luisa bisher noch nie etwas gehört hatte. Ihre Musik klang eigenwillig, was Juliettas Wissen nach am keltischen Einfluss Nordwestspaniens lag. Der Liebe wegen sei ihre Mutter auf Mallorca gelandet. Und sie erinnerte sich an ihre Tochter, weil diese bei ihr lebte und die alte Dame sie täglich sah. Dies bestätigte Luisas Annahme, dass das große Vergessen auch mit der Häufigkeit von Erinnerungen zusammenhing. Vorbeugend hatte Julietta ihnen aber nicht nur Fotos von ihrem verstorbenen Vater mitgegeben, sondern auch Etappen ihres Lebens auf Mallorca hinzugefügt, nebst weiteren Musiktiteln, von denen sie wusste, dass ihre Mutter sie in den entsprechenden Jahren gerne gehört hatte. Jede Menge zu tun! Und das nicht nur für Menschen mit Alzheimer, denn Felix kümmerte sich nicht nur um sie.

José, zweiundachtzig, gehörte zum Kreis der normalen Altenpflege. Er war körperlich noch äußerst rüstig, lebte am Stadtrand von Sóller in einer Zweizimmerwohnung und hielt sich mit Lesen und täglichen Spaziergängen fit. Nur die Gelenke wollten nicht mehr so recht. Felix schleppte für ihn nicht nur Einkäufe, sondern begleitete ihn auch aufs Amt oder zum Friseur. Einmal war er bereits gestürzt. Einen in diesem hohen Alter fatalen Oberschenkelhalsbruch, der nur noch schwer, wenn überhaupt verheilte, brauchte niemand. Auch ihm versprach Luisa ein Video aus seinen Fotobeständen, nicht weil er darauf angewiesen war, sondern weil er sie auf ein Eis in der Diele am Eck eingeladen hatte. Felix hatte sich bei dieser Gelegenheit nicht nur als guter Begleiter und echte Stütze – im wahrsten Sinne des Wortes – für José erwiesen, sondern auch als erstklassiger Gesellschafter, der den Alten oft genug zum Lachen brachte. Luisa sprach zwar ein wenig Spanisch, aber Felix' Bemerkungen in der Landessprache zu den Bikinifotos, die der Alte aus seiner Brieftasche gezogen hatte – gepaart mit dreckiger Lache –, musste man gar nicht übersetzt bekommen. Witze unter Männern. Zwei Schwerenöter unter sich. Einen besseren Pfleger konnte sich José gar nicht wünschen.

»Du wirst mal so enden wie er«, prognostizierte sie Felix. Er fasste es als Kompliment auf.

»Ich glaub, das hält fit. Bis ins hohe Alter.« Felix erweckte den Eindruck, als meinte er das tatsächlich ernst. Anscheinend war José in Sachen Abschleppen ein Vorbild, denn wenn sie seinen Kommentar zum letzten Bild auf ihrem Stapel, das eine ältere Dame am Strand zeigte, richtig verstanden hatte, dann hatten die beiden was miteinander gehabt. Komisch, dass das eher in den Kopf ging als der Gedanke, dass Oma Sex mit Wolfi haben könnte.

Auf zum nächsten Besuch. »Wieder Zielgruppe«, hatte ihr Felix auf der Fahrt zu verstehen gegeben.

Das bestimmt schon uralte und mit Moos bewachsene Haus von Carlos lag auf halber Strecke zwischen Port de Sóller und der gleichnamigen Stadt inmitten einer Orangenplantage. Luisa hörte den Zug vorbeirattern. Es musste also an der Bahnlinie liegen. Kaum war sie vom Motorrad abgestiegen und hatte sich den Helm vom Kopf gezogen, nahm sie Felix in die Pflicht. Wenn man vorher die Krankengeschichte des Patienten kannte, war es einfacher, gezielt nach Lösungen zu suchen, in diesem Fall, nach den richtigen Aufnahmen.

»Wie bei der Visite im Pflegeheim. Alle Infos nebst verabreichten Medikamenten bis hin zum Stuhlgang, wenn möglich in nicht länger als einer Minute«, beschwerte er sich.

»Ich muss doch üben.«

Er lachte. »Ich kenne niemanden, der so loslegt wie du. Voll aktiv. Kannst du auch mal chillen? Also nix tun?«, fragte er, nachdem auch er sich vom Helm befreit hatte.

»Wir waren doch schon am Strand.«

»Könnte ich jeden Tag«, sagte er.

»Wäre dir das nicht zu langweilig?«

»Nö.«

»Also mir schon.«

»Sag ich doch. Hab mich immer auf meinen Feierabend gefreut und auf die Siesta – und jetzt? Zweitjob. Fotosammler und Videoproduzent.« Es klang diesmal nicht wirklich nach einer Beschwerde.

»Macht dir doch auch Spaß, oder?«

»Schon ... aber ich hätte trotzdem Lust, mal wieder zu chillen. Es gibt noch so viele Strände hier, die du nicht kennst.«

»Chillen mit mir? Geht das überhaupt mit einer Weißkittelaktivistin?«

»Könnt ich mir schon vorstellen«, sagte er verschmitzt, während er die beiden Helme im Gepäckfach seiner Maschine verstaute.

Luisa musste sich eingestehen, dass sie darauf überraschenderweise auch Lust hatte. Chillen hatte sie im Studienstress tatsächlich verlernt.

»Also. Vierundachtzig. Maler. Hat zuletzt Leute am Strand porträtiert. Hört schlecht. Augen top, sonst wäre das Video ja Quatsch. Kann sich an mich auch ohne Musik erinnern, irrt aber oft genug umher. Tochter in Madrid. Anwältin. Besucht ihn, sooft sie kann. Seit letztem Jahr Burn-out. Sie war ganz schön fertig.«

»Gelernt ist gelernt. Klang aber eher wie in einem Krimi«, sagte Luisa.

»Also, über seine Blutwerte weiß ich jetzt nix, und ob er heut auf dem Klo war, kannst du ihn selbst fragen.«

Luisa lachte. Und dabei stellte sie fest, dass er sie häufig zum Lachen brachte. Auch so eine Seite, die sie an ihm mochte.

»Carlos gibt immer Trinkgeld, vielmehr seine Tochter. Also sei nett zu ihm.«

»Wie? Nett? Möpse zeigen?«

»Ich fürchte, das kannst du dir bei Carlos sparen.«

Luisa verstand sofort warum, denn Carlos stand plötzlich in der Haustür und sah zu ihnen her.

»Käfig voller Narren?«, flüsterte sie Felix zu. Buntes Halstuch und abgeknicktes Händchen. Das andere in die Hüfte gestemmt. Sie malte sich bereits eine Fotokollektion aus knackigen Kerlen am Strand aus. Das gab eine gute Mischung, sollte sie eines Tages die Gelegenheit haben, Fallbeispiele bei einer Präsentation vor Investoren vorzutragen. Auch Oma würde sich bestimmt darüber amüsieren.

»Auf die Fotos bin ich gespannt«, sagte Luisa und folgte Felix, der sich erst einmal von Carlos ein Küsschen auf die Wange geben ließ.

Was war denn bloß mit Mama los? Sie mit Rändern unter den Augen zu erleben, war ungewohnt. Bianca schleppte sich förmlich auf die Terrasse. Luisa war bereits ausgeflogen, genau wie Steffen und Yvonne, die sich für heute vorgenommen hatten, durch die Altstadt von Sóller zu bummeln. Anja hingegen blieb lieber hier und hatte es sich bequem gemacht, um zu lesen, mal die Seele baumeln zu lassen. Was angesichts der gestrigen Eröffnungen allerdings nicht so recht gelingen wollte. Erst als sie nach dem Sonnenbad in einem bequemen, nach hinten klappbaren Stuhl in eine gewisse Lethargie gefallen war, war es ihr gelungen, überhaupt in das vor Wochen angefangene Buch wieder hineinzufinden.

»Hast du schlecht geschlafen?«, fragte Anja ihre Mutter freiheraus, als sie sich mit einer Kaffeetasse in der Hand zu ihr gesellte.

»Wegen des Streits gestern?«

Bianca setzte sich an den Tisch, nahm erst einen Schluck Kaffee, bevor sie ihr antwortete.

»War gestern doch ziemlich anstrengend, das alles«, sagte Bianca.

»Mich hat's auch ganz schön durchgebeutelt.« Anja hoffte, dass ihre Mutter verstand, was sie meinte, und nicht glaubte, die Zugfahrt hätte ihre Tochter so geschlaucht.

»Kann ich mir denken.« Nach dem Gesichtsausdruck ihrer Mutter zu schließen, wusste sie, was Anja bewegte.

»Wieso fand das denn heimlich statt? Die Kohle für Steffen?« Das musste sie einfach in Erfahrung bringen.

»Weil Papa es so wollte.«

»Ich glaub, Steffen checkt das auch nicht. Hast du Papa darum gebeten, dass er ihm finanziell unter die Arme greift?« Anja war felsenfest davon überzeugt, dass es so gewesen sein musste, fragte aber trotzdem.

»Nein.«

»Also Steffen hat ihn sicher nicht darum gebeten. Der wäre lieber betteln gegangen, als von Papa irgendetwas anzunehmen.«

»Das glaub ich dir aufs Wort.«

»Wie kam er denn dann darauf? So urplötzlich. Hat doch noch getönt, dass er ihm die Führung eines Hotels gar nicht zutraut. Dass er dazu unternehmerischen Geist bräuchte. Ich hab das noch im Ohr, als ob es gestern gewesen wäre.«

»Es geschehen anscheinend immer wieder Wunder.« So wie Mama das gesagt hatte, glaubte sie es selbst nicht.

»Moment! Das war kurz nachdem du dich von ihm getrennt hast, oder? Um die Zeit hat Steffen doch das Hotel gekauft.«

»Kann sein. Ich erinnere mich nicht mehr so genau.«

Auch das nahm Anja ihrer Mutter nicht ab. »Alzheimer hast du aber nicht.« Sie konnte ihrer Mutter ansehen, dass sie irgendetwas vor ihr verbarg. Ihrem fragenden Blick konnte Bianca jedenfalls nicht ausweichen.

»Er wollte halt was gutmachen, nehm ich an.«

»Auf einmal?« Anja stellte fest, dass das Gespräch mit ihrer Mutter allemal spannender als dieser verfluchte Krimi war.

»So eine Trennung macht halt was mit Menschen«, sagte Mama diesmal glaubwürdig.

»Aber ich dachte, ihr hättet euch auseinandergelebt. Das passiert doch nicht von heute auf morgen. Warum hatte er dann Steffen gegenüber ein schlechtes Gewissen?«

Mama nahm erneut einen Schluck von ihrem Kaffee. Ihre Hand war ziemlich zittrig. Anscheinend ein wunder Punkt.

»Er hat halt über sein Leben nachgedacht.«

Anja musterte ihre Mutter. Das hatte ebenfalls glaubwürdig geklungen.

»Und warum hast du Steffen gesagt, dass es ein Darlehen war?«

»Herrgott noch mal! Dann hättest du dich doch wieder aufgeregt, oder etwa nicht?«

»Ich hab mich gestern schon auch aufgeregt, aber nur kurz.«

»Weil ich dir gesagt hab, dass du die gleiche Summe kriegst?«

»Nein, Mama. Weil ich dich verstehe. Weil ich möchte, dass es dir gut geht und weil ich stolz auf Luisa bin.« Das hätte Anja mit größerem Nachdruck nicht vortragen können. Es kam aus vollem Herzen, und dementsprechend berührte es ihre Mutter.

Sie nickte, starrte auf den Tisch vor sich und schob die Tasse nach dem erneuten vergeblichen Versuch, sie anzuheben, ohne dabei zu zittern, von sich.

»Und Steffen? Glaubst du, bei ihm ist es auch so? Verständnis für mich?«

»Die Wahrheit?«

Bianca nickte niedergeschlagen.

»Natürlich war er sauer. Wir haben uns gedacht, dass das ganz schön egoistisch ist, alles zu verjubeln. Und erst als ich dich mit Wolfi gesehen hab, war mir klar, dass er dir guttut.«

»Das hab ich nicht gefragt. Steffen?«

»Er hat dich nicht besucht, weil Ernst hier war und weil er glaubte, dass du dich viel früher von ihm hättest trennen müssen. Ich hab ihm dann erklärt, dass das der größte Schwachsinn ist, weil du schließlich für uns da warst. Das hat ihn sehr berührt. Er ist nicht so ein geldgieriger Kotzbrocken, wie du vielleicht denkst. Du bist seine Mutter.«

Bianca zuckte etwas ratlos mit den Schultern.

»Es tut ihm gut, dass ihr euch wieder nähergekommen seid. Und mir tut's auch gut.«

»Bist ja nach der Trennung von Ernst auch nicht mehr gekommen.«

»Weil ich's nicht verstanden hab und bis heute noch nicht versteh. Mein Gott. Hat Papa sich vielleicht irgend so ein Flittchen geschnappt? Aber nach so vielen Ehejahren schießt man ihn doch deswegen nicht gleich in den Wind.«

»Man? Ich bin nicht *man* – und ich möchte darüber nicht reden. Reißt nur alte Wunden auf.«

Mama wurde leicht zickig. Für Anja ein untrügliches Zeichen dafür, dass sie der Wahrheit näher gekommen war.

»Okay. Versteh ich, tut weh, auch wenn ich's andererseits nicht versteh, weil ich deine Tochter bin und ein Recht darauf habe, zu wissen, was damals passiert ist. Er war mein Vater. Und ich kapiere schon gar nicht, warum dich das so fertigmacht, darüber zu reden.«

Bianca saß da wie ein Häufchen Elend.

Anja bemühte sich daher, diese Gedanken wieder ad acta zu legen, und beschloss, kein weiteres Wort mehr darüber zu verlieren. Ihre Mutter hatte sicher ihre Gründe und ebenfalls ein Recht darauf, es für sich zu behalten.

»Hauptsache, du bist jetzt mit Wolfi glücklich. Apropos. Hattest du und Wolfi ... Ich meine ... Du weißt schon ...?«

Anja interessierte das, und es trug auf brachiale Weise dazu bei, weg von der leidigen Vergangenheit zu kommen. Es wirkte, denn gesunde Röte kehrte in Mamas Wangen zurück. Sie war sogar wieder in der Lage, nach ihrer Kaffeetasse zu greifen, ohne dabei die Hälfte zu verschütten.

»Nein«, kam es dann überraschend schnell.

»Geht mich ja auch nix an. War nur so ein Gedanke ...«

»Manchmal sehne ich mich danach, aber eigentlich nur, wenn ich allein bin und vor mich hin träume, oder morgens, wenn ich aufwache und noch etwas benebelt bin. Ich kann es mir einfach nicht mehr vorstellen«, sagte Bianca.

»Und er? Will er nicht?«

»Er bedrängt mich nicht.« Anja machte sich in dem Moment klar, dass auch er nicht mehr der Jüngste war.

»Du erinnerst dich doch noch an Rolfi.«

Natürlich tat Anja das. Wie könnte sie ihren Hund, der sie durch die halbe Kindheit begleitet hatte, vergessen?

»Hast du ihn geliebt?«, fragte ihre Mutter.

»Du fragst Sachen. Und wie ich ihn geliebt habe.«

»Und hat Rolfi dich nicht auch geliebt? Uns alle? Bedingungslos?«

Anja nickte.

»Macht Sex es dann besser? Tiefer? Schöner? Ich genieße es, wenn er mich streichelt. In den Arm nimmt. Für mich da ist. Und weil ich mich an seiner Seite geben kann, wie ich bin.«

Anja war erleichtert, dass ihre Mutter sogar wieder schmunzeln konnte. »Kommt er heute?«, fragte sie.

»Er ist mit Vorbereitungen beschäftigt und wollte ins Reisebüro gehen. Die haben ja oft Angebote, die man im Internet nicht findet. Und die kennen sich besser aus. Den Bewertungen im Internet kannste nicht mehr vertrauen. Wir wollen ja eine Nummer kleiner ... Du weißt schon ...«

»Ach, Mama. Von mir aus, fahr doch um die ganze Welt.« Auch das kam aus vollem Herzen, und Mamas Hand, die sich nun auf ihre legte, war das Schönste, was Anja sich momentan vorstellen konnte.

Zwar hatte es Steffens Ansicht nach eine befreiende Wirkung, sich nicht mehr in Mutters Haus aufzuhalten und mit Yvonne, so als ob sie im Urlaub wären, einen Ort näher zu erkunden, doch die innere Zerrissenheit wollte sich bei Steffen einfach nicht legen. Es waren unentwegte Selbstvorwürfe, seine Mutter falsch eingeschätzt zu haben, habgierig zu sein und niederträchtig der eigenen Mutter den verdienten Lebensabend nicht zu gönnen, die ihn quälten. Sich dann auch noch als Schnüffler zu betätigen, um Mutters Freund abzuchecken, war nicht gerade hilfreich, um zurück zu einem seelischen Gleichgewicht zu finden. Sie waren dabei, Wolfgangs Leben auszuspionieren. Fakt! Da half es auch nichts, sich damit zu beruhigen, dass selbst Yvonne seine Mutter nun in einem anderen Licht sah. »Sich Gewissheit verschaffen«, hatte es auf der kurzen Autofahrt nach Sóller geheißen. Überhaupt schien Yvonne darin das Selbstverständlichste der Welt zu sehen und trotz der Brisanz ihrer Spionageaktion ihr gewohntes Interesse für Mode, Schuhe und Accessoires, die unzählige Läden in den schmalen Gassen anboten, nicht verloren zu haben. Das wiederum ließ ihren Ausflug als etwas völlig Normales erscheinen, und allein schon, um den Moment der Wahrheit hinauszuzögern, entwickelte Steffen ein für seine Verhältnisse unübliches Verhalten. Yvonne in einen Schuhladen zu begleiten und zu warten, bis sie sich zwischen zwei bequemen Sandaletten entschieden hatte, nur um dann doch beide zu kaufen, war absolut unüblich. Normalerweise wäre er schon längst in einem der Cafés unter einem schattigen Sonnenschirm verschwunden.

»Fertig?«, fragte Steffen nun trotzdem, aber nicht genervt wie sonst.

»Ist ja nicht mehr weit«, erwiderte Yvonne, nachdem sie ihr Handy aus der Handtasche gezogen und erneut das Navi bemüht hatte. »Den Berg rauf. Zweite Gasse links«, wies sie ihn an.

Dort dünnten sich die Touristenläden merklich aus. Hier wohnten anscheinend die Einheimischen, denn auf den letzten Metern war ihm kein Hotel- oder Pensionsschild mehr ins Auge gestochen. Noch war an dieser Ecke nichts Auffälliges. Die Straße machte einen gepflegten Eindruck, die Steinhäuser, die schon älter aussahen, waren gut in Schuss. Einige waren frisch verputzt und hatten sanierte Balkone sowie Fensterläden, die nicht verwittert aussahen. Schien eine gute Gegend zu sein. Dafür sprachen auch die sauberen gepflasterten Gehwege.

»Zwar nicht am Meer, aber tolle Aussicht«, merkte auch Yvonne an. Zu Recht, denn das Ende der Gasse gab den Blick auf das gebirgige Hinterland mit seinen grün gefleckten grauen Felsen frei, an denen Bäume bis zu den Hügelkämmen wuchsen. Die Luft war dementsprechend klar und würzig. Die Häuser spendeten sich gegenseitig Schatten. Hier konnte man bestimmt gut wohnen. Steffen hoffte, dass sich ihre Bedenken gegenüber Wolfgang zerstreuten, doch schon als sie abbogen, änderte sich das Straßenbild. Steffen kannte das von anderen touristischen Orten. Alles, was sich vom Zentrum, in dem sich die Ausflügler und Besucher tummelten, wegbewegte und in Nebenstraßen verzweigte, verlor seinen Glamour, doch bereits in der Zielgasse konnte noch nicht einmal mehr von spanischem Charme die Rede sei. Die Häuser standen sich so nahe gegenüber, dass kein Auto mehr hindurchpasste, ohne dass man sich als Fußgänger an die Hausmauer pressen musste.

»Also hierher würden mich keine zehn Pferde bringen«, kommentierte Yvonne. Ihr Navi tat aber genau das, und wie ein Blick auf das Display eröffnete, handelte es sich beim schäbigsten Haus in dieser Gasse um den Wohnort von Wolfgang. Hier lebte doch niemand, der finanziell einigermaßen gut dastand. Den Beweis trat ein älterer Mann mit Hut und Stoppelbart an. Er trug eine verschlissene Hose und ein durchgeschwitztes Hemd, dessen Ärmel er nach oben gekrempelt hatte. Steffen und Yvonne mussten zur Seite treten, damit er das Haus verlassen konnte. Steffen suchte die sechs Klingelschilder nach dem Namen Sieber ab. Auch Wolfgangs Familiennamen hatte Yvonne ihm während der Wanderung aus der Nase gezogen. Da stand aber nix von Sieber. Drei der Namensschilder trugen überhaupt keine Beschriftung.

Der ältere Herr hatte wohl erfasst, dass sie jemanden suchten, und weil sie auf seine Frage nicht auf Spanisch antworteten, fragte er: »Deutsch?«

Steffen und Yvonne nickten synchron.

»Wen suchen Sie?«, wollte er wissen.

»Einen Freund. Wolfgang Sieber«, erklärte Yvonne.

»Wolfgang. Der wohnt im zweiten Stock, aber ich habe ihn vorhin nicht gehört. Das Haus ist sehr hellhörig. Ich bekomme es mit, wenn er da ist.«

»Sie kennen sich gut?«, fragte Yvonne mit ihrem bezaubernden Wellnesslächeln. Besser, sie nahm das in die Hand.

»Gut. Was heißt gut? Er wohnt seit vier Wochen hier. Die Deutschen hier im Haus kennen sich untereinander. Und das Schicksal verbindet«, sinnierte der Alte.

Es genügte, dass ihn Yvonne fragend ansah.

»Wer hier wohnt, den verbindet es nun mal. Feuchte Wände, im Winter friert man sich den Arsch ab. Ich hab Rheuma. Furchtbar. Aber wenigstens ist die Miete erschwinglich.«

»Verstehe«, sagte Steffen. Ihm wurde augenblicklich leicht flau im Magen.

»Ein Freund von Ihnen? Oder kennen Sie sich von den Treffen im Rathaus?«, wollte er sich vergewissern.

»Im Rathaus?«

Der Mann musterte ihn. »Für einen Moment dachte ich ... Sie seien jemand aus der Selbsthilfegruppe.«

»Selbsthilfegruppe?«

»Vergessen Sie's«, erwiderte er etwas pikiert.

»Wir haben mal einen Jaguar bei ihm gekauft. Er kennt sich gut aus mit Autos«, erklärte Yvonne geistesgegenwärtig.

»Er hat auch einen gefahren. So ein alter grüner mit beigen Ledersesseln. Hat mich einmal mitgenommen. Tolles Fahrgefühl. Den hätte ich nie im Leben verkauft, schon gar nicht so günstig«, sagte er.

»Jetzt hat er ja einen Seat.« Steffen hielt diese Bemerkung für angebracht, um zu unterstreichen, dass sie auch wirklich mit ihm befreundet waren. Vielleicht ließ sich auf diese Art und Weise noch etwas mehr aus dem Mann herauskitzeln.

»Ist halt billiger. Man muss im Leben mit dem klarkommen, was man hat«, sagte der Mann.

»Kommt er klar?«, hakte Steffen Besorgnis mimend nach.

»Ist schon eine Umstellung, wenn man früher mal mehr gehabt hat. Geht mir ja genauso, aber ich hab mir nie eine Putzfrau leisten können wie er. Teresa hat gern für ihn gearbeitet. Die putzt am liebsten für Deutsche, weil sie dann weniger Arbeit hat. Ich kann froh sein, wenn es am Monatsende fürs Essen reicht. Ich steh noch ganz gut da. Wolfgang war selbstständig, und wer hier nicht ins Rentensystem einbezahlt, der muss schauen, wo er bleibt.«

»Ja, der arme Wolfi«, hauchte Yvonne.

Steffens Gedanken überschlugen sich. Teresa? Doch nicht Mutters Teresa? Steffen schluckte und brachte keinen Ton mehr heraus. Ihm war mittlerweile schlecht. Weniger, weil sich ihre schlimmsten Befürchtungen, die er zu verdrängen versucht hatte, bewahrheiteten, sondern weil er sich gerade überlegte, wie sie das am besten seiner Mutter beibrachten.

Luisa hatte während ihres Klinikpraktikums natürlich Kontakt zu Pflegepersonal gehabt. Eine prägende Erfahrung, denn sie konnte sich kaum einen Job vorstellen, der mehr von einem abverlangte. Das betraf nicht nur den Schichtdienst, von dem sie bereits gekostet hatte. Nach dieser Erfahrung war klar gewesen, dass Arbeit im Klinikum auf lange Sicht nicht für sie infrage kam. Das Fordernde war vor allem die psychische Belastung, immer für die Patienten da zu sein, sich auf jeden Menschen, soweit es der zeitliche Rahmen erlaubte, individuell einzustellen. Die Fähigkeit zuzuhören gehörte mit dazu. Nach den ersten Besuchen bei den Menschen, die Felix betreute, hatte sie sich klargemacht, dass auch ein gewisses Talent vonnöten war. Der Kerl verstand sich anscheinend nicht nur aufs Abschleppen – sie hatte er ja auch am Wickel –, sondern auch auf den Umgang mit alten Menschen. Sie liebten ihn. Das herzliche Band, das ihn mit diesen Leuten verband, spürte man schon, wenn sie sich begrüßten. Und er schob definitiv keinen Dienst nach Vorschrift. Jeden noch so kleinen Wunsch las er den Alten von den Augen ab. Und er scheute sich auch nicht vor den eher unangenehmen Aufgaben, wie sie zu waschen oder das durchnässte Bett zu beziehen. Darum riss sich normalerweise niemand. Damit beschäftigte er sich gerade. Sergio, ebenfalls ein Mann über neunzig, war nicht an Alzheimer erkrankt. Ihn plagten Altersschwäche, die Folgen eines Schlaganfalls und die Blase. Inkontinenz und Seniorenbinden waren die Folge. Seine Tochter Maria arbeitete in einer Steuerkanzlei in Palma und konnte sich nur am Wochenende um ihren Vater kümmern – somit war ihr Vater ein täglicher Fall für Felix. Weil es bei Sergio keine Gedächtnislücken gab, hatte Luisa vorgeschlagen, draußen vor seinem Haus zu warten. Es gab letztlich keinen Grund, Felix dabei zuzusehen, wie er den alten Mann wusch, der in seiner Bewegung stark eingeschränkt war. Ein paar Fotos hatte Felix Sergio dennoch abgerungen. Ein schönes Geschenk für alle, die er betreute. Vermutlich auch des Trinkgelds wegen.

Der Holzstuhl, auf dem sie saß, war reichlich unbequem, und in den Innenhof vor Sergios Haus am Stadtrand schien keine

Sonne, weil dort eine riesige Platane ihren Schatten warf. Das einzig Einladende und Bunte in diesem Hof waren Mauerblümchen, die sich umrandet von Moos zwischen den Steinen ihren Weg bahnten. Luisa beendete einen der Artikel über die Musiktherapie von Alzheimerpatienten, die sie im Browser gespeichert hatte, stand auf und beschloss, eines der Blümchen zu fotografieren. Das Motiv hatte was. Leuchtendes Gelb auf beige-grau verwitterter Mauer und umrahmt von Moos. Schönes Bild. Luisas Blick streifte eines der Fenster, hinter dem sie das Schlafzimmer von Sergio vermutete. An sich war es ja nicht ihr Ding, durch fremde Fenster zu sehen, noch dazu, wenn ein älterer Herr dahinter womöglich halb nackt lag, doch sie wollte einen kurzen Blick auf Felix erhaschen. Vermisste sie ihn etwa schon? Luisa schmunzelte bei dem Gedanken, denn sie musste sich eingestehen, dass er ihr schon irgendwie, nein, sogar ziemlich ans Herz gewachsen war. Luisa riskierte es, doch von Felix war keine Spur zu sehen. Im Bett lag Sergio. Aus dem Zimmer drangen spanische Stimmen nach draußen, die wohl aus dem Fernseher kamen. Die Fernsteuerung lag neben der auf der Bettdecke ruhenden Hand des alten Mannes. War Felix im Nebenraum? Was machte er da drin so lange? Weitere Fotos rauskramen? Luisa ging ein paar Schritte nach rechts und schaute durch das zweite Fenster. Dahinter lag die Küche. Und da entdeckte sie eine Schulter, die zweifelsohne zu Felix gehörte. Luisa beobachtete ihn dabei, wie er irgendetwas im Küchenschrank suchte. Musste er dem alten Mann jetzt noch Essen zubereiten? Das konnte dann noch länger dauern, doch danach sah es nicht aus. Er wirkte gehetzt und blickte zur Tür, die von der Küche direkt in den Innenhof führte. Von dort aus sah man den Stuhl, auf dem sie gesessen hatte. Suchte er sie? Schon war die nächste Schranktür auf. Er räumte Gewürze zur Seite und zog ein Gefäß mit Deckel daraus hervor. Luisa traute ihren Augen nicht. Darin lagen jede Menge Geldscheine. Einige Fuffis und sogar Hunnis waren dabei. Noch einmal blickte er verstohlen nach draußen. Und schon griff er hinein und stopfte sich ein paar Scheine in die Hosentasche. Das durfte doch nicht wahr sein! Luisa fiel es wie Schuppen von den Augen. Daher also die Knete für die Spielekonsolen und den Luxus-Mac, für den er mindestens dreitausend hatte löhnen dürfen.

Felix drehte sich um. Ihr Blicke begegneten sich. Er erschrak. Klar. Auf frischer Tat ertappt.

Luisa hatte genug gesehen. Sie ging die paar Schritte zurück zu ihrem Klappstuhl, schnappte sich ihre Tasche und wollte nur noch weg. Gauner! Betrüger! Doch Felix schoss schon aus dem Haus.

»Luisa. Es ist nicht so, wie du denkst.« Oh, den Spruch hatte er bestimmt aus diesen dämlichen Soaps geklaut, wenn die betrogene Ehefrau ihren Gatten im Bett mit einer Blondine erwischte. Wahrscheinlich kannte er den Spruch sogar aus persönlicher Erfahrung.

»Das ist so schäbig«, fuhr sie ihn an.

»Aber es steht mir doch zu«, stammelte er. Luisa traute ihren Ohren nicht. Klaut Geld und meinte auch noch, dass das völlig in Ordnung sei.

»Jetzt ist mir einiges klar. Gute Verdienstmöglichkeiten hier auf der Insel. Wie viel klaust du dann erst von Leuten, die wirklich viel Knete haben?«

»Luisa. Was redest du da? Du kennst mich doch.«

»Das ist im Moment nichts, worauf ich sonderlich stolz bin.«

»Jetzt lass es mich doch erklären«, beharrte er.

»Ich weiß, was ich gesehen habe. Lass mich in Ruhe!«

Luisa machte auf dem Absatz kehrt und lief zum Holztor, das zurück zur Straße führte.

»Wie willst du denn jetzt heimkommen?«

»Mit dem Bus«, sagte sie, ohne sich noch einmal nach Felix umzudrehen. Sie schloss die Tür hinter sich mit Getöse.

»Luisa. Das ist absurd«, hörte sie ihn noch rufen.

Da hatte er allerdings recht.

Ein Bus kam gerade um die Kurve. Den musste der Himmel geschickt haben. Luisa rannte, so schnell sie konnte, zur Haltestelle. Schon auf dem Weg dorthin signalisierte sie dem Busfahrer, dass sie mitfahren wollte. Er hatte es wohl wahrgenommen, denn er wartete, bis sie den Bus erreicht hatte.

Luisa drehte sich kurz um und sah Felix mit seinem Motorrad aus dem Tor kommen.

Einsteigen. Bis er das Tor hinter sich geschlossen hatte, war die Bustür zu.

Luisa löste einen Fahrschein. Sicher fuhr der Bus ins Zentrum. Wohin sonst sollte denn ein Bus gehen, der in Sóller bergab fuhr.

Luisa wollte gar nicht mehr wissen, ob Felix ihr folgte. Sie ließ sich auf eine der freien Sitzgelegenheiten nieder und schüttelte fassungslos den Kopf. Da konnte jemand noch so viele bemerkenswerte Charakterzüge haben, aber alte Menschen beklauen, sich bei ihnen ihr Vertrauen erschleichen, um dann im richtigen Moment zuzugreifen… das ging gar nicht.

Kapitel 11

Bianca konnte sich nicht einmal mehr daran erinnern, wann sie das letzte Mal so viel Zeit mit ihrer Tochter verbracht hatte. Sicher vor dem Kauf ihrer Finca, doch seinerzeit war Ernst noch am Leben gewesen und Besuche seitens Anja hatten stets in seinem Beisein stattgefunden. Zuletzt hatte Bianca sie vor Jahren in Freiburg besucht. Das war um die Zeit gewesen, als sie ihre erste Stelle im Krankenhaus angetreten hatte. Ein Tag bei IKEA, um ihr beim Möbelkauf nicht nur finanziell unter die Arme zu greifen. Das aber auch nur, weil Ernst auf Mallorca gewesen war. Die übliche kurze Auszeit, um seiner stressigen Arbeit als Gutachter zu entfliehen. Alles gelogen, denn in seinem Job schob man eher eine ruhige Kugel, wie sie kurz vor seinem Tod von einem seiner Kollegen erfahren hatte. Im Nachhinein war man immer schlauer.

Anja einfach nur neben sich auf der Terrasse sitzen zu haben, war ein unglaublich schönes Gefühl. Sie dabei entspannt lesen zu sehen, wie sie sich im Liegestuhl rekelte, und ihre Mimik zu beobachten, wie der Krimi sie packte, ein wahres Vergnügen. Sie selbst hatte sich bisher noch ungelesene Reisemagazine geschnappt. Es gab ja noch so viel, was sie noch nicht gesehen hatte. Zu Lebzeiten nicht mehr alles machbar, doch musste man alles sehen? Anja war jedenfalls der Meinung, dass allein schon Europa so viel zu bieten hatte, dass dafür mehrere Reinkarnationen notwendig waren.

Und warum in die Philippinen reisen, wenn man Thailand gesehen hatte? War doch alles ähnlich. Myanmar? Wozu? Pagoden waren Pagoden. Immerhin diese Reiseerfahrung hatte sie als Rucksacktouristin aus einer Zeit, als man noch für fünf Euro eine Hütte auf Ko Samui bekam. Die Preise heutzutage hatten sich drastisch geändert. Bianca überschlug die Kosten für die bisher per Eselsohr markierten Destinationen, die sie unbedingt sehen wollte. Selbst wenn man bei den Hotels einen Stern abzog, wurde aus der ganzen Welt schnell die halbe Welt, die sie mit Erspartem bereisen konnte, ohne ihr Haus aufzugeben. Letzteres, noch vor wenigen Tagen überhaupt kein Problem, fiel ihr nun schwerer als gedacht. Bianca blickte wieder hinüber zu Anja. Was, wenn sie sie von nun an häufiger besuchen würde? Steffen schien es hier ja auch zu gefallen, und Yvonne hatte kein einziges Mal gemeckert. Schon verlor das Hochglanzfoto des Ayers Rock in Australien an Farbe. War letztendlich nur ein großer roter Felsen, schoss es ihr urplötzlich durch den Kopf. Kängurus mal live sehen und diese possierlichen Koalas? Bianca stöhnte gequält, ließ das Reisemagazin auf ihren Schoß sinken und sich selbst zurück in diesen wunderbar bequemen Liegestuhl im Halbschatten ihrer Terrasse mit einem Ausblick, für den andere wohl töten würden.

»Mama? Alles klar?«, fragte Anja sofort nach. Die Wahrnehmung von Krankenschwestern schien geschärft zu sein, wenn ältere Herrschaften Laute des Unwohlseins von sich gaben.

»Alles gut. Lies ruhig weiter.«

Anja musterte sie argwöhnisch, doch als sie ihr ein glückseliges Lächeln schenkte, entspannten sich Anjas Gesichtszüge augenblicklich. Das Gehör ihrer Tochter schien auch generell altersbedingt besser zu sein als ihres, denn sie hörte den Wagen zuerst. Am Geräusch sofort den Leihwagen von Steffen zu erkennen, schien eine besondere Gabe zu sein.

»Die haben es aber nicht sehr lange in der Stadt ausgehalten«, sagte Anja, legte ihren blutrünstigen Thriller zur Seite und blickte hinunter auf die Zufahrt, auf die das Cabrio sicher gleich einbiegen würde.

»Schuhe hat sie sich ja schon in Palma gekauft«, sagte Bianca augenzwinkernd. Sóller bot naturgemäß nicht die gleiche Auswahl wie die Inselhauptstadt und schon gar nicht für extrem modebewusste Frauen wie Yvonne.

»Anscheinend haben sie gar nix eingekauft«, wunderte sich Anja, als die beiden ohne Einkaufstüten ausstiegen und kurz zu ihnen hochblickten. So richtig fröhlich sahen sie nicht aus, und dieser Eindruck bestätigte sich, nachdem sie die wenigen Terrassenstufen nach oben gekommen waren.

»War's schön?«, fragte Bianca. Angesichts ihrer eher betretenen Mienen rechnete sie im Moment nicht mit einer euphorischen Antwort. Hatten sie etwa gestritten?

»Wirklich eine sehr schöne Altstadt«, sagte Yvonne.

Steffen ging zur Anrichte neben der Terrasse und schenkte sich und Yvonne erst einmal Mineralwasser ein. Er reichte ihr das Glas und nahm dann auf einem der Stühle Platz.

»Kein Shopping?«

Yvonne tauschte einen Blick mit Steffen, bevor sie den Mund aufmachte. »Offen gestanden sind wir deswegen gar nicht in die Stadt gefahren«, sagte sie.

Bianca verstand die bedrückten Mienen nicht. Trauervisagen, die einem regelrecht Angst machen konnten.

»Mama. Keine guten Nachrichten«, fing Steffen dann an, nachdem er einen kräftigen Schluck Wasser zu sich genommen hatte.

»Um Gottes willen! Was ist denn Schlimmes passiert? Ist irgendwas mit Wolfi?« Etwas anderes konnte sie sich momentan nicht vorstellen. Sie kannten ja sonst niemanden vom Ort.

Yvonne nickte.

Bianca blieb fast das Herz stehen vor Aufregung. Schon saß sie aufrecht im Liegestuhl und um einige Bräunungsgrade heller.

»Nichts Schlimmes, Mama, aber schlimm genug.«

»Jetzt sagt schon endlich, was los ist!«

»Beim Wandern ... Ich ging ja ein gutes Stück mit Wolfgang, und da sind mir seine alten Schuhe aufgefallen. Ein Teil der Sohle hing schon weg«, begann Steffen.

»Ja und? Die sind halt bequem.«

»Er wollte sich neue auf den Kanaren oder in Marokko kaufen, weil sie dort billiger sind.«

»Warum denn auch nicht?« Bianca saß bereits auf Kohlen.

»Ich fand das komisch für jemanden, der 'ne Weltreise machen will. Die ist ja nicht gerade billig. Und dann sein alter Wagen. Er fuhr früher einen Jaguar.«

»Hat er dir das erzählt?«, fragte Anja.

Bianca brachte momentan keinen Ton heraus und überlegte fieberhaft, worauf Steffen hinauswollte.

»Also, wir haben uns Sorgen gemacht und wollten ihn in Sóller besuchen.«

»Woher wisst ihr denn überhaupt, wo er wohnt?«, wunderte Bianca sich.

»Warst du schon einmal bei ihm?«

Steffens Gegenfrage irritierte sie.

»Nein. Warum auch? Hat nur 'ne kleine Wohnung. Ich war noch nicht bei ihm.«

»Wollte er das nicht?«, hakte Steffen nach.

»Es hat sich einfach nicht ergeben. Wir waren unterwegs oder hier. Ich hock mich doch in der Hitze nicht freiwillig in eine kleine Bude.«

»Es ist eher ein Loch, ein Verhau. Schimmel, feuchte Wände.«

»Wart ihr bei ihm in der Wohnung?« Bianca blickte abwechselnd zu Steffen und dann zu Yvonne.

»Er hat mir bei der Wanderung seine Adresse gegeben. Wir sind spaßeshalber mal hinspaziert und mit seinem Nachbarn ins Gespräch gekommen«, klärte Yvonne sie auf.

»Mutter. Es ist echt ein Verhau. Günstige Mieten. Und dort ist er erst vor gut vier Wochen eingezogen. Seinen Jaguar hat er auch verkauft. Was ich damit sagen will, ist ...«

»Er ist blank«, schnitt Yvonne ihm das Wort ab.

Steffen zog sein Handy aus seiner Umhängetasche und hatte kurz darauf ein Foto auf dem Display, das wirklich kein besonders schönes Haus zeigte. Bianca konnte kaum glauben, dass Wolfgang dort wohnte. Sie kannte diese Ecke. Dort wohnte nicht das Großkapital.

»Mama ... Ich ...«

»Ich weiß, was du mir damit sagen willst. Bin ja nicht blöd«, raunzte sie ihn an, was ihr sogleich leidtat, denn wenn es stimmte, was sie da sah, dann hatte sie allen Grund, sich Sorgen zu machen.

»Angeblich ist er sogar schon in einer Selbsthilfegruppe. Dem steht das Wasser bis zum Hals«, sagte Yvonne.

»Er will nur dein Geld, Mama.«

Bianca starrte immer noch auf das Foto.

»Habt ihr denn bei der Reiseplanung jemals über Finanzen gesprochen?«, fragte Anja, die sich zwischenzeitlich erhoben und zu ihr gesellt hatte, um die Aufnahme auf Steffens Smartphone auch zu sehen.

»Nein ... Wir waren noch am Planen«, sagte Bianca.

»Hat er dich mal groß ausgeführt? In ein feines Restaurant?«

»Nein.« Bianca merkte, wie ihre Stimme wegzukippen drohte.

»Ihr habt doch sicher etwas unternommen, was auch mal Geld kostet.«

»Wir waren immer nur in diesem Café am Hafen essen. Dort haben wir uns kennengelernt.«

»Gutes Essen zu günstigen Preisen«, erinnerte Yvonne sich.

»Er wollte mich einladen, aber mal hat er bezahlt, mal ich … Steffen, das kann doch gar nicht sein.«

»Ich fürchte, Mama, doch. Es klingt sehr danach.« In Anjas Stimme lag Sorge.

»Muss sozial abgestiegen sein. Der Nachbar hat uns erzählt, dass er mal eine Putzfrau hatte. Kann sich ja nicht jeder leisten«, sagte Steffen.

»Anscheinend heißen hier alle Teresa. Deine heißt doch auch so, oder?«, fragte Yvonne.

»Teresa? Er hatte eine Putzfrau, die Teresa heißt?«, wunderte Bianca sich.

»Die gibt's hier bestimmt wie Sand am Meer. Aber angeblich putzt diese Teresa bevorzugt bei Deutschen.«

»Teresa wohnt in der Ecke. Ein paar Häuser weiter«, sagte Bianca.

»Oh … oh«, stieß Anja aus. Wer Krimis las, der konnte eins und eins zusammenzählen. Steffen und Yvonne lasen anscheinend keine, denn sie sahen sich nur etwas ratlos an.

Bianca hielt es nicht mehr auf ihrer Liege. Blöd war sie wirklich nicht, zumal sie sich nun schlagartig daran erinnerte, dass Teresa ihr dieses Café am Hafen nahegelegt hatte. »Billig und gut«, hatte es geheißen. Warte! Dich knöpf ich mir vor.

Luisa kam sich im Moment wie ein dummes Schulmädchen vor.

Dumm, weil sie sich hormongesteuert von so einem Schwein hatte blenden lassen. Schulmädchen, weil sie es kannte, irgendwo herumzusitzen und zu warten, bis Mama sie einsammelte. In diesem Fall eine Bar in unmittelbarer Nähe der Busstation auf dem Weg ins Nirgendwo zwischen Olivenplantagen und dem Immergrün des bergigen Hinterlands. Der Bus war wider Erwarten leider nicht ins Zentrum gefahren und schon gar nicht nach Sóller. Von dort aus hätte sie immerhin heimlaufen können. Dümmer als dumm, weil sie das zu spät gecheckt hatte, was allerdings nicht verwunderlich war, wenn die Gedanken Purzelbäume schlugen. Naiv kam noch mit hinzu. Wie konntest du nur jemandem vertrauen, der nachweislich ein Mädchen nach dem anderen abschleppte? Ihr Kopf fing erneut an zu jucken, als sie nur an den Helm dachte, den sie sich vermutlich mit Abertausenden von anderen geteilt hatte. Immerhin hatte die Bedienung ihr sagen können, wo genau sie waren. Noch einmal in einen Bus einzusteigen, um dann sonst wo herauszukommen, war Luisa zu riskant. Besser Mama anrufen. Onkel Steffen hatte einen Leihwagen und Mama einen Führerschein. »Einfach abholen.« Mehr hatte sie ihr neben der Ortsangabe nicht gesagt. Besser so. Musste nicht gleich jeder mitbekommen, was sie für eine dumme Kuh war. Das zweite Tonic Water mit Eis war noch nicht ausgetrunken, da schoss das weiße Cabrio auch schon um die Ecke. Luisa sprang auf und winkte, als sie sich sicher war, dass es der richtige Leihwagen war. Beim ersten Versuch hatte sie einen Touristen gestoppt, der sie vermutlich für eine Anhalterin nach Palma gehalten hatte. Noch so ein Aufreißer. Oh, wie hatte sie Männer satt! Eigentlich hatte Luisa damit gerechnet, dass ihre Mutter sie allein abholen würde, doch Oma saß auf dem Beifahrersitz und wirkte irgendwie fix und fertig. Nun machte sie sich auch noch ihretwegen Sorgen.

»Luisa? Was machst du hier? Und wo ist Felix?«, wollte ihre Mutter sofort wissen.

»Ist was mit seinem Motorrad?«, fragte Bianca, nachdem auch sie ausgestiegen war.

»Wohl eher mit seinem Kopf«, sprudelte es aus Luisa heraus.

»Habt ihr euch gestritten?«

»Dazu kam es nicht mehr. Ich mach's kurz. Ich hab ihn beim Klauen erwischt. Möchte nicht wissen, wie viel er bei Alejandro schon hat mitgehen lassen.«

»Aber doch nicht Felix.«

Luisa war klar, dass Oma ihn in Schutz nehmen würde. So wie sie von ihm geschwärmt hatte. Wahrscheinlich waren auch im Alter bereits flacher gebügelte Hormonspiegel für solche Pflege-Gigolos anfällig und machten blind.

»Also ich kann mir das jetzt offen gestanden auch nicht vorstellen.« Mama unterlag der gleichen Verblendung.

»Ich brauch jetzt was zu trinken«, sagte Großmutter, winkte den Ober herbei und bestellte sich doch glatt ein Cerveza. Bier um die Zeit? Dass sie Felix beim Klauen erwischt hatte, musste ihr ja ordentlich zusetzen. Betrank sie sich jetzt etwa auch noch seinetwegen?

»Aqua«, rief Anja dem Kellner nach. Luisa hatte schon damit gerechnet, dass sie sich auch noch ein Bier bestellte.

»Und du bist dir ganz sicher?«, wollte sie wissen.

»Hab doch Augen im Kopf. Ein Pfleger kann sich das ganze Computerzeugs, das er in seiner Bude rumstehen hat, doch gar nicht leisten. Auch hier nicht.«

»Und was sagt er dazu?«, fragte Bianca.

»Was soll er denn sagen? Ihr glaubt doch nicht, dass ich mit dem auch nur noch ein Wort rede.«

»Aber euer Projekt. Es lief so gut. Er war doch auch mit Begeisterung dabei.« Mamas Einwand war mehr als berechtigt. Das war einer der Punkte, der an Luisa nagte.

»Du armes Ding.« Nett gemeinter Trost seitens Mama, im Moment nur nicht so megahilfreich. Eher du »dummes Ding«.

»Scheißmänner«, gab Oma unvermittelt von sich. In dem Moment servierte der Ober ihr frisch gezapftes Cerveza. Sie nahm gleich einen kräftigen Schluck. Whoops! Das Glas war schnell halb leer.

»Was soll ich sagen? Ja, Männer. Sie entwickeln sich bis ungefähr zwölf, danach wachsen sie nur noch«, kam es dann von Mama. Sie hatte auch allen Grund dazu. Nicht nur, dass Papa sie betrogen und sich nach Norwegen abgesetzt hatte. Noch nicht einmal Unterhalt hatte er bezahlen wollen. Und Oma? Die hatte ihr mal gestanden, dass sie Opa nie hätte heiraten sollen. Weiß der Teufel warum.

»Vielleicht sollte ich das Ganze von der positiven Seite sehen. Ihr habt ja auch die A-Karte gezogen, aber da war es schon zu spät. So gesehen kann ich von Glück reden«, gab Luisa den beiden zu verstehen.

»Viel zu spät«, sagte Bianca und nahm noch einen Schluck.

»Hatte auch was Gutes, die Zeit mit deinem Vater. Immerhin habe ich dich.« Das war die Art von Trost, die Luisa im Moment brauchen konnte. Mamas Hand auf der ihren ebenfalls.

»Wegen deinem Projekt … Mach dir mal keine Sorgen. Das schaffen wir auch ohne diesen Hallodri.« Auch diese Art von Trost war hilfreich.

»Man lässt sich immer auf die Falschen ein«, fuhr Bianca gedankenverloren fort.

Das überraschte Luisa. Sie war der Meinung, dass sie das Thema Männer nun durchhatten. Es genügte, Mama fragend anzusehen.

»Wolfi ... ist auch nicht das Gelbe vom Ei«, erklärte sie.

»Gelinde ausgedrückt, gelinde. Ein Betrüger ist er. Ein Schwindler. Ein Witwenjäger«, echauffierte Bianca sich.

»Steffen hat rausgefunden, dass er blank ist.«

»Was?« Luisa war eben förmlich zusammengezuckt. Wolfgang? Nie im Leben!

»Noch ist das nicht sicher. Jetzt wart doch erst mal ab, was Teresa sagt«, meinte Anja.

»Hilfe! Ich blick grad nicht mehr durch. Teresa? Ich dachte, es geht um Wolfi.«

»Kurzversion. Sie hat mal bei ihm geputzt und ihn dann mit Oma verkuppelt«, erklärte Anja.

»Vielleicht hat er ihr noch Provision gezahlt. Kriegen Autohändler denn nicht auch immer Provision? Der kennt das doch gar nicht anders«, unkte Bianca. Das Bier war leer. Sie deutete mit dem Finger auf das leere Glas. Noch eines. Der Ober verstand's.

»Mama. Bei der Hitze.«

»Mich hat vorhin schon fast der Schlag getroffen. Bier beruhigt«, rechtfertigte sie sich und verfiel dann für einen Moment in nachdenkliches Schweigen – bis das eisgekühlte frische Bier kam.

Mama blickte richtig gierig darauf.

»Du musst fahren.« Luisa würgte Anjas Gelüste gleich ab, woraufhin Anja seufzte und sich an ihrem Mineralwasser gütlich tat.

»Habt ihr wenigstens ein paar Fotos gesammelt? Für die Videos?«, wollte Anja wissen.

»Jede Menge. Wahrscheinlich hat Felix unsere Aktion noch zum Anlass genommen, um die Leute auszuspionieren. Eigentlich sollte man ihn anzeigen«, überlegte Luisa laut.

»Glaub mir. Wegen so 'ner Sache und ohne Beweise bewegt die Polizei hier nicht ihren Arsch.« Das Bier wirkte. Oma tendierte dann dazu, sich auf Stammtischniveau herabzulassen. Luisa fühlte sich im Moment sowieso wie an einem Stammtisch, dem der angeschissenen Frauen.

»Und die Leute, die ihr besucht habt? Alles Demenz- und Alzheimerpatienten?«, fragte ihre Mutter.

»Kreuz und quer. Interessante Leute.«

Weil ihr selbst im Moment nach einer kleinen Aufmunterung zumute war, zückte Luisa ihr Handy und scrollte zu dem Typen aus dem Käfig voller Narren, bei dem sie heute Vormittag mit Felix gewesen war.

»Schaut euch mal den an.« Luisa zeigte ihrer Mutter das Bild auf dem Handy zuerst.

Sie feixte.

»Wetten, dass der auf Felix steht?«, kommentierte Anja.

Anja reichte Bianca das Handy weiter. Bestimmt munterte sie das Foto von diesem Paradiesvogel auf. Der Hausmantel, den er trug, sah irgendwie aus wie ein Kleid, fiel Luisa gerade auf. Wider Erwarten war Oma immer noch nicht zum Lachen zumute. Sie starrte auf das Foto und gab einen abfälligen Laut von sich.

»Tunte!«

»Also ich find den total süß«, sagte Luisa, nachdem sie das Handy wieder an sich genommen und noch einen Blick darauf geworfen hatte.

»Hast du etwa Probleme damit, Mama?«, fragte Anja.

Erneut kam ein abfälliger Laut. Luisa musterte ihre Großmutter mit Erstaunen, was dieser nicht entging.

»Können ja nix dafür«, gab Oma dann zum Besten.

»Also, Mama. So kenn ich dich gar nicht.«

Oma gab den nächsten spitzen Ton von sich und trank lieber von ihrem Bier. Luisa konnte ihr die schlechte Laune im Moment nicht verübeln.

Teresa den wahren Grund zu nennen, warum sie sie sehen wollte, hätte unweigerlich dazu geführt, dass sie nicht kommen würde. Mittlerweile musste Bianca davon ausgehen, dass sie es faustdick hinter den Ohren hatte. Da genügte es, an die Horrorgeschichte zu denken, die Teresa ihren Kindern aufgetischt hatte. Von wegen »todkrank«. Aufregung dieser Art machte aber sicherlich krank. Noch lebte sie, und das gedachte Bianca Teresa spüren zu lassen. »Ich brauch deine Hilfe. Kannst du noch vorbeikommen?« Mehr hatte diese ausgefuchste Spanierin nicht erfahren. Dementsprechend überrascht schaute Teresa aus der Wäsche, nachdem sie aus ihrem Wagen ausgestiegen war. Dort lugte nicht nur eine Person von der Brüstung der Terrasse herunter, sondern wie bei der Royal Family in England neben Queen Mum plötzlich noch die Kronprinzessin, der Prinz mit seiner Gemahlin und das Enkelkind. Dass sie erst einmal stehen blieb und dumm guckte, damit hatte Bianca gerechnet. Für einen Moment sah es fast danach aus, als würde sie darüber nachdenken, sofort die Flucht zu ergreifen. Was »Hilfe« wirklich hieß, konnte sie sich angesichts Biancas angriffslustiger Miene nun vermutlich denken.

»Teresa. Wie geht es dir?« Luisas freudiger Ausruf, der Biancas Meinung nach nicht gespielt war, brachte sie dann doch dazu, sich in den Buckingham Palace zu begeben.

»So eine Überraschung. Alle Kinder.« Mein Gott, wie gut sie die Unschuld vom Lande spielen konnte.

»Und wie du siehst, lebe ich noch.« Warum lange um den heißen Brei herumreden?

Teresa schluckte, setzte ein selten dämliches Lächeln auf und nickte dann schulterzuckend.

»Wir haben uns Sorgen gemacht.«

Danke, Steffen, dass du mir die Worte aus dem Mund nimmst.

Teresa war schon dabei, im Erdboden zu versinken, doch Biancas Kommandoton ließ sie erst einmal zusammenfahren.

»Setz dich!«

Anja hielt ihr gleich einen Stuhl hin, woraufhin sie folgsam Platz nahm.

»Wasser?«, fragte Anja wohl nur deshalb, weil Teresa mittlerweile so aussah, als ob sie ein Glas bräuchte.

Sie nickte. Steffen schenkte ein und nahm neben Anja Platz. Auch Luisa setzte sich zu ihnen. Drei auf der einen Seite, Teresa auf der anderen. Das sah nach Verhör aus, und der Chefankläger, Bianca, stolzierte im Gerichtssaal, auch wenn der outdoor war, auf und ab.

»An sich sollte ich dir schon allein dafür den Kopf abreißen«, sagte Bianca so scharf, dass Teresa sich unwillkürlich duckte, als Bianca bei ihrer Tischumrundung hinter ihr vorbeilief. »Aber letztlich steckt in aller Niedertracht doch so oft auch etwas Gutes«, fuhr Bianca fort. Sie hoffte, dass Teresa das Wort »Niedertracht« verstand. Sie tat es, denn aus ihr war mittlerweile das sprichwörtliche Leiden Christi geworden.

»Wir wären nicht gekommen. Stimmt's Anja?«, fragte Steffen. Was für ein schönes Gefühl, wenn die Familie ausnahmsweise einmal an einem Strang zog.

»Ich habe es nur gut gemeint.« Teresa hätte sich wohl besser einen Anwalt mitgebracht, denn Winseln war vor Gericht wenig überzeugend.

»Und dann noch die Geschichte mit dem Heiratsschwindler. Unfassbar!«, echauffierte Bianca sich.

»Das habe ich nie gesagt«, protestierte Teresa.

»Anja?« Sie fungierte nun als Zeugin der Anklage.

»So ähnlich. Also ich meine, nicht wörtlich. Eigentlich gar

nicht. Aber dass er jünger ist. Das hast du sehr wohl gesagt.« Anja geriet ordentlich ins Schlingern.

Teresa atmete augenblicklich auf.

»Und ihn mir auf den Hals hetzen«, erboste Bianca sich.

»Ich? Du meinst Wolfgang?« Teresa schien die Welt nicht mehr zu verstehen.

»Ja, wen denn sonst?«

»Wie lange kennst du ihn denn schon?«, fragte Bianca.

»Also ich … Ich weiß gar nicht …«, stammelte Teresa.

»Wir wissen, dass du für ihn geputzt hast.«

Teresas Schultern hingen. Der Kopf sowieso.

»Ich habe es doch nur gut gemeint.«

»Du wiederholst dich.«

»Stimmt das etwa, dass Sie ein Treffen zwischen ihm und meiner Mutter arrangiert haben?«, fragte Steffen.

»Ich habe für ihn ein Jahr gearbeitet. Er war einsam und hat sich nichts sehnlicher gewünscht, als mit einer Frau seines Herzens auf Reisen zu gehen. Und du wolltest doch auch verreisen, also habe ich mir gedacht, dass das doch gut zusammenpasst.«

»Wieso hat er dich denn dann entlassen?«

»Die Wohnung war ihm zu groß.«

»Ach. Und dann ist er gleich in dein Viertel gezogen«, fuhr Bianca fort.

»In mein Viertel?« Teresas Überraschung war nicht gespielt, dessen war sich Bianca sicher.

»Er wohnt in deiner Straße. Nur etwas weiter unten.«

»Kein besonders schönes Haus«, ergänzte Steffen.

»Der Mann ist pleite«, gab Anja ihr zu verstehen.

»Wolfgang? Aber er hat immer gut gezahlt, und er fährt einen Jaguar«, wandte Teresa ein.

»Fuhr.«

»Hat er ihn nicht mehr?«

Anja und Steffen schüttelten den Kopf.

»Du meinst, er will nur dein Geld?« Oh! Bei Teresa war nun auch der Groschen gefallen.

»Anzunehmen«, bestätigte Steffen.

»Wer pleite ist, macht keine Weltreise«, ergänzte Anja.

Teresa versank in nachdenkliches Schweigen, bevor sie aufbrauste: »Dann hat er mich auch belogen. Wohnung zu groß, pah!«

»Wissen Sie vielleicht, in welcher Selbsthilfegruppe er ist?«, fragte Steffen.

Teresa schüttelte den Kopf.

»Gibt es im Rathaus eine für Leute, die in finanziellen Schwierigkeiten sind?«, fragte er weiter.

»Möglich ...«, erwiderte Teresa.

Bianca ließ sich nun auch auf einen der Stühle nieder. Es schien festzustehen, dass sie wie all die anderen Witwen auf der Insel einem Schwindler auf den Leim gegangen war. Diese Erkenntnis erleichterte. Gewissheit zu haben, war immer gut. Doch mit ihr setzte der Schmerz ein. Sie würden sich nie wiedersehen. Keine Reise mehr. Keine Träume mehr. Kein Wolfi mehr.

»Tut mir so leid«, sagte Teresa. Es klang aufrichtig.

»Ach, Oma.« Luisa knuddelte sie von links durch. Anja legte ihr wortlos einen Arm um die Schultern.

In diesem Moment machte Bianca sich klar, dass zwar jetzt vieles weg war, sie aber auch wieder etwas hinzugewonnen hatte, nämlich ihre Familie.

Luisa sah es wie ihre Großmutter. Wenn Teresa schon einmal da war, konnte sie sich auch gleich beim Zubereiten des Abendessens nützlich machen. Nach Ausgehen war ihnen heute allen nicht mehr zumute. Oma betrieb Kartoffelschäl-Yoga. Sie pellte die Erdäpfel im Zeitlupentempo und bemühte sich sichtlich um eine gleichmäßige Atmung, die nur von einem gelegentlichen Seufzer unterbrochen wurde. Das schien Luisa auch sehr sinnvoll zu sein, denn vorhin hatte Oma eine Herztablette genommen. Keine richtige, sondern ein pflanzliches Mittel aus Rosenwurz. Angeblich gut gegen Depressionen. Herzstärkend war es auch. Sie war vorhin ja förmlich zusammengeschreckt, als sich ihr Handy mit dem Klingelton eines spanischen Abba-Songs gemeldet hatte: *Hasta Mañana*, was so viel wie »Bis morgen« hieß. Wolfis Klingelton.

»Nix mehr mit ›Hasta mañana‹! Hat sich ausgemañanat.« Eine deutliche Ansage, und natürlich hatte sie Agnetha und Frida singen lassen. Das mittlerweile schon dreimal. Beim ersten Mal, als sie noch alle auf der Terrasse zusammengesessen hatten, mit halber Herzattacke. Beim zweiten Mal mit wütendem Blick und vorhin nur noch mit einem Achselzucken. Das pflanzliche Mittel half anscheinend. Luisa hatte sicherheitshalber auch eine von diesen Rosenwurzkapseln geschluckt. Ein Beruhigungsmittel wäre besser gewesen, denn auch Felix hatte bereits mehr als nur einmal versucht, sie zu erreichen, auch noch per WhatsApp mit diesen nervigen Plopps, die einen tierisch stressten. Sie hatte sie gar nicht erst gelesen, sondern sich Oma in der Küche angeschlossen. Zwiebeln und Gemüse hacken, das eignete sich bestens für den Abbau von Aggressionen. Um ein Haar hätte sie sich dabei in den Finger geschnitten. Das Herz blutete, warum sollte der Finger dann nicht auch bluten? Teresa, die sonst so redselig war, kümmerte sich ums Zerlegen eines Hähnchens und um Fisch für die Paella heute Abend. Oma und sie hatten die letzte Stunde kaum ein Wort miteinander gesprochen. »Mach sie nicht zu scharf«, war wohl der einzige zusammenhängende Satz gewesen, den Oma von sich gegeben hatte.

Hasta mañana te sabré esperar.
Junto a ti quiero estar.
Escribeme, y te lo explico
perdoname, te lo suplico.

»Scheißlied!«, keifte Oma. Das war allzu verständlich, denn die beiden Schwedinnen sangen etwas, was im Moment unpassender nicht sein könnte. Übersetzt hatte Oma ihr den Refrain auf Nachfrage bereits. Auf sie gemünzt hieß das so viel wie, dass er auf sie warten würde, weil er bei ihr sein wollte. Dass er ihr schreiben sollte, um alles zu erklären – gut, dass passte jetzt nicht eins zu eins, aber sinngemäß schon, weil es schließlich um die Aufklärung eines üblen Sachverhalts ging, und dann noch der krasse Satz: »Verzeih mir, ich flehe dich an!« Sie hatte sich von Wolfgang den Klingelton auf ihr Handy spielen lassen, weil sie sich bisher jeden Tag gesehen hatten. »Hasta mañana« war sozusagen zu ihrem Lebensmotto geworden. Die Betonung lag auf *war*.

»Er hätte ihn auch etwas kürzer einstellen können«, beschwerte Luisa sich, denn die Dauerschleife – der Teil fing immer wieder von vorn an – zermürbte sie mittlerweile.

»Geh ran und sag ihm, dass wir uns heute nicht sehen können«, sagte Bianca.

»Und mit welcher Begründung?«

»Ich bin alt. Sag ihm, ich bin müde.«

»Und die Wahrheit?«

»Ich schreib sie ihm. Diese Anrufe müssen aufhören.«

»Aber nur, wenn du dann auch bei Felix hingehst.«

Bianca seufzte und nickte.

Luisa griff beherzt zu Biancas Smartphone und stellte Agnetha und Frida ab.

»Hallo! Wolfi? Ja ... Ach, die Oma hat sich hingelegt. War heut ein bisschen viel. Wir haben sie recht gestresst, weißt du.«

Oma hatte gottlob das Messer nicht mehr in der Hand. Das war nämlich keine gute Idee, wenn man wie Espenlaub zitterte.

»Ach wirklich? ... Ja. Das richt ich ihr aus ... Natürlich ... Hasta mañana.«

Bianca zuckte bei Luisas Abschiedsformel zusammen und starrte sie erwartungsvoll an.

»Und? Was hat er gesagt?«

»Dass er sich heute nach Hotels in Indien umgesehen hat und es billigere gebe, die gute Bewertungen hätten und sauber seien, und dann hat er noch etwas vom Stopp in Dubai gelabert. Auch billiger, wenn ihr die Reise umplanen würdet, also eher später, denn dann sei es hier schon wärmer, und keiner fährt mehr nach Dubai zum Sonnen.«

Bianca standen beinahe Tränen in den Augen.

»Und dass ich dich von ihm drücken soll.«

»Untersteh dich und mach die Zwiebeln weg. Ich heul gleich«, sagte Bianca.

»Und wenn alles nur ein Missverständnis ist?«, wagte Luisa zu sagen.

»Kein Missverständnis«, gellte Teresa und knöpfte sich das nächste Huhn vor, auf das sie sogleich einhackte. Sie war mittlerweile genauso sauer auf Wolfgang wie Oma, denn auch ihr hatte er keinen reinen Wein eingeschenkt. Pleite zu sein, war etwas ganz anderes, als ihre Dienste nicht mehr zu benötigen, weil die Wohnung nun kleiner ist. Vermutlich gab sie sich aber auch die Schuld an Omas Seelenzustand. Schließlich hatte sie die beiden zusammengebracht.

Luisa schob die Zwiebeln in eine Plastikschüssel und brachte sie hinüber zur Arbeitsplatte am Herd, wo Teresa sie in Empfang nahm.

Oma widmete sich der nächsten Kartoffel, atmete tief ein und aus. Das ging dreimal so, bis sich Felix wieder meldete. Er hatte keinen besonderen Klingelton, doch Luisas wusste ohnehin, wer dran war, und bekam augenblicklich Magendrücken.

»Soll ich rangehen?« Mama war anscheinend auch schon genervt. Sie lugte in die Küche. Das Handy lag im Flur, und man hörte es bis draußen auf die Terrasse. Wahrscheinlich konnte sie dabei ihren Thriller nicht in Ruhe zu Ende lesen, und Yvonne und Steffen konnten sich nicht in der Sonne entspannen.

»Hättest es auch abstellen können«, knurrte Mama dann noch. Da hatte sie recht, aber Luisa wollte wissen, wie hartnäckig er es versuchen würde. Wahrscheinlich galt das auch für Oma im Falle von Wolfi.

»Ich mach das«, sagte Bianca resolut.

»Oma, das Messer!«, erinnerte Luisa sie. Man brauchte es definitiv nicht, um zu telefonieren.

Anja reichte Bianca das Telefon.

»Ja? ... Hallo, Felix ... Nein, ich bin nicht Luisa ... Sie hat keinen Bock ... Nein, will sie nicht hören ... Also wirklich. Dann klau wenigstens die Handtaschen von Touristen. Ein Motorrad haste ja schon. Schnapp und weg, aber dazu biste wohl zu feige. Lieber den Alten die Kohle klauen ... Bei mir brauchste dich auch nicht mehr blicken lassen. Adios!«

Mamas Mund stand halb offen. Neben ihr tauchte Yvonne auf. Sie klatschte demonstrativ in die Hände. Omas Gebelle musste sie draußen auf der Terrasse wohl auch mitbekommen haben.

Luisa war mittlerweile speiübel. Richtig so, sagte die eine Gehirnhälfte. Die andere sagte gar nichts. Sie schüttete nur eine ganze Flut von unheilvollen Hormonen aus, die wahrscheinlich gleich zu einer Depression führten.

»Oma. Wie viel darf man von den Dingern am Tag nehmen?«, fragte sie ihre Großmutter, nachdem sie wieder in der Küche war.

Sie ging zum Küchenschrank und holte das Döschen mit dem Rosenwurz raus.

»Pflanzlich. Rein damit!«

Das musste sie Luisa im Moment nicht zweimal sagen.

Dass Steffens Bauch bis hin zur Atemnot voll und er wie ein schlaffer Sack im Bett versunken war, lag an Teresas überirdisch guter Paella, die sie ganz nach seinem Geschmack schön scharf gewürzt hatte. Das belebte die Sinne. Mutters Sinne wohl eher nicht. Sie hatte kaum etwas hinuntergebracht und die gleiche Leidensmiene gezeigt wie Luisa. Das Glas Rotwein dazu hatte für die notwendige Bettschwere gesorgt. Nightlife in Palma, eine Idee, die Yvonne heute Morgen gleich nach dem Aufstehen voller Elan geäußert hatte, war auch schnell vom Tisch gewesen. Steffen fuhr sich mit einer Hand über den Ranzen. Im Liegen bekam man wenigstens besser Luft. Immerhin ging ein laues Lüftchen, das vom geöffneten Fenster, begleitet vom Rauschen von Blättern, in ihr Gästezimmer zog. Dass Mutter ihm oder Yvonne keine Vorwürfe gemacht hatte, rechnete er ihr hoch an. Schließlich hatten sie nicht nur ihre Lebensplanung über den Haufen geworfen, sondern auch noch ihr Glück zerstört – ein scheinbares Glück, das sicher ins Unglück geführt hätte. Yvonne sah das genauso, doch auch an ihr war die ganze Aufregung nicht spurlos vorbeigegangen. Nur noch Duschen und dann ab ins Bett. Wenn Yvonne sich ihr Lavendel-Duschgel gönnte, war dies normalerweise ein untrügliches Zeichen dafür, dass sie sich beruhigen musste. Eine Dampfwolke aus Lavendel, etwas Rose und Zeder schlug ihm aus dem angrenzenden Badezimmer entgegen, als sie in ein Handtuch gewickelt herauskam. Auch sie ließ sich gleich aufs Bett fallen und tastete ihren Bauch ab.

»So muss es sich anfühlen, wenn man schwanger ist«, sagte sie schmunzelnd.

»Erleben wir vielleicht noch«, erwiderte Steffen, auch wenn er wusste, dass dies jetzt nicht der richtige Moment dafür war, dieses Thema anzusprechen.

Yvonne reagierte zu seinem Erstaunen anders als erwartet. Die üblichen Ausflüchte und rationalen Argumente, die dagegensprachen, blieben aus. Stattdessen drehte sie sich auf die Seite, legte ihre Hand auf seine behaarte Brust und streichelte ihn sanft bis hinunter zum Bauch.

Jetzt bitte nicht! Ich kriege eh schon kaum Luft!

»Hab mir heute, als wir zusammensaßen, gedacht, wie schön es ist, eine Familie zu haben. Ich meine, eine richtige. Wenn alle zusammenhalten, auch in schwierigen Zeiten.«

Steffen versteifte sich. Das aus Yvonnes Mund?

»Wir werden auch mal alt«, fuhr sie fort.

»Du meinst, dass Kinder einen dann auffangen? Also Mutter war in den letzten Jahren im freien Fall.«

»Liegt wohl auch ein wenig an mir.«

»Ich hab sie dir ja auch madig gemacht«, gestand Steffen offen ein. Yvonne war schließlich nicht unvorbelastet in ihre erste Begegnung gegangen. Dann nimmt man einen Menschen ganz anders wahr und gibt sich auch anders.

»Also so ein Drachen ist sie nun wirklich nicht. Ich hab jetzt ein richtig schlechtes Gewissen, dass wir nur an die Kohle gedacht haben.«

Steffen nickte. Ihm ging es ähnlich.

»Und wenn ich das richtig sehe, hast du dich von ihr abgewandt und nicht umgekehrt. Und das auch noch wegen deines Vaters.«

Auch das stimmte, denn Steffen hatte es bei Yvonne früher so hingestellt, als wäre sie einfach nach Mallorca abgehauen, ein Zeichen von Egoismus und Familienferne. Was für ein schöner Beweis, um jemanden glauben zu machen, dass man einen selbstsüchtigen Drachen zur Mutter hatte.

»Hast du dich nie gefragt, warum er dich so behandelt hat?«

»Wollte es irgendwann gar nicht mehr wissen.«

»Und jetzt?«

»Ist doch alles schon so lange her«, sagte Steffen, auch wenn er genau wusste, dass ihn diese Frage bis an sein Lebensende beschäftigen würde.

»Ich denke auch nicht mehr darüber nach, warum es mit meinen Eltern Knatsch gab.«

»Du wolltest ihren Friseursalon nicht übernehmen. Ist doch naheliegend.«

»Sie hat angefangen, sich an mich zu klammern. Seit Vaters Tod war das schier unerträglich.«

»Er hatte einen Autounfall. Ist doch normal, wenn man sich dann um seine einzige Tochter mehr Sorgen macht. Sie hatte nur noch dich.« Steffen erschien dies naheliegend.

»Es nahm trotzdem pathologische Züge an. Jeder Freund war ein potenzieller Vergewaltiger. So diese Nummer.«

»Die liebe Psyche und ihre unergründlichen Tiefen«, sagte Steffen mehr zu sich. Er beneidete Yvonne fast ein wenig dafür, dass sie für die Veränderung ihrer Mutter ein Ereignis dingfest machen konnte. Warum sein Vater ihn von Anfang an abgelehnt hatte, war einfach nicht greifbar.

Yvonnes Blick fiel auf den Stapel der Broschüren vom Tourismusbüro, die sie sich nachmittags mitgenommen hatten, und sie fragte: »Was wolltest du eigentlich damit?«

»Nur mal schauen, was hier so gefragt ist. Was die Leute wollen. Was die Hotels anbieten.«

Yvonne musterte ihn argwöhnisch. »Du denkst doch nicht etwa darüber nach ...?«

»Hier verdient man mehr. Lieber 'ne kleine Pension hier als dieser Kasten daheim. Ist doch alle fünf Minuten irgendwas kaputt, und die Lage ... Vergiss es!«

»Das können wir uns doch niemals leisten.«

Auch damit hatte Yvonne recht. Insofern erst einmal abhaken.

»Was machen wir morgen? Nach Palma? Formentor? Inselrundfahrt?«, wollte er wissen.

»Och. Ich fand's schön hier auf der Terrasse. Und wenn, dann nehmen wir deine Mutter mit.«

Steffen konnte seine Überraschung nicht verbergen.

»Hängt doch durch. In solchen Momenten braucht man Gesellschaft, und ich fürchte, Luisa ist grad auch kein Energiespender«, sagte Yvonne.

»Ob sie weitermacht?«

»Da bin ich mir ziemlich sicher. Ist doch eine gute Sache. Und wenn sie dann noch eine Doktorarbeit darüber schreibt.«

»Das hat sie dir gesagt?« Steffen hatte das Gefühl, eine neue Frau neben sich im Bett liegen zu haben. Seit wann führte sie solche Gespräche mit ihrer »nervigen« Nichte.

Yvonne nickte. »Nach dem Essen, als du das Geschirr reingeräumt hast ... Ich mag ihren Ehrgeiz.«

»Schnittmenge«, rief er augenzwinkernd aus, denn Yvonne zog auch durch, was sie sich vornahm, und steckte sich stets ein neues Ziel.

Yvonne lachte und kniff ihn in die Seite. Anscheinend hatte

das eben geführte Gespräch genügend Kalorien verbrannt, denn auf einmal war ihm nach einem Kuss. Ihr offenbar auch, wie er in ihren Augen lesen konnte, und das auch noch im Haus seines Vaters. Es störte Steffen momentan gar nicht.

Paella war viel zu scharf
auch schon egal
jetzt wieder allein
dummes Zeug
warst noch nie so wenig allein wie heut
Herz blutet trotzdem
Entzug
von was denn?
seine Küsse, seine Umarmungen, sein Lächeln, seine Stimme, sein Charme, sein Leinenanzug, seine vergammelten Wanderschuhe
dummes Geschwätz
nimm dir ein Beispiel an Luisa
tapfer
eisern
zieht ihr Ding durch
Und was soll ich noch durchziehen?
Allein reisen?
Und wohin?
Und Indien wäre auch noch günstig gewesen
Dubai
einmal rauf auf diesen höchsten Turm
könnte 😭
tu's doch
nee, echt nicht!
hab schon Schlimmeres erlebt
Männer sind halt so

lügen und verheimlichen
Männersport
das schaffste
Und durchziehen … ja, Luisa helfen
solang es noch geht
Jammerlappen
Schon drei
zähl Schafe
zu viel Rosenwurz
deprimiert schläft man besser ein

Kapitel 12

Das wirklich Doofe an Luisas Projekt war, dass es nicht nur motivierte, sondern sie zugleich runterzog. An jedem einzelnen Video, das Luisa sich noch am Vorabend heruntergeladen hatte, klebten Erinnerungen, die sie melancholisch stimmten. Viel schlimmer waren die Gefühle für Felix, die damit einhergingen. Obwohl sie all seine Anrufe und Messenger-Nachrichten diszipliniert ignoriert und Oma ihm eine deutliche Abfuhr erteilt hatte, musste Felix gestern noch ein paar neue Videos erstellt und in seine Cloud geladen haben. Warum tat er das? Luisa hätte nie im Leben damit gerechnet, weiterhin über den freigeschalteten Link zu diesem Videoordner auf die Dateien zugreifen zu können. Nur spaßhalber hatte sie es heute Morgen gleich nach dem Aufstehen noch vom Bett aus probiert. Hatte sie sich in ihm getäuscht? Das passte doch schon wieder nicht zusammen. Klauen und gleichzeitig an ihrem Projekt weiterarbeiten? Wollte er sich bei ihr einschleimen? Aufreißer und doch so gefühlvoll? Der Typ war voller Widersprüche. Gerade deshalb beutelte es sie. Und wie schön diese Videos waren.

Luisa beschloss, aufzustehen und sich zu den anderen auf die Terrasse zu gesellen, um sich aus ihrem morgendlichen Tief zu befreien. Weil sie vom offenen Fenster ihres Zimmers aus alle Stimmen vernommen hatte, ging sie davon aus, als Letzte zum Frühstück zu kommen. Duschen konnte warten. Erst mal einen Kaffee zu sich nehmen, um einen klaren Kopf zu kriegen. Vielleicht spülte er ihre Gefühlswallungen für diesen Gauner herunter.

Luisa schlüpfte in ein T-Shirt, ihre kurzen Pants und die Badeschlappen und war schon an der Tür, als sie kurz innehielt, ihren Blick dabei auf das Tablet gerichtet. Oma wollte die Videos sicher auch sehen. Sie hatte ja ihre Unterstützung angeboten. Selbst Yvonne war neugierig darauf geworden. Sie mit den anderen zu teilen, gab dem Ganzen zudem einen sachlichen Charakter. Projektplanung. Vielleicht lösten sich unter diesem Blickwinkel dann die Gefühle für Felix, die daran klebten.

Als Luisa die Terrasse betrat, schweifte ihr Blick zunächst zu Bianca. Die Arme! Sie brauchte sie nicht zu fragen, ob sie gut geschlafen hatte. Ihre Augenränder sprachen Bände, zumal Oma normalerweise nie welche hatte. Die morgendliche Stimmung am Frühstückstisch schien dennoch überraschend gelöst zu sein, denn von allen Seiten schlug ihr ein Lächeln und ein Morgengruß entgegen. Mama rückte ihr den Stuhl neben sich zurecht und tätschelte darauf. Hundi sollte also hier Platz machen, neben Steffen. Eigentlich wollte Luisa sich neben Oma setzen, um ihr ein paar dieser Videos zu zeigen. Nun, dann musste das eben warten. Luisa legte ihr Tablet daher auf die Anrichte neben der Terrassentür, bevor sie sich setzte.

»Extrastark oder normal?«, wollte Anja wissen.

»Extra.«

Daraufhin musterte ihre Großmutter sie. »Hat er sich noch einmal gemeldet?«, wollte sie wissen.

Luisa nickte. Kein weiteres Wort, sonst konnte sie sich gleich wieder ins Bett legen und weitergrübeln.

»Und Wolfgang?«, fragte Luisa, nicht nur weil es sie interessierte, sondern um das Thema Felix gleich im Keim zu ersticken.

»Werd ihm heute eine E-Mail schreiben oder besser eine Kurznachricht. Mehr hat er nicht verdient«, sagte Oma, allerdings nicht in der gewohnten Bissigkeit.

»Und wenn er vorbeikommt?«, fragte Anja, die ihr gerade Kaffee einschenkte. Luisa rechnete auch damit.

»Wir sollten einen Ausflug machen. Wenn er kommt, dann sind wir halt nicht da«, schlug Yvonne vor und blickte in die Runde. Luisa tat es ihr gleich. Ihr Vorschlag schien auf allgemeine Zustimmung zu stoßen.

»Davonlaufen?« Oma sah das naturgemäß anders.

»Es würde dich zu sehr aufwühlen. Bringt doch nix«, riet Anja ihr.

»Bin ich doch eh schon. Noch eine so kurze Nacht, und ich bin hinüber«, erwiderte Bianca.

»Also, ich möchte Felix auch nicht sehen«, sagte Luisa. Dass sie ihn vermisste, obwohl er so ein Gauner war, behielt sie besser für sich.

»Machst du denn jetzt echt 'ne Doktorarbeit aus dem Projekt?«, wollte Onkel Steffen wissen. Vermutlich hatte Yvonne von ihrem Gespräch am Vorabend berichtet.

»Ich hätte mir im Herbst sowieso ein Thema suchen müssen, aber offen gestanden interessiert mich das einfach.«

»Habt ihr denn schon einige Videos fertig? Würde mich interessieren«, sagte Steffen.

Luisa nahm nur einen kleinen Schluck vom Kaffee, stand auf und schnappte sich ihr Tablet.

»Fünf Videos. Zwei neue sind für Alejandro. Bin gespannt, ob sie so wirken, wie wir uns das erhoffen.« Luisa stutzte, denn eben hatte sie von »wir« gesprochen. Lediglich Mama warf ihr einen sorgenvollen Blick zu.

Luisa kämpfte gegen die aufsteigende Tristesse an und stellte ihr Tablet auf der schattigen Seite des Tischs so ab, dass Onkel Steffen es sehen konnte.

»Also, das interessiert mich jetzt auch.« Bianca stand auf und begab sich mit ihrem Stuhl zu ihrem Sohn. Anja hatte den Bildschirm des Tablets auch im Blickfeld, ohne sich den Hals dabei zu verrenken. Womit anfangen? Am besten mit Alejandro, auch wenn Iglesias im Moment alles andere als stimmungsaufheiternd war. Ihn aber kannten sie, was es vor allem für Oma sicher besonders interessant machte. Luisa öffnete beherzt die erste Datei. Den Ton stellte sie geflissentlich leiser. Felix hatte die Bilder nicht hektisch aneinandergeschnitten. Jedes einzelne Foto verblieb für ein paar Sekunden, Porträts von Menschen aus Alejandros Leben etwas kürzer, Landschaftsaufnahmen, auf denen die Personen kleiner waren, etwas länger. Er hatte es irgendwie geschafft, die Schnitte im Takt zu Iglesias' Song hinzukriegen.

»Mein Gott! Die Siebziger. Schaut euch mal die Haare und die Klamotten an«, kommentierte Yvonne bei einem Gruppenfoto, das Alejandro zusammen mit seinem Sohn und wohl seiner damaligen Frau am Hafen von Sóller zeigte.

»Also, ich fand's damals schnuckeliger. Obwohl. Ein paar dieser Gebäude stehen noch«, sagte Anja, die Felix' Werk ebenso interessiert betrachtete. Ein paar Nahaufnahmen seines Sohnes Juan folgten.

»Schnittiger Kerl. Und den erkennt er wirklich nicht mehr?«, wunderte Yvonne sich.

»Schon seit ein paar Monaten nicht mehr. Er war Weihnachten hier. Hat mich kurz besucht und mir sein Herz ausgeschüttet. Er verkraftet es nicht mehr und ist seitdem auch nicht mehr gekommen«, erklärte Bianca.

»Lieber ins Pflegeheim abschieben, oder wie?«, bemerkte Anja spitz.

»Was willst du denn machen? Jedes Mal frustriert von dannen ziehen, wenn man dich für einen Fremden hält?«, fragte Steffen.

»Er würde sich gerne um ihn kümmern, aber er arbeitet und lebt mit seiner Frau in Madrid«, erklärte Bianca.

»Das gibt's doch nicht! Halt das mal an«, entfuhr es Steffen.

Luisa verstand auf Anhieb, warum, denn der Mann, der am Hafen neben Alejandro stand, sah so aus wie er, nur ein bisschen älter, was die Unschärfe des eingescannten Fotos allerdings ein wenig kaschierte. Schon hatte ihr Onkel das Tablet in der Hand. Mit Zeigefinger und Daumen zoomte er in das Standbild hinein.

»Unglaublich. Wie aus dem Gesicht geschnitten«, stellte auch Yvonne fest.

»Also mir ist das noch nicht aufgefallen«, sagte Anja.

»Da liegen ja auch Jahre dazwischen, und Vater hatte ordentlich an Gewicht zugelegt«, erklärte Steffen.

Luisa wunderte sich, dass ihre Großmutter dazu schwieg. Das war sehr ungewöhnlich. Sie hatte auch den Eindruck, dass sie durch das Tablet hindurchzusehen schien. Sicher wühlten sie die alten Aufnahmen auf, doch bald war es vorbei. Die mit Musik untermalte Fotoshow und somit der Streifzug durch Jahrzehnte kam zu einem Ende. Auf dem letzten Bild war eine der jüngsten Aufnahmen von Alejandros Sohn zu sehen. Felix hatte groß seinen Vornamen eingeblendet.

»Gibt's noch mehr Fotos von Papa bei ihm?«, wollte Steffen wissen.

»Also danach haben wir jetzt nicht geschaut, aber ich denke schon. Alejandro hat eine ganze Kiste voll mit Fotos«, sagte Luisa.

»Meinst du, er lässt sie mich anschauen?«, fragte er.

»Was willst du denn mit dem alten Zeug? Er sah dir ähnlich, zumindest in jungen Jahren«, sagte Bianca. Es klang so, als ob ihr sein Interesse gar nicht recht wäre.

»Und überhaupt. Seit wann beschäftigst du dich mit deinem Vater?«, schob Bianca noch nach.

Steffen zuckte mit den Schultern, antwortete dann aber doch. »Vielleicht verstehe ich dann einige Dinge besser«, sagte er in Gedanken.

»Wir könnten einfach mal rübergehen. Mich interessiert sowieso, ob er sich nun an seinen Sohn erinnert«, sagte Luisa. Oma musste schließlich nicht mitgehen, wenn die alten Aufnahmen sie so aufwühlten.

»Jetzt gleich?«, drängte Steffen.

»Den Kaffee kann ich aber schon noch austrinken«, sagte Luisa.

»Und was ist mit dem Ausflug? Wenn wir hier noch viel länger herumsitzen, dann hab ich Wolfgang auf der Matte stehen«, beschwerte sich Bianca.

»Ach, das geht doch schnell.« Luisas Interesse für die Wirkung der Videos setzte sich gegen Omas ihrer Meinung nach unbegründete Ängste durch. Soweit Luisa sich erinnerte, hatten sich ihre Großmutter und Wolfgang immer verabredet. Unangemeldet kam er vormittags sicher nicht einfach so vorbei.

»Also, ich zieh mich schon mal an. Natur, Stadt oder Strand?«, wollte Yvonne wissen, bevor sie sich erhob.

»Nordküste, und wir halten, wo es uns gefällt«, schlug Steffen vor.

Bianca seufzte und stand ebenfalls auf.

»Ich schreib ihm. Es muss endlich Klarheit her«, sagte sie wohl mehr zu sich selbst.

Steffen reckte den Hals, um hinunter zu Alejandros Haus zu sehen. »Ob Alejandro überhaupt da ist?«, fragte er.

»Sicher. Wo soll er denn sonst sein?«, sagte Luisa, schnappte sich einen Toast, Butter und Marmelade. Letztlich war sie auch gespannt darauf, ob Alejandro sie selbst wiedererkannte.

Bianca hatte sich gerade mal eine Bluse angezogen und sich bequeme Shorts für den Ausflug zurechtgelegt. Nun stand sie immer noch unentschlossen zwischen Bett und ihrem Sekretär mit dem Notebook. Wie gelähmt! Einfach gar nicht melden? Wolfgang würde anrufen und ihnen den Ausflug verderben. Nur kurz per Messenger Bescheid geben, dass sie heute mit ihrer Familie unterwegs war? Auch dann würde er vermutlich anrufen. In dem Moment fiel Bianca auf, dass sie, seitdem sie sich kennengelernt hatten, noch nie so lange nichts voneinander gehört oder gesehen hatten. In Eile doch schnell eine E-Mail schreiben und ihn darüber in Kenntnis setzen, dass er sich bei ihr nicht mehr blicken lassen sollte? Am Vorabend hatte es doch auch geklappt, Felix abzuservieren. Beide hatten sich die gleiche Abfuhr verdient. Bianca blickte von ihrer Bluse zu ihrem Telefon auf dem Nachttisch und dann wieder zum Notebook. Furchtbar, diese Unentschlossenheit! Und jetzt auch noch so eine Hetze. Ihr Blick schweifte erneut über die drei Möglichkeiten. Sie setzte sich dann doch an den Sekretär. Kurz und schmerzlos, sagte sie sich, doch schon als sie das Notebook aufklappte, konnte von »schmerzlos« nicht mehr die Rede sein. Sie merkte, wie ihre Hände anfingen zu zittern und eiskalt wurden. Erst einmal die Lesebrille aufsetzen und tief Luft holen. Es half nix. Schließlich erwischte sie mit dem Cursor der Maus das Symbol für ihr E-Mail-Programm. Schon sprangen ihr die ersten Mails entgegen. Natürlich überwiegend Werbung. Es bedurfte Überwindung, um endlich auf das Symbol zum Verfassen einer neuen E-Mail zu klicken. Fenster auf. Seine E-Mail-Adresse kannte sie bereits auswendig. Die tippte sie ein. Buchstabe für Buchstabe mit ihrem Zeigefinger, denn das ansonsten sehr flotte Händchen, des Zehnfingersystems mächtig, funktionierte nicht mehr, wenn die Finger vor Aufregung gleich mehrere Tasten gleichzeitig anschlugen. Wie fängste die Mail überhaupt an? Doch wohl nicht mit »Lieber Wolfgang«. Einfach nur »Hallo«? Sie konnte wohl schlecht »Lieber Dreckskerl« schreiben. Auch das war ihr bereits in den Sinn gekommen. Bianca entschied sich für ein eher unverbindliches »Hallo«. Und weiter? »Wie mir zu Ohren gekommen ist …« Bianca stutzte. Klingt total bescheuert. Schreibst doch keinen Roman. Dazu haste eh keine Zeit mehr. Noch immer flatterten ihre Fingerchen unentschlossen über der Tastatur herum.

»Die Reise kannste vergessen. Geht schließlich nicht ohne Knete. Hast keine, aber auf dicke Hose machen. In die besten Hotels. Verwöhnen lassen. Das muss man sich gönnen.« Klang doch gut und war auf den Punkt gebracht, doch tippen konnte sie es nicht, denn schon hatte sie ihren ersten Tag im Café am Port de Sóller vor ihrem geistigen Auge. Wie konnte man nur so dreist lügen? Hatte er etwa erwartet, dass sie die Reise bezahlte? Hätte unterwegs dann behauptet, dass jemand ihm den Geldbeutel gestohlen hatte? Nein, doch nicht Wolfi. Bianca starrte auf ihre zittrigen Hände und nahm sie von der Tastatur. Es ihm doch persönlich sagen? Bei dem Gedanken zitterten ihre Hände gleich noch mehr, denn sie wusste genau, wie schwer es ihr fallen würde. Die nächsten Momente der Nähe schossen ihr durch den Kopf, und jeder einzelne von ihnen erhöhte ihren inneren Widerstand, ihm zu schreiben. So dreist konnte doch kein Mensch lügen, sagte sie sich. Von wegen! Witwenjagd. Meinste, die anderen Frauen, die auch auf so einen Kerl hereingefallen sind, hatten Matsch in der Birne? Das ist halt deren Masche. Bianca gab einen verächtlichen Laut von sich. Der galt aber ihr selbst, denn matschiger konnte ihre Birne im Moment kaum sein. Selbst der Versuch einer Rekapitulation der Fakten, die Steffen und Teresa auf den Tisch gelegt hatten, schaffte keine Klarheit. Besser heute Abend in Ruhe schreiben, sagte sie sich. Schon kam erneut der Einwand, dass er sich spätestens bis zur Mittagszeit bei ihr melden würde. Dies war der einzig klare Gedanke. So, du machst das jetzt, und zwar mit dem Handy, dann ersparste dir auch die Anrede. Weil ihre Finger ihr nach dieser Entscheidung wieder gehorchten, hielt Bianca sie für richtig. Sie stand auf, schnappte sich ihr Handy vom Nachttisch und öffnete den Messenger.

> Fahr mit den Kindern in die Berge. In den Norden.
> Family Time. Melde mich später.

Das war nicht gelogen. Es würde ihm genügen. Richtige Entscheidung? Biancas Zeigefinger schwebte bereits über der »Senden«-Taste. Noch einmal kurz überlegen. Doch, passt.

»Oma«, gellte es plötzlich von draußen. Luisas Stimme hatte diesen dringlichen Unterton. Na, so eilig werden sie es wohl nicht haben. Bianca drückte auf »Senden«. Erledigt. Das fühlte sich gleich besser an. Bianca legte das Handy zur Seite. Sie spürte regelrecht, wie sich ihr Kopf wieder mit Blut füllte und ihre Hände auftauten. Wertvolle Stunden geschunden. Family Time! Nun freute sie sich sogar auf den Ausflug und schlüpfte beherzt in ihre Shorts.

»Oma. Alejandro ist weg!«

Bianca fror förmlich ein. Das war's dann wohl mit dem Ausflug. Am besten sie verständigte die Polizei. Kam ja nicht zum ersten Mal vor, dass er irgendwo in der Stadt unterwegs war. Bisher hatten sie ihn immer nach spätestens drei bis vier Stunden gefunden. Bianca knöpfte sich die Hose zu, schnappte sich ihr Handy, ihre Tasche und eilte nach unten. Auf der Terrasse hatten sich bereits Yvonne und Anja, beide fertig angezogen, eingefunden und um Luisa und Steffen versammelt.

»Hast du eine Ahnung, wo er sein könnte?«, fragte Luisa.

»Habt ihr auch in der Scheune nachgesehen? Hinter dem Haus?«

»Oma. Wir haben nach ihm gerufen. Das hätte er doch gehört.« Einleuchtendes Argument.

»Ich hab irgendwie ein ungutes Gefühl«, sagte ihre Enkelin.

»Mach dir keine Sorgen. Wir rufen bei der örtlichen Polizei an, und wenn wir zurück sind, dann ist er wieder in seinem Haus«, versuchte sie, Luisa zu beruhigen, doch die hielt ihr ein Tablet hin. Moment, das war doch nicht ihres von heute Morgen?

»Haben wir auf seinem Küchentisch gefunden«, erklärte Luisa und drehte es so, dass sie es sehen konnte. Es war zweifelsohne ein Foto von ihm und Ernst. Das Motiv kannte Bianca. Und es war eines, an das sie sich nicht mehr erinnern wollte.

»Er muss sich wohl heute Morgen die Videos angeschaut und bei diesem Foto hier gestoppt haben. Vielleicht erinnert er sich an irgendetwas und geht da jetzt hin«, mutmaßte Luisa.

»Ist das in der Nähe?«, wollte Steffen wissen.

Lieber Gott, warum kannst du diesen Krug nicht an mir vorbeigehen lassen!

Bianca nickte.

»Wo ist das?«

»Eine kleine Bucht. Ich weiß, wo sie ist«, gab Bianca notgedrungen zu.

»Dann sollten wir dort hinfahren«, schlug Steffen vor.

»Und wenn er dort nicht ist, dann kannst du immer noch die Polizei anrufen.«

»Ist bestimmt schön dort. So eine verwunschene romantische Bucht«, sagte Yvonne mit wachsender Begeisterung.

Romantisch war sie, diese verdammte Bucht. Und wie! Und verwunschen ebenfalls. Bianca korrigierte sich in Gedanken. Sie war verflucht, und den Fluch hatte sie höchstpersönlich an ihrem Ufer ausgesprochen.

Steffen hatte zunächst vorgeschlagen, sicherheitshalber erst noch die nähere Umgebung abzusuchen. Sie waren zu fünft und hätten sich aufteilen können, auch in der Hafengegend, wo der Alte sich nicht zum ersten Mal herumgetrieben hätte, aber Mutter war sich sicher gewesen, dass Alejandro mit dem Bus zu dieser Bucht unterwegs war. Luisa war der gleichen Ansicht. Das Foto schien ihn an glückliche Tage zu erinnern, die er mit Ernst dort verbracht hatte. Bis zu dieser kleinen Bucht waren es nur wenige Fahrminuten. Steffen hoffte, dass sie ihn fanden, denn eigentlich war ihm mehr nach einem Ausflug an die Küstenorte im Norden.

»Mich verblüfft, dass er sich an die Buslinie erinnern kann«, sagte Luisa, die sich neben Bianca und Anja auf die Rückbank des Cabrios gezwängt hatte.

»Ist immer noch die gleiche Busverbindung wie früher«, hörte er seine Mutter sagen.

»Also beweist das doch, dass diese Videos funktionieren«, sagte Luisa.

»Die Aufnahme ist noch nicht so alt, oder?«, rief Steffen nach hinten.

»Die war schon digital«, sagte Luisa.

Bianca nuschelte irgendwas von hinten, was er aufgrund der Fahrgeräusche nicht verstand.

»Was?«, rief er deshalb.

»Oma sagt, dass das Foto kurz vor Opas Tod entstanden ist.«

Steffen schaute in den Rückspiegel, um einen Blick auf seine Mutter zu erhaschen. Sie war kreidebleich und hatte diese starre

Mimik. Machte sie sich solche Sorgen um Alejandro? Bisher war er doch stets wieder aufgetaucht. Er konnte sich zwar nicht mehr an alles erinnern, aber Steffen hatte den Eindruck, dass er sein Leben meisterte. Was sollte denn schon bei einer Busfahrt und einem Spaziergang zu einer Bucht passieren, außer dass er vielleicht nicht mehr ohne fremde Hilfe nach Hause fand? Was allerdings schlimm genug war für jemanden, der sich vielleicht nicht einmal mehr darin erinnerte, wo er wohnte.

»Wenn er irgendwo hinfährt oder zum Hafen läuft, dann müsste er doch auch wieder zurückfinden«, meinte auch Yvonne.

»Nach dem, was ich gelesen habe, hängt das von der jeweiligen Verfassung ab. Wie er drauf ist …«, sagte Luisa, die sich inzwischen nach vorn gebeugt hatte, um dem Gespräch besser folgen zu können.

Steffen leuchtete das unmittelbar ein. Erneut blickte er in den Rückspiegel. Mutter saß immer noch da, als hätte sie Medusa erblickt. Ihre Verfassung war heute wohl nicht die beste. Vermutlich machte sie sich nur deshalb so fertig, weil die Angelegenheit mit Wolfgang noch nicht geklärt war. Da nur sie den genauen Weg kannte und diese Bucht mit ihrem eingebauten Navi nicht auffindbar war, beschloss Steffen, sie aus dieser Starre zu lösen. Wenn sich die Bewaldung lichtet, gleich nach der großen Olivenplantage, wenn es steinig wird, hatte es geheißen. Etwas unpräzise, wenn man den Weg nicht kannte.

»Mutter, wie weit ist es noch? Müssen wir nicht irgendwann abbiegen?«

Es wirkte, denn es riss sie förmlich aus ihrer Lethargie. Bianca fing an zu blinzeln und schien wieder gedanklich unter ihnen zu weilen.

»Noch gut einen Kilometer nach der Bushaltestelle. Da geht ein kleiner Weg runter zum Meer. Den Rest müssen wir laufen.«

»Ist wohl eher ein Geheimtipp für Verliebte«, stellte Yvonne fest. Steffen hatte das Gleiche gedacht.

»Davon gibt's hier einige«, kam es so überzeugend von Luisa, dass Steffen den Eindruck hatte, sie hätte diesbezüglich schon einschlägige Erfahrungen gemacht. Allerdings hatte er den eher abfälligen Ton nicht überhört.

»Schon ausprobiert?«, fragte Yvonne süffisant lächelnd.

»Ich nicht!«

Alles klar. Wahrscheinlich war der Schwerenöter, den sie in den Wind geschossen hatte, diesbezüglich sehr landeskundig. Überhaupt stellte Steffen wieder einmal fest, wie viele schöne Ecken es hier gab. Allein die Fahrt auf der Landstraße in nördlicher Richtung lockte mit reichlich Wald und Blumen, die an Sträuchern am Wegrand wuchsen. Sie waren schon an ein paar Stellen vorbeigefahren, an denen er Trampelpfade ausgemacht hatte, die über Stock und Stein bestimmt hinunter zum Meer gingen. Die Küste war hier sehr steil. Vermutlich kam man generell nicht zu den kleinen Buchten, ohne das restliche Stück zwischen Felsen hinunterzuklettern.

»Da vorn rechts!«, wies Bianca ihn an.

Um ein Haar wäre er an dem schmalen Weg vorbeigefahren. Man konnte ihn leicht übersehen, weil hohe Gräser ihn vor Blicken schützten. Hierher verirrte sich sicher kein Tourist, und dass Einheimische bei der Hitze so weit von der letzten Bushaltestelle, an der sie vorbeigefahren waren, mitten in der Pampa zu laufen bereit waren, stellte Steffen infrage. Hinzu kam, dass man hier besser mit einem Jeep unterwegs war. Der Weg war nicht geteert. Einige Gesteinsbrocken standen so weit hervor, dass Steffen um den Unterboden seines Wagens fürchtete. Egal. War alles versichert. So gut es ging, umschiffte er Schlaglöcher und Geröll. Ein kleines bewaldetes Stück lag vor ihnen. Hier war die Fahrbahn intakter. Es schüttelte dennoch alle im Cabrio durch. Die Lichtung und die damit verbundene Parkmöglichkeit, die Mutter angekündigt hatte, lag nun vor ihnen. Von dort ging es auf schmalen Pfaden, die sich am Fels entlangschlängelten nach unten zur Bucht. Steffen stellte den Wagen auf der Lichtung ab. Nachdem kein anderes Fahrzeug weit und breit zu sehen war, schien dies wirklich etwas für Insider zu sein.

»Waren die hier zum Schwimmen?«, wunderte Yvonne sich, die als Erste ausgestiegen und ein paar Schritte nach vorn gegangen war. Von dort aus schimmerte das Meer durch die Lücken der Baumstämme. »Also da ist's doch in Sòller viel angenehmer«, sagte Anja.

»Angeln«, kam es kurz angebunden von Bianca. Dann stieg sie genau wie die anderen aus.

Steffen fiel ein, dass sie dies erwähnt hatte. Vater war ein leidenschaftlicher Angler und hier an der Nordküste auch mal gerne mit dem Boot unterwegs gewesen. Yvonnes Frage war ungewollt pikant, denn Vater hatte beim Schwimmen einen Herzstillstand erlitten. Mutter hatte ihnen seinerzeit erklärt, dass dies hier öfter vorkam, vor allem wenn das Wasser noch keine Badetemperatur hatte. Ältere Touristen stopften sich all inclusive den Bauch voll und gingen dann mit vollem Ranzen ins Wasser. Jüngere sprangen ins Meer, ohne sich vorher abzufrischen. Ein Inselklassiker sozusagen.

Bianca folgte Luisa und Anja auf dem schmalen steinigen Pfad, der zwischen den Bäumen ziemlich steil nach unten führte. Yvonne wartete, bis Steffen den Wagen abgesperrt hatte.

»Glaubst du echt, dass er hier ist?«

Steffen zuckte mit den Schultern.

»Mutter ist davon überzeugt. Ich frag mich nur, was in ihm vorgeht.«

»Melancholie? Ist ja auch ein schönes Gefühl«, sagte Yvonne.

»Leider mit Schmerz verbunden. Man denkt an vergangene Zeiten und findet sich im Hier und Jetzt wieder. Mit Melancholie hab ich es nicht so«, erwiderte Steffen, schloss die Autotür und ging nun ebenfalls in Yvonnes Begleitung den Weg hinunter. Und der war nach der ersten Biegung nicht ohne. Er wurde immer steiler. Zunächst zum Trampelpfand, dann zur kleinen Schneise zwischen Geäst und Gebüsch. Bianca hielt sich bereits an Luisas Hand fest. Erst als das Ende des kleinen bewaldeten Abschnitts erreicht war, ließ sich ein Blick auf die kleine, felsige Bucht erhaschen. Eine Felszunge ragte ein Stück ins Wasser hinein. Steffen traute seinen Augen nicht. Dort stand Alejandro und blickte aufs Meer hinaus.

»Alejandro.« Luisa rief nach ihm, doch er zeigte keine Reaktion. Vermutlich war die Brandung zu laut, der Wind hier unten zu stark. Luisa eilte den schmalen Pfad entlang der Felsen hinunter und rief noch einmal seinen Namen, als sie nur noch wenige Meter vom kleinen Sandstrand entfernt war. Endlich drehte er sich um. Alejandro blieb regungslos stehen und schien zu überlegen, wen er vor sich hatte. Dann setzte er sich in Bewegung. Die Steine unter seinen Füßen waren tückisch. Dort, wo er stand, war es trocken, doch ein kleines Stück, das unmittelbar vor ihm lag, bekam immer wieder die Brandung ab. Steffens Befürchtungen wurden wahr. Alejandro fand keinen Halt auf den Felsen. Er geriet ins Straucheln, versuchte, sein Gleichgewicht wiederzufinden, doch vergeblich. Er rutschte aus und fiel auf Gestein, das aus dem Wasser ragte. Die nächste Welle war im Anmarsch. Sie spülte ihn weg. Die nächste höhere Welle verschluckte ihn. Schon rannte Steffen los, schob sich an Yvonne vorbei, keine paar Meter weiter an Bianca. Luisa und Anja liefen gerade die letzte Serpentine nach unten.

Alejandro tauchte aus den Fluten auf und ruderte mit den Händen, um Halt an einer klitschnassen Felsplatte zu finden. Die nächste Welle rollte mit Getöse heran. Sie erfasste ihn und wirbelte ihn gegen das Gestein. Die Brandung schien ihn erneut zu verschlingen.

Steffen sprang von der letzten Biegung des Wegs direkt in den Sand, zog sich im Laufen das T-Shirt vom Körper und schlüpfte aus seinen Slippers.

Die Wellen spielten mit dem leblos wirkenden Alten. Er musste ihn rausholen, bevor die nächste stärkere Welle noch Schlimmeres anrichtete und seinen Kopf abermals gegen den schroffen Felsen schleuderte.

»Ruf einen Rettungswagen«, rief er Luisa zu, während er ins Wasser lief. Sie hatte geistesgegenwärtig schon ihr Handy in der Hand.

Die ersten Meter im Wasser war die Brandung überwindbar, doch dort, wo die Landzunge weiter ins Meer ragte, kostete es Steffen alle Kraft, um gegen die Naturgewalt anzukämpfen. Er tauchte unter, um schneller voranzukommen. Dort hatten die Wellen weniger Wucht. Alejandros lebloser Körper schwamm nun unmittelbar vor ihm. Er packte ihn und zog ihn erst einmal nach oben. Der alte Mann reagierte überhaupt nicht mehr. Steffen schlang einen Arm um ihn und umklammerte seine Brust. Noch bevor die nächste größere Welle kam, mussten sie von hier weg sein. Weiter nach links, denn dort waren keine Felsen. Die nächste Welle kam und war nun eine Hilfe, weil sie die beiden kraftvoll in Richtung des kleinen Strandes spülte. Hier konnte man wieder stehen. Steffen fand Halt. Luisa war bereits neben ihm und half ihm dabei, Alejandro an den Strand zu ziehen.

Anja war sofort zur Stelle. Wer, wenn nicht sie, sollte in der Lage sein, ihm wieder Leben einzuhauchen?

»Geht zur Seite«, wies sie Steffen und Luisa an. Sie begann sofort mit der Beatmung. Er rührte sich nicht. An seinem Kopf klaffte eine Wunde. Anja begann mit der Herzdruckmassage. Alejandro bäumte sich auf und hustete Wasser aus seiner Lunge.

Steffen fiel ein Stein vom Herzen. Alejandro lebte und richtete den Blick auf ihn. Steffen konnte ihm ansehen, wie sehr es ihn anstrengte, seinen Kopf zu heben.

»Ernst«, krächzte er, bevor sein Haupt kraftlos zurück auf den Sand sank.

Anja fühlte sofort seinen Puls und legte ein Ohr gegen seinen Mund. Sie tätschelte seine Wange, doch Alejandro reagierte nicht mehr.

Erneut beugte Anja sich über ihn.

»Er hat das Bewusstsein verloren, aber er lebt.«

»Ich hab den Notarzt schon verständigt«, sagte Luisa.

Erst jetzt blickte Steffen zurück, um nach seiner Mutter zu sehen. Sie stand am Ende des Weges und stützte sich gegen einen der Felsen. Schreckensbleich. Als sich ihre Blicke kreuzten, ließ sie sich auf einen der niedrigeren Steinbrocken nieder und presste die Hände aufs Gesicht.

Luisa hatte das auch mitbekommen. »Ich geh zu ihr«, sagte sie und eilte hinüber.

»Am besten, ich lauf nach oben, nicht dass der Notarzt die Abzweigung nicht findet«, schlug Yvonne vor und setzte sich daraufhin in Bewegung.

Anja kramte ein Taschentuch hervor und säuberte damit notdürftig Alejandros Wunde oberhalb der Schläfe.

»Vermutlich hat er eine Gehirnerschütterung«, diagnostizierte sie.

»Hoffen wir, dass es nichts Schlimmeres ist«, sagte Steffen und richtete seinen Blick nach oben. Es war ein Stoßgebet.

Luisa hatte fast damit gerechnet, dass es nicht so einfach sein würde, zu erfahren, wie es um Alejandro stand. Sie waren keine Angehörigen, doch nachdem der Notarzt wusste, wer ihn verständigt hatte und dass Oma seine Nachbarin war, konnten sie zumindest so lange bleiben, bis sie wussten, ob er durchkam. Sicherlich war es auch hilfreich gewesen, dass Oma als Einzige die Telefonnummer seines Sohnes hatte. Das bewies immerhin, dass eine engere Verbindung bestand und somit ein nicht ganz unberechtigtes Interesse. Gehört hatten sie bisher noch nichts. Bis auf Steffen saßen sie zu viert wie die Hühner auf der Stange auf Plastikstühlen, die einen sterilen Gang zierten. Es roch nach Chlorreiniger, wie ihn Teresa bei Oma auch verwendete. Dennoch konnte man sich hier nicht so recht zu Hause fühlen. Anja und Yvonne rutschten schon die ganze Zeit auf den harten Plastikstühlen hin und her. Nur Bianca nicht. Die saß da wie in Stein gemeißelt.

»Kannst du Steffen anrufen? Er könnte mir noch meine Strickjacke mitbringen. Die liegt ganz oben auf meinem Koffer«, fragte Anja an Yvonne gerichtet. Es war aber auch übel kalt hier drin, und die Klimaanlage blies genau über ihre Köpfe. Onkel Steffen müsste eigentlich schon im Haus sein, überlegte Luisa. Er brauchte frische Hosen, andernfalls wäre er der Erste, der sich hier auf der Insel bei der Hitze eine Blasenentzündung holte.

»Mir meinen roten Sweater. Oberste Schublade im Schrank«, sagte Luisa, ebenfalls an Yvonne gerichtet. Sicher ist sicher. Schließlich war noch nicht klar, wie lange sie hier warten mussten, um von einem der Ärzte oder Schwestern etwas zu erfahren. Yvonne nickte und zückte ihr Handy.

»No. Prohibido. Verboten inside«, kauderwelschte die Stationsleitung von hinter dem Tresen, die wohl mitbekommen hatte, dass Yvonne gerade jemanden anrufen wollte.

Yvonne stand daher auf und ging nach draußen.

»Und du, Mama? Brauchst du nichts?«, fragte Anja sicherheitshalber nach.

Bianca schüttelte kaum merklich den Kopf. Dass ihr Alejandros Unfall naheging, war verständlich, doch warum es sie gleich so beutelte, leuchtete Luisa beim besten Willen nicht ein. Während der ganzen Rückfahrt kein Wort, außer dass sie etwas Wasser haben wollte. Ausgerechnet in der eisigen Kälte der Notaufnahme war sie aufgetaut und hatte ein paar Worte mit dem diensthabenden Arzt gewechselt. Nur aus diesem Grund saßen sie überhaupt noch hier.

»Hoffentlich kommt er bald zu sich«, sagte Luisa.

»Wenn er keine inneren Blutungen hat. Bei so einer Kopfsache weiß man nie. Er ist auch nicht mehr der Jüngste«, gab Anja zu bedenken.

»Ich wünsch es mir so sehr. Wenn er wieder auf die Beine kommt, werde ich noch mehr Videos machen.«

»Das eine scheint ja gewirkt zu haben, oder waren die beiden so oft dort, dass er es nicht vergessen hat?«, fragte Anja an Bianca gerichtet.

»Mama?«

Oma schien sich erneut dem Piepsen, dem Stimmengewirr auf dem Gang und dem Geräusch eines Laserdruckers an der Rezeption hingegeben zu haben.

»Wie?«

»Ob Papa früher auch oft dort gewesen war oder erst die letzten Jahre«, wiederholte Anja. Die Frage war berechtigt, denn wenn Opa und Alejandro schon seit den Neunzigern dort gewesen waren, hätte er sich auch ohne ihr Video daran erinnert. Das Foto auf seinem Tablet sprach zwar dagegen, doch in der Wissenschaft musste man alle Möglichkeiten abklopfen. Da hatte Mama schon recht.

»Die letzten … Alejandro hat die Bucht entdeckt. Bei einem Segelausflug mit Ernst …«

»Na, dann scheint's ja zu wirken«, schlussfolgerte Mama, denn Alejandro brachte im Normalfall eher Erinnerungen zutage, die viel weiter in der Vergangenheit lagen.

»Ich hab ihm noch gesagt, dass es viel zu gefährlich ist an der Nordküste. Aber er wollte nicht auf mich hören. Hat natürlich auf Alejandro gehört.«

Erst so schweigsam wie ein Grab, und jetzt fing Oma von allein an zu erzählen? Auch Mamas Augenbrauen hoben sich.

»Du sprichst von Papas Unfall?«

Bianca nickte. Ihr Blick haftete immer noch an der blütenweißen Wand gegenüber.

»Ist Papa denn da schwimmen gegangen?«

Bianca nickte erneut.

»Etwa in dieser Bucht?«, wollte Anja sich vergewissern.

»Sie sind zum Angeln rausgefahren. Es war sehr heiß. Ernst wollte zum Abkühlen ins Wasser«, sagte Oma mit angeschlagener Stimme.

»Papa ist in dieser Bucht ertrunken?« Mamas Gesichtsfarbe passte sich der Omas und der Wand an.

»Herzstillstand. Alejandro war damals schon vergesslich, aber bei klarem Verstand. Er hat versucht, ihn zu retten, doch als er ihn erreichte, war er schon tot. Alejandro hatte einen Nervenzusammenbruch. Schwere Vorwürfe hat er sich gemacht. Er hat es wohl nicht überwunden und gab sich die Schuld.«

Nun wurde Luisa flau im Magen. Wie schrecklich musste das heute am Strand für Oma gewesen sein. Sie hatte den Unfall von damals ja nur erzählt bekommen und heute noch so einen schlimmen Moment an der gleichen Stelle erlebt.

»Arme Oma«, sagte sie nur, griff nach ihrer Hand und hielt sie fest. Sie war kalt wie Eis, doch ein dankbares Lächeln zeigte sich in ihrem Gesicht.

»Und von da an ging es mit Alejandro rapide bergab«, rang sie sich noch ab, bevor ihr Tränen in die Augen stiegen. »Manchmal kommt mir das Leben wie eine einzige Farce vor«, sagte sie dann noch.

»Aber es war doch ein Unfall«, sagte Anja. Sie verstand offenbar genauso wenig, was Oma damit sagen wollte.

»Wie meinst du das?«, fragte Luisa nach.

»Ach nichts ...«, wiegelte Bianca ab.

Luisa musterte sie. Auch wenn sie stocksteif dasaß, spürte sie genau, wie es in ihr brodelte.

»Also, ich brauch jetzt irgendwas für meinen Zuckerspiegel. Wollt ihr auch was?«, fragte Anja und stand auf.

Bianca schüttelte beinahe unmerklich den Kopf.

Luisa ebenfalls, denn im Moment brachte sie nicht einmal mehr einen Schokoriegel herunter.

Warum Oma schon wieder seufzte und den Kopf schüttelte, erschloss sich Luisa nicht. Eine weitere Nachfrage ersparte sie sich.

Kapitel 13

Dass Alejandros Sohn in den nächstbesten Flieger von Madrid nach Palma gestiegen war, wunderte Luisa nicht. Mama war zwar der Meinung, dass Alejandro sich aufgrund seiner generell guten Konstitution schnell erholen würde und sich nichts gebrochen hatte, aber es war wegen möglicher innerer Verletzungen nicht gänzlich auszuschließen, dass er gar nicht mehr aufwachte. Juan saß jetzt bestimmt schon über eine halbe Stunde im Sprechzimmer des behandelnden Arztes. Nur er bekam genauere Auskünfte über Alejandros Gesundheitszustand. Mama, Yvonne und Steffen wollten jedenfalls keinen platt gesessenen Hintern riskieren und waren schon vor zwei Stunden wieder nach Hause gefahren. Luisa fühlte sich auch allein in der Lage, auf Oma aufzupassen, sie mit Wasser, Kaffee sowie Süßigkeiten aus dem Automaten zu versorgen und sie etwas abzulenken. Erinnerungen an gemeinsam verbrachte Urlaube auf der Insel hatten sie zur Überbrückung der Wartezeit, bis Alejandros Sohn wieder aus dem Sprechzimmer herauskam, wenigstens etwas aufgemuntert. Alejandro lag vermutlich immer noch reglos in seinem Bett, hing am Tropf und allen möglichen Schläuchen. Ein Bild zum Erbarmen. Luisa hatte sich vorhin etwas die Füße vertreten und klammheimlich in Alejandros Krankenzimmer gelugt, als eine der Schwestern hineingegangen war und die Tür für einen Moment halb offen gestanden hatte. Luisa war gespannt darauf, was Juan ihnen zu berichten hatte.

»Ob es wohl jemals so weit gekommen wäre, wenn Juan ihn häufiger besucht hätte?«, sagte ihre Großmutter, die genau wie Luisa gedankenverloren auf die Tür starrte.

»Du meinst den Unfall?« Luisa konnte ihr nicht folgen.

»Nein, generell. Es ist auch sehr ungewöhnlich, denn normalerweise sind die Spanier Familienmenschen. Die Alten leben oft bei ihren Familien und müssen gar nicht ins Altersheim«, sagte Bianca.

»Hätte Alejandro denn nicht bei Juan in Madrid wohnen können?«

»Soviel ich weiß, hat er es ihm sogar angeboten, aber Alejandro wollte nicht von hier weg. Er hängt an seinem Haus. Hier war sein Leben und ... ja ... Hier hat er wohl auch sein Glück gefunden.«

»Hier hat man aber auch alles, um glücklich zu sein.« Warum das mit dem »gefundenen Glück« so komisch geklungen hatte, fast ein wenig zynisch, erschloss sich Luisa nicht. »Oder meinst du damit etwas anderes?«, hakte sie daher nach.

Oma war normalerweise um keine Antwort verlegen. Um diese hier offenbar schon. Merkwürdig. Nach einer kurzen Denkpause kam sie dann doch.

»Es stimmt schon. Du hast hier alles. Vor allem die frische Luft von den Bergen und vom Meer. Unbezahlbar. Die Menschen hier sind herzlich. Die Alten kein Müll. Man wirft ihnen hier nicht vor, dass sie den Jungen auf der Tasche liegen. Sie nehmen Rücksicht. Im Bus, am Strand, nur was nützt es, im Paradies zu leben, wenn man ständig allein ist? Teresa weggerechnet und natürlich dich, aber die zweimal pro Jahr ...«

»Also Mama ... Den Stress hat sie doch nur vorgeschoben. Ich glaube, sie war halt auch sauer, dass du dich von Opa getrennt hast.«

Bianca seufzte und nickte.

»Und dann war er kurze Zeit später tot. Du kannst nix dafür, aber vielleicht denkt Mama, dass er nicht ertrunken wäre, wenn … Also, jetzt denkt sie das nicht mehr. Du hast uns die Umstände seines Todes damals nicht genau erzählt. Ich wusste bisher auch nur, dass er beim Schwimmen einen Herzstillstand hatte.«

»Ich wollte ihr und Steffen die Details ersparen«, sagte Bianca.

»Wäre das denn so schlimm gewesen, wenn Mama gewusst hätte, dass er mit Alejandro unterwegs gewesen war?«

Oma hüllte sich erneut in dieses merkwürdig wehleidige Schweigen, das Luisa an ihr gar nicht kannte. Es fuhr wieder Leben in sie, als die Tür zum Ärztezimmer endlich aufging und Juan in Begleitung des diensthabenden Arztes herauskam. Wohl auch, weil sie Luisas Frage jetzt nicht mehr beantworten musste.

Juans Miene war etwas aufgehellt, und er konnte sogar lächeln, als er dem Arzt die Hand schüttelte. Er lächelte immer noch, als er zu ihnen kam. Wenn Luisa das richtig verstand, dann fragte Oma ihn gerade, wie es Alejandro ging und was der Arzt gesagt hatte. So viel konnte sie sich immerhin zusammenreimen. Juans Antwort war lang, und obwohl weniger schnell gesprochen als hier auf der Insel üblich, musste Luisa auf die Übersetzung ihrer Großmutter warten.

»Keine inneren Blutungen. Vorhin war er sogar kurz bei Bewusstsein. Er hat etwas getrunken. Sie haben ihm ein Schlafmittel gegeben, und er wird sicher wieder gesund.«

Luisa fiel ein Stein vom Herzen. Die Freude darüber sah Alejandros Sohn ihr an. Nachdem Bianca die nächste Frage an ihn gerichtet hatte, trübte sich sein Blick etwas ein. Omas auch, nachdem er ihre Frage beantwortet hatte.

»Er kommt in ein Pflegeheim. Juan kann nicht herkommen. Seine Frau möchte nicht, dass er bei ihnen wohnt. Sie hat selbst Arthritis und kann sich nicht um ihn kümmern. Der Arzt hat ihm das auch angeraten.«

Juan fügte noch etwas hinzu, was Oma sofort übersetzte.

»Es sei ja nicht das erste Mal, dass er durch die Gegend geirrt ist. Und er glaubt, dass Alejandro sich selbst gefährdet.«

Juan nickte zur Bekräftigung.

»Aber er war in Palma doch wie ausgewechselt. Hast du selbst gesagt. Weiß Juan denn von unseren Videos und dass er dich erkannt hat?«

Bianca schüttelte den Kopf und dolmetschte.

»Video?« Vom Rest verstand Luisa nur »interesante«, doch so richtig interessant fand er es dann wohl doch nicht. Von Begeisterung keine Spur.

»Er sagt, dass sein Vater einfach zu alt ist. Er kann hinfallen ...«

»Alejandro? Der ist doch körperlich noch topfit«, wandte Luisa ein.

»Topfit«, hatte Juan wohl auch verstanden.

»Vater ist alt«, kam dann auf Deutsch an sie gewandt. Ein bisschen Deutsch konnte er offenbar. Den Rest sagte er Oma auf Spanisch.

»Er bleibt dabei. Er wird das Haus verkaufen und vom Erlös das beste Pflegeheim auf der Insel für ihn suchen«, ließ ihre Großmutter sie wissen.

Das war es dann wohl mit ihrem Projekt, und noch viel schlimmer war, dass Alejandro keine Holzmännchen mehr vor seinem Haus schnitzen konnte. Ein furchtbarer Gedanke. Luisa bekam nur noch am Rande mit, dass Oma ihn zum Tresen begleitete und sie Telefonnummern austauschten. Wenn Alejandro nur wach wäre, dann würde er ihn vielleicht erkennen und seine Meinung ändern.

»Er nimmt sich ein Hotelzimmer in der Nähe und gibt uns Bescheid, wenn Alejandro ansprechbar ist«, richtete ihre Großmutter aus.

Ein schwacher Trost. Die Alten abschieben, wegsperren. War ja auch viel bequemer. Oma hatte wohl recht, und das Schlimmste daran war, dass sie Juan aufgrund seiner Lebenssituation durchaus verstehen konnte.

Bianca fragte sich auf dem Heimweg in Juans Leihwagen, wer abgekämpfter war. Juan oder Luisa. Sie hatte erst gar nicht mehr versucht, ihm auf der Heimfahrt vom Erfolg ihres Videos zu erzählen, was sicherlich auch an der Sprachbarriere lag. Luisa verharrte mucksmäuschenstill auf der Rückbank des Wagens, vermutlich auch deshalb, weil Bianca sich gerade mit Juan unterhielt. Der Mann war in einer verzweifelten Lage, die man getrost als Zwickmühle bezeichnen konnte. Bianca wusste, dass er seinen Vater liebte und ihn so oft besuchte, wie er nur konnte, doch die Schmerzen seiner Frau mussten im letzten Jahr beträchtlich zugenommen haben. Seinen Job hinschmeißen, um sich fortan um beide zu kümmern, wäre seiner Ansicht nach nur in Deutschland denkbar, denn in Spanien sah es mit dem Sozialsystem etwas mager aus. Man konnte mit dem, was man bekam, noch nicht einmal überleben. Ein Pflegeheim in Madrid sei zudem viel zu teuer. Auch wenn Alejandro ihr leidtat, war ein Heim hier vor Ort sicher die bessere Wahl. Er müsste dann zumindest die Insel nicht verlassen.

»Oma, kannst du Juan noch etwas übersetzen?« Es war wieder Leben in Luisa gefahren. Wurde auch höchste Zeit, denn Juan war bereits in die kleine Straße gebogen, die hinauf zu Alejandros

Haus führte. Für Juan kein Umweg, denn er wollte Kleidung für seinen Vater holen und nach dem Rechten sehen.

»Bin ganz Ohr.«

»Juan geht doch jetzt eh in Alejandros Haus. Die DVDs lagen heute Morgen noch auf dem Kühlschrank. Sein Player ist im Wohnzimmer. Vielleicht kann er sich die Videos ja mal anschauen, oder mitnehmen. Ich könnte noch welche kopieren. Auf seinem Tablet sind sie auch.«

Das war ganz die Luisa, die sie kannte. Letztlich gab sie nie auf. Anscheinend hatte ihre Enkelin nur den richtigen Moment abgewartet, was schließlich auch eine Gabe war. Bianca übersetzte Luisas Anliegen daher mit Wonne.

Juan amüsierte sich darüber, dass er die DVDs auf dem Kühlschrank finden würde, doch er versprach, einen Blick hineinzuwerfen. Waren auch schöne Familienerinnerungen.

»Gracias«, rief Luisa nach vorne. Sie hatte wohl sein Lächeln richtig gedeutet.

Juan hielt direkt vor Alejandros Haus und bedankte sich noch einmal ausdrücklich. Die Einladung auf ein Glas Wein auf ihrer Terrasse schlug er allerdings aus, wofür Bianca Verständnis hatte. Die hektische Anreise musste für ihn sehr stressig gewesen sein. Vielleicht morgen oder übermorgen hieß es. Auch Luisa gab er die Hand, nachdem sie ausgestiegen war.

»DVD. Sí«, sagte er sicher zu Luisas Beruhigung, bevor er das Haus aufsperrte und darin verschwand.

»Ist wirklich sehr nett«, sagte Luisa, während sie ihm nachsah.

Noch bevor Bianca etwas erwidern konnte, meldete sich ihr Telefon mit dem bekannten Abba-Klingelton.

»Wolfi?«, fragte Luisa.

Bianca nickte und ließ es klingeln, doch zugleich sagte sie

sich, dass sie den Moment der Aussprache nicht weiter auf die lange Bank schieben durfte.

»Magst du schon mal vorgehen?«, fragte Bianca, auch wenn ihr Handy jetzt nicht mehr klingelte.

»Klar.« Luisa brauchte sie nicht zu erklären, dass sie für den Rückruf Ruhe brauchte.

Bianca wartete noch, bis Luisa die Terrasse ihres Hauses erreicht hatte. Sie drehte sich mit erhobenem Daumen um. Der Zuspruch, gefolgt von einem tiefen Atemzug, gab Bianca den Mut, Wolfgang anzurufen. Die Bank im Schatten eines von Alejandros Olivenbäumen bot sich für ein Telefonat, bei dem ihr sicher heiß werden würde, förmlich an. Es dauerte, wie erwartet, auch nicht lange, bis er sich meldete.

»In welchen Funklöchern habt ihr euch denn herumgetrieben? War's schön? Bist du wieder zu Hause?«, fragte er in der unbeschwerten und liebenswerten Art, die sie sofort daran zweifeln ließ, ob es richtig war, ihm jetzt unter die Nase zu reiben, was sie über ihn wusste. Es half aber alles nichts. Er nutzt dich nur aus. Das war wohl klar, und sie war ein williges Opfer gewesen – dank Teresa, die es auch noch gut gemeint hatte und ebenfalls auf ihn hereingefallen war.

»Hallo ... Bianca? Bist du noch dran? Funkloch?«

»Ja ... Ich ...«

»Alles in Ordnung mit dir? Du klingst so komisch.« Damit hatte er recht. Bianca drohte die Stimme zu versagen. Ihr Mund war schon staubtrocken vor Aufregung.

»Hör zu. Ich weiß alles über dich. Steffen und Yvonne haben mit deinem Nachbarn gesprochen.« Jetzt, wo der Anfang getan war, fiel der Rest viel leichter. »Selbsthilfegruppe. Hör mir auf. Auf so jemanden wie dich lasse ich mich nicht ein. Es ist besser, wenn wir uns nicht mehr sehen.« Eine Riesenlast fiel augenblicklich von ihren Schultern. Es kostete dennoch Kraft, gegen den aufsteigenden Kummer, der ihr ordentlich auf den Magen schlug, anzukämpfen. Wie sachlich ihre Stimme geklungen hatte, wunderte Bianca selbst.

Totenstille in der Leitung. Bianca presste die Hörmuschel gleich näher an ihr Ohr. Warum sagte er nichts zu seiner Verteidigung? Kein Wort über seine wirtschaftlichen Verhältnisse? Kein Wort über seine Misere? Für einen Moment hatte Bianca noch gehofft, dass es für all dies eine Erklärung gab und alles nur ein einziges Missverständnis war, doch ihre Hoffnung wurde jäh enttäuscht. Bianca vernahm nur noch ein Klicken in der Leitung. Unglaublich! Er legte einfach auf. Das nannte man dann wohl ein vollumfängliches Schuldeingeständnis. Bianca starrte dennoch völlig perplex auf ihr Handy. War das Wolfi? Am Ende war die Verbindung aus einem ganz anderen Grund plötzlich abgebrochen. Kam auf der Insel immer wieder mal vor. Es tat sich aber nichts. Spätestens jetzt müsste das Telefon erneut klingeln. Zwei widerstrebende Gefühle setzten augenblicklich ein. Befreiung und Leid zugleich. Bianca hoffte inständig, das Ersteres die Oberhand gewann, denn ihr war mittlerweile so schlecht, dass sie glaubte, sich nicht mehr von dieser Bank erheben zu können. Das Einzige, was ihr jetzt noch blieb, war der Rückhalt ihrer Familie. Dass ausgerechnet in diesem Moment Steffen und Anja an der Brüstung ihrer Terrasse erschienen, um nach ihr Ausschau zu halten, bestärkte sie in ihrer Ansicht, dass sie keine Angst mehr vor dem Alleinsein haben musste.

Wundenlecken traf es Steffens Ansicht nach wohl am ehesten. Seine Mutter saß in sich zusammengesunken auf einem ihrer Terrassenstühle und war nur noch ein Schatten ihrer selbst. Da half es nicht einmal mehr, dass Luisa sie tröstend im Arm hielt. Steffen konnte immer noch kaum glauben, dass Wolfgang auch noch so feige war. Anscheinend hatte Mutter den Nagel auf den Kopf getroffen. Steffen überlegte, was er an Wolfgangs Stelle zu seiner Verteidigung vorgetragen hätte, und stellte fest, dass es keine denkbare Rechtfertigung gab, auch keine faulen Ausreden oder Beschwichtigungen. Der Mann hatte sich selbst schuldig gesprochen. Das ausgerechnet Mutter so etwas passieren musste. Erst jahrelang seinen Vater ausgehalten und dann noch einem Typen wie diesem Wolfgang ins Netz gegangen. Allerdings gestand Steffen sich ein, dass man diesem Mann auch auf dem Leim gehen konnte, so charmant, wie er war. Trotzdem eine Riesenüberraschung.

»Du hast das einzig Richtige getan«, versicherte Anja ihr.

»Ich hätte es ihm auch gesagt«, bekräftigte Yvonne.

»Lieber ein Ende mit Schrecken ...« Mehr fiel Steffen dazu momentan nicht ein.

Mutter nickte alle drei Bemerkungen einfach ab.

»Er hat sich nicht einmal verteidigt«, sagte sie resigniert.

»Das tut mir so leid, Oma. Trink was. Ich hol dir ein Glas Wasser.« Luisa litt sichtlich mit. Sie entließ ihre Großmutter aus der Umarmung, stand auf und ging zur Anrichte mit den Getränken.

»Wie jemand so dreist lügen kann.« Anja wühlte das Ganze mindestens genauso auf. Mit Männern hatten beide wohl nicht das große Los gezogen.

»Ein Schauspieler. Oscarreif«, stammelte Bianca.

»Also, ich hätte darauf gewettet, dass wir irgendwann zu eurer Hochzeit einfliegen dürfen«, sagte Yvonne, was wenig tröstlich war, aber in Anbetracht der Turteleien auch Steffen durch den Kopf gegangen war.

Bianca stieß daraufhin einen verächtlichen Laut aus.

»Kam das Thema Finanzen denn nie auf?«, hakte Steffen nach.

»Kein einziges Mal«, sagte Bianca.

»Ihr habt doch eine gemeinsame Reise geplant. Rein technisch. Die muss man doch bezahlen. Irgendjemand muss doch buchen«, fuhr Steffen fort.

»Er hat sich darum gekümmert. Gute Hotels rausgesucht. Mir von günstigen Reisezeiten erzählt. Luxus ja, aber er hat schon geschaut, dass wir nicht das Doppelte bezahlen.«

»Und wer bezahlt, zu diesem Thema kam nie etwas?«, wollte Yvonne wissen.

»Nein. Ich bin die ganze Zeit davon ausgegangen, dass wir uns alles teilen. Und er hat, glaub ich, sogar schon etwas gebucht.«

»Und beim Essen. Ihr wart doch jeden Tag aus.«

»Mal er, mal ich. Das sagte ich doch bereits.«

»Das war aber das billige Café am Hafen«, wandte Anja ein.

Bianca nickte. »Wobei ... Seien wir doch mal ehrlich. Ihr seid doch auch gekommen, weil ihr euch Sorgen gemacht habt, dass mich dieser Kerl rupft. Dass ich alles verjuble und euch nichts bleibt.«

Steffen tauschte einen Blick mit seiner Schwester. Yvonne zog nur die Augenbrauen nach oben. Unangenehmes Thema!

»Wollte ich auch. Wofür hätte ich denn sparen sollen? Offen gestanden war es mir egal, was ihr mal von mir erbt, jedenfalls bevor ihr hergekommen seid. Das Komische ist, dass Wolfgang mich darauf angesprochen hat.«

»Was hat er denn gesagt?«, wollte Steffen wissen.

»Ob ich mir das gut überlegt hab, weil ich doch eine Familie habe. Also, wenn ihr mich fragt, dann passt das nicht zusammen.«

»Das hat er bestimmt nur gesagt, um glaubwürdig zu erscheinen«, sagte Anja.

»Würde ich auch so machen, wenn ich mir das Vertrauen von jemandem erschleichen will«, meinte Steffen.

Bianca zuckte ratlos mit den Schultern.

»Hat er mit dir über die Zukunft gesprochen, mal abgesehen von der Reise?« Nun fing Anja an weiterzustochern.

»So weit waren wir noch nicht. Was erwartest du in der kurzen Zeit?«

»Es ist halt ungewöhnlich, weil ...« Anja zögerte.

»Was weil?« Mutters Stimme klang gefestigt, sodass Anja sich ein Herz fasste.

»Ich hab mich halt gewundert, weil ihr euch noch nicht so lange kanntet. Reise ja, aber sonst nix?«

»Nix. Noch nicht einmal, worüber wir bereits gesprochen haben«, sprudelte es aus Bianca heraus. Steffen hatte den Eindruck, dass ihr das etwas unangenehm war, denn an den Blicken, die alle bis auf Luisa tauschten, wurde ihm klar, was sie dachten. Anja! Bitte fang jetzt hier kein Gespräch über das Sexualleben deiner Mutter an. Anscheinend hielt sie das nicht für so tragisch. Als Pflegerin hatte man vermutlich andere Hemmschwellen, über elementare Körperfunktionen zu sprechen.

»Glaubt ihr etwa, ich spring mit jedem gleich ins Bett? Noch dazu in meinem Alter?«, kam es prompt.

Bianca nahm noch einen kräftigen Schluck Wasser.

»Wirst du jetzt hierbleiben?«, fragte Luisa.

Steffen war froh, dass das Thema über Mutters Liebesleben vom Tisch war.

Bianca zuckte etwas unschlüssig mit den Schultern, bevor sie antwortete: »Das Haus ist doch viel zu groß. Und wer weiß, was ich für Nachbarn kriege, wenn Juan das von Alejandro verkauft.«

»Und wenn du einfach mal für eine gewisse Zeit nach Deutschland kommst? Zu uns?«, schlug Steffen vor. So ein Tapetenwechsel würde ihr im Moment sicher guttun.

»Wir haben doch ein Hotel. Also, da ist immer ein Zimmer frei.« Dass Yvonne gleich mit auf diesen Zug sprang, handelte ihr nicht nur Mutters verwunderten Blick ein.

»Vielleicht sollte ich mir eine Altersresidenz suchen. So mit allem Pipapo. Zimmerservice. Essen. Rezeption. Gibt's ja hier.«

»Dafür bist du doch noch viel zu jung«, sagte Luisa.

Das brachte Bianca dazu, ihr Lächeln wiederzufinden.

»Eine alte, abgetakelte Schabracke bin ich.«

»Also ich kann euch aus Erfahrung sagen, dass ältere Menschen fitter bleiben, wenn sie nicht in so ein Ding gehen. Sofern sie so gesund sind wie du, Mama. Man wird faul und träge«, sagte Anja.

»Das kannste bei Oma vergessen«, sagte Luisa.

Bianca ließ daraufhin bedeutungsvoll ihren Blick über die Runde schweifen. Sie lächelte schon wieder, allerdings nicht amüsiert, sondern eher entspannt. »Dass ich das noch einmal erleben darf. Meine Familie macht sich Gedanken um mich«, sagte sie – und das keineswegs vorwurfsvoll.

Steffen wusste darauf nichts zu erwidern. Ihn berührten die Worte seiner Mutter. Anja erging es wohl genauso, denn sie tauschten erneut Blicke.

Wollten wissen, ob ich mit ihm im Bett war
Reicht ja schon, dass Anja es wusste. Jetzt wissen es alle.
Ich und Sex
wollteste doch
mit diesem Macho
zeichnet ihn doch auch aus, dass er sich zurückgehalten hat

Warum eigentlich?
Händchenhalten
Knutschen
Ist doch noch jünger
im Nachhinein merkwürdig
macht man wohl nicht mit jemandem, den man übers Ohr haut
verlogen
biste doch selbst
der Pfarrer hat aber was anderes gesagt
lügen darf man, zum Schutz anderer
anderen wehtun ist auch eine Sünde
wörtlich hat der Pfarrer das gesagt
trotzdem
grad jetzt
sind so lieb zu mir
spielen die das nur, wie er?
nee
Neuanfang
keine Lust mehr, das mit mir rumzutragen
diese Bucht
wäre fast erstickt, so schlimm, ihn da liegen zu sehen
Anja glaubt, Ernst würde noch leben, wenn ich ihn nicht rausgeschmissen hätte
Blödsinn
kann ihr aber nicht sagen, warum
also weiterlügen
würde Steffen helfen
zurück nach Deutschland?
Und Luisas Projekt?
geht doch auch daheim
die Schreiberei regt mich auf

hoffentlich kommt Alejandro wieder auf die Beine
er kann ja nix dafür
kann Ernst was dafür?

Kapitel 14

Luisa! Ich hab nix geklaut. Einfach abzuhauen ist scheiße!

Hallo?! Immer noch ☹? Wieder beruhigt? Wie wär's mit Reden? Kann Dir das doch erklären.

O. k. Also Funkstille. Wenn Du schon nicht ans Telefon gehst, dann schreib wenigstens 'ne Nachricht.

Jetzt ist Bianca auch noch sauer auf mich. Du kannst ihr doch nicht so einen Mist erzählen! Meld Dich. Das muss geklärt werden!

Wie kann man nur so zickig sein?

Sorry, ist mir grad so rausgerutscht.

Bist Du überhaupt noch auf der Insel? Das bist doch nicht Du. Einfach nicht mehr melden.

Muss übermorgen zu Alejandro. Wollen wir dann reden?

Und unser Projekt? Hab noch drei neue Videos fertig. Hab ich hochgeladen.

Also. Ich werde auf alle Fälle mit Bianca reden.

Vermiss Dich ... Lass uns wieder in alten Fotokisten wühlen. Bringt echt was.

So lange kann man doch gar nicht sauer sein 😊

Nachdem Luisa frühmorgens schweißgebadet aufgewacht war, musste sie sich erst einmal bewusst machen, dass sie sich in ihrem Zimmer und nicht bei Felix befand. Sie hatte von seiner Bruchbude, seinem zusammengeklauten Mac und von ihrem Tag am Strand geträumt. So etwas ließ sich natürlich nicht so schnell abschütteln. Ihr eiserner Vorsatz, keine einzige seiner Nachrichten mehr zu lesen, hatte sich daraufhin in Luft aufgelöst. Auslöser dafür war eigentlich Oma gewesen. Sie war wohl auch mit den Hühnern aufgestanden und saß im Nachthemd auf der Terrasse, wie Luisa vom Fenster aus hatte sehen können. Oma war in Sachen Männerknatsch trotz des Elends, das über sie hereingebrochen war, regelrecht zu beneiden. Sie hatte wenigstens Klarheit. Ihr Typ hatte sich sang- und klanglos aus ihrem Leben verabschiedet. Autsch, aber wenigstens eindeutig. In Sachen Felix war gar nix klar. Wer eine Textnachricht nach der anderen schrieb, legte im Gegensatz zu Wolfgang kein stilles Schuldbekenntnis ab. Also hatte Luisa schließlich doch den ganzen Sermon gelesen und nach einem Dusch-Quickie Oma auf der Terrasse zu lesen gegeben. Erstaunlicherweise hatte sie dabei die gleichen Laute von sich gegeben wie Luisa. Das ganze Repertoire vom spitzen Ton bis hin zum gefälligen Grunzen. Dass man so lange gar nicht sauer sein konnte, Felix' letzte Nachricht, kommentierte sie allerdings mit Worten.

»Und? Bist du es überhaupt noch. Sauer?«

»Nein«, gab Luisa wahrheitsgemäß zu.

»Könntest dich doch mal melden. Wenn er so hartnäckig ist …«

Oma sprach das Mögliche aus. Luisa plagten dennoch Zweifel.

»Ich hab's schließlich mit eigenen Augen gesehen.«

»Und wenn's eine andere Erklärung dafür gibt?« Schlug sich Oma jetzt schon wieder auf seine Seite, weil sie Felix im Grunde genommen mochte?

»Wenn du die vielen Beteuerungen mal abrechnest, dann bleibt noch die Sache mit den Videos. Es scheint ihm echt etwas daran zu liegen.«

»Bisher hat er sich nur für den Strand und seine Beute interessiert.« Luisa glaubte in dem Moment selbst nicht, was sie Oma gerade entgegnet hatte.

»Weiß ich, aber das eine schließt das andere doch nicht aus. Er hat sich wirklich stets liebevoll um Alejandro gekümmert. Und was machen wir, wenn er übermorgen vorbeikommt? Sollen wir wieder einen Ausflug machen?«

Luisa schenkte sich Kaffee nach. Solche Fragen bedurften eines wachen Geists. Sie war immer noch von diesen Albträumen etwas benebelt. Und die waren so schön gewesen, aber er war ein Macho. Ein Aufreißer. So übel! Und wie hatte sie sich immer über ihre Freundinnen an der Uni lustig gemacht, die einen auf Emanze und Gender-Blabla machten. Und von wem ließen sie sich reihenweise flachlegen? Vom verhassten Urgestein von Mann.

Eis essen mit ihren soften Freunden, ans Eingemachte jedoch mit der Gegenseite. Ihr ging's jetzt wohl genauso. Ein Albtraum! Ein einziger Albtraum!

»Männer«, entfuhr es ihr, und zwar ziemlich abfällig. Das brachte ihre Gedanken auf den Punkt.

»Du sagst es«, kommentierte Bianca und schenkte sich auch noch einen Kaffee ein.

Mit Oma hier zu sitzen und die ersten Sonnenstrahlen auf dem Meer zu sehen, brachte mehr gedankliche Klarheit als das Koffein. Luisa war mittlerweile so weit, dass sie zumindest wieder Felix' unbestreitbare Qualitäten würdigen konnte. Er war nicht nur ein Macho. Insofern musste sie sich auch nicht vorwerfen, dass sie ihn attraktiv fand. Mach dir nix vor! Nicht nur aufgrund seiner inneren Werte. Hormone lügen nicht.

»Offenbar liegt das in der Familie«, sagte Bianca unwillkürlich.

Luisa sah sie fragend an.

»Wir Frauen in dieser Familie haben anscheinend das Pech mit den Mannsbildern gepachtet«, erklärte sie.

»Das sind ja tolle Aussichten.«

»Vielleicht sucht man sich auch immer die Falschen aus«, sinnierte Bianca.

»Was war denn an Opa falsch? Warst doch lange mit ihm verheiratet.«

Luisa wunderte sich, dass ihre Frage in Oma so lange nachhallte. Sie sah hinaus in die Ferne, nippte am Kaffee und nagte verdächtig lange an ihrer Unterlippe, bevor sie sich zu einer Antwort aufraffen konnte.

»Ich war total verknallt in Jürgen. Felix erinnert mich an ihn. In vielerlei Hinsicht. Der konnte auch jede haben. Mädchenschwarm an der Schule. Ich weiß noch wie heute, wie mir die Pumpe ging.

Weiche Knie. Das volle Programm. Schwarzes Haar. Tiefblaue Augen. Kräftige Hände. Die konnten aber auch sehr zärtlich sein. Hat nicht lange gefackelt. Er wollte mich. Ich ihn. Damals war das aber nicht so einfach. Unverheiratet und Sex? Damals undenkbar. Durfte keiner mitkriegen. Also ab ins Feld. Frag nicht. Wie die Hasen. Nix mit Blümchen … Du weißt schon. Dann Hirn eingeschaltet. War schließlich nicht die Einzige in seinem Leben. Hatte Zweifel. Das war's dann. Lieber was Gescheites suchen. So dachte man doch damals.«

»Und dann kam Opa«, stammelte Luisa, mittlerweile felsenfest davon überzeugt, dass Oma sich seinerzeit wohl falsch entschieden hatte. Denn Opa war eher der stille, introvertierte Buchhaltertyp und vom Modell her der Traumschwiegersohn gewesen.

»Ja …« Es klang wie eine Selbstgeißelung.

»Und Papa? Hat Mama dir Näheres erzählt? War das bei Mama auch so? Oder so ähnlich?« Luisa fragte nach, weil ihre Mutter das Thema tunlichst ausklammerte und sie so gut wie nichts von ihm wusste, außer dass er ein »Schwein« sei.

»Gleicher Fehler. Wollte auch das Rama-Modell. Dummerweise hat der sich ein anderes Nest gesucht. Und den polnischen Lkw-Fahrer hat sie in den Wind geschossen.«

»Mama hatte was mit einem polnischen Lkw-Fahrer?« Luisa konnte das kaum glauben.

»Hab ihn zweimal gesehen. Auch so ein Tier. Einfach gestrickt, aber total in sie verknallt. Und ich dumme Kuh hab ihr den noch ausgeredet.«

»Also, heißt das jetzt, dass ich Felix nicht abschreiben soll, oder was?« Luisa schlussfolgerte dies aus Omas Ausführungen.

»Was weiß ich. Siehst ja, was aus mir und Wolfgang geworden ist. Wie man es macht, ist es verkehrt. Ich sag ja, es muss ein Fluch sein, der auf den Frauen unserer Familie lastet.«

An Flüche glaubte Luisa definitiv nicht. Ein angehendes Ärztehirn tickte dafür einen Tick zu wissenschaftlich, doch anscheinend nützte diese löbliche Eigenschaft in Herzensangelegenheiten recht wenig. Dem Herz oder dem Kopf folgen? In Felix' Fall führten Kopf und Herz zu gegensätzlichen Einschätzungen. Nun gänzlich verwirrt, beschloss Luisa, erst einmal einen Spaziergang zu machen. Vielleicht ein bisschen durch die Stadt bummeln? Luisa entlarvte sich selbst. Die Innenstadt und ihre Cafés und Läden kannte sie schon zur Genüge. Es ging ihr doch nur darum, sich offenzuhalten, ob sie Felix aufsuchen würde. Soviel sie wusste, hatte er samstags seinen freien Tag, und da stand er sicher nicht so früh auf. Einen Versuch war es wert.

»Redest du mit ihm?« Omas Frage war eher eine Feststellung. Der innere Widerstreit fand ein Ende. Oma will es so, also los!

Makler waren Biancas Ansicht nach Fluch und Segen zugleich. Man brauchte sich beim Immobilienkauf um fast nichts zu kümmern. Es war bequem. So viel zum Thema Segen. Gerade hier auf der Insel konnten sie sich die Käufer mehr oder weniger aussuchen, zumindest wenn das Objekt sich in Bestlage befand. Thema Fluch. Ihrer Maklerin Rodriguez schien es nicht schnell genug zu gehen. Zwei weitere Interessenten hatte sie nun an der Angel. Russen und Italiener. Es wurde ernst, denn das Paar aus Schweden hatte bereits Interesse bekundet. Bianca setzte sich auf ihren Küchenhocker und las die Nachricht auf ihrem Smartphone erneut. Eigentlich wollte sie für sich und die anderen Frühstück zubereiten. Yvonne war bereits auf den Beinen, Steffen unter der Dusche, und Anja mit Steffens Wagen zum Bäcker am Hafen gefahren, um frisches Gebäck zu holen. Rein rechnerisch gab es gar nichts zu überlegen. Die Italiener boten fünfzigtausend mehr, und die Russen legten anscheinend noch einmal zehntausend drauf. Wahrscheinlich hatte Rodriguez sie dazu gebracht, sich gegenseitig zu überbieten. Vielleicht noch ein bisschen warten. Dann hätte Bianca 'ne Million. Noch vor wenigen Tagen hätte sie einen Luftsprung gemacht – trotz ächzender Kniegelenke. Nun starrte sie auf ihr Smartphone und überlegte, was sie der Maklerin antworten sollte. Die Schweden drängten sogar auf einen Vorverkaufsvertrag. Der war bindend. Lange konnte sie die Leute nicht mehr hinhalten. Das war jede Menge Geld. Dafür bekam sie etwas Kleineres. In Deutschland sowieso. Der verbleibende offene Kredit wäre auf einen Schlag abbezahlt. Der Rest reichte für Reisen, doch allein? Na ja, wenigstens bliebe genug für die Kinder.

»Guten Morgen, Bianca!« Yvonne war wie immer perfekt gestylt, ihr Morgengruß herzlich und überraschend erfrischend.

»Nimm dir doch einen Kaffee. Anja holt uns frische Brötchen und Gebäck. Müsste gleich wieder hier sein.«

Yvonne ging zur Kaffeemaschine und schenkte sich vom eben Gebrühten ein.

»Wenn du nicht so viel Aufregung hättest, dann wäre das der perfekte Urlaub. Mir geht das sehr nahe, die Sache mit dir und Wolfgang«, sagte Yvonne unvermittelt.

Bianca musste unwillkürlich schmunzeln. Noch vor Wochen hätte sie so viel Mitgefühl von Yvonne nicht erwartet. Prompt sah Bianca sie irritiert an.

»Glaubst du mir das etwa nicht?«, fragte sie etwas verunsichert nach.

»Ich hatte wohl lange Zeit ein falsches Bild von dir«, gestand Bianca.

»Ich weiß schon. Kein besonders gutes? Warum eigentlich? Ja, klar. Ich war nicht besonders nett zu dir, damals auf der Hochzeit. Steffen hatte kein gutes Wort für seine Familie übrig, und ich war wohl etwas voreingenommen.«

»Ich glaube, ich habe dir damals übel genommen, dass du bei deiner Hochzeit herumposaunt hast, keine Kinder zu wollen«, sagte Bianca.

»War damals meine Haltung. Meine Eltern – nur Knatsch – und Steffen … Du weißt ja jetzt, wie sehr er unter seinem Vater gelitten hat und warum er sauer auf dich war. Wenn man das mitkriegt, dann will man sich das nicht antun. Ich wollte nicht das Gleiche erleben«, erklärte sie und nahm mit ihrer gefüllten Tasse am Tisch Platz.

Bianca setzte sich zu ihr und gelangte zu der bitteren Erkenntnis, dass das Dilemma mit Ernst weitreichendere Folgen gehabt hatte, als bisher angenommen. Sie hatte Yvonne den Wunsch nach Kindern ausgetrieben. Verständlich, wenn man solche Schwiegereltern hatte.

»Steffen und ich haben kürzlich darüber geredet. Ob wir allerdings so ein tolles Enkelkind wie Luisa hinkriegen …«, sagte Yvonne augenzwinkernd.

»Wirklich?« Bianca konnte ihre Freude darüber nicht verbergen.

Yvonne nickte.

»Das schafft ihr schon … Noch ein Enkelkind wäre schön, aber ich bin schon froh, dass ich jetzt wieder einen Sohn habe und eine Schwiegertochter, die ich gerne um mich habe. Euer Besuch hat mir so gutgetan.«

Yvonne strahlte und war sichtlich gerührt.

»Also, das mit dem Besuchen. Ich glaub, uns kriegst du jetzt öfter zu sehen.«

»Hat Steffen das gesagt?«

»Er ist mittlerweile so vernarrt in die Insel, dass er sogar darüber nachdenkt, ganz herzukommen.«

Bianca stutzte. »Steffen?«

»Also mir würde das auch gut gefallen. Läuft doch eh nicht gut in Lindau.«

»Davon hat er mir nie etwas erzählt. Lindau. Ist doch auch ein schöner Ferienort.«

»Unser Hotel liegt fast am Ortsrand. Es ist ständig irgendetwas kaputt. Wir kommen gerade so über die Runden.«

»Und dein Wellness?«

»Fuß- und Nagelpflege im Keller. Eine Duftlampe und im Nebenzimmer Schlammpackungen.« Nach Wellness klang das jetzt nicht gerade.

»Würde hier sicher besser gehen, aber hat er das nur so gesagt? Das geht vielen so. Die Leute machen Urlaub und denken dann ans Auswandern.«

»Er hat sich Prospekte vom Touristenbüro mitgenommen und bis in die Nacht recherchiert, was man alles braucht. Für einen Online-Sprachkurs hat er sich auch schon angemeldet.«

»Buenas dias chicas.« Steffen trat gerade den Beweis an. Frisch und bestens gelaunt tappte er barfuß, in Boxershorts und T-Shirt in die Küche.

»Aber ich kann schon ein bisschen mehr«, sagte Steffen, der wohl den letzten Teil ihres Gesprächs mitbekommen haben musste.

»Du lernst Spanisch und willst hier ein Hotel aufmachen?« Bianca hatte Mühe, das alles auf einmal zu verarbeiten. Für einen Moment keimte in Bianca schon aus Gewohnheit erneut der Verdacht auf, dass die beiden sich nur deshalb um sie bemüht hatten, weil sie ihre Kohle brauchten. Jetzt erst recht, denn ein Hotel bekam man hier nicht nachgeschmissen, doch dieser Keim wollte nicht mehr aufgehen.

»Das mit Lindau ... War wohl eine Fehlinvestition.«

»Und wieso hast du mir das nie gesagt?«

»Wir hatten schon seit einer Weile nicht mehr ausführlicher gesprochen …«

Bianca seufzte. Was tun? Alle fünf Minuten schien sich ihre Lebensplanung zu ändern. Nun kam auch die Möglichkeit ins Spiel, dass Steffen und Yvonne auf die Insel zogen.

»Na, so tragisch ist das doch jetzt auch nicht«, sagte Steffen.

»Von wegen. Ich hab schon Käufer für das Haus. Ich dachte auch darüber nach, es zu behalten, damit ihr mich immer wieder mal besuchen kommen könnt. Wollte Luisa was vom Ersparten geben. Wenn ich das Haus verkaufe, könnte ich mir eine kleinere Wohnung suchen. Reisen fällt dann aber wohl flach. Dann bliebe nach Abzug des Darlehens für das Haus bestimmt noch was für euch übrig«, sagte Bianca. All diese Gedanken fuhren mit ihr Karussell.

»Du würdest uns dabei unterstützen?«, fragte Yvonne.

»Ja, was denn sonst.«

»Wir müssen uns erst einmal ein paar Angebote anschauen. Etwas Passendes finden. Deine Maklerin. Die weiß doch sicher, ob überhaupt etwas zum Verkauf steht. Es reicht was Kleines. Vielleicht eine nette Pension. Und vielleicht kommen wir mit dem Verkauf des Hotels auch ohne deine Hilfe hin.«

»Ich kann dir die Nummer von ihr geben. Sie spricht Deutsch«, sagte Bianca und ging zur Anrichte, um sich einen Zettel und Stift aus der Schublade zu holen.

Wäre doch schön, wenn das klappen würde. Sie wäre nicht mehr allein hier auf der Insel. Also doch verkaufen, mit in so ein kleines Hotel investieren. Gäste aus aller Welt. Vielleicht ein bisschen aushelfen? Gott im Himmel. Eigentlich hatte sie sich ihren Lebensabend anders vorgestellt.

Zunächst war Luisa den Weg zum Hafen recht zügig und voller

Elan hinuntermarschiert, doch der hatte nur so lange angehalten, bis sie vor der Straßenbahnhaltestelle nach Sóller gestanden hatte. Du läufst einem Typen hinterher! Schmerzlicher Gedanke. Luisa hätte sich bis vor Kurzem nicht vorstellen können, dass sie sich wegen eines Kerls verrückt machen würde. Vermutlich auch mangels Gelegenheit, denn die gab es während eines zeitraubenden Medizinstudiums nicht häufig. Ihre Kommilitonen hatten sie auch nicht sonderlich interessiert. Und nun dieser Pfleger. Einfach abhaken. Bald bist du wieder in Deutschland, und bis zu den nächsten Ferien hast du ihn vergessen. Das lag alles auf der Hand. In der lag dann aber auch der Fahrschein nach Sóller. Wie ferngesteuert. Luisa konnte die Fahrt gar nicht genießen. Noch nie zuvor hatte sie auf Pärchen geachtet, die mit ihr in der Touristenpritsche fuhren. Es schien heute darin vor Frischverliebten nur so zu wimmeln. Es knisterte regelrecht. Die kleinen Gesten waren es, die den Verdacht nahelegten, dass sie genau das stärker vermisste, als sie es sich bisher eingestanden hatte. Der Kuss von mutmaßlichen Schweden, die von der Sonne krebsrot waren. Der Spanier, der mit seiner Freundin ein lebhaftes Streitgespräch führte, sie dann einfach am Nacken packte und zu sich heranzog, um sie gegen ihren Protest zu küssen. Wie pathetisch. Die Krönung war noch der verstohlene Zungenkuss eines anderen Touristenpärchens. Verstohlen, weil neben den beiden eine alte Dame stand. Sie sah es trotzdem und amüsierte sich. Bist du jetzt vollends hormongesteuert, oder was? Um nicht gänzlich jeglichen Selbstrespekt zu verlieren, erinnerte sie sich an die rein rational begründbaren Argumente, weshalb ein Gespräch mit ihm notwendig war. Es ging um ihr Projekt. Außerdem würde sie ihm so oder so begegnen, wenn er bei ihnen aufkreuzte, um nach Alejandro zu sehen. Er würde ihn nicht vorfinden und dann gleich nach oben gehen. Na also! Es ist alles gut. Du hast alles unter Kontrolle, sagte sie sich, als sie aus der Straßenbahn stieg. Von dort aus waren es noch gut zwei Gehminuten. Luisas Schritte verlangsamten sich. Wäre es nicht besser gewesen, ihn anzurufen oder eine kurze Nachricht per Messenger zu schicken? Nein! So etwas klärte man persönlich. Dummerweise musste sie sich auch eingestehen, dass sie ihn genauso vermisst hatte wie er sie. Wenn es denn stimmte. So was war schließlich schnell getippt. Meinte er es auch so?

Luisa erreichte die Straße, in der er wohnte. Noch nix im Magen. Schnell noch eine Kleinigkeit essen? In der Bar war so früh kaum etwas los. Luisa blickte hoch zum Fenster seiner Dachgeschosswohnung, dann zum Tresen. Dort lockten belegte Baguettes mit Serranoschinken. Die Keulen hingen darüber. Am Ende war er gar nicht da, doch diesen Gedanken konnte sie gleich wieder verwerfen, denn sie entdeckte sein Motorrad zwischen zwei geparkten Autos. Felix wird noch im Bett liegen. Also erst stärken. Luisa ging hinein und nahm an einem Barhocker vor dem Tresen Platz. Von dort aus hatte sie die Wohnung im Blick. Also kein Stress.

»Serrano, Tortilla y cortado largo, per favore«, verlangte sie. Wenn schon, dann gescheit. Die beiden belegten Baguettehäppchen standen im Nu vor ihr. Der Cortado folgte auf dem Fuß. Luisa drückte dem Ober fünf Euro in die Hand – aufgerundet mit Trinkgeld.

»Está bien.« Stimmt so.

»Buen provecho.« Der junge Ober wünschte ihr nicht nur einen guten Appetit, sondern schenkte ihr auch noch ein herzliches Lächeln. Ein bisschen positive Energie, auch spirituell gesehen, konnte im Moment nicht schaden. Luisa führte gerade das erste Stück Baguette an den Mund und biss ab, da ging auch schon die Tür des Hauses auf. Felix! Er trug seinen Motorradhelm in der Hand. Aus der Tür kam noch jemand. Eine Brünette, Topfigur und offensichtlich seine Begleitung. Eine Nachbarin, die zufällig zeitgleich herauskam, konnte es kaum sein. Nachbarn wuscheln nicht im Haar eines Mannes herum. Dass er ihr den Abschlepphelm in die Hände drückte und die hohe Wahrscheinlichkeit, dass sie bei ihm übernachtet hatte, machten wohl alles klar. Luisa bekam den Bissen nicht mehr herunter. Totallähmung. Nun schlang die Frau auch noch einen Arm um seine Hüfte. So sah ein frisch verliebtes Paar aus, das sich durch die Nacht gevögelt hatte. Bravo! Ich vermiss dich! Dreckiges Schwein. Luisa verspürte große Lust, den Kellner um das lange Messer zu bitten, mit dem er weitere hauchdünne Scheiben von der Serranokeule schnitt, doch mit einem Kloß im Hals bekam man leider keinen Ton heraus. Und schon saßen die beiden auf dem Motorrad. Es schoss aus der Parklücke und an ihr vorbei. Luisa wusste nicht, ob sie schreien oder heulen sollte. Der Fluch! Omas Worte. Ihre Familie war verflucht!

Steffen war sich sicher, dass sie bei der Maklerin nur deshalb so kurzfristig in den Genuss eines Besichtigungstermins gekommen waren, weil er sich telefonisch als Sohn ihrer Klientin vorgestellt hatte. Ein Makler sprang normalerweise nicht darauf an, wenn jemand ihm ganz offen zu verstehen gab, dass er sich nur einmal »umschauen« wolle. Den reichen Deutschen zu mimen, der im weißen Cabrio an der Seite einer flotten Biene anrauschte, wäre zwar möglich gewesen, aber was sollte das bringen? Dass sogar kleine Hotelanlagen sich preistechnisch jenseits von Gut und Böse bewegten, ab zehn Millionen aufwärts, war ihm schon klar gewesen, bevor Frau Rodriguez überhaupt ihren Computer hochgefahren hatte. Und wer verkaufte, der hatte wahrscheinlich den gleichen Grund wie er. Brummende Läden gab man nicht auf. Das war auch Rodriguez klar. Infrage kamen also nur Objekte, die erstens kleiner waren und nicht aus ökonomischen Gründen aufgegeben wurden. Da blieben nur noch Todesfälle mit Erbengemeinschaften, die keine Lust darauf hatten, ein Hotel weiterzuführen, ein Konkurs wegen Steuerhinterziehung mit saftiger Nachzahlung und eine bis dato von Deutschen geführte Pension, die altersbedingt wieder zurück in die alte Heimat wollten. Das aus der Konkursmasse schien als Einziges im finanzierbaren Bereich zu liegen. Eine Million maximal, wenn überhaupt, denn ob sich das mit dem Lindauer Hotel abgesicherte Hypothekendarlehen alternativ über Landesgrenzen hinweg auf ein Objekt auf Mallorca übertragen ließ, war fraglich. Rodriguez hatte dennoch Dollarzeichen in den Augen, nachdem er ihr zu verstehen gegeben hatte, dass die Pension sie interessierte. Es lag zwar genau wie ihr heimatlicher Betrieb nicht in Poleposition, aber bis zum Strand von Port de Sóller war es maximal eine Gehminute.

»Ich persönlich finde die Lage hier sogar noch besser. Es ist ruhiger, und schauen Sie, von den Balkonen aus hat man trotzdem einen Meerblick.« Rodriguez deutete nach oben. Sie hatte recht. Ein seitlicher Meerblick war letztlich auch einer, mit dem man auf den Urlaubsportalen werben konnte.

»Nett hier«, stellte Yvonne fest.

»Und Einkaufsmöglichkeiten ganz in der Nähe.« Auch das traf zu. Ein kleiner Supermarkt lag schräg gegenüber. An der Apotheke waren sie auf dem Weg hierher vorbeigelaufen, und zwei Cafés lagen weiter hinten, gefolgt von einem italienischen Restaurant und einer Tapas-Bar. Ideal für Gäste.

»Wenn Sie mich fragen, ist Port de Sóller sowieso einer der attraktivsten Orte für Hoteliers auf Mallorca. Hier ist immer etwas los. Ganzjährig. Leute kommen her zum Schwimmen und haben einen traumhaft schönen Strand. Windgeschützt und mit einzigartigem Panorama, und dann haben Sie noch die Touristen, die zum Wandern gehen«, schwärmte Rodriguez.

»Aber kommen die meisten nicht doch eher zum Baden und Feiern auf die Insel?«, hakte Yvonne nach.

»Sicher. Im Sommer ist im Süden und Osten mehr los. Da ist auch das Wetter stabiler. Aber es ist dort nicht so grün. Eigentlich gibt's dort nur Oliven- und Nadelbäume. Und im Winter ist alles wie ausgestorben.« Dieses Argument machte Steffen das dreistöckige Haus gleich noch sympathischer. Es war alt. Das sah man schon auf den ersten Blick, doch die alten Steine hatten Charme, genau wie die schmiedeeisernen Balkone und grünen Fensterläden.

Rodriguez zog einen riesigen Schlüsselbund aus ihrer Tasche. Daran hingen sicher alle Schlüssel der Objekte, die sie gerade im Angebot hatte. Sesam, öffne dich. Yvonne folgte ihr über drei Treppenstufen. Steffen schloss die Haustür hinter sich.

»Die Voreigentümer haben unten gewohnt. Dreizimmerwohnung mit separater Küche. Die Gästezimmer sind oben.«

»Es sind sechs?«, wollte sich Steffen vergewissern.

»Das ist überschaubar«, sagte Yvonne.

»Sie hatten nur ein Zimmermädchen, das sich auch um das Frühstück gekümmert hat«, erklärte Rodriguez. Sie führte sie dann in den Frühstücksbereich.

»Hätte ich mir kleiner vorgestellt.« Vor Steffen lag ein Raum, der gut und gern dreißig Quadratmeter groß war. Ein Teil war angebaut. Wie ein kleiner Wintergarten, der zu einem begrünten Innenhof führte. Sehr charmant. Ein paar schmiedeeiserne Bistrostühle standen neben Terrakotta-Blumentöpfen, aus denen immergrüne Zierpflanzen ragten.

»Man kann auch im Freien frühstücken. Der Anbau ist erst fünf Jahre alt«, führte Rodriguez aus.

»Warum haben sie den Frühstücksraum denn so groß gemacht?«, wollte er wissen.

»Die Voreigentümer haben den Raum gelegentlich vermietet. Für Juntas …« Rodriguez suchte offenbar nach dem deutschen Wort. »Eigentümerversammlungen und Treffen von Vereinen«, fiel ihr dann ein.

»Die Terrasse gehört zur Dreizimmerwohnung?«, wollte Yvonne wissen, nachdem sie sich im Innenhof einmal um die eigene Achse gedreht hatte, um die Eindrücke auf sich wirken zu lassen.

»Das ist die Tür zum Wohnzimmer. Sie können den Bereich auch mit Stellwänden abtrennen«, sagte Rodriguez und öffnete die Terrassentür.

Drinnen gefielen Steffen die Stuckdecke und die alten Türen am besten. Massivholz mit Struktur.

»Die alten Fliesen müssten aber raus«, merkte Yvonne an.

Steffen stachen die Steckdosen ins Auge. Sie waren nicht rund, sondern rechteckig und schmal.

»Elektrik müsste neu gemacht werden. Noch keine EU-Norm.« Immerhin war Rodriguez ehrlich. Sie hatte es von sich aus gesagt.

Auch in den anderen Räumen summierte sich der sichtbare Renovierungsbedarf. In der Küche stand sogar noch ein uralter Gasherd.

»Müsste alles raus«, stellte Steffen fest.

»Wasser würde ich auch neu machen. Es sind noch alte Kupferleitungen. Besser welche aus Edelstahl«, schlug Rodriguez vor.

»Das wird dann etwas teurer«, sagte Steffen nachdenklich. Es war schön hier. Richtig heimelig, und die Vorstellung, hier Gäste zu empfangen, gefiel ihm immer besser. Dazu noch das angenehme Klima. Das Meer in der Nähe. An Yvonnes Gesichtsausdruck ließ sich ebenfalls ablesen, dass sie dem Ganzen nicht abgeneigt war. Sie stand am Küchenfenster und blickte durch die vergilbten Vorhänge hinaus auf den Innenhof.

»Da kann man schon was draus machen«, stellte sie fest.

»Wenn Sie möchten, zeige ich Ihnen noch die sechs Zimmer. Dort ist auch noch einiges zu tun, aber deshalb ist es ja auch günstig.«

»Günstig ist relativ«, sagte Steffen.

»Der Aufzug müsste eventuell auch erneuert werden. Ich weiß gar nicht mehr, ob er noch funktioniert«, sagte Rodriguez.

»Ein Aufzug? Hätte ich nicht gedacht.«

»Da kommen locker noch einmal zweihunderttausend dazu, wenn nicht drei. Allein so ein Aufzug dürfte mit allen Genehmigungen achtzig bis hundert kosten«, überlegte Steffen laut.

»Sie müssen sich ja nicht gleich entscheiden, und wir haben sicher einen gewissen Verhandlungsspielraum«, gab Rodriguez ihnen zu verstehen.

Allein schon, dass sie von »entscheiden« sprach, verursachte bei Steffen ein angenehmes Prickeln. Angst vor der eigenen Courage, vor dem Unbekannten, gepaart mit Abenteuerlust und der Aussicht, wegzukommen aus diesem Lindau. Ob das Geld für den Kauf und die Renovierung reichte, stand allerdings noch in den Sternen.

Anja hatte bis nach dem gemeinsamen Frühstück mit sich gekämpft, was sie von Luisas Idee halten sollte, mit Felix persönlich über sein Verhalten zu sprechen. Wie hätte sie an ihrer Stelle gehandelt? Ihre Großmutter schien ihr diesbezüglich gut zugeredet zu haben. Das lag aber sicher daran, dass sie große Stücke auf ihn hielt. Anja war nicht restlos von seinen Qualitäten überzeugt und hätte ihm wohl eher nur deshalb einen Besuch abgestattet, um ihm den Marsch zu blasen. Um ein Haar hätte sie Luisa angerufen, denn mittlerweile war sie schon seit zwei Stunden unterwegs. Weil sich Yvonne und Steffen auch noch ein kleines Hotel ansehen wollten und offenbar ernsthaft mit dem Gedanken spielten, ihr Lindauer Objekt zu verkaufen, um hier ansässig zu werden, war der Versuch, es sich auf Mamas Liege bequem zu machen und sich ihrem Thriller hinzugeben, zum Scheitern verurteilt. Wenn man nicht einmal mehr zwei Sätze lesen konnte, ohne abwechselnd an Luisa oder Steffens Einfall zu denken, brachte das nicht viel. Mama schien es genauso zu gehen. Sie hatte Hummeln im Hintern und einen Putzlappen in der Hand. Angeblich hatten es die weißen Gartenmöbel dringend nötig. Anja hatte eher das Gefühl, dass sie es dringend nötig hatte, denn die letzte Stunde hatte sie sich förmlich verrückt gemacht. Verkaufen? Behalten? – Putzen lenkte anscheinend ab. Anja überlegte, ob sie sich an der sinnlosen Aktion beteiligen sollte, auch wenn die Möbel mittlerweile schon eine Chlorfahne verströmten und blütenweiß erstrahlten.

»Ich könnte vielleicht sogar aushelfen«, fiel Mama nun urplötzlich ein. Wenigstens ließ sie den Scheuerlappen endlich in den Eimer fallen und setzte sich zu ihr – die Zufahrt im Blick, wie auch schon während ihrer Putzerei. Sie konnte es offenbar genauso wenig wie Anja erwarten, was Steffen, Yvonne und Luisa zu berichten hatten. Noch bevor Anja etwas darauf erwidern konnte, fuhr ihre Mutter fort.

»Ich käme unter Menschen. Vielleicht nur halbtags. Bin auch nicht mehr die Jüngste«, sinnierte sie.

»Jetzt auf einmal. Bis vor Kurzem wolltest du noch eine Weltreise machen. In Seuchengebiete. Durch Afrika und nach Asien. Da kippen Leute in deinem Alter schon um, wenn sie nur aus dem Flieger steigen«, hielt ihr Anja entgegen.

»Ist jetzt eh hinfällig«, erwiderte Bianca trotzig.

»Ich kann mir offen gestanden gar nicht vorstellen, dass das klappt. Yvonne und Steffen müssten beide Spanisch lernen, und dann noch der ganze Verwaltungskram.«

»Hier sprechen sie doch sowieso alle Deutsch. Selbst der Steuerberater, und wo glaubst du, kommen die meisten Gäste her?«

»Du würdest also dann hierbleiben?«

Bianca nickte.

»Aus dir soll einer schlau werden.«

»Ich werd ja aus mir selbst nicht mehr schlau. Wenn sich das Leben von heute auf morgen um hundertachtzig Grad dreht. Da soll einem nicht schwindelig werden.«

»Luisa fällt vielleicht auch noch ein, sich hier eines Tages niederzulassen.«

»Hat sie das etwa schon einmal erwähnt?«, fragte Bianca.

»Ich werde sie jedenfalls davon abhalten, in einem deutschen Krankenhaus zu arbeiten. Und 'ne eigene Praxis in Deutschland? Bei all den Schikanen der Behörden, dem ganzen Papierkram? Außerdem verdienst du da kaum noch was. Als Schönheitschirurgin oder Fachärztin noch eher. Hier hätte sie Privatpatienten und ein schönes Leben.«

»Und du? Willst du jetzt auch noch hierher?«, wollte Bianca wissen.

»Ginge gar nicht.«

»Warum? Die brauchen doch hier auch Pflegekräfte«, sagte Bianca.

»Die Pflege ist hierzulande ein Studium. Die würden meine Ausbildung gar nicht anerkennen. Ich wäre nicht mehr als 'ne Hilfskraft.«

Ihre Mutter musterte sie argwöhnisch.

»Ich weiß das von einer Kollegin. Hat einen Spanier geheiratet und lebt jetzt in Barcelona.«

»Über ungelegte Eier sollte man nicht reden«, sagte ihre Mutter. Sie stand urplötzlich auf, um besser nach unten sehen zu können. Mama musste das Gehör eines deutschen Schäferhundes haben, denn Luisa war im Anmarsch – und zwar im wahrsten Sinne des Wortes. Sie joggte das letzte Stück schon fast nach oben.

Anja tauschte einen Blick mit ihrer Mutter, die ein wissendes »Oh, oh!« von sich gab. Noch kurz bevor Luisa die Treppe erreichte, legte sie auch schon los.

»Dieser Scheißkerl!«

Luisa erreichte die Terrasse und ließ sich schnaubend in einen der Gartenstühle fallen.

»Habt ihr gestritten?«, fragte Bianca nach.

»Der hat schon längst eine andere. So ein Mistkerl!« Luisa atmete bestimmt nicht nur so heftig, weil sie eben den Hang hinaufgehastet war.

Bianca stand sofort auf, um ihr etwas zu trinken von der Anrichte zu holen.

»Und woher weißt du das?«, wagte Anja, ihre Tochter zu fragen.

»Hab's gesehen.«

»Also du hast ihn mit einer anderen Frau gesehen? Wo?«

»Vor seinem Haus. Alles nur Lüge. Der lügt doch schon, wenn er nur den Mund aufmacht. Von wegen vermisst. Stellt euch das mal vor.« Luisa kramte mit zittrigen Händen ihr Handy aus der Umhängetasche, klickte darauf und hielt es ihr hin. »Ziemlich weit unten«, sagte sie.

Bianca war zur Stelle und reichte Luisa das Glas Wasser. Luisa griff sofort danach und trank es in einem Zug leer.

»Das glaub ich jetzt nicht«, kommentierte Anja, nachdem sie Felix' Nachricht gelesen hatte.

Bianca interessierte sich nun auch für Luisas Messenger-Botschaften von diesem »Mistkerl«.

»Also, das hätte ich ihm nicht zugetraut«, sagte Anja fassungslos.

»Das ist nicht Felix.«

»Ach nee? Der kam mit 'ner Tussi in Allerherrgottsfrühe aus dem Haus. Die sind jetzt mit seinem Motorrad unterwegs, und was die dann am Strand machen, will ich mir gar nicht erst vorstellen«, polterte Luisa.

Anja konnte ihrer Tochter ansehen, wie verletzt sie war. Schon stand das Wasser in ihren Rehäuglein.

»Und dann noch wehrlose alte Menschen beklauen.«

»Nie im Leben«, ereiferte Bianca sich.

»Auf welcher Seite stehst du eigentlich, Oma?«, fauchte Luisa sie an.

Bianca zuckte zusammen. Solche Töne war sie von ihrer Enkelin sicher nicht gewohnt. Dementsprechend verblüfft sah sie Luisa für einen Moment an.

»Auf der Seite der Wahrheit. Hier im Haus hätte Felix sonst was klauen können. Vor ein paar Wochen hab ich meinen Schmuck poliert. Hier auf der Terrasse. Er hat vorbeigeschaut, und wir haben Kaffee getrunken. Als ich vom Klo zurück war, da hat nix gefehlt.«

»Da hat er sich halt nicht getraut. Du bist auch nicht so wehrlos wie Sergio.«

»Aber reden kann er doch, oder?«, fragte Bianca.

Die Frage verblüffte nicht nur Luisa.

»Und schaut nicht seine Tochter nach ihm? Die wird doch wissen, wo das Geld ist. Er hat's doch aus der Küche genommen. Das hast du doch erzählt«, sagte Bianca.

In Luisa arbeitete es. Wenigstens war der feuchte Glanz aus ihren Augen verschwunden.

»Hätte seine Tochter nicht die Polizei verständigt? Hältst du Felix für so blöd?«

Luisa wand sich.

Anja zählte die Sekunden, bis sie den Kopf schütteln würde. Sie tat es schneller als gedacht.

»Ich hab's aber gesehen«, beharrte Luisa dann.

»Wenn sie es doch gesehen hat.« Anja sprang Luisa zur Seite.

»Ich lege meine Hand für Felix ins Feuer!«

»Kannst ihn ja heiraten.« Jetzt wurde Luisa auch noch pampig.

»Luisa! Also mir reicht das jetzt. Heute ist Samstag. Du hast gesagt, dass seine Tochter am Wochenende freihat und sich um ihren Vater kümmert.«

»Ich soll da hingehen und fragen?« Luisa sah ihre Großmutter mit großen Augen an.

»Aber wenn's stimmt, dann würden wir ihn hinhängen, und sie zeigt ihn an. Am Ende wusste die Frau gar nicht, wo ihr Vater das Geld versteckt. Wer weiß, wie lange das schon da drin liegt.«

»Verdient hätt er's.« Anja musterte Luisa kritisch. Die Rachegelüste einer verletzten und von Eifersucht geplagten Frau sprühten ihr förmlich aus den Augen.

»Wir fahren da jetzt hin!« Das hörte sich so resolut an wie früher, wenn Mama von ihr verlangte, die Hausaufgaben noch vor dem Abendessen zu erledigen. Anja überlegte fieberhaft, was sie dazu sagen sollte.

Luisa knabberte an ihrer Unterlippe. Das hatte sie von ihrer Großmutter.

»Vielleicht gar keine so schlechte Idee. Dann herrscht wenigstens Klarheit.«

»Den ganzen Weg noch mal zurücklatschen?«

»Ich spendier uns ein Taxi.« Mama meinte es ernst.

Luisas Unterlippe sah mittlerweile so aus, als hätte sie knallroten Lippenstift aufgetragen.

»Na gut. Ihr wollt es ja nicht anders.«

»Du doch auch«, gab Anja zurück, womit sie sich einen spitzen Ton einhandelte.

Bianca stürmte nach drinnen. Mit Badeschlappen ging sie sicher nicht aus dem Haus. Luisa stand auf und fing nun an, an ihren Fingern herumzufriemeln. Das steckte an. Anja hatte sich gerade selbst dabei erwischt und musste sich gegenüber einräumen, dass ihre Tochter das von ihr hatte.

Kapitel 15

Als das Taxi vor Sergios Haus hielt, hätte Luisa ihre Mutter am liebsten gebeten, die ganze Sache zu vergessen und den restlichen Tag am Strand zu verbringen. Es war letztlich nicht nur diese unangenehme Situation, jemanden des Diebstahls zu bezichtigen. Verleumdung nannte man das, und falls sie sich täuschte, üble Nachrede. Andererseits – und da hatten Oma und Mama recht, konnte sie den Vorwurf nicht länger im Raum stehen lassen. Dummerweise flutete der Ort Luisa mit Erinnerungen an einen schönen Tag, den sie mit Felix verbracht hatte. Das machte es ihr umso schwerer, an der Pforte zu klingeln, nachdem Oma wie angekündigt das Taxi bezahlt hatte.

»Jetzt mach schon. Bringen wir es hinter uns«, sagte Mama, die es anscheinend nicht mehr erwarten konnte, Felix am Marktplatz von Sóller hängen zu sehen.

Oma hingegen ließ sich Zeit. Luisa klingelte der Ungeduld ihrer Mutter zum Trotz erst, nachdem sich ihre Großmutter zu ihnen gesellt hatte. Insgeheim hoffte Luisa, dass Sergios Tochter aus irgendeinem Grund nicht da war. Wenn jemand sich nach schätzungsweise fünf Sekunden nicht an der Sprechanlage meldete, dann war niemand da, redete sich Luisa ein und wandte sich ab.

»Keiner zu Hause.« Es klang wie Jubel.

Zu früh gefreut, denn weitere fünf Sekunden später knackte und pfiff es durch die Sprechanlage, gefolgt von einem infernal lauten »Hola!«, das Luisa zusammenfahren ließ.

»Na, da haben wir ja Glück«, merkte Mama in süffisantem Tonfall an. Oma drängte sich an die Gegensprechanlage. Nur sie konnte Sergios Tochter klarmachen, weshalb sie hier waren. Luisa verstand schon allein vor Aufregung nicht ein Wort. Die Tür zum Hof ging jedenfalls auf.

»Was hast du ihr gesagt?«, wollte Anja wissen.

»Dass wir hier sind, um Sergio zu besuchen und ihr das Video zeigen möchten. Du hast es doch auf dem Handy, oder?«, fragte sie an Luisa gewandt.

Luisa nickte stumm. Obwohl sie im Schatten einer Platane standen, trat ihr der Schweiß auf die Stirn. Sie folgte Anja und Bianca tapfer.

Sergios Tochter stand bereits vor dem Haus. Adrett. Küchenschürze umgebunden, was wie ein Fremdkörper an ihr aussah. Was Teresa stand, passte nicht zu einer Frau, die tagsüber in einer Anwaltskanzlei arbeitete. Ihr Lächeln war einladend, um nicht zu sagen herzlicher, als die Umstände ihres Besuchs dies hergaben. Aber sie war ja noch ahnungslos.

»Sie sind alle aus Deutschland?«, fragte Sergios Tochter.

Omas Akzent war auch über die Sprechanlage wohl unüberhörbar für eine Einheimische.

Bianca und Anja nickten. Luisa brachte nicht einmal das zustande. Angststarre.

»Mein Vater hat mir schon von Ihnen erzählt. Sie müssen Luisa sein«, sagte sie und reichte ihr die Hand.

Luisa lächelte verlegen, auch noch, als sich ihr Gegenüber namentlich vorstellte.

»Ich bin Eleonora. Sind Sie denn auch im Pflegedienst?«, wollte sie von Luisa wissen.

»Meine Tochter ist eine angehende Ärztin.« Mutter prahlte gerne damit. Sonst hatte sie für Ärzte an sich kein gutes Wort übrig.

»Felix hat meinem Vater erzählt, dass Sie Videos für Alzheimerfälle machen.«

Luisa war beim Ausspruch seines Namens leicht zusammengezuckt. Man konnte es gottlob auch als Nicken werten.

»Möchten Sie etwas trinken? Mein Vater schläft gerade, und mir ist ohnehin nach einer Pause. Meine Wochenenden gehören ihm«, sagte Eleonora schulterzuckend.

»Gerne.« Anja hatte schon den Tisch, an dem Luisa gesessen hatte, um auf Felix zu warten, im Visier.

»Haben Sie denn noch ein Video?«, fragte Eleonora etwas verwundert.

»Nein. Wir haben nur eines gemacht. Ich hab's auf dem Handy.« Luisa war schon dabei, ihr Handy aus der Umhängetasche zu kramen, bevor sie stutzte. Wieso fragte sie das?

»Wenn es nur eines gibt, dann hat er es schon. Wir haben es uns vorher angesehen. Eine DVD.«

In Luisas Hirn fing es an zu rattern. Felix machte also weiter. Ihr Verdacht, dass er sich nur auf die Idee, Videos von den Alten zu machen, eingelassen hatte, um sich bei ihr einzuschleimen, löste sich augenblicklich in Luft auf.

»Felix hat sie erst vor gut zwei Stunden hergebracht.«

Luisa fing an zu rechnen. Sie hatte ihn doch um die Zeit mit dieser Tussi wegfahren sehen.

»Vermutlich hat er vergessen, Ihnen Bescheid zu geben«, schlussfolgerte Eleonora.

Vergessen? Ja, vor allem hatte er die Frau vergessen, die sich vor dieser Tussi diesen Helm übergestülpt hatte.

»Aha«, sagte Bianca.

Anscheinend wussten weder Mama noch Oma, wie sie es Eleonora beibringen sollten, dass Felix Geld aus dem Küchenschrank geklaut hatte. Luisa hoffte, dass ihr irgendetwas einfiel, um ganz dezent auf das Thema Kohle zu schwenken.

»Setzen Sie sich doch. Ich hole uns kühles Wasser. Oder lieber einen Wein?«

»Wasser ... Du auch, Mama, oder?«, fragte Anja sicherlich nur aus Verlegenheit.

Eleonora ging daraufhin zurück ins Haus, in die Küche – zum Tatort, um genau zu sein.

Luisa tauschte Blicke mit ihrer Mutter und Großmutter. Die eine friemelte mit ihren Fingern herum. Die andere knabberte an der Unterlippe. Und in Luisas Hirn breitete sich gähnende Leere aus. Sehr produktiv.

»Meine Tochter arbeitet auch in der Pflege«, sagte Bianca, als Eleonora mit Gläsern und einer Mineralwasserflasche herauskam.

»Ach, tatsächlich? Auch in der Altenpflege?«, fragte Eleonora, während sie ihnen einschenkte.

»Ist in Deutschland zu schlecht bezahlt. Ich arbeite im Krankenhaus«, erklärte Anja.

»Ich finde es toll, dass es Leute wie Felix gibt. Zahlt das hier eigentlich auch die Sozialversicherung?«, fragte Bianca fast beiläufig. Oma, du bist die Größte. Hoffentlich schnappte sich Eleonora den ausgelegten Köder.

»Die zahlen gar nix. Alles privat. Mein Vater ist noch nicht schlimm genug dran. Felix kümmert sich so rührend um ihn. Leute wie ihn muss man aus eigener Tasche bezahlen.«

»Pro Besuch oder monatlich? Vielleicht bin ich ja auch einmal in so einer Situation«, sagte Bianca.

»Alle zwei Wochen.«

»Meldet man private Pfleger an und zahlt Lohn oder ... Sie wissen schon. Auf die Hand?«

»Besser auf die Hand.«

»Ah. Deshalb war er vorhin da. Unter der Woche ist ja niemand da, der ihm das Geld geben kann.« Luisa ließ das so beiläufig wie möglich klingen.

»Nein. Ich lass ihm immer Geld da. Er weiß, wo es ist, und nimmt es sich dann«, sagte Eleonora.

Omas Blick war eindeutig. »Seht ihr, hab ich euch doch gleich gesagt.«

Luisa wurde augenblicklich speiübel.

»Gute Idee«, stammelte Anja.

»Schade, dass Sie die beiden verpasst haben. Felix hätte Ihnen bestimmt noch mehr über die Situation der Pflege hier auf Mallorca erzählen können.«

»Er war gar nicht allein hier? Noch eine Pflegekraft?«, fragte Mama dankenswerterweise, denn Luisas Kehle war nun wie zugeschnürt.

Eleonora lachte. »Nein, nein. Seine Schwester ist zu Besuch. Sie studiert Jura in Deutschland, wenn ich mich nicht täusche«, sagte Eleonora.

Kaum ausgesprochen, hatte Luisa das Gefühl, sich augenblicklich übergeben zu müssen.

Mamas mitleidsvoller Blick, sicherlich gut gemeint, verstärkte die Scham und Selbstvorwürfe nur noch.

»Sie kennen Josephine noch gar nicht?«, fragte Eleonora verwundert. Das war naheliegend, wenn man drei verdutzte Gesichter vor sich hatte.

Luisa schüttelte nur den Kopf.

»Zuerst dachte ich ja, Sie seien das auf dem Motorrad.«

Anja und Bianca tauschten zunächst untereinander Blicke und sahen dann zu Luisa, die am liebsten im Erdboden versunken wäre.

»Ach, wissen Sie, Felix hat so von Ihnen geschwärmt. Von Ihrem Einsatz und Ihrem Videoprojekt. Ich glaube, er hat sein Herz an Sie verloren. Zumindest hat er das meinem Vater erzählt.«

Mamas »Du armes Ding« lag unausgesprochen in der Luft. Ihre Augen sagten alles.

»Ja, der Felix. Ist schon ein toller Junge.« Oma triumphierte.

Eigentlich hätte sie noch hinzufügen können, dass ihre Enkelin das Dümmste und Albernste war, was auf Gottes Erden herumlief. Pathetisch eifersüchtig, krankhaft misstrauisch und überhaupt das Allerletzte. Oh Gott! Was hab ich nur angerichtet!

Bianca trank ihr Glas Wasser in einem Zug leer. Die hatte gerade bestimmt keine Magenprobleme. Anja nippte an ihrem. Luisa trank es als kreislaufstärkende Maßnahme. Denn der drohte gerade wegzukippen.

»Erzählen Sie mir von Ihrem Projekt«, forderte Eleonora sie auf. »Wie sind Sie überhaupt darauf gekommen, diese Videos zu machen?«

Luisa wettete darauf, dass sie keine Stimme mehr hatte. Oma sah ihr das vermutlich an.

»Wissen Sie. Wir haben einen Nachbarn. Alejandro. Er leidet an Alzheimer. Und Felix ist sein Pfleger. So habt ihr euch doch kennengelernt, nicht wahr Luisa?«

Oma nahm sie in die Pflicht. Na gut. Zusammenreißen und erzählen. Die Gedanken an das Projekt lenkten immerhin ab.

Das arme Ding war verständlicherweise völlig durch den Wind.

Wie ein Schluck Wasser saß Luisa neben ihr im Taxi und blickte gedankenverloren auf die vorbeiziehenden Häuserzeilen der Altstadt von Sóller. Zu blöd, wenn positiver und negativer Stress gleichzeitig über einen hereinbrachen. Bianca kannte das aus ihrem Berufsleben nur allzu gut, aber auch bei privaten Angelegenheiten. Da musste sie nur an die letzten Tage denken. Der Wind hatte sich unentwegt gedreht. Die Fahne des Lebens wusste dann gar nicht, wohin sie zuerst flattern sollte. Eine kräftige Windbö von Eleonora hatte Luisa regelrecht euphorisiert. Obwohl Sergio gar nicht an Alzheimer erkrankt war, befand Eleonora die Idee mit den Videos nach Luisas halbstündigem Vortrag über all ihre Erfahrungen und Erkenntnisse aus Recherchen so interessant, dass sie versprochen hatte, sie dabei zu unterstützen. Die Kanzlei, für die sie tätig war, lebte von reichen Mandanten. Eleonora kannte einige von ihnen persönlich, und auch in deren Familien gab es Fälle mit dem gleichen Krankheitsbild. »Da müssten doch Investoren zu finden sein.« Wasser auf Luisas Mühlen, die so richtig in Fahrt gekommen waren. Sie verlangsamten sich mit jeder Minute, die verstrich, denn Luisa hatte Felix eine Nachricht per Messenger geschickt: »Wir müssen reden. Melde Dich!« Die einzig richtige Entscheidung. Das sah ihre Mutter genauso. An sich war das kein Grund, die Mühlen zu verlangsamen, doch dummerweise meldete er sich nicht, und das, obwohl zwei grüne Häkchen eindeutig signalisierten, dass er ihre Nachricht gelesen hatte. Kein Wunder, dass sie erneut auf das Display ihres Handys blickte.

»Und?«, fragte Bianca.

Luisa verneinte mit einem Brummlaut.

»Jetzt mach dich nicht verrückt. Er wird halt keine Zeit haben«, sagte Anja vom Beifahrersitz des Taxis aus, das ein älterer Herr durch Sóller in Richtung Klinikum steuerte. Dieses Ziel wiederum lag an einer anderen Messenger-Nachricht, die Juan geschickt hatte. Alejandro war zu sich gekommen und sein Sohn gerade bei ihm. Wenn man schon mal in der Stadt ist, bot sich ein Besuch regelrecht an.

»Dann kann man wenigstens schreiben, dass man sich meldet«, beschwerte sich Luisa.

Was sollte man darauf sagen, um sie aufzumuntern?

Anja versuchte es zumindest: »Also, ich melde mich auch nicht immer gleich. Vielleicht will er dir mehr schreiben und ist grad beschäftigt. Seine Schwester ist doch da.«

Dies hielt auch Bianca für möglich. Luisa hingegen schien es nicht so recht zu überzeugen, denn ihr Gesicht wurde immer länger.

»Ich würde mir auch nicht mehr schreiben«, jammerte sie.

»Aber es war doch nur ein Missverständnis. Das kann man sicher klären.« Anja untermauerte ihren Optimismus mit einem aufmunternden Lächeln.

»Nein. Ich hab ihm nicht vertraut.«

»Sag ich doch. Ein Missverständnis. Das haben die so an sich, dass man dann was Falsches denkt.« Anjas Hinweis erschien auch Bianca einzuleuchten. In Luisas Gesicht war jedoch von Leuchten keine Spur.

»Jetzt freu dich doch wenigstens, dass es Alejandro wieder besser geht. Man muss sich im Leben stets die Rosinen rauspicken«, sagte Bianca in der Hoffnung, Luisa damit aufzumuntern.

»Du meinst nach dem Strohhalm greifen, damit man nicht absäuft«, kam es brottrocken zurück. Luisa hatte den Kern dessen, was Bianca ihr vermitteln wollte, offenbar verstanden. Biancas »Rosine« war die Aussicht auf eine Sorge weniger.

Juan hatte nämlich geschrieben, dass es Alejandro besser ging und er den ganzen Nachmittag bei seinem Vater verbringen würde.

»Noch immer nix«, merkte Luisa an, bevor sie ausstieg.

Bianca bezahlte den Taxifahrer und folgte Anja und Luisa in die Klinik. Wo Alejandro lag, das hatte Juan sie bereits wissen lassen. Ob sie ihn sehen durften, stand auf einem anderen Blatt. Juan anrufen, damit er sie holte? Bianca verzichtete darauf, weil sie eine der Schwestern erkannte, die da gewesen waren, als sie Alejandro eingeliefert hatten. Dass sie ihn in ein normales Krankenzimmer verlegt hatten, war klar, denn auf Intensiv hatte er jetzt nichts mehr zu suchen.

»Also, wenn ich mal krank werden sollte, dann besser hier. Die sind viel weniger gestresst. Ich hab noch niemanden über den Gang sprinten sehen. Das machen wir täglich. Ein Traum, hier zu arbeiten«, merkte Anja sichtlich beeindruckt an, als sie den Trakt, in den Alejandro verlegt worden war, erreicht hatten.

»Du wirst nicht krank!«, sagte Bianca. Ihre Tochter schien tatsächlich damit zu liebäugeln, in Spanien beruflich Wurzeln zu schlagen. Andernfalls sagte man so etwas doch nicht.

Bianca klopfte an und vernahm zu ihrem Erstaunen nicht Juans Stimme, sondern die von Alejandro. Und wie der strahlte, als sie nacheinander eingetreten waren und Juan und ihn begrüßt hatten.

»Bianca ... Luisa ...« Wie? Er wusste ihre Namen? Nur Anja konnte er im Moment nicht einordnen.

»Meine Tochter kennst du ja«, sagte Bianca, woraufhin er zwar nickte, aber nicht so recht überzeugend. Manchmal überspielte er Erinnerungslücken auf diese Weise. Bianca kannte das bereits.

»Wie geht es dir?«, wollte Bianca sogleich wissen.

»Nix gebrochen. Schädel brummt«, erwiderte er auf Spanisch. Hatte er jetzt sein Deutsch vergessen? Vielleicht kam er durcheinander, weil er sich mit seinem Sohn sicher in der Muttersprache unterhielt.

»Eure Filme. Sie sind sehr schön geworden«, sagte er dann doch auf Deutsch an Luisa gerichtet.

»Ich hab sie ihm auf dem Tablet gezeigt«, erklärte Juan auf Spanisch. Es lag noch auf Alejandros Spind.

»Du machst ja Sachen«, sagte Luisa, die zu ihm ans Bett getreten war.

Alejandros Lächeln verflüchtigte sich. Biancas auch, denn sie malte sich gerade aus, an was er sich noch alles erinnerte. Er nickte nur und schwieg. Besser so, sagte Bianca sich, denn warum er »solche Sachen« gemacht hatte, konnte sie sich denken.

»Ich wollte Abschied nehmen. Es war so ein trauriger Moment. Und ich werfe mir immer noch vor, dass ich nicht besser auf ihn aufgepasst habe«, sagte er dann unvermittelt an Bianca gerichtet. Dem Himmel sei Dank in seiner Landessprache.

»Es war ein Unfall. Das weißt du«, versuchte sie, ihn zu beruhigen, denn ihr war nicht entgangen, wie sehr er unter dieser Erinnerung, die Luisa und Felix wieder ausgegraben hatten, litt.

»Kannst du mir verzeihen?«, fragte er und sah sie dabei eindringlich an. Er streckte ihr eine Hand entgegen. Bianca zögerte nicht, ihm auch ihre zu reichen.

»Ich hab dir doch schon verziehen. Das zumindest darfst du nie vergessen.«

Alejandro war sichtlich gerührt. Der Schimmer tiefer Traurigkeit, der sich bis eben noch in seinen Augen gezeigt hatte, verflüchtigte sich. Er lächelte dankbar.

Juan schwieg betreten. Bianca konnte nicht einschätzen, ob er seinem Sohn die volle Wahrheit jemals erzählt hatte. Zumindest über den damaligen Unfallhergang musste er wohl Bescheid wissen. Anders konnte sie sich Juans Reaktion nicht erklären.

»Habt ihr über den Unfall gesprochen?«, wollte Luisa ganz unbedarft wissen.

Bianca nickte.

Sie tauschte einen Blick mit Alejandro. Er wusste sicher, dass sich das Verzeihen auf etwas ganz anderes bezogen hatte, doch er schwieg.

In diesem Moment ging die Tür auf. Eine Schwester betrat in Begleitung eines jungen Arztes das Krankenzimmer.

»Sieht nach Visite aus«, sagte Anja. Damit sollte sie recht behalten, denn die Schwester bat sie, für ein paar Minuten das Zimmer zu verlassen.

Juan ging zuerst hinaus. Bianca als Letzte, nicht ohne noch einmal zu Alejandro zu sehen. Wie er sie anlächelte. So gütig, so verständnisvoll. Sie schenkte ihm auch ein Lächeln, obwohl sie ihn noch vor nicht allzu langer Zeit in die Hölle gewünscht hatte, genau wie ihren Mann. Herzensgüte zeigte sich vor allem im Verzeihen, sagte sie sich und riss sich von seinem Blick los.

Die Schwester schloss die Tür, als sie bei den anderen auf dem Gang stand.

»Sagen Sie Ihrer Enkelin bitte, wie sehr ich ihr für ihre Arbeit dankbar bin. Ich bin schier daran verzweifelt, dass er mich nicht mehr erkannt hat, und als ich heute Morgen kam ... Es ist so ein unbeschreiblich schönes Gefühl, wenn man plötzlich wieder einen Vater hat«, sagte Juan.

Bianca musste erst einmal tief Luft holen, bevor sie es Luisa übersetzte. Was für eine schöne Nachricht!

»Das heißt, Alejandro muss nicht in ein Heim?«, schlussfolgerte Luisa.

Bianca übersetzte ihm die Frage und war selbst gespannt auf seine Antwort.

Er schüttelte den Kopf und fuhr in gebrochenem Englisch an Luisa gerichtet fort. »So lange er noch körperlich gesund ist ...«, sagte er.

Luisa zeigte sich erleichtert.

»Vielleicht kann Felix öfter nach ihm schauen?«, schlug Juan vor.

»Luisa und Felix möchten ein Projekt auf die Beine stellen. Für Alzheimerpatienten. Ein Betreuungszentrum«, erklärte Bianca ihm auf Spanisch.

»Eigentlich wollte ich das Haus verkaufen und eine kleine Wohnung für ihn suchen«, erwiderte Juan daraufhin. »In Sollér, aber so ein Zentrum ist eine gute Idee. Lassen Sie uns darüber reden. Ich muss sowieso heute noch einmal ins Haus und komme später vorbei, wenn Ihnen das recht ist. Ich möchte mich auch noch bei Ihrem Sohn bedanken.«

Auch das teilte Bianca ihrer Enkelin und ihrer Tochter auf Deutsch mit.

Ihre Enkelin nahm diese Nachricht mit Freude auf. Wieder unerwarteter Wind. Das Fähnchen des Lebens flatterte kräftig. Das wird heute ein kilometerlanger Tagebucheintrag, sagte Bianca sich.

Während Steffen im Liegestuhl an seinem Cocktail schlürfte, den er sich aus den Saft- und Alkbeständen seiner Mutter zusammengemixt hatte, und die vier Damen drüben in der Sitzecke beim Kriegsrat beobachtete, überlegte er sich, warum Frauen so furchtbar kompliziert dachten. Und zwar altersübergreifend. Sie diskutierten schon mindestens eine halbe Stunde, ob sie Luisa nun in die Stadt kutschieren sollten oder nicht. Erst hatte es geheißen: »Ja. Mach das.« Anja war generell eine Schlichterin und vom Typ her sehr harmoniebedürftig. Yvonne befand, dass man Männern nicht nachlief, vor allem, wenn sie sich auf eine Nachricht nicht mindestens innerhalb einer Stunde meldeten. »Papperlapapp.« Mutter sagte das bestimmt schon zum dritten Mal. Und die arme

Luisa. Trank mittlerweile auch schon einen Cocktail. Ihr hatte er allerdings etwas weniger Campari hineingeschüttet ... Was gab es da nur so lange zu überlegen? Steffen fing auch schon damit an, sich zu fragen, ob er sich stundenlang in eine Tapas-Bar vor Felix' Wohnhaus setzen würde, um dann zu Kreuze zu kriechen. »Missverständnis aufklären«, wie es nun offiziell hieß. War doch sowieso alles egal. Der Typ meldete sich schon wieder und würde ohnehin bei Alejandro aufkreuzen. Dann bräuchte Luisa nur nach unten zu gehen und die Angelegenheit zu klären. Aber so waren Frauen anscheinend nun mal. Reden, reden, sämtliche Möglichkeiten durchdenken, spekulieren, neu überlegen, Pläne verwerfen. Steffen nahm gleich noch einen kräftigeren Schluck. Aber dass sie eine schnuckelige Pension ausfindig gemacht hatten, in die sich sogar Yvonne verguckt hatte, und er ernsthaft darüber nachdachte, sich eine Finanzierung dafür zu überlegen, war dann wohl doch eher Männersache. Zu dumm, dass sonst kein Mann hier war. So blieb ihm nichts anderes übrig, als gedanklich Selbstgespräche zu führen oder mit dem Strohhalm zu plaudern. Mutter hatte es gerade einmal zur Kenntnis genommen, seine Ausführungen mit »Das wird schon klappen, irgendwie« kommentiert und sich genau wie Anja darüber gewundert, dass das jetzt alles etwas schnell vonstattengehen würde. Alles Peanuts im Vergleich zum großen Drama, das sich »Luisa und Felix« nannte. Steffen nahm einen weiteren. Diesmal allerdings einen kräftigen, um die Sehnsucht zu betäuben. Eine Sehnsucht, die er bisher noch nicht kannte. Mutter hätte damals gar keine bessere Entscheidung treffen können, als ihren Lebensabend hier zu verbringen. Was für ein Kontrast zu ihrem Leben in Münster! Selbst der Charme des Bodensees im Frühling und Sommer, die Berge und die gelegentlich weiße Pracht im April konnten da nicht mithalten. War es die Luft? Der Duft der Zitrusbäume? Waren es die Menschen? Die alte Straßenbahn oder die charmanten Steinhäuser? Die einmalige Lage direkt am Meer und die malerische Bergwelt im Rücken? Es musste einfach klappen, nur wusste er im Moment noch nicht, wie. Weitere Überlegungen erstickte ein sich nähernder Wagen. Wenn's wenigstens ein Motorrad gewesen wäre. Die Mädels würden endlich mal den Mund halten und einfach nur die laue Spätnachmittagssonne genießen. Den Wagen kannte er nicht. Steffen stand auf, um seine Neugier zu befriedigen.

»Das ist bestimmt Juan«, rief Bianca ihm zu. Tut so, als bekäme sie gar nichts mehr mit, was um sie herum passierte, aber dann gleich Spalier stehen. Das traf auch für Luisa, Anja und Yvonne zu.

Als Steffen ihn mit einer Champagnerflasche und einem Blumenstrauß aussteigen sah, wusste er, für wen die Flasche war. Aber schenkten sich Männer hierzulande Blumen? Des Rätsels Lösung ereilte ihn, kurz nachdem Juan die Treppen erreicht hatte und die vier Frauen ihn begrüßten. Luisa bekam den wunderschönen Orchideenstrauß. Vermutlich, weil Alejandro sich wieder an Teile seines Vorlebens erinnern konnte. Luisas Idee verdiente höchsten Respekt. Nachdem Juan alle begrüßt und Mutter auf den Mann bei den Liegestühlen gedeutet hatte, war der Champagner-Lieferservice auch schon im Anmarsch. Ein Mann mit verzücktem Blick trat vor ihn. Hilfe! Wenn der jetzt anfing, sich auf Spanisch zu bedanken, würde er kein Wort verstehen. Wo war Mutter eigentlich, wenn man sie brauchte?

Warum nur sah er ihn so erstaunt an? Es war ein unangenehmes Gefühl, wenn man von einem Mann so lange gemustert wurde und der einen auch noch so verzückt anlächelte. Steffen fühlte sich unwillkürlich an die Begegnung mit Alejandro erinnert.

Dann legte Juan auf Englisch los.

»Ich weiß gar nicht, wie ich Ihnen danken soll. Mein Vater wäre nicht mehr am Leben ... Und Sie haben Ihres riskiert. Die Brandung ist dort nicht ungefährlich.«

»Ich bin ein guter Schwimmer. Es war wirklich nicht so schwer, Ihren Vater aus dem Wasser zu bekommen.«

Glaubte er ihm das etwa nicht? Schon wieder dieser intensive Blick. Und das mit einer Champagnerflasche in der Hand. Der Duft seines Eau de Toilette verstärkte den Eindruck, dass Alejandros Sohn vielleicht eher auf Männer als auf Frauen stand.

»Sie sehen tatsächlich aus wie Ihr Vater«, säuselte er.

»Das haben manche Söhne nun einmal so an sich«, sagte Steffen. Mensch, gib mir einfach die Flasche, und alles ist gut. Sein Stoßgebet wurde erhöht. Der Schampus lag nun in seinen Händen. Luisa nahm das gleich zum Anlass, um ein Foto zu machen. Merkwürdig war, dass alle Frauen verstummt waren. Bianca streckte sich und hielt eine Hand ans Ohr, um die Hörmuschel zu vergrößern, damit sie ihre angeborene Neugierde befriedigen konnte.

»Mein Vater hat viele Fotos von Ernst. Ich muss sie Ihnen mal zeigen.«

»In der Fotokiste?«, fragte Steffen, denn die kannte er schon.

»Nein. Ich habe nach Dokumenten gesucht, für den Hausverkauf. Verträge, Urkunden ... und bin auf weitere Aufnahmen gestoßen. Einen Teil habe ich mir noch gar nicht angesehen«, erklärte Juan.

»Die beiden kannten sich ja auch schon so lange.«

»Es ist schon komisch. Er hat mir nie viel von Ihrem Vater erzählt. Nur wenn ich ihn anrief und Ernst zu Besuch war. Sie waren oft gemeinsam beim Fischen und mit einem Segelboot unterwegs. Die Insel muss ihm so gut gefallen haben, dass er dann sogar für immer herkam.«

»Für immer im wahrsten Sinne des Wortes«, stellte Steffen fest.

»Ich wusste auch nicht, dass mein Vater immer wieder zu dieser Bucht ging, zum Andenken an Ernst.«

»Mein Vater ist hier beerdigt worden. Man hat ihn aus dem Meer geborgen. Also, ich würde eher zum Friedhof gehen«, wunderte Steffen sich.

Juan schien dies auch nachdenklich zu stimmen, doch er sagte nichts darauf.

»Setzt euch doch zu uns«, rief Bianca. Anscheinend hatte sie Angst, etwas zu verpassen.

»Gleich, Mutter«, erwiderte Steffen, bevor er sich wieder Juan zuwandte. »Die Fotos würde ich mir gerne mal ansehen. Wann sind Sie wieder im Haus?«

Juan schien für einen Moment zu überlegen. »Wenn Sie möchten ... gleich«, sagte er. »Jetzt ist es noch hell. Ich war mal nachts bei ihm. Er hat nur zwei kleine Stehlampen im Wohnzimmer ...«

»Also ... Ja, gerne«, erklärte sich Steffen bereit und deutete auf den Champagner. »Den können wir später trinken. Dann stoßen wir an. Auf Alejandro.«

»Einverstanden.«

»Luisa. Magst du den Schampus kalt stellen? Wir gehen noch rüber zu Alejandros Haus.«

Luisa nickte, stand auf und nahm die Flasche entgegen.

»Hier ist es doch viel gemütlicher«, wandte Mutter ein. Es klang regelrecht bittstellerisch. Und zwar so, dass selbst Anja ihr einen verwunderten Blick zuwarf.

»Wir schauen uns nur ein paar Fotos von früher an.«

»Kann ich mitkommen?«, fragte Anja. Wenn es um ihren Papa ging, dann war sie immer dabei.

Juan musste das auch auf Deutsch verstanden haben, denn er nickte.

»Ihr habt doch schon alle gesehen. Wir könnten hier gemütlich essen.« Mutter ließ nicht locker.

»Wir bleiben wirklich nicht lange. Und du kannst in aller Ruhe mit Luisa das Essen vorbereiten.«

Mutter nickte sichtlich widerwillig.

»Oma. Kann ich den Wein rausnehmen? Ist kein Platz mehr im Kühlschrank«, gellte es von drinnen.

Nun war Bianca ohnehin beschäftigt. Bevor sie ihnen noch Fesseln anlegte, war es wohl besser, gleich zu gehen. Steffen drehte sich noch einmal um. Bianca saß trotz Luisas Ruf aus der Küche immer noch da und schien tief in Gedanken versunken. War wohl auch kein Wunder. Der Tag musste zu viel für sie gewesen sein.

Da war man in Spanien, um seine Englischkenntnisse aus der Schule auszugraben. Anja war erstaunt, wie schnell sie ihren Wortschatz wieder parat hatte. Juans Englisch hatte einen spanischen, ihres einen deutschen Akzent. Engländer waren nicht zugegen, insofern befiel Anja kein Schamgefühl. Enthemmend wirkte auch Juans überbordendes Lob für Luisa. Er war der Meinung, dass die Jugend sich heutzutage für nichts mehr einsetzte und Luisa eine löbliche Ausnahme sei. Bis sie an Alejandros Haus angekommen waren, hatte er sie in den siebten Himmel gelobt. Ihr hatte Alejandro auch zu verdanken, dass Juans Idee, ihn in ein Pflegeheim zu stecken, vom Tisch war. So möchte man auch nicht enden, denn die meisten Häuser für die Alten waren alles andere als begehrenswert. Anja hatte von einigen ihrer älteren Patienten gesagt bekommen, dass sie lieber bei ihr auf der Station geblieben wären, als wieder zurück ins Alten- oder Pflegeheim zu müssen. Als Wartesaal für den Tod hatte es einer ihrer letzten Achtzigjährigen bezeichnet, der wegen eines Beinbruchs im Krankenhaus gelandet war. Insofern war Anja darüber erleichtert, dass Juan eher an eine Form von betreutem Wohnen dachte. Hoffentlich gab es das hier auf der Insel. Man konnte doch so ein ganzes Leben nicht plötzlich einmotten. Während sie sich auf der Couch in Alejandros Wohnzimmer Aufnahmen aus einer kleinen Fotokiste besah, die Juan schon am Vortag unter einem Bücherstapel am Boden entdeckt hatte, wurde ihr das besonders deutlich. Darin lagen welche mit historischem Wert. Die alte Eisenbahn und Alejandro in schnittiger Uniform. Das war wie eine Reise in eine andere Zeit. Unzähligen Menschen war er im Lauf seines Lebens begegnet. Aufnahmen von seinen Reisen waren mit dabei. Indien, Rom, Oslo und einige Orte auf dem spanischen Festland. Die meisten Urlaubsreisen hatte er in jungen Jahren gemacht. Ein kleines Album mit Hochzeitsfotos fiel ihr in die Hände. Was für ein hübsches Paar. Seine Frau sah auf den Fotos aus wie eine rassige Flamenco-Tänzerin. Ihr Haar war streng nach hinten gekämmt und in einem Dutt gebändigt. Im Album waren auch Fotos vom kleinen Juan. Der Säugling mit den großen Kulleraugen lag in Papas Armen. Alejandros stolzer Blick sprach Bände – und wie süß der Kleine nach der Hand vom Papa griff. Nanu? Alejandro mit einem Wasserschlauch in der Hand, in dunkelblauer Uniform und mit rußverschmiertem Gesicht?

»War dein Vater mal bei der Feuerwehr?«, rief Anja in Richtung Schlafzimmer.

»In den Achtzigerjahren. Freiwillige Feuerwehr«, antwortete Juan prompt.

Alejandro schien auch einen ausgeprägten Sinn für Humor zu haben. Der Fotostapel, den sie von ganz unten aus der Kiste herausfischte, wurde von einem Gummiband gehalten. Anscheinend passten die Aufnahmen im Gegensatz zum sonstigen Chaos seiner Fotokiste entweder thematisch oder zeitlich zueinander. Gut zwei Dutzend Fotos zeigten einen Tanz auf dem Platz vor einer Dorfkirche. Anja musste gleich zweimal hinsehen, denn die vermeintlichen Frauen, um die ein maskierter gehörnter Dämon herumhüpfte, waren Männer. Alejandro machte sich gut als Frau. Richtig attraktiv, und Möpse so groß wie Luftballons. Anja lachte unwillkürlich auf.

»Irgendwas Lustiges entdeckt?«, rief Steffen ins Wohnzimmer.

»Alejandro als Frau. Das müsst ihr euch ansehen.«

Anja bekam mit, dass Steffen ihre Frage übersetzte.

»Die Fotos kenne ich. Aber schon lange nicht mehr gesehen«, sagte Juan, als er zusammen mit Steffen aus dem Schlafzimmer kam. Sie setzten sich links und rechts neben sie. Anja reichte ihnen die Aufnahmen.

»Ist das ein Faschingsbrauch?«, wollte Anja wissen.

»Nein. Es ist ein Ritual. Man glaubt, dass schottische Seefahrer ihn im Mittelalter auf die Insel gebracht haben. Sechs Männer verkleiden sich als Frauen. In der Mitte tanzt die große Dame und kämpft mit dem Teufel«, erklärte Juan.

»Und diese Tücher? Wozu sind die gut?«

»Damit gehen sie auf den Dämon los, und am Schluss gewinnt das Gute gegen das Böse und der Teufel bleibt am Boden liegen«, fuhr Juan fort, der sich daraufhin eine Großaufnahme seines Vaters näher betrachtete. Anja besah sie sich auch noch einmal.

»Eine Señora zum Verlieben«, kommentierte Steffen.

Juan lachte. Das Wort »verlieben« war ihm offenbar auch auf Deutsch geläufig.

»Drüben haben wir noch zwei Fotoalben entdeckt. Ich hol sie mal«, sagte Juan und ging zurück in Alejandros Schlafzimmer.

»Die Grundbuchunterlagen müssen gut versteckt sein. Juan

hat seinen Vater schon danach gefragt. Er erinnert sich nicht mehr daran, aber die Versicherungspolicen haben wir gefunden. Waren in einem Umschlag auf dem Kleiderschrank.«

»Meinst du, dass er sich an diese Tänze erinnert?«, fragte Anja.

»War ja früher. Denke schon.«

Juan kam mit zwei Alben zurück. Sie waren derart eingestaubt, dass er sie erst einmal mit einem Küchentuch reinigte, bevor er sich erneut zu ihnen setzte.

»Die lagen ganz hinten auf dem Kleiderschrank. Vermutlich jahrelang nicht mehr angefasst«, erklärte Juan.

»Das bin ja schon wieder ich«, stellte Steffen mit Erstaunen fest, denn die ersten Fotos stammten wohl aus einer Zeit, in der ihr Vater ungefähr so alt wie Steffen heute gewesen sein musste.

Juan besah sich die drei Aufnahmen, die am Hafen von Port de Sóller entstanden sein mussten. Zwei zeigten Papa. Einmal mit einem Fisch an der Angel, einmal mit Kapitänsmütze. Auf der dritten stand Alejandro neben ihm. Die beiden erweckten den Eindruck, dicke Kumpel gewesen zu sein. Alejandros herzliche Umarmung legte davon Zeugnis ab.

Juan besah sich erst die Aufnahmen, dann Steffen und schüttelte ungläubig den Kopf.

Fotografien dieser Art sprangen ihnen auf jeder Seite entgegen. Mal in den Bergen, mal am Strand oder auf Fiestas mitten in fröhlich feiernden Gesellschaften.

»Jetzt wird mir klar, warum Vater so oft hier war. Der hat es sich wirklich gut gehen lassen«, sagte Steffen.

»Allerdings.« Eine Auszeit vom stressigen Job sah genau so aus.

»Ihr Vater war wohl öfter hier, als ich dachte«, bemerkte Juan. Anja wunderte sich darüber. Hatte er seinem Sohn nicht erzählt, wenn Besuch aus Alemania da war? In dem Moment machte sie sich klar, dass Papa zu Hause ihrer Erinnerung nach auch nie viel von seinen Reisen erzählt hatte. Eigentlich wusste Anja nur, dass er versucht hatte, sich beim Fischen zu entspannen, und ein Boot gemeinsam mit einem Freund anmieten würde, weil das billiger sei.

»Bestimmt dreimal pro Jahr«, erwiderte Steffen, was Juan überraschte.

»Er muss ihn wirklich sehr vermissen. Sonst wäre er wohl nicht zu dieser Bucht gegangen«, sagte Juan nachdenklich.

Eine andere Erklärung dafür gab es nicht.

Steffen schlug das erste Album zu und öffnete das zweite. Anscheinend waren darin weitere Fotos von diesem Ritual, bei dem sich Männer Frauenkleidung anzogen. Allerdings fehlte der Teufel, und auf dem Dorfplatz waren sie auch nicht entstanden.

Juan stutzte ebenfalls, denn auf den folgenden Aufnahmen tauchten gleich noch mehr Männer auf, die Frauenkleider trugen, und diesmal war es keine folkloristische Mode wie bei der ersten Serie. Einige von ihnen sahen richtig verwegen aus. Männer in billigen Fummeln, teilweise sogar mit Conchita-Bart.

»Ich weiß, wo das ist«, sagte Steffen unvermittelt. Das handelte ihm nicht nur Anjas erstaunten Blick ein.

»Ich hab dort mal Urlaub gemacht. Hier, im Hintergrund, der grüne Dino. Die Schrift ist verkehrt herum, aber da steht Yumbo. Das ist die Vergnügungsmeile von Playa del Ingles. Gran Canaria. Das müssen Aufnahmen vom Karneval sein.«

»Papa war doch nie auf Gran Canaria«, wunderte Anja sich.

»Mein Vater hat mir auch nie davon erzählt«, sagte Juan, der gleich interessiert weiterblätterte.

»Ist das auch eine Tradition, dass sich spanische Männer zum Karneval als Frauen verkleiden?«, wollte Steffen von Juan wissen.

»Machen viele. Ist ein Riesenspaß«, sagte er.

»Keine anderen Kostüme wie bei uns?«, hakte Anja nach, denn auf den Fotos waren nur noch Dragqueens zu sehen – eine schräger als die andere.

»Doch. Normalerweise schon …« Juan verwunderten die Fotos immer mehr. Irritierte Blicke tauschten sie erst, als eine Aufnahme kam, auf der Papa der Frau im sexy hellblauen und mit Rüschen abgesetzten Kleid einen Kuss auf den knallroten Mund drückte. Er küsste Alejandro.

»Vielleicht waren sie betrunken«, sagte Steffen peinlich berührt.

Juan nickte, rieb sich an der Nase und wirkte sehr nachdenklich.

»Ich sehe das heute zum ersten Mal«, sagte Juan, nahm Steffen das Album ab und blätterte weiter.

Ein weiteres Foto gab Auskunft über die Art der Veranstaltung. »Gay Pride« stand über der Bühne, und dort tummelten sich, bis auf wenige Ausnahmen, nur Männer – und zwar die ganze Bandbreite vom Ledertypen im Harness bis hin zu modisch gekleideten Jünglingen, die noch keine achtzehn sein dürften. Einer hübscher als der andere – und eindeutig schwul.

Juan schluckte.

Steffen ebenso.

Juan blätterte eilig weiter. Eine Umarmung hier, eine da, und dann der Supergau, der jeden Zweifel zerstreute. Einige lose Bilder hatten sich wohl verirrt. Anja hatte Alejandros Schlafzimmer vorhin nur kurz betreten, erkannte es aber wieder. Auf dem ersten Foto zwängte sich Juans Vater gerade in eine Damenstrumpfhose, und auf einem anderen saß Papa in Unterhosen auf dem Bett und war dabei, sich auch eine anzuziehen. Nicht auf einem gemachten Bett, sondern auf einem ziemlich zerwühlten.

Hektisch riss Juan das Album in die Höhe und schüttelte es

durch. Noch drei weitere Aufnahmen flatterten heraus und landeten auf Steffens Schoß. Zungenküsse unter Freunden? Papa! Das konnte doch nicht wahr sein! Und dann auch noch eines nackt am Strand mit seinem Teil in voller Pracht. Anja wurde augenblicklich übel.

»Wusstest du, dass er …?« Steffen brachte den Rest gar nicht mehr heraus. Die Fotos legte er gleich zurück ins Album.

Juan schüttelte ebenfalls fassungslos den Kopf. »Kommt mit …«, sagte er und bedeutete ihnen, ihm ins Schlafzimmer zu folgen.

Anja starrte noch immer auf die Fotos, als Steffen bereits aufgestanden war. Sie legte das Album zur Seite und folgte den beiden dann doch.

Juan stand schon am Kleiderschrank und öffnete die letzte Tür.

»Ich dachte immer, er bewahrt dort die Sachen meiner Mutter auf. Zum Andenken«, sagte er.

Dann zog er wahllos eines der Kleider heraus. Er hielt es vor sich hin. Wollte er sich das jetzt etwa anziehen? Vielleicht stand er ja unter Schock, überlegte Anja. Sie selbst fühlte sich jedenfalls mehr als nur geschockt.

»Ich bin eins dreiundachtzig. Meine Mutter war um die eins sechzig.«

Steffen setzte sich aufs Bett.

»Aber … Das kann doch nicht sein«, stammelte er.

Juan zuckte ratlos mit den Schultern.

Anja war sich mittlerweile sicher, dass sie dieses blaue Kleid an Alejandro auf einem der Fotos gesehen hatte.

»Ob Mama davon wusste?«

Juan blickte Anja fragend an. Steffen hatte es auf Deutsch gesagt. Sie übersetzte es ins Englische.

Juan sah sie nur bestürzt an.

»Sie hat sich von ihm getrennt«, sagte Anja mehr zu sich und ließ sich neben Steffen auf dem Bett nieder.

Juan nahm dann auch noch neben Steffen Platz. Das Kleid in seinem Schoß.

Er starrte genau wie Steffen und Anja auf den Kleiderschrank, in dem mindestens zehn weitere Frauenfummel hingen. Anja entdeckte auch noch einen quer liegenden Schuh mit hohen Absätzen. Die arme Mama!

Zwei Nervenbündel auf der Terrasse. Bianca nahm sich vor, dies genau so heute Abend in ihr Tagebuch zu schreiben. Yvonne war Luisas Nölerei bereits zu viel geworden. Sie hatte sich den Leihwagen geschnappt, um in die Stadt zum Shoppen zu fahren. Lenkte ab. Luisa nahm ihr Handy mittlerweile nicht mehr nur alle fünf Minuten in die Hand. Es klebte förmlich daran. Den Messenger musste sie gar nicht mehr ständig öffnen und schließen. Angeblich las sie die News, um sich abzulenken. Bianca wusste es besser. Wenn man las, dann bewegten sich die Pupillen. Die von Luisa erinnerten Bianca mittlerweile an die eines Reptils. Ihre Finger spielten zudem unentwegt an ihrem Handy herum. Mal hämmern, mal den Bildschirm streicheln, dann darauf tippen. Das machte einen völlig verrückt. Die Konversation, die sich im Kreis drehte, ebenso. Ob sie sich Vorwürfe machen musste, hatte sie die letzte halbe Stunde beschäftigt. Wieso sollte man sich Vorwürfe machen, wenn man jemanden in einer Situation erwischte, die nach Klauen aussah? So einfache Einsichten waren einer von Schuldgefühlen gequälten Seele schlecht zu vermitteln. Und wenn man selbst von immer größerer Unruhe heimgesucht wurde und sich unentwegt fragte, was die da drüben in Alejandros Haus so lange trieben, dann war es schwer, Ruhe und Gewissheit auszustrahlen. Bianca hatte mittlerweile auch den Blick einer Echse. Im Visier ihrer starren Pupillen war das Haus in Sichtweite. Die werden sich halt ein paar alte Fotos anschauen. Und wenn schon. Mach dich nicht verrückt. Der lässt doch sicher nix Verfängliches rumliegen. Wenn jemand etwas zeit seines Lebens geheim hält, dann wird er doch nicht irgendwann damit aufhören. Andererseits war Alejandro vergesslich geworden. Im Haus lag alles kreuz und quer herum. Das barg Gefahren in sich. Daran hatte sie bis eben gar nicht gedacht. Das befeuerte augenblicklich die innere Unruhe. Die aufziehenden dunklen Wolken am Himmel, die eine schier unerträglich schwüle Luft vom Meer herantrieb, erinnerten sie an Dementoren. Zeit der Abrechnung? Zu viel *Harry Potter* gelesen. Und trotzdem schienen sie Vorboten eines drohenden Unheils zu sein.

»Können wir nachher nicht noch einmal in die Stadt fahren? Ich meine, wenn Yvonne zurück ist. Sie kann mich doch mitnehmen.«

»Mach das.« Jedes weitere Wort war Bianca inzwischen zu viel.

In der Ferne zuckte ein Blitz über den Himmel. Schon oft erlebt. Muss nicht herziehen, sagte Bianca sich, doch als sie unten an Alejandros Haus die Tür aufgehen sah, rechnete sie doch mit heftigem Gewitter, Blitz und Donner, aber nicht von oben. Anja hatte ein Fotoalbum in der Hand und starrte zur Terrasse. In ihrem Blick lag etwas Bedrohliches. Selbst von Weitem konnte Bianca ihre Anspannung spüren. Steffen und Juan verließen ebenfalls das Haus. Noch bevor Juan es zugesperrt hatte, stapfte Anja los. Steffen schien sich von Juan zu verabschieden. Der ging zu seinem Leihwagen. Hatte er nicht nachher noch vorbeikommen wollen, um anzustoßen? Weitere Vorboten des Unheils! Bianca merkte, dass ihre Hände eiskalt wurden und leicht zu zittern begannen.

»Mama hat ja ein Album dabei. Vielleicht können wir dann noch ein Video machen«, sagte Luisa, die ihr Handy mal wieder auf den Tisch gelegt hatte und neben sie trat.

Anjas Stechschritt hatte was Militärisches an sich. Steffens vorwurfsvoller, ja fast schon zorniger Blick sprach auch Bände.

Bianca verspürte den Drang, sich sofort einen Campari pur reinzuschütten, allein schon wegen des Kreislaufs, der bereits wegzusacken drohte. Wacklige Knie hatte sie bereits.

Beim heftigen Donnergrollen nach einem grellen Blitz über dem Meer zuckte auch Luisa zusammen.

Anja huschte schon die Treppen nach oben.

»Juan wollte nicht mehr mitkommen?«, fragte Luisa ganz unbedarft.

Anja reagierte nicht.

Bianca suchte bereits Halt an der Terrassenbrüstung.

»Mama?« Wahrscheinlich hatte Luisa ihre Mutter auch noch nicht so aufgebracht gesehen. Sie schien innerlich vor Aufregung zu beben.

Anja ging kommentarlos an ihnen vorbei und knallte das Fotoalbum auf den Tisch.

Steffen nahm die letzte Stufe.

»Mutter. Wir müssen reden.«

Bianca japste nach Luft. Warum konnte sie nicht jetzt der Schlag treffen oder der Blitz auf sie niederfahren? Dazu war das verdammte Gewitter aber noch zu weit weg.

»Setz dich zu uns«, verlangte Anja streng.

»Ist irgendwas?« Luisa wirkte völlig verwirrt.

Weil Bianca immer noch atmete, ihr Herz weiterhin schlug und es ihr nicht vergönnt war, sich wie bisher feige davonzustehlen, schleppte sie sich zum Terrassentisch. Steffen rückte ihr einen Stuhl zurecht – vielmehr die Anklagebank. Auf das lief es doch jetzt hinaus.

Anja klappte das Album auf, fischte ein Foto heraus, das Ernst und Alejandro in trauter Umarmung in Frauenkleidern zeigte.

»Cool«, merkte Luisa an, die sich zu ihr gesellt hatte.

»Gar nicht cool, Luisa«, klärte ihre Mutter sie auf.

»Warum? Ist doch lustig.« Klar, dass sich Luisa das dachte. Sie nahm trotzdem neben ihrer Großmutter Platz.

»Hast du uns nichts zu sagen, Mutter?«

»Wir haben auch noch andere Bilder«, sagte Anja mit drohendem Unterton.

»Andere?«

»Luisa. Halt einfach den Mund.« So hatte Bianca noch nie mit ihr gesprochen. Dementsprechend groß wurden ihre Augen.

»Nun?«, drängte Steffen.

»Ist das der Grund, weshalb du dich von Papa getrennt hast?«, wollte Anja wissen.

»Was?«, entfuhr es Luisa trotz des Redeverbots.

Bianca nickte tapfer.

Steffen schlug mit der flachen Hand auf den Tisch, sodass die Wassergläser nach oben hüpften und klirrten.

Anja starrte sie fassungslos an.

»Opa war schwul, oder was?« Luisa hatte erneut das Redeverbot missachtet. Was soll's?

»Jetzt red schon«, sagte Anja.

»Ich weiß es nicht. Ich weiß es bis heute nicht«, sagte Bianca mit Kloß im Hals.

»Wie kann denn Opa schwul gewesen sein? Ihr wärt doch dann nicht da.« Luisa sah so aus, als ob sie die Welt nicht mehr verstünde.

»Es gibt Männer, die sind nicht schwul und ziehen sich trotzdem Frauenkleider an. Google mal ›transsexuell‹, ›Transvestit‹. Dann weißte Bescheid«, klärte Anja ihre Tochter auf.

»Aber das muss man doch merken.« Steffen wirkte mehr als nur irritiert, fast ein wenig angeekelt, und zugleich schien ihn die Neugier zu plagen.

»Im Nachhinein ... Kann sein«, räumte Bianca ein.

»Was heißt ›kann sein‹?« Anja wollte es genau wissen.

Bianca versuchte, tief in Erinnerungen an ihre langjährige Ehe einzutauchen. So viele Momente mit Ernst stürmten auf sie ein. Steffen, Anja, aber auch Luisa sagten kein Wort. Ihre fragenden Blicke waren dennoch auf sie gerichtet.

»Er war zärtlich und liebevoll, nur ... irgendwann hörte es ganz auf. Ich dachte, das sei normal, wenn man so lange zusammen ist. Hört man. Liest man. Ist doch auch meine Schuld. Ich hab ihn schließlich geheiratet«, klagte Bianca sich selbst an. Hättest du bloß diesen Macho genommen, sagte sie sich. Wäre auch in die Hose gegangen. Siehste ja jetzt an Wolfi. Bianca war auf einen Schlag zum Heulen, doch was sollte das jetzt bringen? Reiner Tisch. Am besten gleich alles.

»Wieso bist *du* jetzt schuld?«, fragte Luisa.

»Weil ich nicht auf mein Herz gehört habe, sondern auf meinen Verstand.«

»Also Opa statt Jürgen?«, fragte Luisa.

»Wer ist Jürgen?«, fragte Anja.

»So jemand wie dein Lkw-Fahrer«, gab Bianca zurück.

Anja brauchte einen Moment, um diesen Zusammenhang zu verstehen. Dann kam doch ein »Aha«.

»Ist das jetzt zielführend? Muss ich das auch wissen?«, mischte Steffen sich ein.

»Unwichtig.« Anja schmetterte seine Frage gleich ab.

»Und wie bist du dahintergekommen?«, wollte er stattdessen wissen.

»Er hat einen Flug eine Woche früher genommen, angeblich weil noch so viel im Haus zu tun war. Es sollte alles fertig sein, wenn ich komme. Die neue Küche war noch nicht drin, weil der Schreiner keine Zeit hatte. Ich wollte ihn überraschen. Hab spontan einen Flug gebucht. Den gab's halt günstig. So ein Last-Minute-Ding. Er war nicht im Haus, aber der Leihwagen, den er immer hatte, stand in der Zufahrt. Bei Alejandro brannte Licht. Ich ging rüber. Völlig ahnungslos. Ich wusste ja, dass sie befreundet waren.«

»Bitte sag mir jetzt nicht, dass du die beiden im Bett erwischt hast«, sagte Steffen angewidert.

»Das glaub ich jetzt alles nicht.« Luisa missachtete erneut das Redeverbot.

»Jetzt unterbrich Oma nicht.« Diesmal fuhr ihr ihre Mutter über den Mund.

»Sie waren betrunken. Hatten Frauenklamotten an. Es sah furchtbar aus. Ernst hat Alejandro die Lippen bemalt. Hab's durchs Fenster gesehen. Ich dachte erst, das sei ein schlechter Scherz ... Und das wollte mir Ernst auch so verkaufen, aber Alejandro hat Anstand bewiesen. Er hatte den Mut, es mir zu sagen.«

»Was denn?«, drängte Anja.

»Dass das nichts Schlimmes sei und ich mir jetzt nicht das Falsche denken solle. Was heißt schon ›falsch‹?«

»Mama. Wir haben Fotos von den beiden, auf denen sie sich küssen«, sagte Anja.

»Könnte ja auch ein Spaßfoto gewesen sein. Im Suff. Vielleicht aber auch nicht. Was weiß ich!«, überlegte Bianca laut, denn sich küssende Männer und welche in Frauenkleidung hatte sie hier während des Karnevals schon zur Genüge zu Gesicht bekommen.

»Ein Kuss zum Spaß sieht anders aus, Mama.«

»Und ein Nacktbild gibt's auch«, sagte Steffen.

»Von mir gibt's auch welche am FKK-Strand.«

»Von mir auch, aber nicht mit Ständer«, präzisierte Steffen.

Bianca schluckte. Sie machte sich in dem Moment klar, dass sie immer noch den Gedanken von sich schob, dass Ernst wahrscheinlich nichts weiter als einfach nur schwul gewesen war. Transvestit? Transsexuell? Kann man sich auch einreden, um sich die Wahrheit nicht eingestehen zu müssen. Es war verletzend zu wissen, dass man als Frau letztlich abgeschrieben war und keine Chance hatte, den Ehegatten zurückzuerobern.

»Ich kann es euch nicht sagen. Ich weiß es bis heute nicht. Möglich ist es. Spielt es denn überhaupt eine Rolle?«

»Ihr müsst doch darüber geredet haben.« Anja sah sie entgeistert an.

»Nein. Haben wir nicht. Ich hab seine Sachen gepackt und ihn am selben Abend rausgeschmissen.«

»Und wenn er nun doch nicht schwul war?«, fragte Luisa.

»Das war mir egal. Er hat mich jahrelang belogen. Auszeit. Angeln mit einem Kumpel. Wir sind hierhergezogen, nur damit er möglichst nahe bei seinem Alejandro ist und seine wie auch immer geartete Leidenschaft mit ihm ausleben kann.« Kaum war das raus, spürte Bianca eine Riesenlast von ihren Schultern fallen. Die Unruhe hatte sich verflüchtigt. Weder Zorn noch Hass stiegen empor. Kein Schmerz, keine Verzweiflung, keine Angst. Stattdessen eine wohltuende Leere.

»Auseinandergelebt«, sagte Steffen fassungslos und stieß einen verächtlichen Laut aus. Zu Recht, denn das hatte sie ihren Kindern so erzählt.

»Ich dachte, es sei einfacher für euch zu ertragen«, rechtfertigte Bianca sich. Ihr Blick fiel aufs Meer. Das Gewitter hatte sich wider Erwarten verzogen, doch die Stille, die normalerweise kurz vor einem Unwetter einsetzte, verblieb.

»Vielleicht wäre es besser gewesen, wenn du es uns gesagt hättest«, meinte Steffen. Er wirkte niedergeschlagen.

»Also, ich hätte an Omas Stelle vermutlich genauso gehandelt«, sagte Luisa.

»Kein Fußball. Kein Bolzplatz. Keine Gespräche über Mädchen ... Er war mir fremd ...«, sinnierte Steffen.

»Papa hat viel lieber mit mir und den Barbies gespielt«, sagte Anja nachdenklich. Auch das wusste Bianca. Seinerzeit hatte sie dem aber noch keine Beachtung geschenkt.

»Er hat sich immer ein Mädchen gewünscht. Ich glaube, das lag einfach an seiner Neigung und weil er mit Jungs nichts anfangen konnte«, überlegte Bianca laut.

Sie hatte Steffen noch nie so angefasst gesehen. Anja griff nach seiner Hand und hielt sie.

»Krass!« Mehr brachte Luisa nicht mehr heraus.

»Und wisst ihr ... das Schlimmste für mich war, dass ich ihm vertraut habe. Und der Bruch ... Ich habe ihn nicht ertragen. Ich hab ihm das bis heute nicht verziehen«, gestand Bianca offen ein.

»Warum konntest du dann Alejandro verzeihen? Ich versteh das nicht ...«, fragte Anja.

Bianca hatte sich diese Frage selbst noch nicht konkret beantwortet. Sie lauschte in sich hinein und glaubte, eine Antwort gefunden zu haben, gegen die sich kein innerer Widerstand, noch nicht einmal der Hauch eines Zweifels regte.

»Weil er ehrlich zu mir war in jener Nacht«, sagte sie.

»Kann ich voll verstehen.« Luisas Zuspruch tat gut.

»Er tat mir auch leid. Alejandro gab sich die Schuld an seinem Tod. Er hatte damals schon Alzheimer, und als Ernst unter der Erde war ... Es kam in Schüben und ging dann ganz schnell.«

»Vielleicht wollte er vergessen. Den Schmerz, die Liebe ...«, sinnierte Anja.

»Gut vorstellbar. Das Verrückte ist: Ich hab mich oft gefragt, was passiert wäre, wenn er nicht ertrunken wäre.«

»Du meinst, du hättest es ihm doch eines Tages verzeihen können?«, wollte Anja wissen.

»Er war ja kein schlechter Mensch ... Damals für mich aber undenkbar.«

»Aber du hast dich in Opa doch auch mal verliebt?«, hakte Luisa nach.

»Damals heiratete man nicht unbedingt, weil man verliebt war. Eine Ehe. Das war doch mehr. Eine gemeinsame Zukunft. Etwas Solides«, erklärte Bianca.

»Und mit Wolfi wolltest du was nachholen ...?« Anjas Bemerkung verstand jeder am Tisch, dessen war Bianca sich sicher.

Sie nickte schulterzuckend. Das mit dem Nachholen hatte nun leider auch nicht geklappt.

Kapitel 16

Am nächsten Morgen war einfach alles anders. Bianca saß vor ihrem Sekretär, ließ sich die Sonne ins Gesicht scheinen und versuchte, ihre Gedanken zu ordnen, um sie noch vor dem Frühstück niederzuschreiben. Sie hatte bereits während des gemeinsamen Abendessens am Vorabend damit gerechnet, dass sie nach der Generalaussprache keinen Bissen mehr hinunterbekommen und die Nacht senkrecht im Bett verbringen würde. Das genaue Gegenteil war der Fall gewesen. Sie hatte selten so gut geschlafen. Lebenslänglich Angst vor der Wahrheit. Dazu hatte sie sich selbst verurteilt – und die war jetzt weg. Es war ärgerlich, jahrelang so einen Ballast mit sich herumgeschleppt zu haben. Bianca kam es so vor, als hätte das gestrige Unwetter mit seinen Sturzbächen von oben all dies hinfortgespült, auch ihre vermeintliche Schuld an Ernsts Tod, weil er mit der Trennung nicht fertiggeworden war. Das alles musste man doch notieren. Bianca saß trotz dieses Vorsatzes und angesichts der Bedeutung dieser Gedanken noch immer unentschlossen vor ihrem Notebook. Ob du nicht aufs Klo kannst, schreibste auf, und was wirklich wichtig ist, dazu kannste dich nicht aufraffen, hielt sie sich vor, doch sie entlarvte ihre Trägheit als Gelassenheit. Und ihre Gedanken waren so klar wie selten vor der ersten Tasse Kaffee. Bianca lehnte sich zurück und fragte sich, was mit ihr los war? Haste das alles immer aufgeschrieben aus Angst, eines Tages so zu enden wie Alejandro? Sie musste nicht lange überlegen, um sich diese Frage mit einem klaren Nein zu beantworten. Sagte man nicht, dass man sich Dinge, die einen belasteten, von der Seele schreiben konnte? Und gerade jetzt gab es so viel festzuhalten. Nur aus dem Grund war sie doch so zackig aufgestanden und hatte sich gleich an den Sekretär gesetzt. Bianca hörte, dass jemand im Bad war. Viel Zeit blieb ihr sowieso nicht mehr. Doch wozu? Es gab ja nix mehr, was sie sich von der Seele schreiben musste, und jeden Mist zu notieren, was sollte das bringen? Keine Last, kein Druck. Leichtigkeit. Das war es doch, was sie im Moment empfand. Bianca scrollte durch die Einträge der letzten Tage und Wochen und erschrak über sich selbst. Das machte jemand, der niemanden zum Reden hatte. Manche Passagen, vor allem aus der Zeit, bevor sie Wolfi kennengelernt hatte, lasen sich wie Selbstgespräche. Lediglich Luisas Emoticon-Leidenschaft, die auch sie gepackt hatte, ließ sie schmunzeln. Dann schreibste halt nix auf heut. Und wenn du was vergisst, brauchste es auch nicht mehr, sagte sie sich, klappte das Notebook zu und beschloss, sich erst einmal in Ruhe einen Kaffee zu machen. Daraus wurde allerdings nichts, denn Luisas Juchzen, das irgendwie nach einem quiekenden Schweinchen klang, ließ sie zusammenfahren. Spätestens jetzt waren bestimmt alle wach.

Ein Motorradgeräusch unter der Dusche zu hören, war unter normalen Umständen kein Anlass, um halb durchzudrehen. Die Umstände waren aber alles andere als normal. Felix! Er war sicher hier, um nach Alejandro zu sehen. Schaum wegspülen. Schnell. Denn wenn er feststellte, dass Alejandro nicht da war, fuhr er sicher unverrichteter Dinge wieder weg. Schaum weg. Schnell abtrocknen. Einmal kurz durch die Haare wuscheln. Föhnen? Keine

Zeit. Rein in die Klamotten. Luisa hastete in Unterwäsche aus dem Badezimmer und zurück zu ihrem Zimmer.

»Was ist denn mit dir los?«, fragte Bianca, die ihr völlig verdattert auf dem Gang begegnete.

»Felix. Ist da. Muss runter.«

»Soll ich mit ihm reden? Nicht, dass er gleich wieder wegfährt.« Dass Oma ihre vorherigen Gedanken äußerte, ließ Luisa vollends in Panik geraten. Sie ließ ihre Großmutter stehen und stürmte in ihr Zimmer. Keine Zeit, um den Schrank zu öffnen und nach etwas Passendem zu suchen, wie sie es sonst jeden Morgen mit Hingabe machte. Was musstest du auch diese dämliche Schlauchjeans kaufen? Einen Rock hätte sie jetzt schneller an.

»Bin gleich fertig. Musst du nicht«, rief sie in den Gang, in der Hoffnung, dass sie diesen widerständigen Jeansstoff irgendwie über die noch feuchte Haut bekam. Es klappte. Rein in die Sneakers. Vollgas.

»Viel Glück!« Omas Worte in Gottes Ohr.

Während Luisa die Treppe hinunterrannte, überlegte sie, ob ihre Aktion nicht etwas albern war. Irgendwann musste er ja auch wieder bei sich zu Hause sein. Sie könnte auch dort mit ihm reden ... Doch noch länger warten? No way! Bis nachts um halb drei hatte sie alle fünf Minuten auf ihr Handy gestarrt. Mit dem Teil in der Hand war sie dann wider Erwarten doch noch eingeschlafen. Und vor einer halben Stunde, nachdem die Sonne sie durchs Fenster wach gekitzelt hatte, ebenfalls. Noch länger zu warten, war nicht mehr drin.

Als Luisa die Terrasse erreichte, stand Felix schon vor Alejandros Haustür und klopfte an, bevor er am Türgriff rüttelte. Er ging dann zum Küchenfenster und blickte hinein. In dem Raum hielt Alejandro sich in der Regel auf. Klar, dass er nach ihm rief. Vergebens. Dafür rief sie nach ihm. Er musste sie doch gehört haben.

Wieso drehte er sich denn nicht um? Stattdessen ging er seelenruhig zu seinem Motorrad und setzte sich wieder den Helm auf.

»Felix!« Lauter konnte Luisa beim besten Willen nicht brüllen. Die Stimmbänder ächzten schon.

Die Treppen lagen hinter ihr, noch gut fünfzig Meter auf dem Trampelpfad vor ihr. Nun ließ er auch noch den Motor seiner Maschine an. Hat der sie noch alle?

»Felix«, krächzte sie. Im Sprint zu schreien war gar nicht so einfach. Na gut, den Motor konnte er ja laufen lassen. Hauptsache, er fuhr nicht weg. Warum er sich immer noch nicht wenigstens nach ihr umdrehte, erschloss sich Luisa allerdings nicht.

»Mensch, Felix. Jetzt mach die Maschine aus«, presste sie auf den letzten Metern hervor.

Er gab Gas!

Luisa blieb abrupt stehen. Er nach ein paar Metern auch.

Das Bürschchen schnapp ich mir! Wenn man selbst nicht mit Pferdestärken ausgestattet war, gestaltete sich das als schwierig. Kaum hatte sie ihn erneut erreicht, fuhr er los, aber langsam.

»Felix. Scheiße! Tut mir leid, okay? Jetzt bleib verdammt noch mal endlich stehen«, krähte sie so laut, dass man es bis hinunter ins Tal von Port de Sóller hören musste.

Er tat es, und, welch Wunder, er stellte sogar die Maschine ab.

Luisa ging sicherheitshalber gleich um sein Motorrad herum, um sich ihm in den Weg zu stellen. Nicht, dass er noch auf den Gedanken kam, erneut loszufahren.

Luisa sagte gar nichts mehr, sondern gab ihm gestenreich zu verstehen, sich endlich diesen Helm von der Birne zu ziehen.

Er gehorchte. Zum Vorschein kam ein Schmollmund. Der konnte ganz schön angepisst schauen.

»Du hast sicher gesehen, dass die Tür verschlossen war. Ich konnte also gar nichts klauen«, sagte er.

Oh, oh ... Bestlaune sah anders aus. Aber verständlich war es.

»Weiß ich ... Tut mir leid. Ich hab dich das Geld bei Sergio nehmen sehen ...«, versuchte sie es mit einer Erklärung.

Ein verächtlicher Laut kam zurück.

»Sah halt so aus«, meinte sie.

»Dachte, du kennst mich besser.«

»Ich kenn dich doch erst ein paar Tage. Was erwartest du? Das ganze Technikzeug in deiner Bude. Ich hab mir gedacht, dass ...«

»Gedacht ... Weißkitteldenke. Symptomatik-Check. Fällt dir früh ein, mir das zu erklären.« Ganz schön pampig. »Und sich dann nicht mehr auf meine Nachrichten melden«, hielt er ihr vor.

»Hast dich ja auch nicht mehr auf meine gemeldet«, konterte sie.

»Hatte keinen Bock.«

»Aha ...«

»Also, wenn du eine gute Ärztin werden willst, brauchst du schon etwas mehr Feingefühl für Menschen. Intuition. Einschätzung.«

Das saß. Luisa schluckte, denn mit ihrer Diagnose hatte sie voll danebengelegen.

»Ja ... Mein Fehler. Zufrieden?«

Das schien er sich erst noch durch den Kopf gehen lassen zu müssen. Immerhin stieg er ab und hievte das Motorrad auf den Ständer.

»Wo ist Alejandro?«

»Noch im Krankenhaus. Ist von den Klippen gerutscht.«

»Er war am Meer?«

»Ist reingefallen. Mein Onkel hat ihn rausgezogen.«

Felix verstand gar nichts mehr.

»Ist 'ne lange Geschichte. Magst du sie überhaupt hören?«, fragte Luisa.

»Kann nicht lange bleiben. Meine Schwester ist zu Besuch.«

»Weiß ich.«

»Woher das denn?«

»Wollte mit dir reden und hab dich dann mit dieser Schönheit aufs Motorrad steigen sehen. Missverständnis Nummer zwei«, erwiderte sie beschämt.

Felix stutzte und lachte los. »Du bist doch nicht etwa eifersüchtig?«, fragte er dann.

»Ich? Ich wusste, welchen Helm ich mir da aufsetze. Wie viele hatten den denn schon auf?«

Felix sah sie verdattert an.

»Aufreißer, Abschlepper ... Omas Worte.«

Erneut lachte Felix.

»Na, so lustig find ich das jetzt auch wieder nicht.«

»Hab ihr halt ein paar Geschichten erzählt. Vom Nightlife, vom Strand ... Hunde, die bellen, beißen nicht. Kennst doch den Spruch.«

Luisa schwieg. Da könnte was dran sein, sagte sie sich.

Dann ging er die wenigen Schritte zu ihr und sah ihr einfach nur in die Augen.

»Augendiagnostik. Machen die indischen Ärzte. Was liest du in meinen?«

Luisa schluckte.

»Sind das die Augen eines Aufreißers? Hast du meine Nachricht denn nicht gelesen?«

»Doch«, gab Luisa kleinlaut zurück, denn dass er sie vermisste, an diesen einen Satz hatte sie sich förmlich geklammert.

»Also, was sagt Frau Doktor?«

»Ich glaube, Sie brauchen einen Spaziergang an der frischen Luft. In Begleitung.«

»Mir fehlt noch ein Anreiz. Man muss seine Patienten motivieren.«

Was er damit meinte, wurde Luisa spätestens klar, als er seine Augen auf Halbmast senkte und seine Lippen demonstrativ nach vorne schob.

»Wenn's denn sein muss.«

»Muss!«

Luisa packte ihn am griffigen Leder und zog ihn nah zu sich heran. Ein Aufreißer hätte schon längst Kontakt mit ihren Lippen aufgenommen. Nein, er bewegte sich keinen Millimeter. Erst als sie ihre Lippen gegen seine presste, fuhr wieder Leben in ihn. Ob Aufreißer oder nicht. Der Kuss schmeckte noch besser als in ihren kühnsten Träumen.

»Na also. Geht doch.« Was sonst konnte man zu dieser anrührenden Szene, die sich Anja gerade auf Alejandros Grundstück darbot, sagen? Sie war von Luisas Aufschrei wach geworden. Das Getrampel auf dem Gang und Mutters Stimme hatten sie dann schnell aus dem Bett getrieben. Nun stand sie neben ihrer Mutter auf der Terrasse. In T-Shirt und Schlüpfer. Machte nichts. Hauptsache, den Moment der Versöhnung der beiden offenbar frisch Verliebten nicht verpassen.

»Wenigstens hört das Nölen jetzt auf«, kam es brottrocken von Bianca. Dem konnte Anja nur beipflichten, denn Luisa hatte sie gestern an den Rand des Wahnsinns getrieben und ihr das Gefühl vermittelt, mitten in einer Daily Soap gelandet zu sein, was sicher auch an Mutters Eröffnungen lag, die die Nacht zu einer sehr kurzen gemacht hatten. Ging gar nicht anders. Ihr waren Hunderte von Erinnerungen durch den Kopf geschossen, vor allem bezüglich ihres Vaters, den sie nun in einem ganz anderen Licht sah. Wenn man davon träumte, mit welcher Hingabe Papa mit ihr im

Spielwarenladen Barbiekleider ausgesucht hatte, dann passte so eine rosa Brille, durch die sie Luisa und Felix gerade bei ihren Turteleien beobachtete, nahezu perfekt, auch wenn Luisa nicht blond war und es seinerzeit keinen Ken in Motorradoutfit gegeben hatte.

»Ich schätze, Luisa wird jetzt wohl an ihrem Projekt dranbleiben«, sagte Bianca.

»Wahrscheinlich gleich zwei Projekte.« Denn wie sie ihre Tochter einschätzte, war Felix sicher kein kleiner Urlaubsflirt für zwischendurch.

»Vielleicht hat wenigstens eine in der Familie mal Glück«, sagte Bianca.

»So unterm Strich dürfen wir uns doch nicht beschweren. Ohne meinen Fehlgriff wäre Luisa nicht da, ohne deinen hättest du kein Haus auf Mallorca, und wenn ich mich recht an unsere Kindheit erinnere ...«

»Ja, ich weiß schon. War letztlich nicht alles schlecht mit deinem Vater«, sagte Bianca. Auch sie blickte verzückt auf die beiden, die es sich mittlerweile auf der Bank unter Alejandros Olivenbaum bequem gemacht hatten. Vermutlich jede Menge Redebedarf, zumindest sah es von Weitem danach aus.

»Ich mach uns erst mal Frühstück«, schlug Bianca vor und ging ins Haus.

Anja überlegte, ob sie ihr dabei helfen, sich anziehen oder noch ein wenig hier an der Brüstung die Morgensonne genießen sollte. Sie entschied sich für Letzteres. Ein Moment der Ruhe schien ihr aber nicht vergönnt zu sein, denn von drinnen klingelte ein Handy. Wenn sie sich nicht täuschte, war es der Klingelton des Geräts ihrer Mutter. Kein *Hasta Mañana*, sondern der für jedermann.

»Kannst du mal rangehen? Hab Eier an den Fingern. Ist sicher nur Werbung. Wimmle sie ab. Sag, du sprichst kein Spanisch«, rief Bianca nach draußen.

Anja ging hinein, schnappte sich Mamas Handy und nahm den Anruf entgegen. Sie hatte recht. Ein weiblicher Redeschwall auf Spanisch prasselte auf sie ein.

»No hablo español.« So viel Spanisch konnte Anja.

»Ah. Alemana ... Ich möchte Frau Bianca Stegemann sprechen.« Nix mit Abwimmeln.

»Ist im Moment schlecht. Wer sind Sie denn?«

»Valerie vom Reisebüro. Es geht um die gebuchten Reisen«, erklärte die Dame.

»Mama. Eine Valerie vom Reisebüro«, rief Anja in die Küche.

Bianca trocknete sich schon die Hände mit einem Geschirrtuch ab.

»Moment. Sie kommt.«

Bianca wirkte nicht mehr so gelöst wie vorhin. Reisebüro? Klickediklick. Anja ahnte, dass es um die geplanten Reisen mit Wolfi gehen musste. Die arme Mama. Jetzt wurden ihr wahrscheinlich gleich die gerade mal nicht mehr blutenden Wunden aufgerissen.

»Ja?« Wenn Mama so wortkarg war, stimmte etwas nicht mit ihr.

»Welche Rechnung?«, wollte Bianca wissen. Dann herrschte Stille. Und Mamas bis eben noch rosige Gesichtsfarbe verblich. Der Hörer lag auch nicht mehr so ruhig in ihrer Hand.

»Alles bezahlt? Aber das kann doch nicht sein«, sagte sie.

Biancas Hand wurde gleich noch zittriger.

»Nein ... Ich möchte nicht ... Die Umstände ... verstehe. Das muss ich erst klären. Ja ... Ich melde mich«, gab Bianca dieser Valerie zu verstehen, bevor sie auflegte.

»Wer ruft denn schon so früh an?«, wollte Steffen wissen, der gerade die Treppen herunterkam. »Anruf vom Finanzamt?«

Dass Mama völlig konsterniert dastand, war sicher auch ihm nicht entgangen.

»Er hat das Hotel in Indien und die Safari schon bezahlt. Fünftausendzweihundert«, sagte Bianca mit starrem Blick.

»Wer? Wolfgang?« Steffen konnte es offenbar genauso wenig glauben.

»Er hat ihr gesagt, dass er nicht mehr fährt, aber sie soll fragen, ob ich die Reise trotzdem allein oder in anderer Begleitung antreten will. Er wird sie dann nicht stornieren«, erklärte Bianca mit angeschlagener Stimme. Dann trottete sie nach draußen auf die Terrasse und ließ sich kraftlos auf einen der Stühle sinken.

Anja tauschte einen Blick mit ihrem Bruder.

Mama saß da wie ein Häuflein Elend, den Kopf auf die Hände gestützt.

»Wie ist das denn möglich? Ich dachte, der ist blank.« Steffens Gedanke war Anja eben auch gekommen. Sie ging gleich hinaus, um sich zu ihrer Mutter zu setzen. Steffen folgte ihr.

»Das kann doch gar nicht sein«, wimmerte Bianca.

»Über fünftausend. Das macht keiner, wenn er selbst nix mehr hat«, stellte Steffen fest.

»Als Entschädigung, hat sie noch gesagt. Genau so sollte sie es mir ausrichten«, sagte Bianca.

»Eine Entschädigung? Wofür?« Anja verstand die Welt gerade auch nicht mehr.

»Das hieße dann doch, dass deine Vorwürfe berechtigt waren. Dass er nur auf dein Geld ...« Steffen geriet ins Stocken. »Nein. Das kann es eben nicht heißen.«

»Was dann?«, fragte Anja.

»Komm. Lass uns nach dem Frühstück gleich zu ihm fahren. Das ergibt doch alles keinen Sinn mehr. Blank ist er sicher nicht«, sagte Steffen.

Bianca saß wie versteinert da. Ihr Blick war leer und tieftraurig.

»Steffen hat recht. Das musst du klären. Vielleicht war alles nur ein Missverständnis«, sagte Anja.

»Na, *ein* Missverständnis scheint sich inzwischen aufgeklärt zu haben«, gab Steffen unvermittelt von sich. Anja folgte seinem Blick. Die beiden Turteltäubchen waren im Anmarsch. Anja hoffte inständig, dass sich im anderen Fall ebenfalls alles als Missverständnis entpuppte.

Auf der Fahrt in die Stadt sagte Steffen sich, dass alles im Leben anscheinend zu etwas gut war. Das galt in diesem Fall insbesondere für ihre Spionageaktion. Sie wussten, wo Wolfgang wohnte. Anja hatte mit Engelszungen auf Mutter einreden müssen, um gleich nach dem Frühstück loszufahren. Anja fuhr vermutlich mit, weil sie die Neugier plagte. Yvonne hatte sich ihnen ebenfalls angeschlossen. Steffen vermutete, dass sie das schlechte Gewissen plagte, denn schließlich hatte sie den Stein, Wolfgang als Schwindler zu entlarven, erst ins Rollen gebracht. Im Moment sah es ganz danach aus, als ob er in eine gänzlich falsche Richtung gerollt wäre. Die Spekulationen darüber wollten während der Fahrt naturgemäß nicht abreißen.

»Entschädigung. Möchte wissen, wofür?«, rief Bianca von der Rückbank. Sie plagte das anscheinend noch viel mehr als die Vorhaltungen, die sie ihm am Telefon gemacht hatte.

Yvonne brachte sich vom Beifahrersitz ebenfalls in die Diskussion ein. »Ich komme schon auf die irrsten Gedanken. Vorhin hab ich mir überlegt, ob das Ganze vielleicht so eine Art Fernsehshow mit versteckter Kamera war. Ihr wisst schon. So eine Reportage über alleinstehende Frauen auf Mallorca. Dann hat ihn eventuell doch das schlechte Gewissen gepackt und …«

»Du schaust zu viel von dem Scheiß«, würgte Steffen Yvonne gleich ab.

»Was war das eigentlich mit dieser Selbsthilfegruppe?«, hakte Anja nach. Yvonne hatte das vor Abfahrt noch in Erinnerung gebracht.

»Alkoholiker?«, tönte es von hinten. Mutter kam auch schon auf wirre Gedanken.

Weil Steffen erst gar nichts darauf sagte, legte Bianca noch nach. »Geschiedene Ehemänner?«

»Glaub ich nicht.« Anja sprach aus, was Steffen dachte.

»Irgendeine Macke muss er doch haben. Wer geht schon in 'ne Selbsthilfegruppe, wenn er keine hat?« Mutter ließ nicht locker.

»Da hat Bianca aber schon recht«, sprang Yvonne ihr zur Seite.

»Was weiß ich. Wenn wir Glück haben, dann wissen wir das in wenigen Minuten«, sagte Steffen, nachdem er unweit der Straße, in der Wolfgang wohnte, geparkt hatte.

»Mir ist übel«, kam es von hinten. Bianca war auch schon ziemlich bleich um die Nase, wie Steffen im Rückspiegel sah.

»Da musst du jetzt durch«, gab er ihr zu verstehen.

»Nimm dir ein Beispiel an Luisa«, forderte Anja sie auf.

»Ich bin doch kein junges Ding mehr.«

»Du warst mindestens so verliebt, wenn ich mir die Bemerkung erlauben darf«, sagte Steffen und befahl: »Aussteigen!«

Normalerweise machten Mitfahrer dies von allein. Mutter jedoch nicht. Sie klebte geradezu auf der Rückbank fest.

»Mama!« Anja hielt ihr bereits die Tür auf.

»Indien und die Safari. Also wenn das mit den fünftausend ein Schnäppchenpreis war ...«, sagte Bianca unwillkürlich, während sie ausstieg.

»Schnäppchen?« Anja konnte ihr offenbar nicht folgen.

»Er hat's doch nur gebucht, weil's aus seiner Sicht günstig war«, erklärte Bianca.

»Jetzt versteh ich, warum du das Haus verkaufen wolltest«, sagte Steffen.

Biancas Schritte verlangsamten sich, sodass Anja sich bei ihr einhängte, damit sie nicht erst am nächsten Tag dort ankamen.

»Da steht gar kein Name an der Klingel.« Dieses Detail hatten sie Bianca nach ihrem ersten Besuch nicht erzählt.

»Also, Leute ohne Namensschild an der Tür haben was zu verbergen. Finanzamt, Behörden.« Anjas Theorie war nicht ganz von der Hand zu weisen.

Steffen klingelte trotzdem und vermutlich an der richtigen Stelle, denn es hatte geheißen, dass Wolfgang im zweiten Stock wohnte.

Es tat sich nichts.

Bianca wirkte fast erleichtert.

Steffen trat ein paar Schritte zurück und rief, so laut er konnte, Wolfgangs Namen.

Wieder nichts. Er rief erneut. Dann ging einer der Fensterläden auf. Heraus lugte der Mann, mit dem sie bereits gesprochen hatten. Er wirkte für einen Moment irritiert, doch als auch Yvonne in sein Blickfeld kam, schien er sich zu erinnern.

»Sie haben wieder kein Glück«, ließ er sie wissen.

»Wann ist er denn in der Regel da?«, fragte Steffen.

»Normalerweise wäre Wolfgang jetzt da, aber er ist abgereist. Das ist noch keine Stunde her.«

»Wissen Sie, wohin?«, wollte Bianca nun wissen.

»Mit 'nem Segelschiff nach Gran Canaria. So was Verrücktes. Gibt doch jede Menge Billigflüge über Madrid«, sagte Wolfgangs Nachbar.

»Christos!«, sagte Bianca unvermittelt. Sagte man das hier in

Spanien für »Oh Gott«, oder rief sie jetzt den Heiland an? Ihr Blick war jedenfalls für einen Moment merkwürdig verklärt.

»Wir müssen zum Hafen!«, verlangte sie dann.

Steffen ahnte aufgrund der Dringlichkeit ihrer Bitte, dass er sich auf der bevorstehenden Fahrt nicht mehr an die ortsübliche Geschwindigkeitsbegrenzung würde halten können.

Steffen fuhr in Anbetracht des Ernstes der Lage wie ein Verrückter. Die Strafen für zu schnelles Fahren waren hierzulande drakonisch, doch das war Bianca egal. Wenn nur diese blöden Ampeln nicht wären. Zu Fuß wären sie vermutlich entlang der Strandpromenade schneller zum Hafen gekommen.

»Und diesen Griechen kennt er woher?«, wollte Steffen beim nächsten Halt wissen.

»Hat ihm eine Luxuslimo verkauft.«

»Und mit dem wärt ihr gefahren? In 'ner Nussschale auf dem Atlantik?«

»Sicher keine Nussschale.« Yvonne vermutete, dass jemand, der sich Luxuslimos kaufen konnte, auch zu Wasser nicht mit einem Fiat Panda manövrierte.

»Er fährt die Strecke mindestens zweimal pro Jahr. Sein Boot und auch er selbst haben einen guten Eindruck auf mich gemacht«, gab Bianca Steffen zu verstehen.

Grün! Vollgas. Ihr stiller Wunsch war Steffen Befehl. Nur noch da vorn, am Ende der Straße, links abbiegen. Von dort ging es geradewegs zur Hafenmole. Schon kamen die Segelboote und Motorjachten in Sicht.

»Darf man da reinfahren?«, wollte Steffen wissen.

»Kannste dir sparen.« Bianca wusste, wo Christos' Jacht ankerte, nur war sie nicht mehr dort.

»Ist er schon weg?«, fragte Yvonne.

Bianca hatte nicht mehr die Kraft, ihr zu antworten.

Steffen hielt den Wagen trotzdem in unmittelbarer Nähe der Mole an.

»So ein Mist!«, fluchte Yvonne.

»Ach, Mama«, sagte Anja mitfühlend.

Anjas Trost prallte an Bianca ab. Zu groß war die Enttäuschung, dass sie zu spät gekommen waren.

Bianca stieg aus. Frische Luft vom Meer. Die stärkte. Moment! Die Jacht, die gleich um die Landzunge herumschipperte, kannte sie.

»Da vorn fährt sie«, rief sie aus.

»Haben die Funk?«, wollte Steffen wissen, nachdem auch er ausgestiegen war und sich zu ihr gesellt hatte.

»Ich hab kein Funkgerät«, wandte Bianca ein.

»Aber ein Handy.«

»Vergessen, liegt daheim!«, gab sie kleinlaut zu.

»Hast du seine Nummer im Kopf?«, wollte Steffen wissen und zog schon einmal sein Smartphone aus dem Seitenfach des Leihwagens.

»Keine Chance«, gab Bianca zurück.

Steffen sah sich gehetzt um und rannte plötzlich los.

Bianca und Anja tauschten Blicke.

»Steffen?«, rief Yvonne ihm hinterher.

Bianca ging ein paar Schritte in die Richtung, wo Steffen hinter einer Baracke mit Fischerbooten verschwunden war, und sah nun, wohin er unterwegs war. Er musste das Schild für Touristen gesehen haben. Hier konnte man sich Motorboote leihen und Tagestouren buchen. Er redete auf einen jungen Spanier mit Kapitänsmütze ein. Der blickte auf seine Armbanduhr und nickte.

»Yvonne. Park den Wagen irgendwo«, rief Steffen seiner Frau zu. »Mama!« Er winkte sie zu sich her.

Bianca lief so schnell sie nur konnte. Vielleicht hatten sie noch eine Chance, die Jacht einzuholen.

»Mir wird auf Booten immer schlecht«, sagte Anja, die neben ihr herlief.

»Musst ja nicht mitfahren.«

»Zweihundert will er«, sagte Steffen, als sie den Steg erreichten.

»Mir egal. Gib sie ihm.« Immer das Gleiche. Halsabschneider. Wenigstens geleitete der Spanier sie freundlich und vor allem hilfreich auf sein Motorboot. Anja betrat es nur, weil Steffen und der junge Mann sie von links und rechts stützten. Das Boot schaukelte nämlich ordentlich, und dabei lag es noch angeleint am Steg.

»Gibt es hier Rettungswesten?«, wollte Anja sich vergewissern.

»Für die Kohle säufst du garantiert nicht ab«, sagte Steffen.

»Hast du ihm gesagt, dass es schnell gehen muss?«

»Keine Sorge. Mein Boot ist schneller als ein Segler«, gab ihr der deutschsprachige Jungkapitän zu verstehen. Er war also im Bilde. Und flink war er auch, der Bursche. Vertäuung eingeholt und Motor angeschmissen – in weniger als einer Minute.

Anja krallte sich am Sitz und an der Zierleiste am Bootsrand fest, als er losfuhr.

»Also, schnell ist das jetzt aber nicht«, warf Bianca ein.

»Wart's ab«, sagte Steffen. Damit sollte er recht behalten. Hier im Hafenbecken durfte man nicht so schnell fahren, um keine Unfälle zu riskieren, doch kaum lag dieser Bereich hinter ihnen, machte sein Motorboot einen Satz nach vorn. Anja schrie auf und versteifte sich. Steffen saß auf einem der Anglerstühle und hielt sich nun ebenfalls fest. Da war der gepolsterte Klappstuhl an der Rückwand der kleinen Kapitänskabine doch etwas komfortabler.

Bianca schaute bereits sehnsüchtig auf das Ende der Bucht.

Der junge Kapitän hatte recht, denn der Segler von Christos war schon in Sichtweite, und die Distanz verringerte sich schnell. Es dauerte auch nicht mehr lange, bis sie Christos an Bord ausmachte. Er zog gerade an den Seilen. Offenbar war er dabei, noch ein weiteres Segel seines Zweimasters zu setzen. Bianca stand auf und hielt sich an der Befestigung für einen der beiden Rettungsringe fest, um beim Ritt über die Wellen nicht von Bord zu gehen. Nun waren sie nahe genug, um auf sich aufmerksam zu machen.

»Christos!«, rief sie mehrmals aufs Meer hinaus. Doch erst als sie fast auf gleicher Höhe waren, hörte er sie. Er wandte sich daraufhin ab und eilte zur Luke, die nach unten führte. Bianca war sich sicher, dass Wolfgang an Bord war und er ihm gerade Bescheid gab. Und da täuschte sie sich nicht. Er kam in Christos' Begleitung an Deck und ging zur Reling.

»Wolfgang. Ich muss mit dir reden«, rief sie ihm zu.

Er regte sich nicht. Freute er sich denn gar nicht, sie zu sehen? Nicht einmal ein kleines bisschen? Es schien so.

»Es ist alles nur ein Missverständnis!«

Sie waren doch schon nahe genug. Er musste es hören. Er wirkte so traurig. Was war bloß mit ihm los?

»Haltet an! Ich komme an Bord!«, ließ sie ihn und Christos wissen.

Endlich fuhr wieder Leben in Wolfgang. Christos hechtete zu den Seilen. Gott, dauerte das ewig, bis so ein Segel eingeholt war. Derweil verlangsamte auch ihr Kapitän die Fahrt.

»Mama. Du willst doch jetzt nicht etwa auf das andere Boot rüberklettern?«, fragte Anja schreckensbleich.

»Geht das überhaupt?«, fragte sie an ihren Kapitän gerichtet.

Der nickte nur lässig und manövrierte keine Minute später das Motorboot näher an den Segler heran. Der verlor schnell an Fahrt, doch erst als Christos den Anker von der Kette ließ, kam er nahezu zum Stillstand.

»Ich komme jetzt rüber«, ließ sie Wolfgang wissen.

»Bianca. Ich weiß nicht, ob ...«

»Und ob! Drüben sind weniger Ohren«, sagte sie. Bianca hoffte, dass Steffen und Anja es verstanden. Sie taten es, denn nachdem sowohl der Kapitän als auch Christos zwei Gummibälle zwischen den Bootsrümpfen angebracht hatten, damit sie trotz des leichten Wellengangs nicht kollidierten, standen Anja, der Kapitän und Steffen bereit, um sie zu halten. Es war nur ein kleiner Schritt, doch vor Bianca lag ein Höhenunterschied von gut und gern drei Treppenstufen.

Christos und Wolfgangs Hände griffen nach ihren. Mit einem kräftigen Zug gelang der Ausfallschritt nach drüben.

Wolfgang sah sie immer noch völlig entgeistert an. Christos klopfte ihm auf die Schulter und verzog sich in die Kajüte.

»Warum bist du jetzt hier? Ich dachte, Leute wie ich ...«, fragte Wolfgang.

»Das Reisebüro hat angerufen. Wolltest du etwa, dass ich allein nach Indien fahre? Und was will ich ohne dich auf einer Safari? Sollen mich die Löwen fressen?«

»Aber ... du weißt doch, dass ich dir nicht alles geben kann ...«, kam es dann. Wieso schaute er so verdattert. Was sollte er ihr denn geben? Erst die Reise schenken und dann noch mehr geben wollen? Bianca verstand gar nichts mehr.

»Du musst mir nichts geben. Was redest du?«

»Weshalb hast du mir das dann gesagt?«

»Was hätte ich denn denken sollen? Steffen und Yvonne waren bei deinem Haus, und dein Nachbar hat uns gesteckt, dass du blank bist. Ich meine, Weltreise und blank passt halt nicht so glaubhaft zusammen. Und dann hat Teresa auch noch ausgepackt. Die hat uns doch verkuppelt. Jetzt streite das bloß nicht ab.«

»Ich hab ihr nur gesagt, dass ich davon träume, mit einer Frau gemeinsam auf Weltreise zu gehen«, rechtfertigte er sich.

»Und wieso haust du dann in ihrer Straße in so einem Verhau?«

»Weil ich so blöd war, in diese verdammten Bitcoins zu investieren. Hunderttausend futsch. Und was ich noch habe, wollte ich für die Reise ausgeben. Ich hab dafür auch mein Auto verkauft. Was will ich mit einem Jaguar, wenn der so lange rumsteht? Den hätten sie mir doch geklaut. Und wenn wir ein Jahr unterwegs sind, warum um alles in der Welt soll ich mir dann eine teure Wohnung mieten?«

Nun war Bianca es, die perplex schaute. Stimmig. Alles stimmig. Du blöde Kuh, sagte sie sich.

»Aber das bringt alles nichts, wenn du mit jemandem wie mir ...« Jetzt fing er schon wieder davon an. »Du weißt das doch. Du hast mir die Selbsthilfegruppe nun mal vorgehalten«, fuhr er fort.

»Was war denn das für eine Selbsthilfegruppe? Bitcoins? Wie krieg ich mein Geld zurück? Wie konnte ich so blöd sein, darin zu investieren?«

Wolfgang wirkte perplex.

»Hat er denn nicht gesagt, welche Selbsthilfegruppe?«

»Würde ich sonst fragen?«

Bianca musterte ihn. Er wirkte erleichtert, doch nur für einen Moment. Was ging dem Mann bloß gerade durch den Kopf? Wieso wirkte er auf einmal so traurig? Er gab ihr dann zu verstehen, sich von der »Bühne« wegzubewegen. Anja, Steffen und der Kapitän standen etwas weiter unten, aber faktisch nebenan und mit gespitzten Ohren. Na, wenigstens fasste er sie wieder an. Er griff nach ihrer Hand und führte sie zu einer seitlich an der Reling befestigten gepolsterten Bank, die definitiv außer Hörweite lag. Dort gab er ihr zu verstehen, sich zu setzen.

»Ich bin dort, weil ...« Wolfgang stockte. Er suchte direkten Blickkontakt, als ob er ergründen wollte, ob er sich ihr offenbaren konnte.

»Ich vertrage alles. Spuck's endlich aus«, verlangte Bianca.

»Ich bin nicht mehr der Jüngste.«

»Ach. Und was soll ich sagen? Ich spring sicher vor dir in die Kiste. Rein rechnerisch«, sagte sie.

Wolfgang fiel es sichtlich schwer, weiterzusprechen. Erst nach einem tiefen Atemzug machte er seinen Mund wieder auf und sagte verzweifelt: »Ich krieg keinen mehr hoch.«

»Was?«

Wolfgang ließ die Schultern hängen. Er musste ihre Überraschung über den Grund der Selbsthilfegruppe mit einem Ausdruck puren Entsetzens verwechselt haben.

»Und du glaubst, dass mich das stört, oder was?«, erwiderte sie.

Wolfgang brauchte ewig, bis er aus der Pose purer Scham sein Kinn wieder anheben konnte.

»Nicht?«

»War ich glücklich an deiner Seite? Sag jetzt nur nichts Falsches!«

Er zuckte mit den Schultern und nickte dann doch.

»Herrgott, Männer. Nichts als Ärger und Aufregung.«

Er wiederholte die beiden Gesten.

»Aber küssen kannste mich doch, oder?«

Wolfgang musterte sie eine ganze Weile. Dann stiegen ihm Tränen in die Augen.

»Nichts täte ich lieber.«

»Warum machste es dann nicht?« Bianca spürte, dass sich ihr Tränenreservoir gerade füllte. Dann griff seine Hand nach der ihren. Die Augen wischte er sich gar nicht erst trocken. Machos durften heulen, wenn sie es machten, weil sie glücklich waren. Und alte Schnecken sowieso. Der Kuss unter Tränen schmeckte salzig. Und wie gut es tat, dass er sie so innig im Arm hielt. Es fühlte sich gerade so an, als würde er sie nie wieder loslassen.

Kapitel 17

Bianca wusste, dass in Spanien das Familienleben großgeschrieben wurde. Man sah es im spanischen Fernsehen, aber auch in den Straßen. Kinder und Kindeskinder gingen mit den Alten aus und kümmerten sich um sie. Bisher hatte sie das noch nie am eigenen Leib erfahren dürfen. Wie auch, wenn niemand außer Luisa sie besuchen kam? Insofern erachtete Bianca den heutigen Abend als besonderes Geschenk, und man konnte fast schon von einer Großfamilie sprechen, denn es waren nicht nur ihre Kinder nebst Schwiegertochter und ihrer Enkelin anwesend, sondern auch noch Wolfgang, Felix und Juan. Eigentlich fehlte nur Alejandro, der irgendwie dazugehörte, doch der würde erst morgen entlassen, wie Juan ihnen nach seiner Ankunft beim Barbecue erklärt hatte. Was für ein traumhafter Abend! Sternenklarer Himmel, ein laues Lüftchen vom Meer und ein Ambiente, das romantischer kaum sein könnte. Es war Yvonnes Idee gewesen, noch schnell in die Stadt zu fahren, um Fackeln und Teelichter zu besorgen. Der Grill verströmte seinen verführerischen Duft. Mariniertes Hähnchen, Spareribs und Grillgemüse. Dazu einen guten Wein. Besser ging es doch gar nicht. Bianca konnte sich auch nicht daran erinnern, sich jemals so befreit, leicht und beschwingt gefühlt zu haben. Natürlich lag das an Wolfgang, der mindestens so strahlte wie Felix. »Junge und alte Liebe. Macht wohl keinen Unterschied«, hatte Anja ihr in der Küche gesteckt, als sie den Salat gemeinsam zubereitet hatten. Angeblich würden ihre Augen mindestens so strahlen wie die von Luisa. Der Familienfluch schien daher gebrochen zu sein, was Anja zuversichtlich stimmte, eines Tages vielleicht auch wieder in den Genuss von regelmäßigen Streicheleinheiten und leidenschaftlichen Küssen zu kommen. Sicher dachte sie dabei an mehr. Sex. Völlig überbewertet.

»Hast du ihn gefragt, was das jetzt für eine Selbsthilfegruppe war?«, fragte Anja, als sie beide am Grill aufeinandertrafen, um sich noch zwei Bratwürste, die die Spanier »Salchichas« nannten, zu angeln. Felix, ihr Grillmeister, hatte sich schon zwei geschnappt und saß bei den anderen neben Luisa am Tisch. Die ideale Gelegenheit, um Anja über die Selbsthilfegruppe aufzuklären.

»Aber du musst mir versprechen, dass du das für dich behältst«, verlangte Bianca.

»So schlimm?«, fragte Anja.

»Nein, überhaupt nicht, aber …«

Anja spitzte die Ohren und trat näher an ihre Mutter heran, weil Bianca den Rest im Flüsterton von sich gab, gerade noch laut genug, um die Flamencomusik aus den Boxen im Wohnzimmer zu übertönen.

»Er hat Erektionsprobleme.«

Anja sah so aus, als wüsste sie gerade nicht, ob sie entsetzt oder amüsiert gucken sollte. »Gibt Schlimmeres«, sagte sie. Dann nahm sie eine Wurst vom Grill, allerdings so unglücklich, dass ein Stück davon abbrach. Der Wurstzipfel baumelte an der Fleischgabel. Sie brach in schallendes Gelächter aus. Bianca konnte nicht anders, als ebenfalls loszulachen.

»Was ist denn da so lustig am Grill? Hab ich was verpasst?«, wollte Wolfgang wissen.

Anja kriegte sich gar nicht mehr ein, doch nach Biancas strengem Blick wurde daraus leises Feixen und Glucksen, als sie den Senf endlich auf dem Teller hatte. Die beiden Wurststücke schob sie dann wieder ordentlich aneinander.

»Wenn Steffen fragt, sag ihm bitte, es war eine Selbsthilfegruppe wegen Bitcoins. So für Leute, die ihr Geld verloren haben, weil sie zu gutgläubig waren.«

»Bitcoins«, sagte Anja. Sie hatte Mühe, nicht erneut loszulachen.

»Wer will noch Bratwürste?«, rief Bianca in die Runde, als sie zu den anderen stieß.

»Salchicha?«, fragte sie an Juan gerichtet, doch der hielt sich nur den Bauch.

»Ich habe Juan gerade vom Hotel in der Innenstadt erzählt«, sagte Steffen. Er schien sich blendend mit Alejandros Sohn zu verstehen. Die beiden waren noch kurz in Alejandros Haus gewesen, um sich aus seinem Weinbestand zu bedienen, und vor wenigen Augenblicken erst wieder zu ihnen gestoßen.

»Very good idea«, meinte Juan.

»Wenn er das Haus verkauft, würde er bei uns investieren«, fuhr Steffen fort.

»In eine Pension?«, fragte Bianca erstaunt.

»Ja und nein. Eine für betreuungsbedürftige ältere Menschen. Juan hat mich darauf gebracht«, erklärte Steffen.

»Das sind ja Neuigkeiten«, merkte Anja an.

»Und dafür darf Alejandro dann bei uns wohnen«, fuhr Steffen fort.

»Ihr wollt also tatsächlich ein Hotel mit Betreuung für Alzheimer- und Demenzkranke aufmachen?« Bianca konnte das immer noch kaum glauben.

»Und ich hab dann wohl eine feste Anstellung?«, fragte Felix. Er hatte anscheinend auch schon Feuer gefangen.

»Und du deine Studienobjekte für die Doktorarbeit«, sagte Anja zu ihrer Tochter.

»Erst muss ich das Thema überhaupt genehmigt bekommen.«

Steffen musste Luisa von Juans Idee bereits erzählt haben. Bianca war sich aber sicher, dass sie das schaffte. Ihre Enkelin war der Typ, der Dinge durchzog.

»Und danach? Willst du in dem Bereich auch mal arbeiten?«, wollte Yvonne wissen.

»Ins Krankenhaus geh ich nicht. Es wird wohl eher eine eigene Praxis nach dem Facharzt. Das könnte ich auch hier. Würde mir gefallen.« Felix schien das genauso zu sehen, denn dass er das Leben hier für die Liebe aufgab, wäre für ihn, wie sie Felix einschätzte, eine harte Prüfung.

»Ist eine tolle Idee.« Auch Wolfgang konnte sich dafür begeistern.

»Muss aber alles noch finanziert werden. Ich werd unser Hotel in Lindau sicher verkaufen können. Fraglich ist, ob's dann reicht …«

»Du weißt genau, dass ich mich daran beteiligen werde, also jammere nicht rum«, stichelte Bianca.

»Und vielleicht kann Eleonora noch Investoren auftreiben«, warf Luisa ein.

»Eleonora?«, fragte Wolfgang.

»Die Tochter von Sergio. Ich betreue ihn«, erklärte Felix.

»Ihr haut dann alle aus Deutschland ab, und ich hock allein in Freiburg, oder was?« Anja gab sich pikiert.

»Wir könnten doch einen Familienbetrieb daraus machen«, schlug Steffen vor.

»Ich auf Mallorca? Meine sichere Stelle aufgeben?« Obwohl

Anjas Einwand nicht so ganz überzeugend klang, war der Gedanke auch für Bianca gewöhnungsbedürftig.

»Vor allem, weil dir der Job so viel Spaß macht, Mama«, merkte Luisa voller Ironie an. Nun, da hatte sie allerdings auch wieder recht.

»Und du, Yvonne? Du wolltest doch immer ein Wellnessstudio. Das sieht bei alten Leuten eher nach Nagel- und Fußpflege aus.« Bianca wollte sich vergewissern, dass Yvonne mitzog.

»Die Pension hat einen zweiten Eingang. Ich mach dann beides in separaten Räumen.«

»Das klingt alles schon nach beschlossener Sache«, sagte Bianca in die Runde.

»Dann wären wir alle zusammen.« Luisas euphorischer Einwurf hob die Stimmung aller Anwesenden. Nur Biancas nicht, denn der innere Zwiespalt wurde immer größer. Weltreise ja, die Familie dann wieder so lange nicht sehen, eher nein. Wenn man mal auf den Geschmack kam, wie schön es hier sein konnte, im Kreise seiner Liebsten, fiel es schwer wegzufahren.

»Dauert bestimmt eine Weile, bis alles finanziert, umgebaut und eingerichtet ist.« Bianca sprach sich selbst gerade Trost zu.

»Wir müssen doch nicht um die ganze Welt. Die halbe tut's auch«, sagte Wolfgang.

»Und wenn wir zurückkommen. Reicht uns dann eine kleine Wohnung?«, fragte Bianca an Wolfgang gerichtet.

»Wir können uns auch eine größere nehmen. Das Missverständnis ist doch jetzt geklärt. Und wer weiß, vielleicht gehen diese verdammten Bitcoins wieder steil nach oben.«

Anja brach erneut in schallendes Gelächter aus, und zwar so sehr, dass ihr die Tränen kamen. Gut, dass Anja die Salchicha noch vorher runtergeschluckt hatte. Das Kind wäre sonst noch erstickt.

AN: Hotel Stegemann, Anja Stegemann, Luisa Stegemann

Las Palmas ist ganz anders, als ich es mir vorgestellt habe. Die meisten Touris checken noch nicht einmal, dass die Stadt nicht Palma heißt. Die ist ja auf Mallorca. Die Überfahrt war nicht von schlechten Eltern. Auf Höhe von Agadir bis runter auf die Kanaren Windstärke 4. Da schaukelt es einen ganz schön durch. Hab's dank Yvonnes Survival-Kit überlebt. Wodka Lemon trinken, fett und reichlich essen. Immer auf den Horizont gucken. Das stand in dem Buch für Segelanfänger. Wirkt! Im Suff kriegt man wahrscheinlich nicht einmal mehr mit, wenn einen die Haie fressen.

Sitzen gerade in einer dieser Bars im Yumbo. Die haben schnelles WLAN. Hier kann ich die Bilder von der Überfahrt hochladen. Ihr glaubt gar nicht, was hier so alles rumläuft. Wollte einfach wissen, warum es Ernst hier so gefallen hat. Jetzt weiß ich es. Hier war er unter seinesgleichen. Dass Männer überhaupt in so hohen Absätzen laufen können. Zwei ältere Herren haben Wolfgang zum Tanz aufgefordert. Ist ja auch ein Hübscher, mein Wolfi. Da bin ich gleich dazwischengegangen. Einmal reicht. Am Ende hätten sie ihn abgeschleppt. Der Cocktail kommt. Ich melde mich wieder aus Marrakesch. Flug geht übermorgen früh. Bis dahin machen wir eine Inselrundfahrt. Reisen strengt an. Ist aber schön. Bussi von Eurer Mama/Schwiegermama/Oma.

Bianca drückte auf den Button »Senden« und griff nach dem Strohhalm, der in einem verführerischen Cocktail steckte. Wolfgang sah noch immer fasziniert auf das bunte Fußvolk aus Touristen, schwulen Pärchen und Exoten in Lack und Leder. Muss man gesehen haben. Der Upload-Balken beim Mailversand hatte noch keine hundert Prozent erreicht, da tauchte eine Pop-up-Nachricht von Luisa per Messenger auf ihrem Display auf.

»Eine Nachricht von Luisa.«

»Was schreibt sie denn?«, wollte Wolfgang wissen.

»Sie hat ihr Doktorarbeitsthema durchgekriegt und will wissen, wie es uns geht.«

Wolfgang nippte demonstrativ an seinem leckeren Cocktail.

»Besser geht's nicht«, sagte er.

»Anja denkt ernsthaft darüber nach, in der Klinik zu kündigen, und Luisa fliegt kommende Woche nach Mallorca. Die fangen dort schon mit der Renovierung des alten Hotels an.«

»Das ging ja flott. Schreib ihr liebe Grüße von mir«, sagte Wolfgang.

Bianca nickte, hatte aber eigentlich gar keine Lust mehr, noch so einen langen Sermon auf ihrem Handy einzugeben, auch wenn's mit dem neuartigen Wischen mit den Fingern über die Buchstaben schneller ging. Man verwischte sich nur so oft. Außerdem hatte sie die Mail ja bewusst an alle geschrieben. Luisa war also auch im Bilde. Wie es ihr gehe, wollte sie wissen. Ach, das konnte man doch auch schneller beantworten. Wofür gab es denn diese Emoticondingsdas?

😀 🥰 😘

Küsse niemals einen Sizilianer!

Seit sie Rentnerin ist, hat Monika Renner viel zu viel Zeit. Zeit zum Nachdenken über Vincenzo, ihre große Liebe von einst, und seinen plötzlichen Tod. Da erreicht Moni eine Nachricht von Lena, einer jungen Deutschen, die in Italien lebt. Von ihr erfährt sie Unglaubliches: Vincenzo ist gar nicht tot, sondern lebt als Orangenbauer auf Sizilien. Wie kann das sein? Moni ist empört und reist mit ihrem Enkel Jan nach Palermo. Gemeinsam mit Lena versuchen sie, Vincenzo zu finden. Monis Suche ruft aber nicht nur die Behörden, sondern auch windige Mafiosi auf den Plan. Doch zu Jans Überraschung kann Oma Moni es selbst mit dem furchteinflößendsten Mafiaboss aufnehmen ...

Tessa Hennig
Nie wieder Amore!

Roman
Taschenbuch
Auch als E-Book erhältlich
www.ullstein.de

ullstein